U0622738

舌尖上的战争

WAR ON THE TONGUE TIP

刘千生 李婍 许久东 著

作家出版社

目 录

序幕：相约北京

　　周文雄说不清为什么自己有生以来的大事总与28有关：生于农历龙年的7月28日，接到大学的录取通知书是9月28日，28岁结婚，连荣升副处长的任命书落款日期也是某年的28日。这不，退居二线可以不坐班了，接到老社长"五一"长假要在北京聚会的电话又是一个28日。

　　放下电话屈指一算，今年又正好是大学毕业28周年。这就奇了，又是一个28，让人兴奋莫名的数字。

　　老社长叫赵中伟，是他们原在北师大就读时的老学友，当年他们几个文学爱好者自发成立"朝华"文学社公推出来的社长。因其是老北京的户籍，父亲当时还在职有着相当的人脉关系，毕业后就留在了中直部门。现在官至国家食品安全委员会办公室的一个副主任，应该说混得相当不错了。相府家人七品官么！何况副主任之前还有着"常务"二字，是可以左右职责范围内相关局面的一级官员了。

　　当年在北师大就读时，赵、钱、孙、李、周五个同学虽然分属中文、化学、体育三个系，因为都经常在校内外的刊物上发表作品，课余的接触就多了起来。成立"朝华"文学社最早是由周文雄动议，但因赵中伟年长又有北京生身之地等诸多优势，五个社团发起人就一直按百家姓的顺序惯例排序。周文雄不仅是年岁小，还出生在江浙湖光山水的灵脉之地，人也生得玲珑精致，自然就甘居末位。后来到毕业前"朝华"文学社虽然发展了几十名会员，又出了文学季刊，五大发起人台柱的支撑格局则一直未变。

　　毕业后，赵、钱、孙、李、周五个人的去向，基本上是南人归南，北人归北。赵中伟留在了北京，钱发旺山西人又归山西，孙勇军是河北人去

1

了天津，李陶然是河南人回了郑州，顶数周文雄最远，又一头扎回了江浙老家。

一晃又是十多年没有到北京去了。北京的明丽典雅和舒朗厚重，是诸多的南方沿海都市所不能相比的。老同学赵中伟这个邀请聚会的来电，着实让周文雄高兴了一阵子。"五一"长假前几天就是扳着手指头在数日子。他这个市文联副主席只是挂名的，基本上等同于是自由撰稿人。早先每月至少是领工资那天得到单位去一次，现在都是网银划卡结算，连领工资也不用去了。只要把家中老少安排得当，说一声拜拜就是了。

五月初的北京，风和日丽。阳光温暖了古都的红墙金瓦，也让树木葱茏尽焕生机。

周文雄坐在赵中伟派来专程接站的奥迪车上，透过车窗，一边尽情地浏览着久别了的首都容貌，一边在心下赞叹着古都的巨大变化。

是的，整个中华大地都在发生着沧桑巨变，那森林一样的大楼比拔节的玉米棵子长得都疯狂许多。祖国的首都自当是巨变之中的领航旗舰。

奥迪车上三环，出四环，越五环。说不清走了多长区间的京路行程，只觉得到处是一片晃眼耀目的甲壳虫挤挤攘攘的海洋，再就是随车窗移动向后边退去的路牌指向标识。

周文雄真的有些晕头转向了，二十多岁在北京上大学时，八达岭长城、十三陵、香山、颐和园，这些有名的地方都去过不止一次，就在那时候脑海里装进了一张北京地图。

地球上就一个北京，要说驰名寰宇一点也不为夸张。因为是帝王之都，正东正西的十里长街，南北也是大方格一样平行的大道通衢。经过改革开放三十多年来的发展建设，随着三环、四环、五环、六环像哪吒脚下的风火轮似的向外膨飞，北京发生了神话剧一样的变化。

在周文雄视野中的北京还不仅是路的伸长和拓展，最让他炫目心惊的还是路与路交会点上的一座又一座立交互通桥的凌空飞架。

要用"谁持彩练当空舞"来表述，委实觉得难以尽意。曾经拥有青年诗人和散文家两项文学桂冠的周文雄，忽然觉得现实盛景将自己的想象力空间压缩得几无立锥之地。

无边大的北京城让周文雄找不着北了。

一切都变化得让他不敢相认了。万物生长靠太阳，能够得以永恒的就只能仰仗这个光焰无际的大火球了。夕阳西下的余晖给周文雄带来了方向感，他依稀觉得自己到了京西北的一个远郊区。

奥迪车驰进了一个也只有在北京才能见到的那种古典气势的牌楼型大门，但见上书"八义山庄"四个遒劲豪放的魏体大字。

本次聚会的东道主老社长赵中伟已经站在贵宾楼前的门厅外迎候老同学了。先到的几位同学也都在他身后站立恭候。这不免让周文雄有些受宠若惊，司机刚点住刹车，他就急不可耐地钻出车门。

"社长老同学，让大家久等啦！真不好意思。"周文雄赶前一步，先去和赵中伟握手。不承想赵中伟顺手牵羊，借力给他来了一个大熊抱。惹得大家一阵朗笑。

当年朝华文学社团的五位台柱基本上是按年龄和百家姓的顺序来排位，而且都有谐称。赵中伟年长，个大，又是社长，大家就管他谐称为赵大大。钱发旺山西人，生得胖胖壮壮，一脸福相憨态，因其年龄第二就称钱老二。孙勇军年龄排三，为避名落孙山这个成语的不雅，就称其为孙三哥。河南人李陶然是唯一的女诗人，就随孙三哥排序称她为李四姐。只有周文雄一个南方人，而且身材年龄都小，就便屈居末位，称他为周五弟。

这虽是他们当年在朝华文学社内之间的约定俗称，却一直沿用于毕业后28年中的书信来往和电话及QQ问候中。

按着与赵大大的见面礼节，周文雄又与另三位老同学一一握手拥抱。只是与李四姐握手时稍有犹豫。没想到李四姐主动畅怀，来了个荷叶卷鸡蛋，一下子将周文雄抱得紧绷绷，一边还说："恁都啥个年龄了，还扭捏？这年头，姐弟恋不也很正常么！"

大家便又是一阵大笑，也都说："正常，太正常了。"

久别重逢的五位老同学净顾着寒暄热闹，逗趣朗笑，都忘了人圈外还有一男一女，都一直在看着他们几个老同学之间的逗乐咪咪在笑。

赵中伟回过神来以后才招手说："过来，过来，拜见一下你们的周五叔，他可是你们父辈中间的南国才俊哪！"

周文雄与两位年轻人握手时才顾上认真打量，顿觉眼前一亮：果然是郎才女貌，天地间的一对绝配呀！

孙三哥指着年轻小伙子操着一口天津腔向周文雄介绍说:"周五弟,这是你的大侄子孙大宝,这嘛也不怕众位见笑,他和女朋友都是天津公安警察学校的同学。快毕业了给半年假,说是让实习,其实是到处跑着找工作。正好老社长招呼咱们聚会,就开车带他们一道来了。借这机会也结识一下父辈的人脉关系。保不准啥时候就能用得上,一届同学三辈亲嘛!"

周文雄这才明白了两个年轻人也一道出来迎接他的缘由,于是便随口夸道:"孙三哥真是好福气,公子是亮堂堂的大帅哥,女朋友自然就是千里难寻的大美女喽。"

两个年轻人对周文雄的夸赞并无羞怯之态,像约好了似的一齐说:"多谢叔叔美言。"

奥迪车司机为周文雄在车后备厢里取出拉杆箱。大家一边说笑着走过楼厅挤上电梯间。

作为东道主又是召集人的老社长赵中伟早已让服务员把下榻的房间安排停当。因为所请的人并不多,除了司机已安排标间,其他来客都在28楼套间入住。出电梯时赵中伟招呼大家说:"各位老同学,两位贤侄,给大家留二十分钟时间回房间洗漱,接风宴安排在2楼喜相逢豪雅。待会儿我们先茶后酒,边喝边叙吧!"

这八义山庄是那种集吃喝娱乐购物一条龙服务的休闲山庄。西北望,都是崇山峻岭相接的天然屏障;看东南,则是北京城挤挤擦擦一片又一片风格各异的楼房森林,再有就是望不到头的深灰色大路上流动着的甲壳虫海洋。

现代的城市风景给人的动感就是如此强烈,就是这森林似的楼群都好像无时不在颤动着。

洗漱已毕的周文雄站在套间的落地大窗前,对着阔别已久的古都新貌抒发着久违的感慨。

二十分钟其实就一晃眼的工夫,大家都到2楼喜相逢豪雅会齐的时候,老社长赵中伟已让服务员小姐备好了茶座。茶分两个品种,一种是福建安溪的极品铁观音,一种是西湖龙井。各人根据自己的口味喜好任选品鉴。

这喜相逢豪雅真是够大,正间一个阔大的旋转餐桌可供十多人就餐,偏间的沙发茶座在品茗谈笑的同时就可以按遥控欣赏影碟，中间是一个椭圆形的小舞池，可以随着投影仪的灯光和音响翩翩起舞。

大家落座品茶。本次聚会召集人赵中伟就开宗明义说道："我们大学毕业已经是二十八年了，大家都经历了改革开放以来的巨大变迁，也都经历了参加工作，结婚生子，提干加薪等个人生活工作经历中正常变化，这些变化都感同身受，无须赘言。"

说着，赵中伟就拍了一下坐在他左首品茶的钱发旺肥实的厚肩膀："特别是我们钱老二高瞻远瞩，二十年前就扔掉铁饭碗弃官下海，而且经营有成，跻身山西省煤焦行业民营企业的利税大户。这就为我们"朝华"文学社老同学老文友聚会创造了充足的物质条件。这次就'五一'长假的时间，把大家请到北京来，一是叙叙旧，重温一下大学时代的校园情趣，看当年我们朝华文学社的五大台柱还有多少指点江山，激扬文字的激情。大家都出了不少书，我也多有拜读。让赵某人羞见同窗之友的是我一无所成，纯公务员一个，当了二十多年的文抄公，混了一顶官帽子而已。"

钱发旺厚嘴唇吸溜了一口茶，发话说："行了你吧赵大大，副省级的大官了，还不知足噢！"

"知足是早就知足了，只不过大大有大大的难处。"赵中伟说："请大家来北京聚会的第二层意思就是帮我尽职尽责，也是我们大家共同的责任吧！怎么说呢？因为我在国家食品安全委员会办公室任职，大家都经常上网看报看电视，知道我们面临着食品安全非常严峻的现实。我可以先给大家放一个资料片，这都是从实际发生的食品案件中摘录下来的第一手资料。"赵中伟摁了一下遥控器，液晶显示器上立刻跳出了八个惊心动魄的警示性体例的大字：食品安全，刻不容缓！

要说食品安全，大家或多或少都耳濡目染地知道一些。地沟油、毒奶粉、苏丹红、毒大米、瘦肉精……而经资料片这么汇总性地一曝光，就让人更瞠目结舌，牙关上冒凉气，头皮子也发麻。

是啊，人们现在还敢去吃什么？市面上常见的无论生熟食品、毒饮料、毒方便面、毒火锅、毒香肠、毒海鲜、毒水果、毒豆腐……一下子可以列出几十种。即便是你坚决不进饭店，回家开灶自己做饭，你也没法保证你用以炒菜的油不是地沟油灌装，面粉是否添加了增白剂？喷过避孕药的黄瓜更不会给你贴上标签的。

在城镇化进程日益加快的今天，连很多农民都已经失去了土地，更无法想象在钢筋水泥浇筑的城市里，大家都去自己种菜。

看过食品安全的资料片，一时让大家的心情都加倍沉重起来。孙勇军还是当年孙三哥那一急就跳的猴脾气，一拍茶桌站起来冲着天花板怒吼着叫道："天呀，我们还能去吃什么？总不能让大家都去喝西北风嘛！"

赵中伟说："这就是摆在大家面前非常现实的问题，不能不吃，没办法了还得去吃。这也就把我们负责食品安全的责任部门放在了民怨沸腾的烈火上。连续几年我们会同公安、工商、食药监、卫生等相关部门联手整治，取得了一些成效，但是形势仍然严峻。个别省市地区的不法企业，甚至还有顶风做大的迹象。这其中当然有个利益驱动的问题，利益驱人万火牛，这是哪个朝代诗人的一句诗呢？人间的许多作恶很多都是由利益滋生出来的。单靠官方主渠道的整治，一时实难绝迹。因为各地官员都在为GDP奋斗，或多或少会有些地方保护主义的。所以领导指示我们，食品安全要综合整治，齐抓共管，要注意发挥民间民怨的监督监察作用，只要有所建树，特别是民间自发揭发监督出来的食品违法案件，一定重奖和大力查处。"

"这就中啊，只要上边大力度支持，下边的事就好办多啦！"李四姐欣然表态说："食品安全特别是地沟油的事儿，在俺河南也有曝光。俺已有二十多年开办律师事务所的资质和经历，但凡涉及食品安全的案子，一定义务提供法律支持。"

赵中伟说："好呀，咱李四姐还是朝华社女将的精神头，急公好义不减当年。"

这样一来，孙三哥立刻就沉不住气了，伸着两指头说："我这老教书匠虽然打不了头阵，可带来的两个年轻人都是公安警察学校刑侦专业的应届毕业生，正愁没有用武之地呢！"

两个年轻人立刻便踊跃起来。孙大宝说："赵伯伯，有用着我们小辈的地方您就只管吩咐。现在毕业实习就正想找点有意义的事情去干。侦查取证、录像拍照，包括擒拿格斗，我们都受过很专业的训练。要是人手不够，我一打电话，那帮同学铁杆哥们儿随叫随到。"

大宝的女朋友武英梅更不甘落后，开口像爆豆："这最好呀！我那帮同学姐们儿也都是出马一条线的穆桂英。只要领导给布置工作目标，落实经费和配备办案用车、摄像机、录音机等相关器械，赴汤蹈火都眼眉不眨。"

"这都好办，凡用钱能解决的事都不是难题。"钱发旺虽然贵人语迟，说出的话还是最具含金量了，"大家看我这块头和体重，也不是能去跑动办案的料是吗！但为了食品安全还是要尽到一个民营老板的义务。先资助一百万现金作为大家活动经费，还可以留下我这次从山西开来的日本原装凌志越野车供参与办案人员使用。凡是用钱的事由我兜底好了。"

"这真是太好了！还没请大家喝酒呢，想办的事就都办成了。"赵中伟带头为钱发旺的表态和善举鼓掌。大家也都跟着鼓掌。

周文雄在随着大家鼓掌的同时，也正琢磨自己应该怎样表态，赵中伟却径自点将提名了。"周五弟，这次把你这南国才俊请来北京，一则是因为江浙沪皖乃至重庆沿长江两岸发达地区食品安全问题多发，二则是因为你是搞纪实文学的高手快手。钱大老板已经把费用给大家拍在前面了，现在需要的是你出力，想必不会推辞吧？"

"老社长您说哪里话呢！百无一用是书生，我正巴不得有个写好文章的选题来打造一本畅销书，就不枉担了中国作家的虚名。"

"那就最好不过，为了民众食品安全，咱们朝华文学社老少两代人有钱的出钱，有力的出力，有权的用权。"赵中伟一边说着一边就兴奋起来，当年青年诗人的激情又开始迸发："从现在起我们的'食为天万里行'小分队就算正式成立。国家食安办派出一至二名工作人员做领队或特派员，负责联络地方公安、工商、食药检、卫生防疫、质检等相关部门配合，只要证据确凿，我们有权动用警力。因为职责在身，我不能随大家行动，只能坐镇北京遥控，为大家做后盾。有事可随时打我手机。周五弟是队长助理兼做随队记者，如实记录反映监察分队的监察业绩。随着监察工作的深入开展，我们还要出一套纪实体的文学畅销书，书名就叫'舌尖上的战争'。我想一定会畅销不衰，民以食为天，有谁能离开舌尖，单去靠空气生存呢？"

说到出书，大家又找回当年办"朝华"文学社时文学青年那种渴望建功立业的激情。两个年轻人更是一起欢呼："噢——真是绝妙的好主意；

太棒了，领导就是领导，我们要为之努力的事业一定是众望所归，这套'舌尖上的战争'也将会流芳千古！"

两个服务小姐又上来续茶。

赵中伟随即吩咐道："开餐走菜吧！主要议题都完成了，剩下最艰巨的任务就是为大家接风洗尘——喝酒！"

第一章 "地沟油"黑幕

1 风雨兼程

因为集团公司有许多事情需要打理，八义山庄聚会的第二天，钱发旺就和司机坐飞机回山西去了。

转眼之间就是近一个月的时间过去了。经过学习培训相关食品安全的各方面工作准备，又去给山西钱老板留下来的凌志越野车办理了一套可以通行全国免查免交各种费用的公安武警牌照，和沿途各省的地方牌照，根据夜间蹲坑监视、跟踪拍摄和各种情况录音取证的需要，选购索尼DV800超级掌中宝，各式袖珍录音机、强光棒、风雨衣等办案所用器材，代号为"食为天霹雳行动"监察小分队一行七人便高高兴兴启程上路了。

因为刚刚开始行动，法律顾问方面的事宜无由施展，李四姐暂回河南打理她的律师事务所去了。"食安办"派出了田处长为队长领队，具体负责联络、协调地方上各级公安、工商、食药检、卫生、质检等相关部门配合行动。其他六人分别为副队长孙勇军、周文雄，成员孙大宝、武英梅，另两位年轻的新加入成员穆红姐和石林忠都是孙大宝从天津公安警察学校召来的应届毕业生。这些年轻人无论谈吐形貌都没得挑，可以说都是帅哥靓妹队里的排头兵。

国家食安办的牵头领导赵中伟对这个人员精干的小分队非常满意，临行前一天还收齐了身份证，为七人都上了意外伤害保险。

凌志车出了大红门，就直奔新修的大广高速一路向南疾驰而去。

至于司机，现在根本就不是问题，人人都有驾照。特别是四个年轻人，眼见着日本原装进口的凌志越野车优异的配置和超时代的性能，还都跃跃欲试巴不得过一把车瘾呢！鉴于都是司机的人员结构，田处长随即来个临时规定，每个人驾驶的里程区间为三百公里左右，随服务区方便时轮班换驾。

周文雄在副驾驶座上不经意地向孙大宝掌中方向盘下的仪表看过去一眼，一看显示的日期是28，不由随口说道："二八大吉，今天又是个好日子噢！"

"当年毛泽东在湖南第一师范发起28画征友启事，就注定了这是一个建功立业的好日子。"田处长说。

孙勇军在天津师大教了二十多年的历史，有感于历史发展运势，继而就说："国家大事有时候也在细枝末节上多有巧合，建党28年后取得了政权，毛泽东又是开国领袖，不知有谁能解开这两个28之间的奥妙何在？"

这或许是一道执政党的哥德巴赫猜想。田处长说不上来，连写了很多书的周文雄也说不上来。四个年轻人当然更不知历史的玄机在何处。石林忠酷爱看武侠小说，于是就蹦出来个话题说："我们同车七位，今番'食为天霹雳行动'就正好是七剑下天山，出马第一阵就一定要挑开'地沟油'黑幕，腰斩'地沟油'魔头。"

田处长说："切莫轻言取胜，食品安全的案子涉及方方面面，蛛丝马迹中真真假假千丝万缕，难度并不在唐僧师徒闯盘丝洞妖窟之下。"

"对，对，非常中肯的经验之谈。"周文雄发自内心赞同地说："田处，您是领队，全权总指挥，大家同车共命，一切唯领导马首是瞻。今番出京，'食为天霹雳行动'如果有所建树，首先是步调一致才能得胜利。"

四个年轻人立刻一起响应说："保证一切行动听指挥！"

孙大宝负责执驾出京以来长途行车的第一段里程，抱着方向盘全神贯注地盯着前方。石林忠和两位女同学三人都正在迷恋开车的瘾头上，因此就对车的性能、内饰、行车设施配置等相关乘座使用的人性化和舒适度特感兴趣。这一款日本原装的凌志车是超豪华配置，在正副驾座之间备有冰箱和小型饮水机。后排三人座靠背放下来与后厢的四个侧座恰好可以组合成两个行军床。这就大大缓解了长途行车中的过度劳累，因为完全可以伸腰展背地倒头大睡。

"太棒了，这车倒好像是专门为我们这次'食为天霹雳行动'所设计的专用车似的。"石林忠和穆红姐一边随手翻看着随车的操作系统及功能说明书，一边说。

武英梅与穆红姐是无话不说的同班同宿舍铁姐们儿，知道她与石林忠两个人的关系早已是进入状态的火候了，就借机打趣说："这小日本的设计人员是够贼的哦，行军床正是成双配对齐头并足两个，要当婚车旅行结婚度蜜月是再合适不过了。"

穆红姐虽然生得樱桃小口，却是一张能探骨剥皮的利嘴："英姐莫急耶，好事成双，真要是盼到了那一天，咱姐们儿哥们儿同唱一曲'难忘今宵，谁也不能落下谁。"

武英梅冲窗外看了一眼，廊涿高速互通路标一闪而过，忽然就想到什么，鹅蛋形的俏脸一阵霞飞潮涌，伸手在穆红姐的额头上抿了一下，说道："我们正从河北涿州地界上飞驰而过，看过《三国演义》的都知道，刘关张桃园三结义就在涿州的一个村子里。我们同学四人虽然好得一个人一样，这应该叫个啥名堂呢?"

"四人……"穆红姐嘴快，差点说成了"四人帮"，话到嘴边，便觉这个比喻太臭，随即就改口说："四人相帮，还可以帮贴帮嘛!"

这话说得峰回路转，让同车七人都"轰"的一声笑了。

车出河北，大家在山东地界上的第一个服务区吃过自助餐就继续赶路。石林忠接替孙大宝执驾。临上车前他打开手机看了一下气象预报，短信提示说：午后鲁西南地区有强对流天气造成大风降雨夹冰雹，请注意灾害防范。

善意的提醒只是对一般灾害而言，真正的天灾是防不胜防的。正是麦黄时节，气候的冷暖变化异常，刚还是瓦蓝响亮不见一丝云朵的万里晴空，车跑起来刚一个多小时，就见西南天际上堆起了黑云头。

这黑云头似乎就是搅乱天庭遮日盖天的魔君，而且神通广大瞬间万变，那气势用"黑云压城城欲摧"来表述实在并不算作太夸张。更或是凌志车以160迈的时速向南疾进，而黑云层挟风带雨则又以几倍的速度向北气势汹汹地卷来，这两个反向的时速相叠加，就让乘车人更感到天旋地转般的时令无常。

凌志车很快就被撞入了昏天黑地的行车厄境中，还没等石林忠去按下大灯开关，光控感应的大灯就自动亮了。石林忠降下车速，又开启了紧急路况的红色双闪键。前后也就几分钟的时间，整个高速公路上的大小车辆也都降下车速，循规蹈矩鱼贯而行。司机们都不知道老天爷这突然变脸要干什么。大小车辆间杂，一排四路长蛇阵都是紧急信号灯红光闪闪，是在问路也是在问天。

风卷着急雨排子枪似的一阵猛似一阵地扫向车窗。这让坐在副驾座上的周文雄既惊悚又兴奋，作家的职业特性让他真情实景地在感受着栉风沐雨的洗礼。心下不住劲地在感叹着纸上得来终觉浅，经风沐雨壮豪情呢！

石林忠把雨刷器扳开到了顶格，车窗前仍然是一片银珠飞溅雨雾茫茫。前后车也全都启动了紧急路况红色双闪，大家都在感觉着可控的距离徐徐跟进。

"咔嚓嚓……"一道闪电之后，紧接着就是"咕隆咕隆"的沉雷炸开云头黑幕。特大雷雨像是天河决堤倾泻而下。凌志车四周宛如擂响了十万面战鼓，车顶、车帮、后厢都被敲打得砰砰乱响。

而这时，车前窗的挡风玻璃上狂风卷雨的排子枪扫射声早已变成了盆泼桶浇似的"哐哐"声响。

"慢点、慢点、再慢点！"大家都不约而同叮嘱执驾的司机石林忠小心操作，千万小心莫要追尾。

孙勇军便狠狠地咒骂道："这老天，诡道无常，咱们的霹雳行还刚起步，就先给来场惊雷闪电急风暴雨，真是晦气！"

田处长说："大家少安毋躁，不是常说阳光总在风雨后，雷电过去见彩虹么！这或许是老天在为我们的'食为天霹雳行动'壮行呢！如此响动，足以感天动地泣鬼神吧！"

作为领队，田处长的意思自然是在宽慰大家。孙大宝自幼就是个让家长老师都没有省过心的淘气包，遇上了这样的鬼天气不仅没有一点胆怯，反而拉着两个女同学侧脸将耳朵贴在车窗玻璃上，还要一心尽意地去体验天公神威呢。

车窗前挡风玻璃上桶浇盆泼般的"哐哐"雨水声，忽然变成了乒乓叮当的敲击声。骤降的气温在空中就将雨鞭凝固成了冰弹，并立刻就在车窗上砸出跳珠溅玉般的骇人景观。

石林忠叫一声："不好，有冰雹！"同时立刻就踩了刹车将车停住。小伙子是个精细人，虽说驾龄不长却还知道去如何应机处置。这种情况下还不可以去熄火死等，在驻车的同时立刻开空调放冷气。因为车外冷雨冰雹袭击气温骤降，车内七个大活人体温和呼吸很快就会让车窗起雾。视野不清，任何时候都是行车之大忌。

这时候忽然"当"的一声骤响，一个大冰雹砸在了车右侧的窗玻璃上。让贴耳谛听的孙大宝和两个姑娘都大吃一惊，立刻蹑手缩脖归座，一边还叫声"乖乖，厉害！"

高速公路上的大小车辆全都停止了蠕动，趴成了四条粗粗细细高低起伏的车队长龙。一任天公撒泼的雹雨袭击。车队长龙之间青灰色的路面全被一层冰雹所覆盖。原野上的树木庄稼都在狂风雹雨中拼力挣扎。

强对流造成了雷雨夹冰雹糟糕透顶的天气足足折腾了有半小时，雹雨狂风方才飘然而去。风停雨住了，孙大宝和石林忠才分别从前后两个车门跳下车来，围着凌志车转了一圈。还好，虽然猝不及防地经历了一场狂风暴雨夹冰雹的袭击，这台雄狮一样的凌志车居然没有被蹭破一点皮。

蓝天又恢复了洁净，太阳又重新容光焕发复照大地、高速路面上雨水浸泡着的冰雹在阳光的逼视下抖缩着迅速融化。

高低起伏的汽车长龙重新又开始蠕动，而且伸脖展颈很快就拉开了距离。

石林忠和孙大宝都反身上车。凌志车便像一头醒来的雄狮，很快就加足马力超越了一辆又一辆的大货车，冲开了路面上的雨水，碾碎了冰雹，向着江南猛扎而去。

2 掏捞世家

凌志车抵达望海市的时候已是午夜过后。风雨兼程地奔波了十九个小时，大家都没有要吃消夜的要求，就随便找了一家旅馆抓紧时间休息。

房间自然也好安排：田处长是领队占一个单间，孙勇军和周文雄俩老

13

同学住一个标间。其余四个年轻人两男两女各住一个标间。大家都已累极，各自带了自己的行包回房洗漱倒头睡去。

这一觉醒来的时候早已是第二天日上三竿，早餐和午餐合并执行，倒也省去了一些时间。

稍事午休以后，大家就到田处长的房间里开碰头会。田处长的笔记本电脑上储存着许多各地群众举报"地沟油"和其他相关食品卫生案件的线索。其中有一条提供得较为具体翔实，举报人称：望海市福民路中心市场饮食一条街下水道出口，经常有人掏捞"地沟油"和餐饮杂物，虽是下水道出口，却成为一些人的生财之道。建议领导重视，认真查处。

周文雄是望海市人，一听就说："这个地方太好找啦，饮食一条街的生活污水出口，应该就在松溪河边。那是污水去向的必经之路，水往低处流嘛！"

田处长说："既然有周作家这个本地通，咱们就暂时先不必惊动市县相关部门来配合我们。先不动声色，坐实案件线索，如果需要配合，再联系相关部门。"

大家立刻响应，都说这样最好，方便提高工作效率。你田处长带着一干人马下来，大小是一个京官出动，一惊动地方相关部门，接风洗尘浪费时间不说，走漏出去风声，要是打草惊蛇，反而不利于查实举报线索。周文雄在总服务台上找来了一张城区地图，给大家详细介绍城区路街布局。

松溪河呈不规整的南北走向，河首由上盘区入市，中间甩下几个S形的大弯道蜿蜒二十公里，河尾于下盘区出市又拐了一个大弯，再绵延一百多公里东流入海。

福民路中心市场正在市中心的老商业区圈内，那一段也正是河道最宽的地方，找到饮食一条街的下水道出口应该非常容易。

周文雄在地图上找出福民路和饮食一条街的位置，确认无疑地说："这地方是河东区的辖区，下水道出口一定会是冲西沿河道方向出来。"

田处长按着周文雄所指，在饮食一条街冲河道方向的沿河东路上画出了一个红箭，随即布置说："我们可以在四点半以后出动，五点半到位找到出口位置就行，然后远距离观察跟踪。饮食行业正常的餐点晚上一般都在六点以后，掏捞地沟油的个体户也会跟着餐点时间走的。今天的任务是先踩点。四个年轻人都换休闲装、扮作旅游度假的情侣模样。发现目标先接近，莫惊动。掏捞地沟油废物利用本身并不违法，因为正常的经营途径地沟油可以炼制生物柴油和为一些油脂化工企业提供原料。我们的任务是发现找到地沟油流向舌尖的途径，彻底揭开这一生财之道的罪恶黑幕。"

领导就是领导，既要把握政策界限，还要掌握工作方式，也要具备社会心理学方面的相关知识，知道哪些人应该以哪些方式去接近。

周文雄已经飞快地在手提电脑上敲打点击，速记下田处长对行动方案的具体布置和注意事项的提示。作为随队行动的记者作家，由他执笔的长篇纪实体文学畅销书《舌尖上的战争》，已经从昨日启程路遇狂风雹雨草就了第一章"风雨兼程"。

四个年轻人兴高采烈地各自回房换装去了。

望海市依山向海，一条松溪河九弯十八拐穿越而过。有山有水，平原丘陵分布匀称，天赋造化让这方水土风光秀美。

太阳快要落山的时候，因为有周文雄领路，没费多少周折就在沿河东路的一个桥涵下找到了饮食一条街的下水道出口。

凌志车挂的是公安牌照，目标太大。田处长就决定将车开到河西岸找个视野好的地方停下。他与孙勇军和周文雄在对岸远距离监视遥控，扮作情侣的两对年轻人先在河岸上下徜徉，发现有掏捞作业的人员，再设法接近探究。

风和日丽的望海市一切如常，穿越而过的松溪河像一条摇头摆尾的青龙，将城市鳞次栉比的楼厦括成凸凹对应的弧形。两岸沿河的两条大马路，便自然成为市民休闲散步和外来客浏览城市容貌的观光带。因为流过中心城区的这一段河床较宽，河水归入了中心河道。两边空出来的河床就被市民辟成了一条一方的小菜园。在钢筋水泥森林般竞高的城市里，菜园也成了不错的风景。孙大宝和武英梅在先，石林忠和穆红姐在后，四人扮作两对携手揽腕的情侣，从青杨翠柳的堤坡便道上下到河床底，沿着菜园中一条机动车轧出来的沙石路沿途寻觅着每一个可能出现地沟油的下水道出口。

四个人都穿着新买的旅游鞋，男式白间蓝，女式粉映雪。八条腿灵燕似的在河床上蹦跳着，尽意抒发着四颗年轻心脏的活力。其实本来就已经是两对情深意浓的情侣了，不用加任何的修饰也看不出任何破绽的。穆红姐上身水红衫配一条纯白紧身裤，更显得玉腿修长，三围凹凸分明。武英梅则是白衬衣在上，与墨洗一样的长发先制造出黑白分明的舒朗，再以一条湖蓝裤子托底，追求一种蓝天白云的飘逸之美。

孙大宝和石林忠这两个血气方刚的小伙子，能够有这样一个机会带着自己心爱的姑娘来干一场功德无量的大事业，心里自然都是美滋滋的。

四个人前后不差几分钟都来到了饮食一条街下水道出口的桥涵下边。这是那种特别常见的水泥桥桩路桥涵洞，足有四米多宽。里面深不见底，隐约可以听见哗哗水响。看看四外还没有其他人来，孙大宝赶紧从挎包里拿出强光棒照明，让石林忠用掌中宝拍下现场资料。

涵洞口南侧是一片被机动车轮轧平了的空地，机动车轮掉头和倒车的轮胎印记还清晰可见。被泄露油垢污染的土地已经变成了棕黑色的泥巴场。这明显是个经常掏捞地沟油的黑市作业场。在涵洞出口一米深处修了膝盖高的水泥坎将污水挡住，一边还修了一个底下可以漏水的铁闸门。这样一来即便有几个小时不来掏捞，浮在水面上的地沟油也跑不掉，污水却仍然可以从闸门底下不停地滤出流走。

这还真是一个聪明人想出来的办法，修这样一个水泥坝和铁闸用不了多少工时和物料，却可以将地沟油囤积储存一下，方便随时来掏。

涵洞深处不时飘来一阵又一阵刺鼻呛喉，说不上是酸还是腥味的浓重的腐臭。

拍完资料收起掌中宝，石林忠皱着鼻子说："这就叫猪往前拱，鸡往后刨，无论哪种行业何种动物，都有各自的觅食生财之道。"

看着水面上漂浮着厚厚一层的地沟油沫，孙大宝说："利益总是让一些人把自己的聪明和智慧发挥到无以复加的程度。我最近看过一本书后才明白过来，原先以为'重赏之下必有勇夫'这是一句话和一个完整的意思，其实这句话的后半句是'香饵之下必有死鱼'。凡是从这些地方掏捞炼制，又将产品回流到舌尖上去以此发黑心财的都是魔鬼生意，法律总有一天会将他们送上断头台的。"

"如果我们这次能够抓住线索，顺藤摸瓜揭开地沟油回流餐桌的黑幕，在食品打假的历史上一定将是辉煌壮笔，功垂千古的。"武英梅对能找到掏捞地沟油的作业场非常振奋，已经在开始憧憬胜利的曙光了。

穆红姐却说："英姐先不要太乐观，这种伤天害理的案子，吃水一定不会太浅。"

"不管他深还是浅，只要逮住了牛尾巴，就不愁拽不出小牛犊，我们一定要扳倒这些发黑心财的老牛头。"石林忠信心十足地说。

这时候孙大宝的手机响了。是在河西岸凭高监控的田处长打来的，通知说南边跨河大桥下有一辆皮卡拉着油桶冲涵洞桥这边来了。要赶紧疏散撤离，再找机会想法接近。

四个人赶紧离开，装作谈情说爱的样子，一对一地在河床上开始遛玩，眼睛却都不住地向南边的来路搜寻着。

果然，只有几分钟的时间，一辆没有牌照的铁灰色皮卡拉着三只油桶开到了涵洞口。皮卡车很熟练而又利索地在涵洞口空地上掉头倒车，将车斗抵近涵洞口。

车斗里跳出三个人来，手提着掏捞工具开始作业。看样子都是老搭档无疑，一个人在里边掏捞，一个人在中间传递，一个人立在车斗上灌装。

足有半个小时，田处长在对面岸上的凌志车里用望远镜看得较为仔细，一边观察一边对周文雄说："告诉大宝他们几个想法接近现场，近距离拍好相关资料。"

接到行动命令，四个人又分成两对牵着手向掏捞作业现场溜达着一边东张西望玩耍着接近。石林忠随身还带着一个针孔微型录像机，录像机装在左手的衣兜里，探头设计在当胸的纽扣上，无论摄像和录音都极为方便。他和穆红姐脚快，先孙大宝和武英梅十几步来到皮卡车前。

"大叔，大热天的，掏这些脏东西干吗?"穆红姐向皮卡车上装桶的中年汉子首先发问。

中年汉子一看是一个衣着光鲜而又天仙一样的姑娘在主动和他说话，自然就没有不理会的道理。一边贪婪地看着穆红姐的笑脸，一边说："干

17

这脏活累活还不就是为挣几个钱养家糊口。"

站在涵洞口负责掏捞的是一个矮个子板寸头。他手执一个带丁字梁的平口铁舀子掏瓢,顺着水面一舀,就正好把浮在水面上的那层地沟油掏上来,再回身分别倒进两个焊着长壶嘴的扁形手提桶里。中间负责往皮卡车上转递的是一个青皮光头后生,样子也有三十来岁。

孙大宝挽着武英梅也走了过来。

孙大宝掏出烟盒一边给三个人递烟一边说:"大叔大哥,劳逸结合,抽一支烟喘口气再干。"

武英梅用手绢掩着鼻子说:"掏这些臭烘烘的泔水油,有谁会要这些脏东西呢?"

"谁要?"板寸头看了武英梅一眼说:"姑娘你不知道,现在这可是抢手货,油脂厂货站有多少收多少,就怕脏东西你也掏不到手里哟!"

板寸头的板寸已经花白,看上去有五十几岁的样子。孙大宝一边给板寸头接火一边问:"大叔,这活又脏又累的,一定很挣钱吧?"

"挣钱?"板寸头吸了一口烟说:"不挣钱谁会干,不过这大钱怕是都让老板们给挣去喽!"

孙大宝就进一步与板寸头套近乎说:"也是,这年头挣大钱的就都不干活,受苦受累的反而挣不了大钱。"

板寸头非常赞同地点点头。穆红姐凑上来向他问道:"大爷,干这行当有些年头了吧?"

不仅是青壮年,连老头子也乐意和漂亮姑娘交流。板寸头拧眉想了想说:"快有三十年不少了吧!我爷爷那会儿就是干这地沟活起家,虽说是下三烂,臭水沟里捞钱,倒比种地打工要强多喽。"

孙大宝奉承说:"这么说大爷还是子承父业掏捞世家?"

"也就算是吧!"板寸头说:"咱祖上没官没势力,自家也没文凭没技术,要是再怕脏怕累,孩子老婆就只能喝西北风去喽!"

孙大宝闪身起来装作要打电话的样子,乘武英梅和穆红姐轮番与板寸头说话的时候,用手机给板寸头拍了个近身照。

石林忠转过来转过去,胸口纽扣上的针孔探头,已经把所有需要的现场资料尽数拍下。

3 捕影觅巢

四个年轻人完成了掏捞现场的侦查任务后，仍旧是情侣模样勾手搭肩地溜达着离开。他们尽量装作毫无目的四处闲逛的样子，以免让三个掏捞地沟油的人生疑。

也就是抽了一支烟的工夫，一边又和四个年轻人叨扯了一会儿闲话，板寸头才停下了手里的掏捞营生。等四个年轻人一离开，他立刻就扔掉手中的烟头，抄起特制的铁舀子掏瓢，一下紧似一下地掏舀起来。时间对他来说看来还是相当金贵的。

中间分工负责传递的青皮光头小伙子完全像个机械的转运工，板寸头掏多少就管转递多少，不亢不卑，不急不躁。只有站在皮卡车厢上负责灌装的中年汉子有些心神不定，一边提着手提桶往大桶里灌装，一边贼眉鼠眼地冲着四个年轻人的背影溜来溜去。那神情说不上是生疑、羡慕还是垂涎。

四个年轻人回到凌志车上，一边检索刚才侦拍到的素材，一边向田处长汇报情况。所拍摄到的案情资料无论是画面还是声音都相当清楚，储存起来留待收网破案查证时备用都没有问题，就是只询问到了一个油脂厂货站是地沟油的收购点，这让在望海市长大的周文雄抓破脑壳也想不起在什么地方。

剩下的办法就只有一个，尾随跟踪这辆没有牌照的皮卡车，看他们到底在哪里卸货。这是案情线索的第一个环节点，只要找到这个货站顺藤摸瓜上串下连，就一定能摸清望海市这一片地沟油黑市的分布状况。

大家都非常赞同田处长的临场经验和具体分析，决定盯住皮卡车这个目标，看它何去何从。

天将黑下来的时候，皮卡车拉着三个大桶又从河道里的沙石泥土路上返回。因为是重车河道里路面坑洼较多便走得很慢，这就有了足够的时间去盯踪它的去向。

孙大宝自告奋勇驾车，并说一定要擒获这头第一个出现的猎物。周文雄是本地人路径熟，就在副驾驶座上带路。

凌志车从跨松溪河大桥上来到桥东，停在沿河东路桥头一个三岔路口的饭店门前。此处几十米远就是下河道的坡路出口，也是皮卡车拉运地沟油的必经之路。

也正是用晚餐的时间到了，服务员小姐见门前有车停靠就赶忙出来招呼生意。孙大宝摇下车窗连连摆手也难以辞退服务员小姐的拉客热情。周文雄只好下车用望海地方话与服务员小姐周旋："不着啥急哈，还要等几个老板。""那不是正好哈，方便先里面坐喝杯子热茶。"

一听说"方便"两字，正好就惊醒了周文雄的尿意，就跟着小姐进了店门，顺手就先到卫生间里面方便了一把。等出来洗完手，就听见孙大宝摁了一声车喇叭，知道肯定是皮卡车露头了，就飞身跑出店门，钻进了已经发动起来的凌志车里。

服务小姐热情了半天，拉进来一个撒尿客，气得她冲着周文雄的背影直嘟囔。

皮卡车拉着三大桶刚掏来的地沟油爬上沿河东路后一直向南去了。凌志车就尾随着拉开几十米的距离跟踪而去。

望海市是一座沿松溪河而建的老城，街路七拐八绕的让人没有准确的方位感。多亏周文雄是本地人路熟，皮卡车又是朝着出市口上盘区的方向径自而去。孙大宝的车技也真还算可以，终于在皮卡车开进一家老旧厂院时锁定了它的去向。

到了追踪的目的地，周文雄才恍然大悟。原来这就是二十年前已经破产的望海油脂化工厂仓库。更早些时候在他写文章刚出道时，还为当时的望海油化写过一篇题为《望海之光》的报告文学，文章发表在《望海日报》的副刊上。记得当时的厂长也就是文章的主人公叫关日升，一个刚到中年就谢了顶的矮胖子。关胖子留给周文雄的印象是人是特别的精明，而且城府极深，一晃二十多年过去，没想到今天跟踪摸排地沟油的流向又撞到了他当年写文章所采访过的地方。如果关胖子要是成了倒弄地沟油的大老板，这次肯定又会成为他周文雄笔下的一个人物，这就有点戏剧性的味道了。

皮卡车刚一进了院子，两个保安就又把两扇铁大门严严实实地给关上了。孙大宝也只好将凌志车停在了距大门十几米远的地方。

天已经完全黑下来了。借着路灯的光亮，田处长带着大家像城市居民晚饭后散步一样来回走了几圈。因为都还是原先望海油脂化工厂的旧建筑，厂房和仓库都是高房大墙，在大街上一点也看不到厂院里的任何动静。这或许也正是被选中用来倒腾地沟油较为理想的货站和转运场的缘由所在呢！

反复看过周围环境和地形建筑物以后，田处长说："看来这地方只是收购倒卖第一手地沟油的中转站，不会是粗炼和加工的场所。粗炼加工是一定会产生烟雾和异常气味的。盯住了这个聚散地，就不愁找不到他们的粗炼厂。我们南下以来出马第一阵可以说是捕捉到了目标，还算比较顺利地揪住了狐狸尾巴。接下来的任务就是用餐、休息、分班蹲守，抓住时机跟踪追击，不到黄河不死心，不大获全胜决不收兵！"

4 深山炼厂

望海油脂化工厂虽说在十几年前就因政策性亏损倒闭破产，两百多名职工买断下岗风流云散，可是企业的掌门人关胖子却成了一个穷庙宇中的富方丈。皆因为他还留守着厂址所占八十多亩地皮和几千平米的厂房仓库，每年的场地租赁费用就有着一笔相当可观的收入。关胖子极会作态哭穷，也熟谙相关管理部门的通关之道，遇有上级部门领导过问企业破产后留守人员利用厂房仓库经营自养情况，或是督促招商引资，关胖子都能搪塞过去。一边为应付形势天天喊招商，一边又说这地方太偏又狭小，有钱的大商看不上，钱少的小商占不起。

就这样撑着一拖十几年，表面上是个破产企业烂摊子一个，大铁门锈迹斑斑，门柱水刷石掉面，砖墙剥落。工商税务、监管部门和中小企业局主管部门的工作人员经常是从门前过，也很少有人用心去看一眼；而实际上烂摊子外景下掩盖的隐性收入，除了养活十来个留守人员外，更养肥了关胖子这个掌门人。明着他是个破产企业的留守厂长，暗地里他又在距厂址十六公里的天都山买断了三千多亩荒山七十年的经营权。卡住天径沟谷口进山的必经之路建起了一座山门。除了有专职保安昼夜值守，还养了两只狼狗看门。没有他关胖子天都山护林队的特许，车辆和游人都不得擅自

21

入内。对外挂着醒目的大红字标语是：封山育林，严禁烟火。而在拐进天径沟以后再走四公里再拐九道弯的山间盆地上，他们自己却在烟熏火燎中发着不义之财。在一个简易的大厂房中，垒砌了一溜蛤蟆灶，摆开了三十口大铁锅，秘密开张了地沟油的粗炼场。

这地沟油的粗炼加工可以说几乎没有什么技术含量。新来的工人培训两个小时就可以上岗。因使用的是柴油机发电机组，看火工只要会及时开关吹风机和引火点柴添煤捅火就行。搅锅工戴上大围腰和一双帆布手套，能及时搅锅去杂把翻滚起来浮在上面的油层舀进灌装桶里就可以胜任。如此简单而又粗糙的工艺流程，又是供不应求的市场需求（尽管是黑市），这个神秘的地沟油老板关胖子想不发财都难。

他当然知道这是黑心财和作孽钱！所以就想最大限度地封闭和与世隔绝。为祈求上天保佑平安，安全发财，还在炼油厂北边盖了黄大仙庙和老君堂。关胖子初一十五都要戒斋沐浴，焚香化钱。

而今的世界就是如此稀奇古怪，一边做着伤天害理的黑心生意，一边还要去捧经念佛超度众生。

十多年来，关胖子网罗了一批城乡小混混，波澜不惊地偷偷经营着地沟油生意。因为是破产企业无人关注，深山炼场人迹罕至，以封山育林为幌子实行了全封闭。工商税务无由过问，城管环保等监管部门鞭长莫及。而地沟油的生意链条从掏捞、收购、转运加工的时间过程，基本上是在正常的单位和个人下午快下班的时候开始，到了第二天大家正常上班的工作时间，他们却偃旗息鼓进入休眠状态了。

田处长带领的"食为天"监察小分队根据群众的举报线索，出去侦查的时间切中了这些地下经营者的作息规律，所以没费太大周折就接近了工作目标。

锁定了目标之后，如何去蹲守监控却让大家颇费斟酌。凌志车是公安牌照目标太大，也不可能将一辆车昼夜停在附近对一个厂门实施监控，那样等于是通知不法经营者被盯上了。同样也不可能放两三个人的游动岗去昼夜盯梢。那样同样会打草惊蛇的。

四个年轻人三年中学到的刑侦专业知识，这时候派上了用场。猴子一样精明的石林忠说："昼夜监控这个货站的大门这并不难。我们车上就带有十几个红外探头，找个不显眼的位置安装好就是了。另外最重的问题是选择好我们人和车所在位置，一旦发现可疑目标跟踪出击不会误事就行。"

听石林忠这样一说，孙大宝和两个姑娘都兴奋起来。穆红姐说："另外的问题就更不成为问题。我们就近找个旅馆住下，轮班盯着监视器屏幕。田处长、孙老师、周作家你们还可以喝茶，打扑克，看电视都不影响我们实施监控的。"

周文雄和孙勇军听了都有些不甚了然。他们对刑侦专业的红外监控技术，已经发展到可以无线操控程度还基本是一片空白。田处长虽然知道一些，但并不专业，也不会动手操作。于是这七个人组成的小分队便自然形成了四比三的分工格局，因为新老两代人的知识结构截然不同，选择的侦破方式就只能以新技术为主了。

技术上的道理一讲明白，面临的难题便迎刃而解。就近找了一家如家快捷旅馆住下，凌志车也不进后院，就停在旅店门前路牙台上，为的是发现情况能迅捷出去，就省得再招呼门卫开大门了。

田处长特为高兴，晚饭桌上特意点了白酒、啤酒和葡萄酒三色齐备犒赏大家。这酒喝得也很有趣，三个五十岁左右的男人喝白酒，两个小伙子喝啤酒，两个姑娘喝葡萄酒。虽然度数不同，色彩不一，口感有别，大家一个相同的感觉就是高兴，为能捕捉到工作目标、案情有所进展而高兴。

酒喝得痛快，饭也吃得高兴。酒足饭饱之后三个喝白酒的男人回房休息。四个年轻人做伴，仍然扮作情侣散步的情状到油脂化工厂所在的天都山路来回游走，寻找安放红外摄像探头的地方。

直到夜深人静的时候才将探头布好。回到房间孙大宝和石林忠各自打开一台监视器一调试，油脂化工厂的大门就赫然出现在两个监视器的屏幕上了。大门开关、门卫走动和一进一出的大小车辆都可以清晰地拍摄下来，而且还可以回放检索。

这个红外监控系统的成功安装运行，让第二天酒醒后的田处长、孙勇军和周文雄三人大开眼界。孙勇军虽然前后教过三十多年体育，也练过太极拳和剑术，虽然锻炼得体格健壮，却从没有接触过这些新型的电子仪器。周文雄写了大半辈子文章，也就是会敲键盘用电脑而已。田处长一直二十多年都是上传下达的行政工作，也从没想到有一天工作需要会来接触到这些红外监控仪器。所以三个人都无一例外地慨叹自己确实是老了，赶不上趟了，以后的事业还是就得靠年轻人去干了。

既然四个年轻人都是在热心实习他们的刑侦专业课，三位长者虽然同样是非常关注却都插不上手，七个人都盯着两台监视器不错眼珠去看，时间一长也怪单调，而且也影响年轻人们的情趣。孙大宝就向田处长建议说："田处，您和周叔还有我爸都只管吃好，喝好，养精蓄锐，这点监控的事交给我们四个年轻人轮流值守就成了，保证不会脱岗误事的。"

年轻人豪情万丈而又勇于负责，田处长当然高兴，就说："也好，都在这儿干耗着也是时间和人力上的浪费。盯住这个大门，三马子、皮卡等这类小型车进出留下记录就行，这只是零星散掏的收购交售业务。我们现在的重点目标是寻找进出厂门的大型货车，通过转运流向查找地沟油炼厂。这是案件的重中之重。我已经和服务台打过招呼，我们包的三个房间卫生自己搞，有事打内部电话联系，不要无端打扰影响工作。"

该想到的领导事先都已想到。四个年轻人便没有其他事再去分心，就专心致志盯着两个监视器屏幕上的一举一动。

整个大白天没有可疑动静，第二天晚上就接着盯守。四个大活人瞪着八只眼睛看着两台监视器上的同一个大门，这其实是一件非常枯燥而又乏味的事情。时间一长，瞌睡虫就不时光顾。

孙大宝晚饭时啤酒喝得太多，最先困得睁不开眼睛，虽然脸对着监视器屏幕，脑袋却像是鸡啄米似的一会儿就往下一磕。每到这时候武英梅就捅他一下说："你这叫嘛样儿，人高马大的块头不小，倒经不住熬两宿夜。"

孙大宝激灵了一下，立刻挺了一下脖子说："没事，没事，啤酒这东西虽解渴，可有后劲，让人犯困。"

穆红姐知道石林忠对茶最敏感，一杯龙井喝下去，一整夜不合眼都没问题。于是就为每人沏了一杯龙井。先给孙大宝放到手边的时候，孙大宝立刻说："多谢弟妹，有您这杯龙井提神，瞌睡虫就再不敢来捣乱喽！"

穆红姐说："别光说空话，把你大活宝的故事篓子抖搂抖搂，你也不困了，大伙儿也开开心。"

在学校，孙大宝是有名的大活宝，故事篓子，一说讲故事，忽然也就精神了，立刻说："你们想听啥故事，我一定无私奉献。"

石林忠眨了一下眼说："当真无私奉献？"

"咋会有假！"孙大宝极为认真地回答。

石林忠说："那就讲你和英梅的恋爱故事。"

武英梅立刻脸上发热："我们的恋爱无故事。"

"鬼才信！"穆红姐的利嘴总不饶人："无缘无故，连跳蚤也不会咬人。这是一位哲学大师的名言。"

孙大宝笑了："跳蚤咬人嘛，是因为它喜欢吮吸人类的血液。我孙大宝最崇尚男女平等，所以肯定不咬人。"

"就讲被人咬的故事也行。"穆红姐穷追不舍。四个年轻人对这个话题都感兴趣，是因为大学校园里流传过两个往届大学生搞对象咬破舌头的故事。

孙大宝笑了，说："亲还亲不过来，谁舍得去咬呢！怕是只有那大傻×属狗的才会去咬人嘞！"

石林忠一边盯着监视器屏幕一边说："狗和猫是一个主家，即便不咬舔功了得也有看头。"

穆红姐就猛然将武英梅抱起来推给孙大宝："做个示范，舔一个给我看。"

武英梅自然不甘示弱，就拿拳头捶她："自己熬不住了，想舔就去舔呗，干吗拿人家做挡箭牌。"

就这样，四个年轻人有说有闹监控了两个通宵，三个半大老头盯了两个白天，直到第三天凌晨终于发现了目标。

目标是一辆望海市本地牌照的大货车，拉着一车厢看样子像是空油桶，之所以判断它是空油桶是因为细心的石林忠在监视器上看到货车进厂门时颠了一下，后厢的油桶东倒西歪地晃荡了起来。

既然是空油桶，就说明肯定是来装货。这一情况让四个年轻人极度兴奋了起来，立刻全体总动员充分做好出动追踪的准备工作。

直到东方泛起了鱼肚白，大货车才又从监视器上出现，出了厂门沿天都山路往出市口的方向去了。

凌志车随后就跟了上来。为不打草惊蛇，孙大宝没有开车灯，打开了车上的GPS，很快便在卫星定位显示屏上锁定了望海市天都山路的方位，一个行车箭头便随着凌志车的车速开始时快时慢地移动。

大货车越过出市口的时候天已放亮。凌志车远远地尾随着，保持着既甩不掉也不跟得太近的追踪距离。

因为是大清早，路上偶见行人车辆。周文雄远远望着大货车的尾影对田处长说："田队，这大货车肯定是往天都山里边去了。进山的大路只有这么一条。上高小时我们的红领中队每年春天都来植树，山里边的风景还真是不错。谁知道这帮黑倒爷们把这一大车几十吨地沟油拉进山里去干什么！"

田处长说："这也许就正是掌门黑老板经营诡道的高明之处。地沟油粗炼去杂不仅是存在污水、秽物排放存放处置问题，还有烟尘和腥臭味，几里远就可以发现。到深山老林里边去粗炼，就是为了甩开工商税务、城管环保等相关部门的监管。既然他们能倒腾这么远，想必是作坊的规模就不会太小，掌门的老板肯定也有一定实力。这种黑作坊，实力越大危害就越大。我们必须想尽一切办法拿到能说明问题的证据来，领导们才好采取决策措施。"

进山的路越走越窄。凌志车一直跟踪到两座巨大山崖对峙的石门前，就见大货车停在山门口与门岗联系。两只大狼狗便一声比一声高地拼着力气叫了起来。

为不致惊动大货车上的人员，田处长让孙大宝将车停下。石林忠借机透过车窗将大货车在山门口的现场用掌中宝拍了下来。田处长一开始就反复叮嘱过，小分队这场不知何处是终点的跟踪追击，各个环节点上的第一手资料录像一定要拍全拍够。因为有足够的经费，无非是多备一箱硬盘而已。

两个门岗保安把大货车放进去以后，立刻就又把两扇铁艺大门给关上了。

这工夫田处长才认真打看山门两边的地形，不由心下暗自着急：两边山崖形成的天然石门都是几十丈高的绝壁，中间的通道虽说有几十米的空隙，都用石拱砌券又起高墙。高墙上白底红字的"封山育林，严禁烟火"

八个大字特别醒目。拱心内都栽了一层铁桄，可以溢洪走水，人是无法逾越的。

看来唯一的通道就只有中间的山门了，可是保安和狼狗全天候守卫，让大家都已经在感觉和印象上取得一致共识：以如此戒备来禁绝行人，必有不能见天日的猫腻。

田处长让孙大宝将凌志车停到一个拐弯地方的树荫下，避开门岗保安的视线，然后对周文雄说："老周啊，你是本地人口音，带两位姑娘到山门去探探口风，看进山门需要哪些手续。"

周文雄就与武英梅和穆红姐一道下车去了。还没等走近大门，两只狼狗又一声赶一声地狂吠起来。周文雄便为两个姑娘壮胆说："别害怕，狗这种东西也是欺软怕硬的，你要凶它就怯了。"

其实周文雄也是在为自己壮胆，还离山门十几步就向门卫喊话说："门卫师傅，早上好啊！请问一下，到山那边的天安县路该怎么走啦?"

一个门卫从岗房里探出头来说："东西两边都可以绕得过去啰！这么大年岁还不知道条条道路通广州的道理?"

周文雄说："我们是步行，从这里爬山过去可是近好多啰。"

看见两位姑娘，门卫便像见了仙女下凡一般惊奇，一边脖子探得更长，一边却说："哈啰，带两个美女，想进山过路容易，拿我们天都公司护林队的特别通行证出来。"

另一个门卫干脆走出岗房说："莫说美女，没有通行证皇后娘娘也没得商量。"

见两个门卫的眼珠子骨碌碌地在两个姑娘身上打转，周文雄就懒得再与他们多说。随即掉头挥了一下手，带着两个姑娘原路返回。

两条狼狗拖着铁链子在山门里很是狂叫了一阵子。

5 拍客行动

回到凌志车上，周文雄向田处长说："田队，从这里石门口的山门经天径沟进山肯定是最便当的捷径，但是山门这道卡子就无法通过。只能舍近求远，绕到天都山西南方向，那边有一条直通山顶的小路，我在小时候多次爬过。不过现在要想爬山过去探个虚实，得先回市里吃饱喝足，备好食品灌满水壶，还得找个土产商店买几把镰刀。这些年封山育林灌木疯长，有些地方恐怕连人也钻不过去。"

"好吧！"田处长说："不入虎穴，焉得虎子。就是披荆斩棘，我们也要拿到真凭实据。"

好在是今天起了个大早，返回市区用早餐再做爬山跨岭的一切准备都还来得及。

天都山其实并没有多高，也就一千米左右，不过因其是在东南沿海，就成为一个较为醒目的山系，若是放在大西北，顶多就只能算是一座大岭而已。

凌志车沿山麓南行足足绕了有二十多公里，凭着周文雄良好的记忆力，终于找到三十多年前他和初中同学们爬山踏访禹王岭的那条蜿蜒小径。

车到山前必有路，话虽是这么说，可是路是游人躬行的爬山小径，连越野能力奇强的凌志车也只好委屈暂驻山脚。好在它的车窗都是双层防护电子防盗，一般盗贼无从下手，可以放心离去。

作为要写纪实专著的随行作家又是向导，周文雄便一边爬山一边介绍，说这禹王岭名称的来由就是传说中的大禹治水中的禹王，曾率众导流入海于此驻足望水而得名。后人为念禹王治水的不世之功，在岭上建禹王庙，不幸毁于"文革"破"四旧"。上中学时班主任语文老师组织清明节踏青郊游的课外活动，还给全班同学布置组织过一次《寻访禹王庙》的同题作文竞赛。而周文雄自然而然从这次同题作文竞赛中脱颖而出。

周文雄重登学生时代的爬山小径，更怀念求学若渴的学子时代，回顾多半生的文坛攀登，感慨良多，话题也就更多："之所以选择从事了文学写作这条路，班主任语文老师是我的领路人，而真正让我心向往之奉为师表的却是大禹治水三过家门而不入的敬业精神。"

"这就太合辙押韵啦！"田处长说："周作家，我们小分队这次的'食为天霹雳行动'，与大禹治水一样都是为了百姓的生存，区别只是大禹治的是洪水泛滥，而我们所要治理的是流向舌尖的祸水泛滥。既然你这样崇拜禹王，何不就以禹王为楷，再给后世留下一个三过家门而不入的佳话。"

周文雄笑了，说："我们都是年跨半百的老头子了，五过家门而不入也能做到。因为一则是工作性质保密程度上的需要，二则这项工作对我来说满是新奇感。并不想落下每一个环节的亲历亲为；第三是我在北京欣然领命，并未认真思考就答应了你们食安办赵主任执笔这部《舌尖上的战争》一书的任务。这些天奔波途中也一直在琢磨这部书的结构布局，已经感受到了难度的压力，绝不是一件轻松的事情。写作这东西你想写是一回事，写好写不好可又是一回事。"

前面的盘山山径走到了一个"Y"字路口，当头开路的石林忠回过头来问："周作家，往哪走？"

"往前走哇！"周文雄说。

"左右两边都可以往前。"两个姑娘对周文雄的指路很是不满地嘟囔着。

周文雄一抬头，才知道已经到了三岔路口，赶忙补正说："左边左边，我们要翻山过岭，只能走左边，右边是去禹王庙的路。"

四个年轻人毕竟腿脚轻快，争着往左边爬岩探路去了。孙勇军体力也好，随即就跟了上去。周文雄站在"Y"字路口等上田处长，指着右边路径通向山洼中腰的一片林子说："禹王庙遗址现在仍旧是一片瓦砾。而这些年来很多地方建庙成风，把一些不切实际的历史人物奉为天尊，相比之下，曾经导流入海实干兴邦的禹王却受冷落，这在很大程度上有失公道。"

滚圆的肚子所增加的重量让心脏超负荷工作，一爬山就更显吃力。田处长喘着气说："什么时候也难说绝对公道。世人总被功利浮名所累。我们小分队还是首先要以禹王为楷，治住流向舌尖的祸水。至于后世能否知道我们的辛苦所在，这就看你周作家的生花妙笔了。"

周文雄无言以对，因为他正苦恼于这部书的结构酝酿中。赵主任只是给了一个选题，虽然感觉不错，那仅仅是个选题。现在是万里长征刚刚迈开了第一步，征途的艰难险阻雪山草地都是未知领域。曾让他文思泉涌妙笔生花的灵感像个淘气的蝴蝶，也不知飞到哪儿去了。

路在脚下，山就在眼前，灵感无觅处，就只有奋力去攀登了。多亏事先准备了几把镰刀，石林忠和孙大宝已将登山小径两旁拦路的灌木枝条砍掉。周文雄一路随田处长爬上天都山顶时，虽然不免大口接小口地喘着粗气，可是心情却一下子开朗了许多。

天都山系虽算不上是什么有名的风景区，却也山清水秀绿荫如盖。群山像一匹匹扬鬃奋蹄的奔马腾起绿云，而松溪河却又似一条细尾长颈的银龙摇头摆尾而去。

大家都顾不上细赏这山清水秀龙马精神的山情水韵美景，目光都不约而同集中在河谷盆地间的一片敞棚厂房上。

田处长用望远镜仔细观察了一阵，很有几分把握地说道："这里肯定会是一家规模还相当大的地沟油炼厂。有一辆大型厢货，看样子是在等着装货，一定要把炼厂实况和这辆厢货的车型牌照都实拍下来。只要这次拍客行动成功，我们就卡住了这些发黑心财老板们的腰眼。"

好不容易罩住了这个追踪目标，大家就拣山顶上的一片草坪坐下来，一边喝水休息一边商量行动方案。

孙大宝点了一下手机屏幕，看了一眼随口就说："我操他妈，这地方信号嘛还怪强，满格！"

武英梅白了他一眼，说："今儿个起得太早，没刷牙不是？"

穆红姐立刻就伸出柔绵手掌在孙大宝后脖上抹了一下："有主管部门盯着，还这样口无遮拦，该掌嘴还是刮鼻梁，你自裁吧！"

孙大宝冲武英梅做个鬼脸，伸下舌头说："没办法，惯性！"

"德行！"武英梅鼻子里哼了一下，喷出两个字，尾巴上还挂着一个手榴弹一样的惊叹号。

"莫打嘴架，说正事吧。"石林忠说："这地方手机信号超强，对我们来说是一大便利，万一有情况方便联系。"

"是的，是的，通讯渠道就是我们小分队的生命线。"周文雄自告奋勇说："田处长，您是领导，就坐镇这山顶制高点上遥控指挥，方便联系。我呢本地人口音，路也较熟，就和孙三哥搭伴给四个年轻人助阵壮胆，寻路下山找机会接近。我们可以扮作是望海农学院采集植物标本的师生，深山问路要口水喝总可以吧！遇到麻烦就给您打手机。田处您在外围，方便与北京赵主任联系，如有不测，请求支援或协调方方面面进退有路，这样可以确保万无一失。"

周文雄提出的行动方案缜密周到，内外兼顾进退有据，大家一致赞同。田处长也乐得从善如流，就同意由他留在山顶呼应联系。抬腕看看手表计算了一下上山和下山的时间，田处长就说："现在开始从后山寻路下山，按目测的距离接近目标，应该正是他们的午休时间。炼地沟油这种活烟熏火燎，一般不会乘大热天的中午去干。白天拍现场资料一目了然，相对夜晚更安全可靠一些。"

就安全的注意事项，田处长又叮嘱再三。周文雄抖起精神，和孙三哥各自提着一把镰刀。拔脚向后山寻路开始下山。四个年轻人自然不甘落后，各自整点随身器具跟着行动。

田处长在山顶上点着手机屏幕翻出食安办赵中伟主任的手机号码，原本想打个电话给顶头上司汇报一下工作，转念一想这个时间段领导多半是在开会，没有十分紧急的事由不便打扰。于是发了一条短信："赵主任钧鉴：盯上了一条地沟油炼厂的线索，拍客行动正在进行中。有事电示，田继中即日，于望海天都山顶。"

6 阳光晒黑

虽然在天都山顶上略有微风，然而七月中旬的似火骄阳一会儿就让田继中给晒得周身火辣，毒花花的阳光像投下了无数根火针，扎得他头皮生疼。看着周文雄、孙勇军带着四个年轻人沿着下山的盘肠小径很快就隐没在了灌木丛中去了，他也就向下移动了一段距离，找个大蓬灌木造成的阴凉，拣一块较为平坦的石头坐下，暂避七月骄阳的威势。

因为任务紧迫，要赶去趁工人午休这段时间抢拍现场资料，武英梅和穆红姐两位姑娘也顾不上在山间小径上寻花摘果，一猛劲跟着在前边披荆斩棘的男士们赶路下山。

所幸还好的是周文雄的记忆力并没有因为三十多年岁月时光的流逝而消失殆尽，在灌木蓬间的岩石印痕中，循着那条祖辈望海人翻山越岭的蜿蜒小径，很快就下到了接近谷底的石岸崖台上。

崖台石岸下正是松溪河道的一段深水湾。对面河道西岸的山间滩道上，简易敞棚下的深山炼厂情景已经遥遥可见。石林忠赶紧用掌中宝拍下了炼厂的外景，大约有十几名工人正在灶前作业，炉火熊熊，热气蒸腾。忽然一阵尖厉的哨声响起，吹风机立即停止了鼓噪，灶门里的火苗也不再

31

飞蹿。

这边崖台岸边的一行六人不觉都有些大吃一惊，以为是这阳光下的拍客行动为对方所察觉到了。立刻就不令而行，退到一片灌木丛的阴影中去观察动静。

只见炉灶前的工人们都纷纷走进一座红砖砌墙的大房子里去了。周文雄这才松了一口气，说："来得好不如来得巧，看样子正赶上他们要吃午饭，按常规劳动惯例来考虑，这大热天午饭后总得有一段时间要休息吧！"

孙勇军说："我想也应该是这样一码事，这种烟熏火燎的黑道生意，总也得让人喘一口气，填饱肚子再眯个盹嘛！"

石林忠检索了一下刚才所拍到的画面说："距离还是有点远，分辨率不是太高，要是能过河去到那边拍就好了，这以后将是全国性的大案要案资料，切近拍下来无论是法庭上举证，还是用作案例专题片资料，效果都会更为理想。"

周文雄举目四顾，遥望了一下松溪河上游的距离才说："要过河去拍也行，深水湾这段河道没法过河，只能是从上游拦河坝上绕路过去。"

"绕就绕，不入虎穴，焉得虎子。"四个年轻人立刻踊跃起来，绕山寻路自然又是非周文雄这个本地通莫属。

从上游拦河坝上绕了一大圈接近目标，孙勇军看看表已是午后一点半过了。这时候正应该是炼厂工人的午睡时段，孙勇军便对周文雄说："周五弟，咱们出来肩负重任，小心取胜，必保安全。我的意思是分两个组两面介入，速拍速撤。这些黑道老板们豢养的一些保安人员，不说是日本宪兵，怕也和皇协军二狗子差嘛不多。一旦被发现，麻烦可就大了。"

"孙三哥所言极是。"周文雄说，"我和林忠、红姐一路，由西北口进入，重点是一定要把那辆等着装货的大厢货的牌照拍上；你带大宝和英梅由西南进入，重点是一定要把炼厂炉灶、大锅、大缸、油桶等炼厂一应设施拍全。我们这是闪电行动，让他迅雷不及掩耳。一旦被发现，就说是望海学院生物系学生进山采集植物标本，由我出面解释，我有学院客座教授的名片头衔。"

这座深山炼厂本是建在山间谷底河边滩道上的一个临时性经营摊点。一排红砖砌墙的西北面靠山厂房，为方便大货车运进运出，两边都留有进出的通道。西南出口直通河边，还甩着一条潜水泵往蓄水池里抽水的胶管。孙家父子和武英梅从这边沿着潜水泵胶管通蓄水池的敞口进来，正好是一排蛤蟆灶大锅上熬炼的地沟油都还冒着热气。看看院中无人，孙大宝和武英梅就用掌中宝先将一排大锅和灌装地沟油的油桶拍了下来。现场是一阵顶鼻呛喉而又无可名状的恶臭。熏得武英梅一边皱鼻子又一边眨眼皮，心想：这靠炼地沟油赚钱的老板都应该枪毙他们一百次，就是有谁能想出要将眼前的这些东西送上人们舌尖的主意，最低也应该是无期徒刑。人啊人，这个每天都要打头碰脸的高级动物族群中，有造福人类受益子孙的伟大发明家，也有贻害万方的恶魔怪胎。

孙勇军提着一把镰刀在警惕地来回巡防，生怕突然蹿出来一条大狼狗咬伤了自己的独苗儿子和未来的儿媳妇。

周文雄同样也是提着一柄镰刀，像负有警卫责任一样跟着石林忠和穆红姐从西北方向的汽车通道进院。迎面碰上厂房门前一辆鲁B打头牌照的大厢货车，看样子肯定是在炼厂仓库门前等着装货。石林忠眼疾手快，抢先一步就先将车头款式和牌照车号都抢下了最清晰的特写镜头。正是这一组镜头的成功抢拍。才为后来公安系统一举摧毁串连数省地沟油产业链的惊天大案提供了实证和重要的破案线索。

仓库门口敞开着。石林忠和穆红姐刚把仓库内外的油桶、衡器、装载机等实景实物拍完。就听院内炸雷般地响起一声断喝："哪里来的狗崽，敢来天都公司关爷地盘上捣乱，该是想下大锅当油炸鬼哪?"

多亏有大厢货车挡着，石林忠和穆红姐没有被看到身影。俩人知道一定是有保安人员来干涉，赶紧都将掌中宝收起，立刻便又恢复了一对学生情侣的模样，牵着手从厢货车后面转了出来。各人手里还拿着一只喝光了水的矿泉水瓶子。石林忠早有思想准备和充分的经验，剩下的场景就只能靠胸前纽扣上的针孔摄像头来拍了。

周文雄自然更有充分的思想准备，这会儿特意戴上了一副眼镜，其实是一副避强光辐射的平光镜，更多了几分斯文模样，将镰刀夹在腋下，手中也拿个矿泉水瓶子，主动迎上去说："师傅莫急，我带学生暑假实习，专门采集天都山区生态标本，走错路了，找口水喝，请您给予方便。"

向周文雄喝问的是一个四十多岁的粗黑胖子，赤膊袒背，一手提一根镐柄，一手夹着一根烟，一看脸上横肉，目露凶光和举手投足的势派，就知道是黑道上豢养的那种打手混混。

粗黑胖子掂着镐柄，恶声恶气向周文雄盘问："哪个学校老师，这么大热天带学生跑出来要干什么？"

周文雄扶扶眼镜说："望海学院生物系的，我姓周，周恩来的周。采集生态标本是我们学院暑期的一个课题项目，这天都山生态保护也是在省科委立项的大项目。"

粗黑胖子又紧追问："是从哪边山口进来的？"

周文雄自然不会与他讲实情，随手向西面一指说："我们在天安县那边已经采集了好几天，顺山梁过来的。"

穆红姐包里正好还有一束采集的杜鹃花枝条，为给周文雄帮腔做证，就掏出来冲粗黑胖子晃了晃，而同时也向他晃出一个美丽的杜鹃花一样的笑脸。

听着这边盘问交涉，孙勇军父子和武英梅也都收起怕引起保安注意的器具，一块儿走了过来。

粗黑胖子见四个年轻人都是学生模样，而且还有两位红白色彩对比鲜明天仙美女一样的姑娘，脸上的凶相顿然就变成了艳羡的馋相，口气也就骤然缓和下来许多："你们这些老师教授知识分子还就是缺少常识，大热天不怕中暑，带学生出来野跑，采个啥样子屁用没有的标本！"

武英梅一口纯正的标准普通话，出言吐语中洋溢着女性的柔曼魅力："师傅大哥，我们真是口渴难忍，麻烦您帮助找口水喝。"她边说边笑，那张白里透红天仙一样的笑脸让粗黑胖子着了魔一样再也凶不起来了。

石林忠乘着武英梅与粗黑胖子说话的机会也向他正面靠近，胸前纽扣上的针孔摄像机已将其形象毕露无遗地收入镜头中。石林忠还在心里恨恨地说："等着住班房去吧，你这黑鬼！只要录下你这副嘴脸，就不怕你能逃脱法网。"

烈日暴晒，午后的天本来就贼热，再加上炼厂十几口大锅炉膛所散发出来的热量和气味，很快粗黑胖子就又不耐烦了，打个呵欠扔掉手里的烟头挥挥镐柄说："老子是酒足饭饱，急着想打盹，没工夫跟你们啰嗦。要想喝水，那边有蓄水池，外边有松溪河，够你们喝个死！快滚蛋去吧，哪儿来的还从哪儿滚回去。碰上老子今天心情好，不然就让你们有来无回。"

"莫急，这就走。"孙大宝一边说着就从兜里摸出两根烟，递一支给粗黑胖子。粗黑胖子接住在鼻孔下嗅了嗅烟丝味，又看看卷烟上的标识，那笑看来让人像哭一样难受："看不出你这学生仔还抽高档烟，不是官二代肯定就是富二代。"

孙大宝就和他调侃道："老爸官其实并不大，也就是个副市长级别。"

粗黑胖子听了，立刻就有些肃然起敬的神态："要不说嘛，现在这世道抽好烟的都不用买，买好烟的多数都送给人家去抽。"

见粗黑胖子神态又有所缓和，武英梅皱着鼻子指着大锅装作向他讨教的样子说："师傅，这么大支排，又是这样火爆的天气，熬炼这些臭烘烘的东西有啥用场?"

粗黑胖子与孙大宝对脸接上火，深吸一口才顾上信口雌黄："你这漂亮姐头发长见识短，不懂这是在提炼浓缩油，要给伊朗出口，造原子弹专跟美国鬼子对着干。不懂就是不懂，别问了，省得找麻烦。去，去，去吧!"粗黑胖子说着又打一个哈欠，扬着镐柄逐客道："快走，快走! 耽误我一晌好觉。"

周文雄和孙勇军递了一下眼色，向四个年轻人说："同学们，别给师傅添麻烦了，咱们走吧!"

一行六人从西南方向沿着潜水泵胶管的通道安全撤出。石林忠和穆红姐还各自在蓄水池里灌满了一矿泉水瓶生水。

天都山上灌木丛的阴凉中，田处长用望远镜一直在盯着炼厂这边的动静。远远看到两位姑娘红白色彩反差鲜明的着装像两朵彩云飘向河边，心头悬着的一块巨石才轻轻落地。

7 跨省追踪

安全撤出之后原路返回，过了拦河坝周文雄就与山上的田处长通了电话，六个人就不再重复爬山，直接和田处长在凌志车停放处会合。石林忠想得特别细致周到，建议再回到早晨跟踪到的天径沟山口，在出山唯一通道的拐弯处安放一个红外监控探头，不给山里等着装车的大厢货车留下溜走的空当。田处长听了，立刻夸赞说："这是个万无一失的好主意，小石啊，好好磨炼吧，过不了几年，就会成为一个优秀的刑侦干警。"

回到望海市下榻的如家快捷酒店，田处长顾不上安排晚上吃饭的具体事宜，让穆红姐和武英梅各自去把两个房间里的电热壶都烧上开水泡茶，一边就让石林忠和孙大宝在显示器上检索整理验看所拍到的深山炼厂资料。真是不看不知道，一看吓一跳。这个地沟油深山炼厂的实景画面所反映出来的经营规模状况，已经大大超出正常人对地沟油小作坊一般概念的想象。特别是那辆鲁B字头等着装货的加长后八轮大厢货车的载重吨位，已经在一定程度上说明了深山炼厂粗加工后的地沟油已具相当批量的物流规模。

"很好，非常棒！多亏你们年轻人手疾眼快，快捷利落，只几分钟就拿下了这个黑作坊的主要罪证。回京后我找领导一定要为大家请功。"田处长看了抢拍到的炼厂资料，兴奋异常："我们已经摸到了地沟油产业链这条毒蛇的七寸上，下一步的重点就是抓住线索不放，顺藤摸瓜，找它的心脏，挖出毒蛇胆，只要找到这些地沟油倒卖再深加工的厂家，我们'食为天行动'就明确了主攻方向，离彻底捣毁这条魔鬼生意链条的重大胜利也就为期不远了。"

这时候田队长的手机响了，一看是顶头上司国家食安办赵中伟常务副主任的手机号，立刻按了接听键，底气十足地说："赵主任啊，刚回来到酒店看完拍下来的资料，我正说要给领导汇报，您的电话就来了。咱们'食为天行动'获得重大进展。在深山炼厂等着装货的是一辆鲁B字头的大厢货。我们准备实施二十四小时全天候监控，只要弄清它的去向，我会立即汇报请示，以便采取进一步的行动。"

手机里立刻传来赵中伟同样激动而又兴奋的声音："我代表国家食安办向参加行动的同志们表示慰问，为了人民群众的食品安全，你们付出了巨大的辛苦！赶快把拍到的资料发到我的邮箱里来，特别是那辆大厢货车的资料。车牌号，务要清楚。你们实施监控跟踪是一路，另外我还要以国家食安办的名义协调公安交管部门配合，在高速、国道等主要路口也同步实施布控，布下不能让它溜掉的天罗地网。"

给北京赵主任邮箱传完资料，大家已是饥肠如鼓，俱都突然明白过来，工作上的重大进展虽然鼓舞人们，也让大家着实兴奋了好一阵子，但兴奋的多是大脑神经系统，肠胃系统的闲置可以暂时弃之不顾，可是终归不能老是饥肠如洗。

现在的问题是吃不是问题，吃什么才是让人经常需要认真选择的问题。

田处长是领队，最有发言权决定吃什么，便说由他请客，要请大家痛痛快快喝一壶，但是转念一想晚上还有监控跟踪任务，要是因酒误事就太不值了，所以很快就将喝酒的动议否决。既然酒的议题被否决，吃什么的问题就成了众口所急的选项。

两个姑娘说身在望海市，应该去吃海鲜；而两个小伙子却说海鲜那些东西看起来花里胡哨，闻着香吃不饱，不如去吃碗红烧肉。孙勇军对吃什么的意见是模棱两可，说是随便什么都行。既然大家叨叨了好几分钟都达不成一致，本地通周文雄的意见就一家之言主沉浮了。他推荐说："离如家快捷酒店不远望海路有一家天外天食府，16楼全方位自助餐厅，海鲜、大锅、红烧肉、涮羊肉、扬州炒饭、面食等应有尽有，既然大家口味不一，何不各取所需?"

大家都说还是周作家考虑周到，要想写好《舌尖上的战争》这本畅销书，必得要有将大家口味先摆平的本领。

于是，便由周文雄领路，小分队一行七人也都以初战告捷的激奋心情暂控饥肠鸣音，有说有笑地来到天外天16楼全自助餐厅。

这天外天食府果然也就名不虚传，不必说食品选样的极大丰盛和服务员桃花一样灿烂的笑脸，单说鹤立鸡群的占位视野无碍就尽得天时地利之便。正是薄暮时分，西天的晚霞和东天的远海恰成两幅色彩鲜明的写意对比。这就让就餐者便有一种舒心爽意随心挑食的口腹大开之感。人是一种看好吃甜的高级动物，优美的环境更是一服让大家开胃的良药。

四个年轻人领了餐具，很快便将各自的食盘择满，相跟着都到临窗观海的餐位上狼吞虎咽去了。而田处长、孙勇军和周文雄三个老大不小的男人却都还在端着食盘对着花样繁多的食品在犹豫不定地选择。人就是这样的一种高级动物族群，在食物匮乏的时候是吃什么都好，也是吃什么都香，而在食品极大丰富的眼前，很多时候又是不知吃什么最好。

吃什么上的分歧让周文雄提出来到天外天吃自助餐给摆平了。可是吃完饭从天外天出来，在夜间如何蹲守布控的问题上又发生了争执。

四个年轻人讲出口的理由是三位长辈年龄都比较大了，操作监控反正也插不上手，夜间开车眼力呀反应能力什么的都有所不济，干脆回酒店睡大觉静候佳音就是了。而讲不出口的理由是蹲坑守候的时间过于漫长，有长辈们在一起，年轻人说说笑笑摸摸碰碰的既碍口又碍眼的。

而四位长辈却都另有考虑，田队长是领队，领导责任在身，在这跟踪重大目标的时候不在场，一旦有个阴差阳错上边是会拿他是问的。周文雄一心想写好《舌尖上的战争》这本纪实文学，自然想亲历亲为这事关紧要的关键时段。就数孙勇军的小九九最不阳光，他担心自己的独苗儿子孙大宝与武英梅的黏糊程度太甚，一旦擦枪走火造成婚前怀孕，又重蹈他自己的前车覆辙。因为孙大宝就是他自己当年大学毕业刚参加工作时擦枪走火的既定成果，就因为自己把持不住同校任教女同事青春渴盼的香艳诱惑，才将错就错铸成了一场有性无爱的不堪婚姻。为此深深伤害了他青梅竹马的女伴苏小秀，至今无颜见桑梓父老，也就极少有心情回平原水乡的那个生身之地去省亲的。那时候比孙勇军小好几岁的女同事看上了他的风流倜傥，上赶着追得猴紧。孙勇军也曾在她与故乡美丽村姑苏小秀之间做过激烈的思想斗争。怎奈是挡不住近水楼台的月亮日见晚照，心想是送到嘴边的肥肉不吃白不吃，吃了也白吃。虽有浅尝辄止的打算，谁知道碰上了万能胶，一粘就撒不了手。先尝后买不上当的计划并不是你男人一方想尝就尝，想不买就不买的便宜美事，这女同事是个既然尝了你上当不上当就得买的主儿，更何况滴水成珠，肚子里怀了你孙勇军的牛黄狗宝，看你还能往哪里去逃？因为丢了一个日夜不停生长的小生命在人家肚子里，孙勇军也就无可推诿，只好就将错就错草草成婚。孙大宝就这样先播种后归垄合法地呱呱坠地。一晃二十二年过去，孙勇军并非刻意求功的努力居然成就了儿子孙大宝一表人才的大帅哥一个，原来合法与违规的播种在收成上并无差别。

因为有这么一段隐情，基本可以说已经是准老公公的孙勇军，如何敢在未来儿媳妇的武英梅面前撇清历史真相呢！所以他不同意由四个年轻人值夜蹲守的反对意见，理既不直，气也不壮。只是含糊其词地说："这叫嘛事？黑更半夜又是山区旷野，无论如何不能光让四个孩子来承担风险。孩子再大，在父辈面前也还是孩子么！"

争执不下的结果，最后还是田处长以领导的口吻来拍板："按正常情况分析，既然是鲁B字头的货车，去向就应该是山东方向。既然发现它是在等着装货，供需双方事前一定有联系沟通的程序，就应该不会等太长时间。今晚咱就来个小分队全员出动，如果能盯上咱就咬定目标不放松。要是等不上它出来，明天再考虑轮班值守。"

行动方案就这样议定之后，小分队一行七人即回如家快捷酒店收拾行装，办理退房手续。好在如家快捷酒店是名副其实的快捷，入住退房都极为利索便利，只要你按时如数付费，一切就都非常快捷。

凌志车驾着晚风，两边车窗的空气对流让大家感觉到比车载空调所制造出来的空气环境要生动舒适和新鲜许多。

也就半个多小时的车程，凌志车又出了望海市来到天都山路拐向进山公路的必经岔口。孙大宝将车拐下公路，在一片樟木林后寻到一片小开阔地。凌志越野车便在这林间草丛的黄泥土地上显示出了优异的越野性能，宽大而雄阔的轮胎在凹凸沟坎遍布的林间僻地上碾轧出两道所向披靡的通道。

车刚停好，石林忠很快就在监控仪器上检索了一遍他预先布下红外探头的过路车影录像。还好，并没有发现鲁B字头的大厢货车出山的留影。偶然有的只是一些小轿车或微型客货及三马子一类的本地小型农家运输车。这些都不是小分队目前所关注的重要目标。大家都松了一口气。料定这个庞然大物一时半会儿装不够载，肯定是不会出山的。

这样一来，蹲坑守候又有了比较充裕的时间。漫漫长夜如何熬守的问题又立即提上日程。自然领导就是领导的水平，田处长不仅考虑得非常细致周到，而且也极具人情味和人性化程度："这样吧，现在到天明大概还有七个半小时，前一半时间我们三个老头在车上轮班值守休息，盯着监控仪，你们四个年轻人带上矿泉水、强光棒，负责车外公路两旁的巡逻。但是活动范围不得超过五百米，一定要注意安全和工作纪律，不要暴露目标，后一半时间咱们老少对换。"

四个年轻人听了，高兴地就差一点要喊田处长万岁了，特别是两位姑娘，每人拿了两瓶矿泉水，带上自己的随身之物便就先行下车去了。孙大宝和石林忠自然不会甘于落后，也就随即相跟而去。

估摸四个年轻人已经走远，听不见这边响动了，周文雄这才说："田处长您这领队当的，实在是高，安排工作的同时，还不忘给年轻人留下谈情说爱的时间和空间。"

田处长鼻孔里喷出一声响气，笑了说："咱们也都是从他们这般年纪走过来的，男女之间那点事，那个激情沸沸，热火朝天的年龄段谁没经历过？再说车里边方寸之地，和三个老头子捆在一块，让人家搞对象怎么去搞？更甭说还有你孙三哥这准公牌大人，干吗非要让他去当个风纪警察，姿态架势和分寸都不好拿捏呀！"

"得，得，嘛事呀，你田处。"孙勇军却不太买这个账："作为领导考虑周到一点，当然不会有错，可别当教唆犯就好。"

"你看，你看！"田处长说："我好心好意让大家都两取方便，孙三哥又不知想到哪条岔道上去了。年轻人这点事，只能疏，不能堵。就是在学校里，你也不可能给人家在屁股后头安个红外探头跟踪监控嘛！纪律是一回事，犯不犯规又是一回事。亏你还是大学教师，为人师表这么多年。"

这一来倒把孙勇军说了个无言以对。周文雄便打圆场说："作为父母长辈，咱们的许多担心其实都是多余的。啥叫出轨呀不出轨的，小说影视戏剧表现了几百年，也没有谁能说个清楚。再说现在的年轻人都精得胜过孙悟空他祖宗，别愁那点事人家处理不了，理论和实践上都没有任何难度，也不存在什么技术含量。前心后心，皆都放心。天下本无事，庸人自扰之。"

这边三个年长者还在漫无边际地讨论着。那边，已经消失在路边柳荫深处的两对年轻人都已经各自找到了相应的阵地，开始了风格各异的爱情攻防战役。

说成是战役，应该说并非故弄玄虚之词。在爱情到处流传的当代社会，哪一对伉俪的完美结合也不会是一朝一夕的事，都会有一个起承转合韵律合辙的过程。所不同的只是类型。

孙大宝和武英梅属于那种急火猛攻的冲动派对。武英梅刚在一棵大柳树下找到了一个合适两个人坐的地方，孙大宝上来就搂头盖脑地一顿狂吻乱啃，直啃得武英梅几乎要背过气去了。孙大宝终于也把持不住青春的烈焰喷放，那只不安分的手便不满足于仅在武英梅前胸后背丘陵峰谷间的恣意妄为，冷不防间便就急转直下想去偷营拔寨。

却没想到武英梅反应速度却是贼快，也像飞来手铐一般急中生智掐住了他的手腕拿在腰间，颤声娇喘道："你们老孙家的人怎么都是这样不守规矩，给鼻子上脸就想登堂入室，上辈人的教训还不够深呀，先婚后嫁闹得一辈子两口子都不痛快。"

给武英梅这样一说，激情万丈的孙大宝立刻雄心大挫，像是兜头给浇来一盆冷水，立刻便无可奈何地软下来说："咱就说咱的事呗，你别一来劲就株连祖宗八辈，又是陈谷子烂芝麻的瞎摆货，逮住些捕风捉影的坊间风语就当真。"

天知道武英梅通过什么外调途径了解到了孙大宝就是他父母婚前出轨的保留成果，也就以此作为对付孙大宝轻举妄动的杀手锏，居然还就屡屡奏效。自然，孙大宝也无法去向父母考证这些传闻的真伪。只能是和对象的武英梅来胡搅蛮缠，不肯认这上辈人的陈年旧账。

不管孙大宝猛攻软磨，武英梅却坚守底线，不到领证那天办了酒席，不来真格。虽然被孙大宝搂着，他那只不安分的手在腰间仍旧蠢蠢欲动，她却一意坚持护着腰间的扣带："咱不是早就说好了的呀，不许私自擅越三八线吗！"

"参加小分队食为天行动咱是自愿者，搞对象谈恋爱也是两厢情愿，咱们是双自愿三自愿的志愿军，还什么三八线不三八线的。"孙大宝委屈极了。腰间的三八线受阻不能突破，本想在底脚线迂回，也被武英梅夹住了手脚。

"不行就是不行，因为是志愿军就更要严守三八线。要想胡来，你就去找那些雇佣军小姐，她们不讲什么三八线，不三八线的，捻两张大票不是就成么！"

武英梅这样一说，倒真把孙大宝给治得不敢乱说乱动了。

而这边石林忠和穆红姐俩人就没有孙大宝与武英梅这般急火猛攻的声势和冲撞，虽然也勾手搭肩偶然也接个吻什么的，更多的时候是在窃窃私语，细斟慢饮地用心音流淌的小溪来交流。俩人是属于稳健的派对类型，不喜欢在爱河的流淌中掀什么大风大浪的。

很快就是四个小时过去。谈情说爱的时间唯嫌其短。还是田处长给石林忠发来的一条短信彩铃提醒换班的时间到了。山间公路上依然一直还没见那台鲁B字头的后八轮大厢货车经过。偶然有车辆进山，也都是那些噪音极大的农用车，就情况来判断，应该是那些收购地沟油的零散摊点上进山给炼厂送货，若非是在干这些违法的黑心肠生意，正常企业的生产经营，如果没有极为特殊的急需情况，有谁会在这夜间非要派车出动不可呢？

四个年轻人回到车上轮班休息值守。三位长者穿梭于路边的林子里巡查守候。因为临海较近，后半夜的风还是多少有些凉意的。不过有些凉意倒还是让人提神，而这三位长者也都是一把年纪的人了，起更起早也并非难事。把睡眠休息的黄金时段留给贪睡的年轻人，也算长辈的一番心意所在。

东方泛起鱼肚白的时候，山间公路上忽然传来一阵地震一样的颤动。田处长、孙勇军和周文雄三人各都隐身在一棵香樟树后向外张望。一辆大厢货车开过来了，探照灯一样的两个前大灯把不足四米宽的进山公路照得雪亮。

闪过前大灯的光柱，三个人凝神细看，果然就是他们要等的那辆鲁B字头的后八轮大厢货车。因为车大重载，巨大的马力和牵引力把脚下的土地震得直颤动。在这并不宽阔的进山公路上，后八轮大厢货车滚动着的轰鸣，就俨然是一个庞大的怪物在轰吼。

"总算把你狗日的给等上了。"田处长在心里恨恨地骂一声，招呼一下孙勇军和周文雄，三人就从林中飞快地回到车上。

四个年轻人一听说期待中的目标出现，也都赶跑了瞌睡虫立刻精神百倍各就各位，准备尾随出动。

孙大宝刚要将凌志车点火发动，却听田处长说了一声："慢着。"

后八轮大厢货车的巨大身影刚刚晃过去往望海市方向的拐弯路口，车后又尾随着跟来了一辆桑塔纳轿车。田处长让慢动的意思是要观察一下桑塔纳轿车的行车意图。如果和大厢货车的物流去向无关，到了路宽的地方肯定会超车而去。要是有关，或者是为大厢货断后怕有人尾随跟踪，就一定会是紧随大厢货跟进，不会拉远也不会超越。这同时也会说明这家深山炼场的非法经营者有着很强的防范意识，也有着一定能量规模反侦查队伍的措施手段。在这种情况下，小分队的行动就要加倍缜密，因为面对的将是有组织的黑道物流。稍有不慎暴露了小分队"食为天行动"目的所指，就会遭到疯狂的恶性报复。不仅是上边国家食安办领导交办的巡查任务不能圆满完成，自身七众的生命安全也无法保障。

事情的发展果如田处长预料那样应验。大厢货过了进山公路拐上了天都山路的宽阔路面，桑塔纳车一直就尾随着大厢货车保持着一定距离跟进。为避免打草惊蛇，凌志车只好延缓启动，让它们跑远一些才开始尾随跟踪。

好在是大清早，天都山路去往望海市方向的车辆还非常稀少。视野无碍，远距离跟踪一辆大厢货车也就并不困难。然而老是这样远距离瞭梢跟踪也不是个办法，一旦到了城区人多车多，就会极容易跟丢目标。田处长开始着急起来，便与周文雄商量说："周作家，你这本地通快拿主意，老这样跟下去怕是麻烦太大。"

"我想应该是这样，既然是鲁B字头牌照，货运应该是去往山东方向。去山东最便捷的路线是由望海环城西路走连接线上杭甬高速，再上沪嘉杭走京沪高速。这车大重载一般情况不会平白绕行冤枉路的。前面很快就到环城公路立交互通路口。"周文雄说。

"那好，我看这样。"田处长急促地颤动着眉头迅速决断："大宝提速，赶上桑塔纳车，林忠先把它的后尾牌照用掌中宝拍下案情资料。大货要是拐上环城西路，我们就超过去先赶到高速入口等它。看能不能想法甩掉大货后边桑塔纳车这个尾巴。"

孙大宝说声："好嘞。"右脚掌稍稍点了几下，也就几分钟的工夫，就紧紧咬住了桑塔纳车的后尾。石林忠很快拍下了影像资料。看得非常清楚，是一辆黑色且很破旧的桑塔纳轿车，但是没挂牌照。大家便你一言我一语地议论起来，说这肯定是本地黑道上那些混混们的用车。因为跟地方的路段交警混熟了，不用挂牌照也敢乱跑。面对这样具有非常现实性的推断，让周文雄不免由衷感叹道："这些都是本不应该发生的故事，包括地沟油在内也完全是人为的问题，现在都成了危及苍生的大祸害。究其原由

43

都是因为该管事的人和部门不管事了，本来负有抓耗子任务的猫，倒和耗子去拜了把子兄弟。这就不乱套才怪。"

无牌照的黑色桑塔纳轿车跟着大厢货拐上了环城西路。孙大宝打了个超车信号，一踩油门，凌志车便风驰电掣般地飙飞而去。

也就半个小时的工夫，凌志车就赶到了高速收费站口。田处长让石林忠和两个姑娘下车在收费站外边周围溜达着装作晨练的样子等候。自己就带着车让孙大宝掉头，叫周文雄带路在附近找个地方，让凌志车避开过往行人车辆的眼目。因为是公安牌照，带来了许多方便，但有时又对肩负的工作任务有所不便。

周文雄带路离开高速入口后，七拐八绕，在居民区的一家早点餐馆前停住。驻足一看油条、豆浆、豆腐脑、馄饨各色早点齐备。田处长说正好就这个时间空当大伙先填填肚子。孙勇军便将车上的保温瓶取下，先给在高速口守候的三人把豆浆备足。四个人拣个长方形的低桌对脸坐了，各自向服务员点了合自己口味的早点。

石林忠带着武英梅和穆红姐在高速入口两边东张西望地溜达着。约摸等了有二十来分钟，就见那辆后八轮大厢货车突突地开向高速入口。那辆尾随的无牌照黑色桑塔纳随即拐了个U形弯掉头，看后面没有跟踪而来的可疑车辆，光头司机就摇下车窗，向正从车窗伸手探身领卡的大货司机挥挥手臂，大货司机也向光头司机探身致意，回头驱动大货车驰进高速入口。光头司机完成了护送任务原路返回。石林忠胸前纽扣上的针孔摄像机自然不会放过这个抢拍的机会，全程拍下了这个发生在白天的黑道护送上路的全部过程。

田处长刚刚用完早点，正在用餐巾纸揩手抹嘴，兜里的手机就响了。一看是石林忠来电，知道是有情况报告，就急按接听键。

"噢，噢，好，好，好。"田处长听了，随即回答说："先放他们一马前行，我们随后就到。"

周文雄负责给餐馆老板结账，又同时给石林忠三人买了十根热油条用纸包了。大家见田处长喜形于色，便知道事情按预定方案进程顺利。也就无须细问，一块儿高高兴兴上车。到高速入口接上石林忠和两个姑娘，让他们油条就豆浆补上未用早点。

凌志车上了高速，孙大宝在光碟里点出一首《我要去西藏》，一路高歌向着西北方向，踏着音乐节奏铿锵而行。

8 红油魔影

坐镇北京遥控"食为天巡查行动"的国家食安办常务副主任赵中伟，双休日偕夫人曾建红到大兴区参加一个朋友儿子的婚礼。婚礼仪式空前隆重，婚宴看样子也不会低于两千元的档次。赵中伟喝了不少酒，回家后晕晕乎乎睡了一下午。而只喝了两杯红葡萄酒的夫人却觉得腹中不适，一下午难受，连晚饭也没有一点食欲。于是就去打开电脑上网消遣，先去百度上并无一定目的性地浏览搜索。

21寸的液晶显示器在她眼前闪闪烁烁，一行行黑蓝红的三色字体像一道多彩的风景瀑布在她眼前流泻。突然一行醒目的红色字体蹦入她的眼帘："地沟油"的危害，接着又是"泔水油"的收集过程和"地沟油"的加工链条，再往下浏览还有"地沟油"的别称中介绍说，在餐馆酒店和下水道掏捞收集起来的叫"毛油"，经过炼制和反应釜加工去秒去味的叫"红油"。

正是红油这个醒目的粗红字体让赵中伟夫人触目惊心，本来就翻肠搅肚难受至极的胃更是恶心阵阵。再往下看，"黑油"的加工过程一行题目下，一段文字中介绍说："在北京大兴区旧宫附近，有一处被认为是北京最大的私人"黑油"集散地，六百平方米的院落中摆放着上百只庞大的油桶，里面装满了从各处收购来的地沟油和泔水油。据该家老板介绍，从他爷爷那辈起他家就开始干这一行，到现在已有三十多年了。仅仅是地沟油，他一天就能发出去四五十吨。在北京做这行生意的，数量最多的就是他家，在那些肮脏破旧的油桶中，有一个桶里散装着的是清亮透明很像食用色拉油的液体，那是他们自己精心加工的准备卖给粮油市场供人食用的'成品油'。这种'成品油'闻不出任何的异味，令人难以想象的是这种清澈而无异味的液体竟然就来源于那些污秽肮脏的下水道。"

看罢这段介绍性的文字，赵中伟夫人突然想起中午婚宴就餐的酒店正好就在大兴区，而且婚宴餐桌上还就正好有一道叫"红油耳丝"的凉菜。

45

耳丝这道凉菜很脆口，有嚼头，她还很是滋味地吃了好几口。

想到这里，赵中伟夫人便意识到自己肯定是食用了地沟油无疑。心头的无名之火更把本来就翻江倒海的胃冲动得恶心上涌。立刻丢下鼠标，捂着嘴跑进了卫生间里。

赵中伟夫人对着抽水马桶一阵喷红吐绿地狂呕，上吐下泻地闹腾得整个卫生间各种味道都有。

等赵中伟常务副主任酒醒了要上卫生间小解，才发现夫人还坐在马桶上痛苦地呻吟。那张本来富态而又光泽的美丽脸盘，让病苦折磨得抽搐变形，让老公一时不忍卒读。

赵中伟立刻将夫人揽起，将其座下的一马桶秽物处理干净。立刻就打120要急救车上了医院。急诊科主治医师初步诊断结论为：食用不洁食品，引发急性胃肠炎。

喝酒不少的赵中伟虽然也感不适，没有像她闹腾得这样厉害。挂了急诊口服药开了一大堆不算，还需要打三天点滴。

一只胳膊打着点滴，另一只手摸着床边陪护的老公赵中伟埋怨道："到此为止吧，凡有你的朋友子女婚宴，我是一概不予出席。亏你还是什么国家食安办的常务副主任，怕是常无能副主任吧？连个地沟油流向餐桌的渠道也堵不住，白吃国家大米饭！"

这话虽是老婆与老公之间的埋怨之词，也足以让赵主任很有些无颜面对江东父老地抱愧。自然身在要职岗位上，也深谙虽然箭上弦，刀出鞘，拿不准目标也须隐忍不发的道理。无奈之下，只好与夫人幽默几句："莫急，莫急。想明白性急吃不得热豆腐的道理，该解决的问题就一定会解决。像你这样三围超标，直径超常，皮下脂肪蓄积雄厚的体形，吐一吐泻一泻，如果能有幸苗条下去一把，也就未尝见得全部都是坏事吧。"

老公的调侃虽觉可乐，也属无奈之词，夫人脸上的神情仍旧哭笑参半，"没本事当这个官，就别净拿大话空话去哄人。光天化日之下，怕也都是大活人办的事，莫非这地沟油黑市老板们还有孙悟空七十二变的神通不成？"

"夫人哪，魔高一尺，道高一丈，理论上这样来说永远不会有错。"赵中伟搔着肥实的后脑勺说："可是真正要动作起来，面临的社会现实就会遇到诸多制约的因素。这么多年以来，无论是官方还是民间，对'地沟油'这个魔影怪胎都是深恶痛绝。为什么至今不能根除，在局部的一些地方还在顶风做大，这就说明存在着很多深层次上的原因。自然管理体制条块之间可能存在监管缺失的一些盲区，而最主要的罪恶之源还是利益驱动。正像一句古诗形容的那样，'利欲驱人万火牛'噢！一些不法分子为了巨额利益不惜铤而走险，让我们别无选择，就只能用法律的利剑让他们咎由自取。"

安顿好夫人出来，赵中伟惦记着小分队的行动情况，就在医院走廊找个僻静的地方拨通了田处长的手机。田处长立刻回话说刚上京沪高速，进入了江苏省地界。目标仍在掌控之中。

赵中伟将手机话筒贴近嘴边小声叮嘱："千万不能惊动大货司机，一定要有足够的耐心和细心，必须追寻出这个深加工的厂家，此为食为天跨省行动的关键部位和重点目标所在。不彻底捣毁这条毒蛇恶龙一样的黑道产业链，对上我们无法交代，也将无颜面对全国人民。"

田处长连连点头回答明白的同时，心下已在开始思考筹划确保万无一失的跟踪方案。

9 突发变故

不知是因为用餐还是想开房午休，大厢货在京沪高速江苏境内的第二个服务区加油后找个车位泊车停靠。两个司机锁好车四下张望一番就向餐厅走去。

已是午后一点多钟，大家也都饿得前心贴后背了。田处长说也好，咱们就陪他们一道用餐，林忠找个机会把两个司机的五官面貌都拍下来。于是就让周文雄和石林忠带两位姑娘先去餐厅占位置备饭。而田处长带上孙家父子将凌志车开到服务区超市后面的背向之处，将公安牌照卸下来，换上一副出京时已备好的鲁A字头的普通牌照。因为一路向北出了江苏就是山东地面，用本行政区域的牌照不像公安牌照那样让不法之徒别生念想，如果引起警觉，对巡查工作任务的顺利完成就会横生枝节。

服务区的餐厅一溜几十排都是那种浅灰色的长条餐桌。虽然备有雅间也可以要酒点菜，因为是过路客大都还是选择自助餐来填饱肚子为主要目的。

周文雄和石林忠走进餐厅的时候，大货车上的两个司机已经脸搭在两个装满菜肴米饭的食盘上狼吞虎咽起来。

为了节省时间又能满足口腹之欲，四个人商量了一下还是一致同意选择自助，各取所需。石林忠故意少量取食，很快又以续饭续菜加汤的由头来回走动了几趟。就便使用胸纽扣上的针孔摄像机将两个司机的五官面貌全部录像。

两个司机中等身材都还年轻，最让人易于辨识的标志还在脸上，一个油黑一个赤红，一看就是那种狠命扒饭玩命挣钱的职业车手。不会是那种关心国家大事民族命运的时代青年。但是对异性进入视野的反应灵敏度还是很高，虽在低头扒饭，眼角的余光还不断地随着嚼饭的腮帮起伏来向英梅和红姐两位姑娘扫描突袭。这就正好给石林忠提供了一个拍上他们正脸面孔的绝好机会。

田处长和孙家父子洗完手也进了餐厅。周文雄立刻起身迎上去将自助餐券塞给他们。大家都用眼神来交流，尽量不让那两个司机感觉到有任何一点异常。

孙家父子和田处长各自往自己食盘里取满了合口味的饭菜，返回来靠近周文雄四人的餐桌旁对脸坐了。年轻人的饥饿感毕竟要强烈许多，田处长和孙勇军还在喝汤润喉的做进餐预备，孙大宝已将满盘饭菜下去小半。

这时候，那两个司机已经吃完饭起身抽餐巾纸擦嘴。一个人提一个硕大的塑料水杯到饮水机上灌满，一边漱口一边走出餐厅的时候，渴慕的眼神还止不住要向餐桌上进食的两位姑娘溜过来。武英梅和穆红姐只做视而不见，反正姑娘长得漂亮也挡不住人家会要多窥几眼的。

两个司机出了餐厅，将鼓漱的口水喷向地面，还贼眉鼠眼地回头嘀咕了两句什么。话题肯定是冲着两位姑娘来的，年轻人见了醒目的异性内心的隐秘便会变成流俗的语言倾倒出来，而也就仅止于过过嘴瘾罢了。

田处长将这一切都看在眼里，给已经吃完饭的石林忠使个眼色，让他跟上去将他们上车启动的场景实录下来。

石林忠随即出了餐厅，装作饭后散步的样子来到了大货车的泊位。看似漫不经心地绕车头走了个半圆，就将两个司机开门上车就位发动和驰离修车站的情形全部收入胸纽扣上的针孔镜头中。

石林忠盯着大货车北去的方向足有十几分钟，田处长领着大家才有说有笑地走出餐厅。孙大宝说凌志车该加油了。田处长说趁在服务区，把车油箱、保温瓶的饮用水都加满。坐了七八个小时的车，饭后百步走，大家就此活动活动筋骨，再赶路不迟。咱们毕竟是越野车追大货，放他一程先走，谅他们跑不到天边。

既然领导放话，两个姑娘也就说要到服务区的超市转转买点零嘴。因为一路顺利，大家也都心态放松。一来二去，各自又都到卫生间处理了一回方便，一晃就又是半点钟过去。

谁知就这么稍一耽搁，麻烦说来就来了。

等到大家上了车，孙大宝加油提速，刚要驰出服务区便道，高速公路北去方向的车道大车挤小车，小车又在大车的缝隙夹里冲着往前挤，一会儿就堵了个紧绷绷。后面的大小车辆也还在源源不断地往上挤。

凌志车还没有挤入主车道就被堵在了服务区出口的斜岔上。田处长立即出了一头大汗，急得手拍膝盖直叹气："我的天，都怨我，决策失误，不该放松这一小会儿就碰上这大堵车。"

"这叫嘛事？"孙勇军也着急了："今天咱们是起大早赶晚集，看着上钩的大鲤鱼又给溜了边。"

"莫急，莫急。"周文雄倒还沉得住气，让两个姑娘赶紧把地图找出来，看离山东边界还有多远。一边就向田处长建议说："田处长，让大宝把车倒出去服务区掉头，咱备有警灯还没有用过，再换上公安牌照，就行驶一回特权，逆行下高速找个出口，到国道上再赶路，跑一百多公里找入口再上高速，只要到山东省界收费站能追上，就不怕他跑到天边。"

"是的，是的，周作家说得有理，也只能这样唯一可行。大宝快倒车掉头，回服务区找个地方换牌照。"

孙大宝立刻按田处长吩咐执行，倒车掉头回到服务区吃饭前换牌照的地方又换上公安牌照。然后闪亮警灯，不时鸣笛，擦着高速左边线的半幅逆行而下。武英梅边打开话筒，不时提醒对面车辆让路："闪开，闪开，不要妨碍执行紧急公务！"

驾车的孙大宝这会儿也神气极了，生平第一次和女朋友这样在警灯闪烁的威势下来执行公务。真比第一次牵手上街还派头多喽！

石林忠和穆红姐也很快在地图上找到逆行下高速的出口，测算了一下距离，距山东省界也就不到三百公里的样子。在给田处长报出距离的同时，石林忠又提出了一个万无一失的建议："田处长领导，突然堵车让咱们小分队把目标跟丢了，还有最便捷的高科技和高效率的途径，就是别忘了依靠我们的最高领导。现在有 GPS 卫星定位，报请北京赵主任协调公安部交管局，高速公路上对车流量都有多种监控手段。至少大货车在出江苏进山东的省界收费站会有具体的时间段或详情录像。只要我们知道了这个大家伙的大致方位和运行时段，再找到它就容易多了。"

"哎呀呀，还是你们年轻人灵透，看一着急我的脑袋就成了一盆子糨糊，怎么就会把上级协调领导掌控大局的领导作用给忘了呢！"田处长拍过脑门之后立即就给北京赵主任打手机汇报情况。

赵主任听完汇报后立即答复说："不要太着急，这个大家伙至少在高速上他跑不掉。从一进高速入口全程就已在监控之中，公安部相关部门会随时向国家食安办提供情况，在哪一个高速口出站都会有信息反馈。你们的任务是尽快绕开堵车路段向北疾进，无论如何要找到大货车卸货的地方。这将是我们部署'食为天霹雳行动'的重中之重。任务要完成，安全要保证。同志们辛苦了，再次问候大家！"

正当孙大宝在交通台的路况信息中收听到高速堵车的广播以后，赵主任又给田处长打来电话告知高速因连环追尾的堵车情况。

有公安牌照这张免费的通行证和警灯闪烁的附带说明，凌志车所到之处都是一路绿灯。这让驾车的孙大宝就更加意畅神驰。下高速上国道，一路向北，逢车就给信号，一路超车疾奔。

一气跑了两百公里，见到了京沪高速的绿色标牌，才又重新拐上高速公路。快要出江苏的时候，北京赵主任又给田处长打来电话，告知说大货车刚进山东省界收费口领上路卡，又一再叮嘱一定要安全跟进。

失而复得的跟踪目标终于又出现了，而且就在前边相距只有几公里。大家为这跨省追踪所经历的一波三折备受鼓舞也十分感奋。前面又是服务区，田处长果断决定稍事休整各取方便，又将鲁A字头的山东本省牌照换上。大家简单商量了一下跟踪方案，决心一追到底，看这辆神秘的大厢货究竟何去何从。

凌志车进入山东境内跑了刚不到九十公里，终于追上了大厢货。孙大宝立刻减下车速与它保持着两百米左右的距离等速跟进。

快到平鲁方向出口的时候，大厢货突然打了右转下道的信号。凌志车立刻提速跟进，一前一后随着出了收费站口。

天已经黑下来了，大厢货没有进市，而是沿着环城公路径直驰向了郊外。

追踪到一片茂盛高耸的毛白杨林边时，公路变窄了。大厢货右转，凌志车也继续跟进。毛白杨林子后面是一家颇具气势的公司大门。这家公司的大门不仅围墙高大，而且戒备森严的程度颇有点看守所一样防范态势。

大厢货在公司大门口停下开始办理进门手续。孙大宝驾车装作走错路的样子在大厢货后徐徐打转掉头，给石林忠留个从容的时间隔窗用摄像机把大门的近景全拍下来。操作娴熟的石林忠不仅拍下了大厢货在公司门口停车待进的全景，还将公司的牌子推了个特写镜头。

这家公司的全称是平鲁三木生物能源责任有限公司。田处长从摄像机检索显示屏上看了一下拍下来的素材，立刻说："很好，今天的追踪任务圆满完成。快撤吧！此地不可久留，以免打草惊蛇。今晚就住平鲁市，找一家上点档次的旅馆，必须保证大家吃饱喝足休息好。"

在驰向平鲁市的路上，为写书在勤于思考惯性中的周文雄突然说："田处长，看这家公司的名称有点怪，莫非是家日本投资的外资企业？"

"也许吧，有点像，什么三木、山本、三洋不都是日本人常用的名称。"田队长很有点赞同周文雄的判断，继而又说，"管它是外资合资还是内资，只要它不守法，危害人们生活健康，我们就铁定要整个水落石出。"

听着两个长辈这样议论，两个姑娘就你一言我一语地搭腔了。

武英梅说："这最好办了，晚上住宾馆上网一查，不就全明白了。"穆红姐说："只要它是正规公司，有一定规模，网上一般都有介绍。"

周文雄不胜感慨地说："网络这个东西现在真是太有用了。可以做广告，可以读书看影视，可以网聊交友搞对象，还可以帮助办案，发布通缉

51

令追逃。有了网络，地球变小了，人却神通大了。"

10 平鲁受阻

凌志车在夜景中转了几条街，大家都感觉到平鲁也就是个地级市的规模。远远看到一家霓虹灯夜景装饰金碧辉煌的大酒店，走近了穆红姐下去进门厅总服台一问，有房而且还是冠名叫平鲁宾馆的四星级大酒店，就招呼大家下车先登记领房卡住下洗漱一番。

晚餐就在平鲁宾馆二楼的御膳餐厅要了一个雅间。大家都坐定了开始续茶点菜地忙活了一番，只有石林忠迟了好大一会儿，还又让穆红姐打了一回手机才赶到现场。

"干啥你呢！"一进门穆红姐就责怪上了："没学过三大纪律八项注意？就不懂步调一致的道理。让领导长辈兄弟姐妹们都来迁就你！"

"耽误大家时间，太有点不好意思了。"石林忠一边给大家道歉，一边给大家汇报："我们所到之地，离武松打虎的景阳冈不远，离水泊梁山也不远。我刚在网上搜索了一番，这个三木公司并不是什么外资企业，而是平鲁市东湖镇杜家庄三兄弟合股办的生产生物柴油的公司。因哥仨凑股，就取杜姓左右偏旁三个木字为公司冠名。乍一听倒像是与日本人的名字相关，其实不然，杜老大是董事长又兼总经理，是平鲁市企业界场面上的人物。网上只有几百字的企业简介，没有工艺流程、市场营销等相关内容。倒是平鲁论坛网站一些帖子上对杜家兄弟的发达有所介绍。有捧脚拍马说好的，也有揭短抓秃说坏的，褒贬不一。杜老大哥仨是由干杀猪宰羊的小作坊起家，在平鲁市内有一家四星级的帝豪大酒店。在远郊区占地建起三木生物能源有限公司，只有十来年的历史。其他方面如经营销售的情况不详。"

石林忠见缝插针的工作效能让大家都交口称赞。田处长立刻击节称赞道："好啊，知己知彼，方能百战百胜。就凭你们年轻人这股克难攻坚的锐气，就没有攻不下来的难关。来吧，现在的任务是喝酒用菜。吃饱喝足睡个安稳大觉，准备明天力克三木。"

平鲁地处鲁西南的平原洼地，盛暑七月的夜晚仍是热气蒸腾，为解暑热和通畅肠胃，大家都一致共饮一兑一的冰镇啤酒和常温啤酒搭配混饮。

大家一边推杯换盏品尝鲁系菜肴味道，一边商议第二天的行动方案。等到酒菜都已用足，上不上主食也就无所谓时，也没有讨论出一个能够保证进得三木公司大门的新方案来。最后的决定结果还是沿用在望海天都山进山门投石问路的方法，先来一次试探性动作。不过这次到了山东，因为离河北天津是相邻省区，周文雄的江浙味差异太大，自然是由孙勇军带队最为妥当。孙勇军也自告奋勇，向田处长要求带四个年轻人扮作老师带学生走访企业，进行生物能源项目参观考察。因为他本人现在还是天津大学在职教师，打个电话和学校说一下就可以证明身份。

虽然大家群策群力集思广益，事前将一切客观理由都想了个周遭，可是第二天孙勇军带着四个完全学生装扮的年轻人来到三木生物能源公司大门口时，两个立眉横眼的门岗保安摇着脑袋根本就不听你的任何理由，答复只有四个字就是"谢绝参观"。

孙大宝一盒软中华烟快递完了也没有用。石林忠更懒得与保安多说一句好话，只是转来转去用一双天生就是侦察员的眼睛，去对这家公司奇异的大门格局用心考察。自然他当胸纽扣上的针孔摄像头也不会闲置，借机拍下了他认为对案情有用的资料。

三木公司的铁艺大门在高大宽敞中透着神秘。神秘地在门里正路当中矗立着一面超高超宽山水瓷画贴面的影壁，足以遮挡在门外任何角度的窥视。然而再高再宽大的影壁遮得住视线，却无法遮得住气味。厂区里飘散出来的是所谓生产生物柴油所没有的油香味。石林忠更加确信了这铁定是将望海深山炼厂粗炼地沟油长途运来再加工的重要窝点。

这工夫武英梅和穆红姐还在想尽办法与两个门岗保安认真纠缠。对孙勇军父子立眉横眼的保安与两个漂亮姑娘交谈却是满脸带笑。这让孙勇军父子都在心下暗地里直骂："整个一色地痞无赖土流氓混混队伍。"

武英梅抱着进不了厂门不回头的决心，转着弯与保安调笑说："师傅，麻烦你给通融一下让咱开开眼界，咱是大学本科生物系的高才生，还不知生物能源怎样去提炼，你说咋能写好毕业论文？"

"写不好论文是你的事，看不好大门是我的事。"一个保安嬉皮笑脸地说："厂里的生产工艺属于高度商业机密，看到你眼里抠不出来就麻烦大喽！"

武英梅换一路枪法再攻："要是给你介绍一个生物系的大学生对象，也不让跟着参观参观?"

另一个保安说："我媳妇就是管理操控精流塔的仪表工，每天加班加点都干烦了。只要下班铃一响，谁还愿意多看一眼。现在的人们就是怪道，厂里边的人要请个假十有九不准，没特殊事还不让出大门。车间里都是油渍麻花腻腻味味的工种，厂外的人还想进来看啥热闹。别啰嗦啦，哪来的还归哪儿去吧！大老爷们咱不敢说，像你们两个漂亮姐，想进就赶快到帝豪大酒店511报名。电视台广告都打了多少天。大老板要招文秘，保安男女若干。大学生特别是大美女自然会优先录取。"

听保安这么一说，穆红姐心里一动，暗想这倒是提供了一条有用的信息，等到回酒店上网搜索一下三木公司的招聘广告再做道理。

就在这边纠缠絮叨的时间里，石林忠一双探头一样的锐目，已经把三木公司厂区周围的情况尽收眼底，拍好录像。除了公司神秘的铁艺大门外，足有两米半高的围墙上沿水泥抹灰盖顶时都栽着刀尖一样密密麻麻的玻璃碴，之上又复加了一米多的铁丝网。大门到两边延伸出去的围墙都分布着密集的闭路监控。厂外的戒备如此森严，厂内的布控便可想而知。这样高的戒备程度，是可以证明企业的隐秘不是一般的阴暗。是非之地，不可久留。因有天眼一样密集的监控系统，一旦惊动了公司高层，让狐狸警觉起来想逮它就更为难上加难了。

想到这里，石林忠立刻向孙勇军紧走两步说："孙老师，咱们走吧！一个生产企业也不会有啥好看，倒不如咱们去东平湖看水泊梁山会更有趣。"

孙家父子正心烦保安与两个姑娘扯淡，也正想找个由头离开，就都向两个姑娘挥手示意。武英梅和穆红姐也就借势而退，向两个保安挥手道声："拜拜!"

11 艰难抉择

田处长和周文雄带着凌志车在离三木公司两公里以外乡间小路的鱼塘边一边和鱼塘主聊天，一边在等孙勇军五人的消息。

承包鱼塘的虾腰老头是本地杜家庄人，对三木公司杜家仨兄弟发家致富的历史了如指掌。田处长不经意间和塘主聊天拉家常问到他家庭情况鱼塘收入，没想到触到他的心病，鱼塘主一开口便要将心中的不平一网拉尽。

"要说收入么，这就看跟谁比。跟村里刨土种地爷们比，咱就算温饱无忧小康人家。有鱼塘，有房有车，三马子农运车也是车吧！

"要是跟人家杜老大比，咱就得去上吊。除了飞机人家啥样高档车都有，咱是五间大瓦房，人家是十层楼还是几星级大酒楼。星级咱不懂，可听说人家那大酒楼养的什么鸡都有，这世道变化离奇古怪，人要是有了钱就能成精怪。"

周文雄在一边只听不说，听到塘主说的事与三木公司杜老大有关，就悄悄把录音笔的开关打开。塘主后边说的就一字不落给录了下来。

田处长对杜家大酒楼的星级或养鸡的话题虽然也感兴趣，但此行重任在肩，主攻任务不是扫黄，就想去引开话题，重点了解三木公司经营方面的情况，说了一句"老大哥"忽然想起山东人不兴叫大哥，因为大哥就是戴绿帽子卖烧饼的武大郎，叫二哥才是恭维抬举人的好称谓，于是就急转改口叫："二哥，听您说杜老大这等气派，想必是人家那边的三木公司生意够大财源滚滚吧？"

"财源？"鱼塘主让日光晒得像渔网皱一样的脸上，眼皮如同小挂帘似的抖了抖才说："如今敢白道黑道通吃就是财源，不光是官商一家，连警匪都成了拜把子兄弟。有谁见过把厂子办得就跟看守所集中营一样，吃喝拉撒衣食住行一条龙全在围墙里边？除非大病或婚丧事才能请假，还要大老板恩准。一进厂先签十年合同，工资开价不少，但是每年要押三个月工资。怕工人溜号呀！挣钱归挣钱，进厂太受管制，还不如俺这塘里的鱼可以自由自在，随心如意去交尾配对。"

"这么严啊！"田处长故作惊奇地问道："二哥，是搞什么尖端科技保密产品呀？"

"狗屁科技。"鱼塘主很不以为然，"对外说是生产生物柴油，俺也很当真。每年都来包干收购俺塘里的鱼，因有欠账俺找去要抵顶两桶柴油跑几趟都说没货。这不是鬼吹灯的事么！不过人家能进得来，出得去，变成钱就是神通，这杜老大小时候在村里和俺是一茬光屁股娃长大，谁想到人家挂羊头，吹猪腿就能干成大老板哪。"

手机彩铃响了，田处长一看是孙勇军手机号码就起身离开鱼塘水边，一边走一边通话。

孙勇军说："田处啊，一百条理由都找遍了，攻不进去，只好先撤出来了。"

"噢，噢，噢，在下车处见面后再说。"田处长一边回答，一边挥手向周文雄示意让他与鱼塘主道别。

小分队一行七人在凌志车上会齐以后七嘴八舌议论了一番，办法想了不少，但是没有一个办法能够进得三木公司大门，拿到非法经营的真凭实据。作为预设措施，田处长听取了石林忠的建议，在毛白杨林子拐向三木公司的路口，在树桠口用树枝伪装一下安放两个红外探头。这样至少能获取一些进出车辆的相关资料。

回到下榻酒店的包房，穆红姐连手也没顾上洗就去打开电脑上网。保安说的果然真有其事，很快就在网上搜到了三木公司招聘启事：因公司业务发展和高层工作需要，面向社会公开招聘文秘和保安人员若干。男，18-35周岁，要求身体健康，智力正常，忠诚老实，工薪待遇面议；女，18-25周岁，要求品貌兼优，身高1.62-1.72米之间，体重在50-65公斤之间，有大专以上学历，计算机考过二级熟练文字能力的优先录用。特别欢迎公安警官类学校的应届毕业生参加招聘，一切待遇从优，符合条件欲报名者请到平鲁市帝豪大酒店511房间登记。

武英梅刚从洗手间出来，就听穆红姐兴奋地叫道："英姐，搜到了，你快看一下，三木公司的招聘广告。"

武英梅俯身看了一下，皱了一下鼻子笑了说："这广告启事说招聘男保安并不具体要求，可见就一个幌子。而对女性身高体重品貌都要挑剔，还有专业要求，说白了是在招女秘书或女保镖。说曹操曹操就到，姑奶奶还就真的来了。"

穆红姐的秀手粉拳立刻就在她肩头上捣了一下："要是有这个胆，不妨咱姐俩就狼丛虎穴走一回！"

"怕他个鬼，终是邪不压正。三木公司的大老板还会是牛魔王不成？"武英梅挑着眼眉说："既然这样，咱就去找田队长请缨。"

田处长叫了周文雄和孙勇军正在他房间里研究探讨如何才能打进三木公司的方法和途径。两个姑娘牵着手进来说明要去参加招聘的请求，还未等田处长表态，孙勇军就先急了："不成，不成，这叫嘛事，这种公司的人脉构成，其实就跟黑道帮会没啥两样，说嘛也不能让两个女孩子去冒这个险。"

武英梅听了，白面皮一样的脸色立刻就成了红苹果。而穆红姐本来就通红的脸腮愈加泛光。姐俩自然明白孙勇军着急的道理，但他说了不算，最终还是要听田队长的。

这事让田队长很是作难了，他自然明白，就两个姑娘的品貌学识所学专业及各方面，参加招聘被录取的可能性极大。这自然是打进三木公司最有把握的途径。可是作为领队必须考虑用什么方法由谁来保证两个女孩子的安全。

两个姑娘盯着田队长的脸要答案，而且一再说："不要考虑太多，我们自己还不怕，只当是拍电视剧当了一回卧底演员。"

田队长拧了半天眉头才说："你们年轻人明知山有虎，敢向虎山行的勇气可嘉，难能可贵。我是领队，也算是你们的长辈，也会与孙老师有着一样的顾虑心情。不是不同意你们去，而是必须要有可靠的协调配合措施，确保安全的救援方法。只能有一万，不能有万一。一旦有事，我们不仅无法向学校、家长交代，也没法向上级领导交代。这事不能操之过急。我必须有个向上请示和周密确保协调救援预案的时间过程。这样吧，出京以来大家一路辛苦，昼伏夜出，放两天假休整轻松一下，原则上是自由活动。大家一边熟悉一下平鲁市周围的相关情况，同时都开动脑筋，看能否找到其他解决问题的办法。"

毕竟是多年的处级领导，田队长说得有理有据，考虑周全而又进退有据。武英梅和穆红姐也就有说有笑地牵手去了。

田队长也并非不想急于求成，而是事关两个姑娘人身安全，不敢鲁莽行事。然而"食为天霹雳行动"进展到平鲁遇上了关键的难口，拿不下三木这个戒备森严的"黑工厂"，就会影响国家食安办领导"舌尖上的战争"的总体部署。

想到这里，田队长就立即给北京赵中伟主任打电话汇报请示。

12 裸聊风波

　　武英梅和穆红姐主动向田队长提出以参加招聘的由头来打入三木公司的设想时，孙大宝和石林忠并不在场。但是两个小伙子还是很快就知道了这个带有冒险色彩而又刺激性很强的设想。石林忠听了一双探头一样的锐目只是加快了眨动的节奏，并无任何情绪激动的反应。而孙大宝一双大眼却急得出火，一个劲直骂武英梅："这叫嘛事，怕都是这疯娘娘出的歪主意，羊羔子要是掉进狼窝去，还会出来嘛好结局。"

　　两个人对象搞了两年整，可以说孙大宝对武英梅既爱又恨。他爱她的鲜亮灵动好学上进，但又对她固守三八线的矜持耿耿于怀，恨不能越。平白让自己枉燃了许多青春烈焰和爱的激情。如今又突发奇想，要以鲜嫩撩人的女儿身去闯虎狼之穴，怎不让孙大宝气愤难耐。虽说尚未取得爱的专利，毕竟是耳鬓厮磨近水楼台守候了这许多时日，是块石头也该焐热了吧！有谁搞对象光愿意当电灯泡去做广告呀？

　　武英梅知道孙家父子这方面的防范心理很重，小心眼也颇多。为这事，没法与未来的老公公理论，私下里还和孙大宝拌了一场嘴。武英梅故意气孙大宝说："就去！就去！人家是为干正经事，偏是你们孙家人就先往别处想去，自己心里不干净，就别老想别人走歪。"

　　孙大宝真生气了，大半天不理武英梅。除了吃喝拉撒，泡在个网络上一泡就是大半夜。本来田队长给放了两天假，四个年轻人约好到平鲁水上公园去玩一天的。盛夏暑月，正是摇船赏荷的最好季节。还是孙大宝在网上发现了平鲁水上公园荷池莲开正盛的美景来着，可临到吃早饭时赖床，推说头疼，谁叫也不起来吃饭。

　　临上车时武英梅又去叫了一回，无奈孙大宝用毛巾被裹了头仍旧一声也不吭。武英梅也动了姑奶奶脾气，提了相机就走，还扔下话说："咱们玩咱们的！还就不信孙大公子不去荷花就不开了？没有他这高穷帅，数码相机就不显影了？"

　　这下更把孙大宝激上火了，回骂她说："嘛玩意你，嫌姓孙的穷去找有钱人呗！"

"就去，就去，没有你，武英梅还会去五台山当尼姑不成？"

见这俩人又掐了起来。穆红姐赶紧过来劝架，："别闹了，耽误的都是咱们自己的时间。"谁知越劝两人反而越绷劲越大。石林忠只好说："走吧，走吧，光上网缺觉了，等师兄把回笼觉睡足，就没脾气了。"

上了凌志车，石林忠一边启动一边对穆红姐说："搞对象的人蚓架和夫妻斗气是一样的道理，你越去劝人家劲越大。要冷处理，别理他们，光人家俩人在一块的时候，就啥屁事也就没有了。"

武英梅仍旧恨意难平，气忿忿说道："真把人气得肺管子痛。看谁再理他就是小狗！"

石林忠一边打方向盘一边做个鬼脸说："痛倒不怕，要是小狗肺管子痒么麻烦可就大啦！"

穆红姐白他一眼说："你们男人怎么都是这样坏呀！"石林忠吐了一下舌头，知道话说过了头，就向武英梅道歉说："英姐莫怪，林忠是想让你高兴。谁知道放味精搁错了胡椒粉。该打！"

穆红姐伸掌轻轻在石林忠腮上捆了一下，转向武英梅说："我替你打。"

尽管石林忠和穆红姐一唱一和文武代打，使尽招数，还是没有能让武英梅能够高兴起来。

正逢双休日，水上公园的游人蜂拥。虽然天气暴热，碧水青波中的绿荷红莲还是让游客兴致盎然。阔大的莲池水面上蓬勃的荷叶捧托着一朵朵盛开莲花，呈现出一派生机无限的水上风景。石林忠好不容易分开游人选好角度占住了机位，想给武英梅和穆红姐以绿荷红莲为背景拍张合影。虽然他说笑一点，再笑一点，黄瓜茄子地导演调侃了半天，武英梅那张好看的鹅蛋脸上，肌肤似钢筋水泥浇筑出来一般，一点醒目喜人的笑意也溢不出来。

心情不好，脸上焕不出神采，再好的背景也拍不出让三人都满意的照片来。这让费了半天劲和其他游客抢机位的石林忠很有些扫兴。穆红姐便提议租个橡皮艇三人去划水。石林忠自然是积极响应。而武英梅仍旧一脸阴沉，不置可否。本来是出来找轻松的，她又总是不开心，石林忠和穆红姐就有点不知怎样去安排今天的游玩活动才好。

以前四个年轻人结伴出来，成双配对一拖一的怎样玩怎样高兴。现在骤然三缺一，结构布局上首先就不平衡。男欢女爱的事情，最优化的结构还是一对一的派对相伴，无论一拖二还是二拖一都不是理想的结构状态。玩不起情绪来自然就在情理之中。石林忠率先悟透了这一层，就瞅个空子悄声跟穆红姐说："看英梅姐一副心不在焉的样子，她和孙大宝就是一对三变脸冤家，一会儿笑一会儿闹的。真要离开了，又像丢了魂似的。倒不如让她回去接孙大宝来，大伙儿一块才能玩出点意思来。老这样连带着咱也玩不出个情调。"

穆红姐想了想说："也还真就是这么个理。咱俩有说有笑的，人家英姐也不好夹在中间充傻角。形单影只的难怪没情绪。你快把车钥匙给她，让她拖也把孙大宝拖来。"

石林忠就转回身把车钥匙递给落在后边的武英梅，让她返回酒店去接孙大宝。

武英梅拿着钥匙却又摇头说："接他个啥，怕美不死他呢！我说过不再理他的。"

穆红姐说："英姐，别要小孩子脾气。是让你去打他，不是理他。打是亲，骂是爱，实在心疼还就用脚踹。"

武英梅开始犹豫。石林忠从衣兜里掏出房卡给她："这回去还捎带查岗。咱出来这么小半天了。万一他打个电话找个三陪去穷开心，不就把个大帅哥丢给人家了是吧？"

"还就不信他能有这个胆。"武英梅嘴上这样说，心下还是有所活动了。便对石林忠说，"你和红姐先玩着，我去去就来。"

其实武英梅心情糟透应该说还有深层情结。她很自信自己的品貌资源优势，无论在学校进班级，还是走社会逛商场，超高的回头率就是最好的认证。你孙大宝虽可以说是帅哥队里的排头兵，而咱武英梅即便不是校花，要和那些同学们相传言的系花、班花来比，自我感觉还能略胜她们一筹。你孙大宝，不就是有个高大魁梧的好身材么！咱武英梅与你般配按美女标准衡量哪条也不缺项。居然就忽悠不动你孙大宝一个傻大个子，咱武英梅在哥们儿姐们儿的面前不就丢了大人脉了呀！

武英梅驾着凌志车气忿忿地想了一路。她怕惊扰田队长他们三个老同志，就没有到五层开她和穆红姐的 506 房间，坐电梯就一直上了七层出了电梯间。

武英梅轻手轻脚用房卡蹭了一下 709 房间门锁，绿色的开锁标识闪了一下门就开了。她本想恶作剧地来个突然闯入吓孙大宝一跳。才没想开门后的情景差点把她吓得背过气去。

房间的窗帘仍旧拉着。孙大宝并没有睡觉，而是穿着条三角裤在电脑的显示屏前全神贯注地网聊，屏幕上的字迹还在不断跳动蹦出只言片语予以置评。摄像机在电脑桌上放着，还在连线传送着孙大宝的视频。

视频中的孙大宝只拍了肚脐以上，乍一看像是在裸聊。

瞬间的激动让武英梅一下子给蒙了头，她没有顾得上去认真分析勘验究竟发生了什么事。只觉得天旋地转，曾经憧憬过的一切美好前景在顷刻间都颠覆了。

"哎呀！"武英梅尖叫了一声，"好你个孙大宝啊……"往下她也不知该说什么好，反而自己先哽咽住了。

孙大宝也不知门在啥时候开了，武英梅的尖叫让他大吃一惊，也顾不上去关电脑，慌忙去穿衣服。

见此狼狈相，武英梅突然想起了石林忠在水上公园说找三陪的一句话，以为孙大宝屋里藏着人，就从卫生间到壁柜里挨个搜了个遍。

屋里的确只有孙大宝一个人。

事已至此，孙大宝也无法再隐瞒下去。就指指电脑屏幕说："瞎找了个嘛呢，你要找的人在这里边。"

"甭管在哪，都是人！"武英梅不依不饶，好不容易逮住了整治孙大宝的有把烧饼，岂肯松口。于是就立刻拨通了石林忠的手机，气急败坏地说："你们快打的回来，孙大宝出事了。"

"啥事呀？"

"别问了，没法说的事，回来就知道了。"

孙大宝立刻着急了："这叫嘛事，惊动人家两个人干吗？都知道了，我丢人，你就光彩？"

"还知道啥叫丢人啊！"武英梅得理不饶人，"真要是知道丢人，那还有药可治。叫林忠和红姐回来咱好好理论理论，表现好了内部处理。要是不知道这叫丢人，那就无药可救了。既然你在网上犯的事，要不怕，我也给你挂到网上去晒个底朝天。"

武英梅这会儿其实并没有深思熟虑，只不过是想到哪怎样解气就怎样去杀砍一气。突然就蹦出个要挂到网上去晒的话题来。她说者无意，孙大宝听了却如五雷轰顶，心下连连惊呼：天呀，这姑奶奶可不是好惹的主儿，这点事犯她手里，怕是要倒八辈子霉！

听武英梅打电话急火盼水的口气，石林忠和穆红姐以为孙大宝真是出了事，就打了个出租车匆匆返回。一头雾水的两人一路上还挖空心思在猜测到底是哪方面的事。

石林忠有点忐忑不安地说："我是为了给英梅提精神，故意逗她说顺便回去查岗，看孙大宝招三陪。现在的世道这方面出格的事太多太滥，别让我这臭嘴给侃中了就好。"

"不会吧，我想肯定不会。"穆红姐虽然在否定石林忠的猜想，可语气中多少也流露出来一些担心，"每天守着英梅姐这个大美女对象，除非脑袋进了水才会去犯那个傻。"

与孙大宝裸聊的这个网友网名叫野田仙桃，是三木公司的一个女员工，她自称是经理秘书，曾经与孙大宝很是聊过一阵子。小分队出京以来这二十多天经常不是赶路就是蹲守，没有时间去上网聊天，谈兴也就淡了。皆因为与武英梅斗气，孙大宝睡不着百无聊赖又去上网在线，不期然中又与老网友野田仙桃相遇。因为他们要追查的正是三木公司，孙大宝想到自己那个网友，就想和她套磁，从她那里套出些三木公司的内幕。很长时间没联系了，突然上网联系，对方不干了，硬说孙大宝与人去私奔了，要不怎样会许久不打照面。孙大宝解释再三，又不能和她说是参加小分队在执行什么任务。野田仙桃不干，一再坚持若要恢复交流，必得验明正身。孙大宝正好只穿个裤头，无非就是发个视频，也没有任何技术上的难度，于是就这样视频了过去。

虽然本心里是想通过这个三木公司的女网友探听些情况，但是孙大宝还是怕武英梅知道了误会他。世界上的事就是如此奇巧，孙大宝这点隐私最怕的就是让武英梅知道，而偏偏鬼使神差就让返回来的武英梅这个冤家给撞个正着。

两个人为这事吵得不可开交。武英梅一口咬定："无须争辩，你们这是在耍流氓，而且是高科技手段下的现代化大流氓。"

　　孙大宝起先还嘴硬："现在白天黑夜上网聊天的人不知有多少，再说我这也不是裸聊啊。"

　　石林忠和穆红姐回来推门进来，孙大宝见了他们像见到救星。

　　"到底是出了啥事？让我们打出租赶回来。"石林忠和穆红姐一开始也没有闹明白这是怎么回事。

　　武英梅指着电脑和还在连着线的摄像头说："咱小分队下来的任务是食品打假。这不，中间又蹦出来个感情打假的案子出来。一边和我搞着对象，一边又去拈花惹草。我都臊得没有脸去看。"

　　"啥叫拈花惹草？"孙大宝逮住话茬，又想绝地反击，"网上就是一种虚拟的游戏，再说我这也是工作需要，这女人是三木公司的，我想从她那里套些情况。什么叫感情打假，谁让你……"孙大宝本想说谁让你不和人家来真的，这才应该感情打假，可转而一想这只是两个人之间的事，如何能给俩人之外说破，于是就反唇改口说，"谁让你不给人家一口好气来着。"

　　武英梅孩子似的噘着个能拴两头小驴驹的嘴在生气。石林忠和穆红姐肩傍肩地去点开网页浏览了一下孙大宝的裸聊记录。一看，穆红姐扑哧笑了："这算什么裸聊，只裸了上半身。"

　　石林忠立刻就点鼠标启动删除。一边就数落孙大宝说："真把这大帅哥名分丢尽了。干点啥不好，冒这隔靴搔痒的傻气！做卧底和三木公司的女员工网聊，也要经过组织批准对不对？"

　　其实本来孙大宝就想删掉的，武英梅抵死不让。正聊在兴头上，突然就中断了，其间野田仙桃还打了一个电话问罪，孙大宝只好谎称领导查岗，不让值班时间上网。石林忠看聊天记录，还没有聊到什么关于三木公司的内幕，就动手删除聊天视频等。因为有了两个人证，武英梅没有再去阻拦，只是说："删了多可惜啊！这种光彩记录，可以得一枚大流氓勋章。我还想下载下来，等毕业离校时给他装进档案袋里呢！"

　　穆红姐便开始劝她说："好英姐，这事到此为止，不能太认真了，给人家一个改正的机会。"

"你看他可认错？"

"认认。"孙大宝连连点头认栽，想做个收场。

"什么错？"武英梅穷追不舍。

孙大宝说："你说叫嘛错就算嘛错。"

"别我说，根据所犯罪恶，你自裁吧！"武英梅气还没有出够，继续痛打落水狗极尽挖苦，"难为孙大帅哥聪明大脑瓜，我扣个小帽子还兴许戴上不合适。道德自律吧！"

真是罪人容易罪己难。在事实面前，孙大宝只好为自己找个合适的罪名："就算道德犯罪？或者理论出轨？大家看怎样合适，我都接受。"

"仅只是理论？"武英梅又瞪圆了眼说，"你都动摄像机传视频了，玷污了国家几万元的设备还恬不知耻！"

"依我看这样吧，知耻为勇才为强者。"石林忠息事宁人打圆场说，"就定为道德出轨，下不为例。只是到此为止，仅限我们知情者四人。有谁传播出去，就是下一例道德出轨。"

孙大宝终于看到了收场的希望，立刻主动认码："行，我承认道德出轨，也保证下不为例，更赞成不得传播。"

穆红姐看着武英梅的脸色有了缓和，便乘势借云播雨拔下蜡头："好，认错改正，一言为定，击掌拉钩，共同信守，一百年不许变。"

说着穆红姐先与石林忠击掌拉钩，再抓过武英梅的手来叠加在她和石林忠的手掌上。孙大宝这会儿还蛮机灵，也伸出厚实的大手压在武英梅手背上。

武英梅横他一眼说："看哥们儿姐们儿的面子上，先记下你这次道德出轨。再有风吹草动，新账旧账一起算。"

话虽说得严厉，还是从孙大宝的掌心里感受到了让人心颤的体温。

13 特别招聘

田队长、孙勇军和周文雄并不知道四个年轻人在双休日里发生的这一幕感情风波。因为他们三个人是"食为天行动"监察小分队具体行动方案的决策核心，这两天正冥思苦想，就差抓破脑壳也找不到能够打进三木公司落实取证的办法。最后还是由田队长与北京的直接领导赵中伟主任电话请示协商，原则上同意让两位姑娘以参加招聘的方式摸石头探路。为确保两位姑娘的人身安全，由赵主任协调公安部与山东警方打个预警性的预案性招呼，如果案情需要可以电话联系随时动用警力。

有了国家食安办领导牵头协调随时可以动用警力的承诺托底，田队长才最后下决心同意让两位姑娘去参加招聘。因为实在找不到更为可行的办法，纵然下策也是一策，总比束手无策要强。

田队长做通了孙勇军的工作，和周文雄也统一了思想，正准备和四个年轻人具体研究落实方案，手机的彩铃又响了。

电话是北京赵主任在病床前受了夫人的奚落后打来的。赵主任特别强调了食品安全的严峻形势和国家食安办面临着的巨大压力。因为正在部署进行着一场纵贯大江南北涉及华北数省一举摧毁"地沟油"产业链的空前战役。"食为天行动"小分队的监察行动正好行进在整个战役部署的关键节点上，如能确保圆满成功万无一失，将对整个战役行动起到突破核心堡垒的作用。所以两个姑娘的打入一定要坚持两条：第一，确保安全是前提，第二搞清内幕不打草惊蛇是工作目的。小分队现在肩负的使命与百万雄师过大江之前的渡江侦察小分队没有什么两样，是为全面的总攻击摸清重点部位的情况。倘若一招不慎暴露了全面打击整治的意图，将会给下一步的行动带来意想不到的困难。

领导虽然讲得简明扼要，田队长理解得却很深透到位。所以给武英梅和穆红姐两位姑娘布置任务的时候，也充分考虑到了可能会遇到方方面面的特殊情况。

没想到两位姑娘也并非是一时冲动头脑发热，早已把自我保护防范侵害的方方面面想了个周遭，还在网上搜集了许多电视剧中渗透卧底里应外合的成功案例作为参考。

心细如发的穆红姐连行动的具体步骤都想好了。现在领导们终于同意了她在两天前的下一步行动建议方案，于是就非常有城府地向田队长建议说："田处，我们四个人完全可以一同去参加三木公司的招聘，也就实话实说是天津公安警察学校的应届毕业生，结伴来山东旅游考察水泊梁山遗址，在旅店上网看到招聘广告，就来试试碰碰运气。按三木公司招聘广告的条件来衡量，我们去应聘应该不会有什么大问题。现在无论报刊、电视、还是网络媒体，招聘广告多如牛毛，就连电杆、街墙和门店卷闸，用一张白纸在微机上打几行字，留下一个手机号就是一个招聘广告。认真分析一下目前形势，就业难可以说已经缓解，用工荒正在到来。所以他三木公司的招聘也不会应者如云，因为还有专业方面的要求和其他条件。而我们堂堂津门学府的大学生，还不至于应对不了一个地方企业的用人招聘。"

"太对了！"武英梅拍掌雀跃了一下，又搭手在穆红姐肩上说，"师妹简直就是个社会心理学家，考虑方方面面，分析头头是道。我也还就真不信踏不进三木公司的门槛。"

孙大宝一听说可以四个人一同去参加招聘，忽然就来了兴趣，在石林忠肩上捣了一拳说："咱哥们儿就一道去跟她们凑个热闹。一个毛猴子孙悟空还敢大闹天宫，谅他一个三木公司不就杜家庄老哥仨合股的一个民营企业，还不信就成了虎穴龙潭。"

见四个年轻人都有积极性，田队长自然高兴，就毅然拍板敲定："就这样定了，你们可以开始行动。我只能送你们八个字：大胆实践，小心得胜。"

随后又确定了联系方式，每个人都配够两部带拍摄功能的手机，一支微型录音笔和一台带针孔探头的微型摄像机。

自然这次带有特殊工作任务的特别应聘不可能再开上凌志车去。四个年轻人街上拦了一辆出租车，一直就给送到了帝豪大酒店门厅。

帝豪大酒店是杜老大的私家企业，也是遥控三木公司厂区的总部所在地，同时还兼有杜家会馆的娱乐休闲功能。因为有着多重功能的需要，这座挺立在平鲁大道与花都大街交叉口的拐角楼，在设计建造上就别具了一番匠心。

拐角楼总共十层，坐西朝东的一面是对外营业的帝豪大酒店，坐北朝南的一面四层以下是豪都夜总会和欢海洗浴城。五层以上才是三木公司经营部、财务部、公关部和人力资源部等几大部门的办公场所。拐角楼的两面楼层之间由于营业范围和功能不同，有的楼层贯通有的封闭，没有内部人引领，贸然去闯如同是进了迷宫。

招聘广告上的511房间，其实就是三木公司的人力资源部专设的招聘办公室。四个年轻人闯到了东面帝豪大酒店的五楼问了半天，经服务台指点又转到南面来才找到了招聘办。

招聘办对桌办公的胖男瘦女两位工作人员看样子就是人力资源部下边部门经理之类的负责人。胖男经理看了四个年轻人的个人简介求职表格之后面露喜色，随即拿起桌上的内部电话听筒按了一下999的号码请示道："杜总，来了四个天津警校的毕业生应聘，请您先看视频。"

瘦女经理见胖男经理一边点头说"是是"，一边冲她使了个眼色，就让四个年轻人依次在体重衡上检看体重和身高。

长着两只鹰隼般锐目的石林忠一进门就已经先将屋内上下的所有设施打探了一番，最先留心到体重衡对过的墙上安有摄像头，就知道这个房间的一切都已在闭路电视监控系统中。他和孙大宝也许并不重要，重要的是两个漂亮姑娘的身影已经进入了虎视狼窥的垂涎之中。

石林忠的判断完全正确。在大楼九层接听999内部电话超豪华的总裁办公室里，一个五短身材瘦猴子一样的干巴老头正趴在液晶显示屏前盯着招聘办受检身高体重者的一举一动。特别是两位姑娘的倩影让干巴老头眼仁一亮，摘下玫瑰色眼镜揉了揉仅有的独目。这时候才露出了全部庐山真面目，原来他是个独眼龙。这就是在平鲁地区颇有呼风唤雨能量的三木公司总裁杜老大。之所以成为独眼龙，是在年轻时下圈捉猪时让猪蹄子给一下踹中流了黑水。也因此与猪成了不共戴天的仇人，发誓一定要白刀子进红刀子出，杀遍这种长毛又爱嚎叫的畜生，并一定要在它们身上剐出真金白银。发财的愿望在褪毛剥皮剔骨抽筋的屠宰作坊中终于实现了。不过这操刀行业出身的户主即便是成了企业家，办事手狠的特性依旧。平鲁场面上当面有很多人逢迎尊称杜总或杜老大，而背后也有许多人骂他毒老大或独老大。自然这些称谓也是一语双关，一是说他为人办事狠毒，二是兼及其短骂他一只眼五行不全的意思。

杜老大揉了一会儿眼，用丝绢擦了擦眼镜片重又戴上，又对着显示屏上两位姑娘的身影端详打量了再打量。这才又伸手摩挲了几下脑顶门呈倒U形秃瓢状的脑袋瓜，然后拿起桌上的内线电话下达指令。

胖男经理一边接电话一边点头称是，最后还说杜总高见，立即照办。

所谓照办就是一副冰样的衙门脸告诉石林忠和孙大宝男保安已经招

满，不再扩招，以后有用人机会再联系。转而对武英梅和穆红姐却是一副极尽巴结讨好的媚笑说："两位来自天津的大美女运气可真不错。应聘的初选就算过关了。我们这次招聘的定向是公司的高层白领，工作环境优越，薪酬优厚。下一步要进行体检，体检要是没有问题，就可以试用上岗。试用期一个月，胜任工作签订正式合同。"

两位姑娘一起点头说可以，就按公司的招聘程序去办。胖男经理就打电话要了一辆车，让瘦女经理拿了两份三木公司特制的工作人员体检表，领武英梅和穆红姐到平鲁市里的一家女子医院去体检。

孙大宝和石林忠只好高兴而来，扫兴而归。原本想随两位姑娘一同混进三木公司打探虚实，没想到第一关就给卡了下来。

一路上，孙大宝气得一个劲儿直骂："倒是嘛样的王八蛋总裁，这哪是招工，分明是在选美！"

石林忠说："师兄的判断自然有一定道理，可目前能够水波不惊渗透到三木公司里边去探查虚实，舍此也别无他途。"

"别弄不好咱哥俩是赔了夫人又折兵。都是奉供了两年多的鲜花一朵，让她们给别人去把玩，总归不是滋味。"孙大宝一副搬到醋坛子的模样。

石林忠却说："人之常情是这么个理。这种事你瞎操心不如人家自己经心。也算一场历练吧！就是结了婚进了职场，你也不能每天屁股后头跟着，不让人家和其他男人打交道，不去接触上司呀！"

14　与狼共舞

瘦女经理引着两个姑娘到了平鲁市女子医院，先是到五官科检查视力、耳鼻喉一切均好，再到化验室抽血看血常规，又到内科做B超、心电图，一切的结果均为无异常。没想到最后还要到妇科去过一遍婚前检查一样的程序，而且又摆弄得太过仔细，这就让穆红姐和武英梅暗暗叫屈。好在两个人自己清楚都还是清白之身，也不怕能玩出何等大变活人的花样来。

等抽血化验的结果出来，已经是下午五点多钟。瘦女经理把两个姑娘的体检表交给了胖男经理。胖男经理立刻带着上了九楼给杜老大当面汇报。杜老大认真翻看着身高、体重、视力和心肺未见异常等项结果，一边自言自语说道："广告打出去这么长时间，没见招上一个像样的。要么不来，一来还就是成对的。"

胖男经理立刻溜须拍马说："这是杜总您老人家艳星高照，洪福齐天。有咱三木公司帝豪酒楼这两棵大梧桐树，不愁没有凤凰来。"

"凤凰呀！还真的是两只金凤凰。"杜老大翻到了体检表最后妇科检查的结果是处女膜完整四个字，立刻便像是抽了大烟一样精神陡长，唯恐戴着玫瑰色眼镜三只眼看不真切，摘了眼镜揉了揉那只独眼又重新审视了一遍非常感叹地说："还是原装的，真是稀货。这年代处长比处女多，该咱走运哇，说来就来了两个。今晚摆宴，普天同庆。"

"是该庆祝一下。"胖男经理立刻随声附和。

杜老大伸手点了一下桌上的一个按钮。很快推门进来一个颇具风韵的中年女白领，冲着杜老大请示说："杜总有事要安排？"

杜老大说："给餐厅说一下，在三楼香格里拉豪雅安排一桌万元以上标准的品牌宴。人力资源部招了两个天津来的女大学生。就算给她们接风吧！你们办公室和公关部的主要人员都参加。"

女白领就是杜总办公室主任于洁茹。听了杜老大的吩咐，没有再说什么，转身带着极其复杂的表情执行总裁口谕去了。她当然知道，杜老大的话在三木公司就是圣旨，不存在对与错的问题，只存在圣上满意不满意的问题。

乘于洁茹去安排接风宴的工夫，胖男经理打了招聘办的内线电话，让瘦女经理把两个姑娘带上来让总裁亲自面试。

没进总裁办公室之前，武英梅和穆红姐心里就还各自揣着一面小鼓，怕真要是遇上个生猛粗壮的黑道老大还须认真考虑如何去小心伺候。及至看到坐在高靠背带有电动按摩功能转椅上的杜老大时才猛然宽心：原来是个戴玫瑰色茶镜的小干巴老头，心理上的戒备和担心便一下子云散了。不约而同在心下提升了必胜对手的信心：两个受过刑侦专业擒拿格斗训练的警校大专生，还会让一个老小孩轻易占了便宜！

总裁办的大老板桌面积太大了，杜老大可能嫌间距太远说话不够方便，于是叫人唤茶在旁边的小客厅里与两个姑娘面对面问话。

其实这个所谓的面试极其简单，不过问些警校开设的专业课程、计算机和英语考级，以及到山东来旅游和看到招聘广告的经过。因为早有预案在先，两个姑娘应答如流，风雨不露。

总裁面试不仅一无挂碍顺利过关，还引发了杜老大由衷感叹："小时候看节目，山东快书就有一段叫'天津城外杨柳青，出了个美女叫白俊英'的唱词，津门果然是才子佳人之地，名不虚传呀！历史上闹义和团的时候，就因为天津卫的美女赛金花拿下了德军统帅瓦德西，八国联军在天津一枪没发一炮没打，一人没伤，到攻进了北京才兽性大发，火烧了圆明园不算，还抢走了国宝无数。是英雄和美女共同创造了世界，留下了历史。我这样说，不会有错吧！"

为了尽快进入角色，取得信任，武英梅主动逢迎说："真没想到，杜总搞企业还对历史深有研究啊！"

穆红姐也借机溜缝说："优秀的企业家同时也会是优秀的历史和社会学家。"

杜老大开心极了："甭管什么家吧，离开了女人就成不了家。请吧，三楼香格里拉豪雅的干活。美味、美酒、美女、缺一不成席，咱们一醉方休。"

三楼香格里拉豪雅是杜老大在帝豪大酒店专设的总裁宴客的御膳坊。若非杜老大心情好，公司难得有几人能陪总裁同桌共餐。由公司高层办公区的九楼到三楼专设了一部内部电梯，电梯间的进出都有保安专候。而三楼专供总裁吃喝玩乐的几大品牌豪雅直通酒店后厨都是对外封闭的专用通道，厨师和服务人员都经过公司人力资源部和公关部的特岗培训才准许上岗的。

这里俨然已经是一个游离于经济大社会之外而又自成体系的小独立王国。吃喝玩乐各样设施都非常高档而且极尽堂皇，服务人员成龙配套比享受服务的人员要多出几倍。无须去浪费笔墨描绘香格里拉豪雅的奢华程度，单从设有雅客茶座，草甸一样地板色彩的浪漫舞池和万元一平米的LED屏幕音响就可见一斑。

武英梅和穆红姐虽说也有到高档酒店茶楼就餐品茗和去歌厅卡拉OK

的经历，但到这样的场所来消费却还是第一次。见两位姑娘面露惊奇，杜老大就更添十二分的得意，领着几人绕场一周后才来到餐桌前。

这餐桌设施也不是一般的讲究。中间一把龙凤呈祥的镂雕红木大椅就像花果山猴王的宝座，比转圈摆开的红木座椅都要大出许多。不言而喻，这也是杜老大显示权尊的一种特殊方式。

虽然杜老大伸着手很客气地指着座上宾的位置向武英梅和穆红姐说："坐，坐，"表现出超常的客套。两个姑娘都是加倍小心翼翼。

面对这不寻常的高看厚爱，武英梅却赶紧说："我们是小辈，坐下首给领导敬个酒就行了。哪里敢往上坐。"

穆红姐当然也不会去坐，捅一下武英梅说："去卫生间洗一下手吧！"

武英梅知道穆红姐有话要说，也正好胖男经理坚持硬要她们按杜老大的意思入座，也就说先去洗一下手，就随着穆红姐向卫生间去了。

两个姑娘进了卫生间，穆红姐刚悄声和武英梅说了句："见机行事，拿捏好分寸。"卫生间的门一开，于洁茹跟着也就进来了。

这让两个姑娘难免有些紧张，以为是尾随监听她们说话来了。没想到于洁茹一边解手一边跟她俩说："看两位小妹都是嫩葱鲜花似的。是谁给上了眼罩？跳到这虎狼窝来干什么？俺想跳还跳不出去呢！"

武英梅一时没有反应过来，不知怎样解释为好。穆红姐已经看出于洁茹忧郁表情下必有难言之隐，就说："大姐且莫见怪。我们是大学毕业给半年时间实习，到山东来旅游，住店上网看到招聘广告，也就图个新鲜，试用几个月看看，合着就干，合不着呢我们就走人。"

"唉——"于洁茹叹一口气说，"因为都是女人，俺才给你们提个醒儿。这鲜花一沾上牛屎可就一辈子洗不净了。"

武英梅听于洁茹这样说，心里边有所领悟，但又怕她是试探有诈，于是就故作惊奇地问："不是说三木公司效益挺好，员工薪酬各方面待遇都不错吗？"

"闻着香吃不饱，老板们发财才是真的。"

于洁茹丢下一句话，起身出门先洗手去了。两姑娘不敢久留再说什么，也出来洗手回到餐桌前。

因为是陪总裁杜老大的特招人员吃饭，于洁茹通知下去的几个人员都

71

提前几分钟来了。一个大圆桌都已经按职位顺序落座，只剩下杜老大左首上宾位空着两个座。两个姑娘再三谦让之后，也就恭敬不如从命。

菜是按总裁所要求规格早已备好，四肉四素八凉碟已经摆好，大菜须等杜老大点头才能启动程序。众人见两个姑娘被安排在座上宾位置，就明白了她们在总裁心目中的占位，帮着敬烟点酒所有的殷勤便一齐蜂拥而来。这或许是生理缺陷所带来的一点心态上的补差。杜老大虽是土皇帝一样的权势人物，但双目缺一身高连标准男人的底线都不够，而手下的这一桌企管人员胖的胖瘦的瘦，与两个标准美女一样的姑娘围坐在一起，自然是极品与残次品一样的反差强烈。

武英梅和穆红姐这方面的自信心还是有的，不过人地两生，便就分外小心，双双摆手说："烟不会抽，白酒也一滴不沾，顶多只能喝点葡萄酒表示一下。"

杜老大也不苛求，很大度地仰了一下脸说："那就来两瓶拉菲。这法国货含金量更高，一瓶顶好几瓶茅台。"

用法国拉菲待客，这几乎是近几年应酬场上老板们的顶格消费了。其实这些顶格消费的真实效益十之八九都流入了造假生产商的腰包。法国厂家总裁来中国接受央视采访说每年供应中国市场拉菲一万多件，而央视调查的年消费量是十几万件。谁能说清有多少消费者当了冤大头呢！刚从大学校门里出来的两个姑娘并不明白这些经营场上人际礼遇的消费档次。而杜老大手下的这些头目都个个门清。这就形成了这场饭局敬酒的两个奉迎目标，杜老大是大掌门，当然大家都首先必须要敬好，两个姑娘也跟着备受追捧。

因为打出了一则广告招来了两个津门妙龄女郎，这让杜老大简直有点欣喜若狂。女人对他来说虽非稀罕之物，却如同采遍了池莲野荷，突然又见到了灵芝仙草一样着魔。或者也是这个独眼龙作恶太多，会当有报，让两个姑娘并未费多大周折就打进了这龙潭虎穴，开始上演一出当代版的另类"智取威虎山"。

杜老大虽然其貌不扬，却因为拥有的财富太多而让野心膨胀，不仅在经济上黑白两道通吃，在南伸北延跨省经营低成本扩张的同时，也恨不得天下美人占为己有。一副玫瑰色茶镜虽然遮盖了致命残缺，却折射出无边色胆的狼子野心。烈酒美女成了他享受人生的两大嗜好。今晚真高兴，开怀畅饮不觉中竟喝下去了至少八两国酒茅台。两个姑娘像是闯进了威虎厅的杨子荣，因为肩负着重要使命，即便酒桌上也是万般小心，虽然细斟慢饮，因为要与八个人周旋，也将两瓶拉菲喝下去一大半。

毕竟已经是奔六的年龄了，离开餐桌杜老大就有些头重脚轻，可却还扯着嗓子喊："放音乐，老子今天高兴，大家都要潇洒走一回。"

LED的屏幕亮了，音乐立刻就柔曼地跟着来了。是那首"让我轻轻地告诉你"，极为熟悉的乐谱让机敏过人的穆红姐首先去抢话筒献歌。这当儿她自然也藏着自己的一个小心眼：这种场合如果不去抢先唱歌，怕是逃不掉必须要陪杜老大跳舞的。陪这种人跳舞，实在是一种心灵与肉体的双重煎磨。

"尊敬的杜总裁，各位领导、各位朋友，我为大家献上一曲'让我轻轻地告诉你'，预祝三木公司兴旺发达，我们在杜总领导下天天快乐！"

一阵疯狂的鼓掌之后，穆红姐俏嫩的歌声立刻便让杜老大坐不住了，扯着武英梅走向舞池。其他八人见杜老大下场，也都各自结对为领导捧场。

杜老大原本是杀猪宰羊逮六畜拽猪腿出身，虽然发富有钱了，身上也未增加多少音乐细胞，而且毕竟又是快六十岁的年龄了，腰身胳膊腿都僵巴得没有一点活泛劲。这种人的所谓跳舞，也就是会抱着个女伴跟着音乐节奏扭搭移动而已。这种舞姿无疑等同于在撑着一架木乃伊在晃悠，再加上一股冲鼻扑面的酒气，一会儿就让武英梅受不了。那边LED前穆红姐在唱轻轻地告诉你，多开心；这边她被杜老大死死地搂着真难受。这会儿她才明白过来穆红姐为什么逮住话筒就一首接一首地唱个不住劲。心想：这个师妹真是太鬼精，让我当了傻老帽儿。

让杜老大抱着死死的心里难受，浑身也不舒服，就更觉得曲子太长了。实在受不了了，武英梅就说："杜总啊，跳舞不能老这么晃悠，要学做花样才有意思。来，放手，我教您做花样儿。"

看武英梅做了个花样的手势，杜老大在醉眼迷离中似见天女散花一般。连声说："好，好看，太美了，太漂亮了。教我两手儿，咱也跟你潇洒走一回。"

武英梅拉着杜老大一只手，撑开做交谊舞花样的架势，随着音乐的节奏牵着他进进退退左转右旋，上翻下绕，一会儿就把他转得酒往上涌，恶心冲喉，撒手捂着嘴跑向卫生间里去了。

杜老大破酒了。扑到卫生间里狗翻肠一样，一下子吐了个紫黄红绿一塌糊涂。瘦女、胖男两位经理和公关部长一帮人赶忙为杜老大抚腰捶背倒水漱口，忙作一团。

舞会便就此散场。于洁茹把两个姑娘领到六楼开了一个标间客房，留下房卡和早餐券，就赶紧返回去忙活料理杜老大的事情去了。

送于洁茹碰上门走了以后，穆红姐回身就跟武英梅说："师姐，这个女主任好像心眼还是真不错，像是个大好人。"

"大好人哪都有，只怕是进了染缸难有白布。"武英梅说。

"咱姐俩这不也进了染缸，就不想白着出去？"穆红姐撩着眼皮向武英梅发问。

"便宜死他个老杂毛了。"武英梅睁圆了眼说，"别看孙大宝臭小子不争气，给十个老杂毛加个金银罐子我还不换哩！"

穆红姐翘一下眼角，很开心地笑着说："这就对了嘛！咱是原装原配，这老杂毛不过是有堆臭钱。离了钱他就百嘛不是。"

"你也百嘛不是！"

"咋啦？我的好师姐。"穆红姐见武英梅黑下脸来，边忙说好话赔笑。

"他们要跳舞，你上去就只管抢话筒唱个没完没了。就不知道想法给我解个围什么的，让那老杂毛把我缠了个死，恶心死我了。"

穆红姐上去搂住武英梅的脖子撒娇说："咱姐俩谁跟谁呀，缠你和缠我还不是一个样！就知师姐武艺高强，这不就三转五转把他转晕了嘛！"

"转不晕他，今晚能让咱姐俩睡个安生觉？"

"那是，要不说好师姐嘛！今晚我陪你睡，只当搂着孙大宝，一样美梦成真，花好月圆。"

"拉倒吧你！躺下了好好想想仔细，别怕多牺牲几千万脑细胞，早点完成任务，进得来出得去，才叫花好月圆。"

"睡吧睡吧！车到山前必有路。"穆红姐揉眼打了个哈欠："困死了，赶紧睡吧！咱姐俩既然上了威虎山，就准备学习杨子荣甘洒热血写春秋吧！"

15 虎穴取证

第二天用过早餐，两个姑娘正在六楼客房一边看电视一边商量，找个什么由头再回平鲁宾馆一趟，一则是向田队长和另两位长者汇报一下顺利打入三木高层人际圈的经过，二则是也让孙大宝和石林忠认真看看尽可以放心，两个大活人依旧毫发无损，不是那种能够让黑道色狼一口就能吞下去的米面团。

还没有拿好主意，就见门开了，于洁茹和瘦女经理一人捧着一套服装进来让她俩换装。说是换装后总裁要召见当面验视着装效果，还要陪总裁下厂区去视察。

武英梅和穆红姐自然如同喜从天降，连做梦都没有想到，完成任务的机会抓破脑门都找不到，杜老大反而打发人给送上门来了。

这世上的许多难缠事有时候解决起来反倒超人想象的容易。

服装是参考空姐礼仪夏装的那种西服裙款式，一身藕荷色还配有齐腿筒袜和贝雷帽。这是杜老大为其公司的女白领特意订做的夏装礼仪厂装。问题是他麾下的这些女员工不具备气质，穿不出醒目的效果来。

武英梅不仅是身条好，皮肤白里透亮。配上这藕荷色裙装，不止是骄人十分，完全是一个滋人眼目的名模气派。她在屋地上走了几步，像服装模特亮相似的猛然来了个跨步转身。

"太漂亮了！"穆红姐立刻鼓掌雀跃，"师姐怕是要盖平鲁，震山东。"

瘦女经理也颇为感叹："有了金缕衣还得有金枝女好衣裳架撑起来才更托场呀！"

于洁茹却小声咕哝了一句："是福是祸还说不清。"

穆红姐因为还要在服装上备好针孔摄像头，就等把瘦女经理和于洁茹送出门去，反身回手绊上门闩才精心归置，谨慎换装。

换装完毕，两个姑娘又对镜擦脸，补了淡妆。穆红姐一边补妆一边说："师姐，你猜猜这杜总裁是想让咱姐俩给他当女保镖呢还是当女秘书？"

"他以为他是利比亚总统卡扎菲呀！"武英梅却不屑一顾，"咱姐俩是有备而来，完成任务抽身拔腿走人。他想啥美事是他的事，他的好梦怕是也就没有几天做头了吧！这种祸国殃民的黑心生意，让他天长日久才是天理难容。咱姐俩同船共命，千万加倍小心互相照应。避免一个人单独与他接触，别让他逮了便宜，污咱清白。"

"师姐你大胆地往前走，师妹就是你的贴身保镖。好歹咱姐俩都是警校生，还怕他个干巴老头能有一箭双雕的本事不成？"穆红姐不仅十分自信，也全力为武英梅壮胆助威，"咱一定以师姐的惊人美貌为锐利武器，倾倒一片让他们俯首帖耳，让他们看着美，心里痒又吃不上，然后为食为天行动一举成功！"

"先别高兴太早，恐怕还有难缠的事让咱坐憋挠头。"武英梅看了一下表说，"走吧，时间到了。"

九楼总裁办的保安见到着装的两个姑娘昂首正步而来，先用送话器给杜老大禀报之后，才又毕恭毕敬地将武英梅和穆红姐迎送进了总裁办。

杜老大好像正在网上浏览什么。一抬头见两位姑娘正向他欠身问候："杜总，上午好！"立时便惊得眼镜掉在了老板桌上，他顾不上去掩饰独目的缺陷，揉揉独眼龙裸目先看了一遍，又拾起眼镜重新戴上再度审视之后才由衷惊艳："我们山东地面，古有水泊梁山仁女将，一丈青、顾大嫂和孙二娘，今有我三木公司一下招来俩女杰，武英梅和穆红姐。哎呀呀，真让杜某人三生有幸，扬眉吐气。来，来，手包太寒酸了，我再给两位女杰添一件行头。"

杜老大俯身从老板桌的下屉里抽出两个做工精美的杏黄色坤包，从老板桌的大弧形里走出来，一人一个给挎在肩上。"这是我前几年去欧洲在意大利买的真皮坤包。给两位美女来用，才叫物有所值。"

两个姑娘本来就够鲜亮了，藕荷色裙装再加上杏黄色坤包的点缀，愈发光彩照人。

"好！"杜老大随即宣布口头任命，"今天就算正式上班。我宣布你们为三木公司总裁办机要秘书，既然是警校生，同时兼任总裁随行警卫。享受公司中层正职待遇，年薪十万。回头发个红头文件。"

"感谢杜总厚爱。"武英梅和穆红姐便就一齐致谢，样子颇为诚恳可爱。

"走吧！"杜老大挥了一下手说，"领你们到厂里转转。你俩是唯一的两个例外。好几家协作单位和大客户的老总来访，都没有让他们进厂里去参观。商业机密这层窗户纸轻易不能捅透，泄露出去就算金银外流。你俩可给我听好了，只许看，不许说，来跟我干事，保守秘密是第一条。因为我们的工艺是变废为宝，造福大众。"

武英梅和穆红姐连连点头称是，百分之百地保证。

杜老大出动用的是一辆奔驰牌子的商务车，马力大车内空间也大。公司的保卫处长亲自坐在副驾驶座上开道巡安。一上车，武英梅就让杜老大给拉住让她并排贴身坐了。穆红姐在后抿嘴笑笑，迅即闪身到第二排车位上落座。心想：这个糟老头子，有了钱就知道贪色，莫非与美女贴身坐坐，也是莫大的幸福？

轻车熟路，司机常跑就更为快捷。没等杜老大给两个姑娘讲完平鲁市的概况和周围的山水景观，商务车就已经来到了三木公司的厂区门前。两个着上岗装的保安已经把两扇铁艺大门拉开，站两边敬礼目送总裁座驾进厂。

这就让武英梅和穆红姐在心下无声暗笑：这个世界真是万花筒般神奇。前几天好话说得用车拉，任你把死人说活，就是不让越雷池半步。如今摇身一变成了总裁的随行，保安们还得毕恭毕敬摇尾乞身，拿你当神来奉迎。

坐落在一片林地中的三木公司厂区还是有一定规模的，厂区和生活区其间又隔着一道围墙两扇铁门。厂区内东边是两个车间，西边是原料和成品两大仓库。所谓地沟油的深加工工艺流程并不复杂，仅仅是物理分离。可是听杜老大吹嘘起来就有点神乎其神了。一车间的反应釜和精流塔还是老式的分体运行工艺，二车间的反应釜设计在了精流塔底座上是一体工艺。全是模仿着一些化工厂的工艺设备进行了简单的技术改造，在杜老大嘴里就说成是世界独一份填补国内外空白的工艺。

吹就只管让他吹去。武英梅知道自己的任务是贴紧杜老大，让他忘乎所以大吹大擂，闪个空子让身后的穆红姐用针孔摄像头把要害部位都拍下来。

总裁带着两个美女到厂里来检视，厂长和车间主任都伴随左右主动介绍情况。

来到二车间，见几个工人正在往原料油中添加白土。杜老大还伸手抓了一把白土在掌心里捻了捻说："这是一种化学原料，全靠它把原料油中的异味去掉。卤水点豆腐，这就叫一物降一物。"

车间里弥散着一股食用油的香味。武英梅也装模作样俯身向前，捏一小撮白土放鼻子前嗅嗅。正好给穆红姐留下拍上杜老大看工人添加白土的镜头间距。

杜老大指着精流塔底座下的反应釜向两个姑娘炫耀说："这是咱三木公司首创的独家工艺设备，好几家公司想商购，都只让他看工艺照片。后天我还要到北京去开行业峰会，也带你们去风光几天。"

武英梅一听心想好家伙，一个地沟油发展成了跨省经营的产业链还不算，这种行业的头头们还要开什么峰会。真是顶风做大，毛猴子还就真成了齐天大圣。穆红姐听了却是灵机一动，暗想这些家伙们真要是都去北京开会，岂不是提供了一个一网打尽的良机呀！

杜老大到厂院水龙头上洗了一下手，就往男厕方便去了。既然总裁需要方便，随行的保卫处长需要不需要方便也得随领导行动。两个姑娘便乘机在厂院装作很随意的样子，往成品库那边转悠过去。因为成品库门口大开着，几个工人正在给一辆大厢货装车。武英梅掏出手机佯做边走边接听电话的样子，在离车头不远的地方看清了是豫A字头的车牌号，随即就拍了下来，立刻调出田队长的手机号把照片发了过去，并附上一句短信：咬定青山不放松。

田队长收到后很快又嘀的一声发回两个字：收到。

武英梅确信对方收到后又立即把所有信息删掉。这一切都在几十秒之内完成得干净利索，不留任何痕迹。

因为是总裁的随行人员又是两位大美女，厂长和车间主任也极尽巴结奉迎，一再要请进厂办接待室去喝茶。反正取证的目的已经达到，武英梅和穆红姐就乐得客随主便，给他们一个顺水人情。没有想到这个厂办接待室的墙上挂着一张全国地图，以平鲁市郊三木公司的厂区为一个圆点，向大江南北、中原地区和长城内外辐射出几条实线和虚线。这显然是一张业务关系或产品辐射及着手开拓的业务区域示意图。

穆红姐的眼睛陡然亮出异样的神采，立刻明白这个示意图上的实线和虚线所构成的业务联系网络，对小分队的"食为天行动"来说也不亚于智取威虎山中杨子荣所掌握的联络图。

为了切近了让胸前乳罩中藏锋的针孔探头拍得更清楚一些，穆红姐呷了一口茶，以极为稚气而又诚恳的口吻向厂长请教说："老板，我请教一下。"

厂长便有点受宠若惊地说："尽管问，尽管问。"

"从地理位置上来说，平鲁市区这地方应该算做与河南接壤的鲁西南地区吧？"

"对，对，非常对，一点点也不会错。"

"我非常喜欢《水浒传》这部书，并且也读得非常熟。像景阳冈武松打虎，水泊梁山的很多故事都烂熟于心。不知道能否在地图上找到准确位置来瞻仰这些历史故事的发生地。"

"来，来，这太容易。这也是平鲁地区历史文化的最好看点。"厂长招手让穆红姐上前，一边伸手在地图上指示方位一边说，"这是我们厂区的位置，往正西面就是景阳冈武松打虎的阳谷县，往正南现在的东平湖风景区就是原来水泊梁山的水域。不过是现在水面小了许多，没有历史上可以开行水战大帆船那样壮观汹涌的水势。"

穆红姐随着厂长的手势所指，伸颈挺胸向前，看个仔细，也拍个清楚。武英梅自然明白穆红姐的用意所在，心下暗夸师妹精灵出奇，真是一个虎穴取证的超高妙手。不过高兴归高兴，武英梅一只眼还在留心着窗外杜老大和保卫处长的动静。怕他们猛然撞进来，给窥破姐俩虎穴探秘的玄机。

年近花甲的杜老大可能是有点老年性便秘，上厕所吭哧了半天才由保卫处长跟着出来。

来到厂办接待室喝了一会儿茶，厂长便请示杜老大说："总座，我让食堂后厨好好准备一桌，中午就委屈领导们在厂里吃饭？"

杜老大伸脸向武英梅看了一下，意思是征求她的意见。武英梅正打算瞅个空子回平鲁宾馆和田队长见面，就说："都是自家人，在哪吃都一样。吃饭事小，影响午睡杜总休息不好事大。老人家的健康就是三木员工的福音啊！还是回市里去吧！"

16 如此如此

两个姑娘还是坚持以红对白、中午吃饭陪杜老大喝了几两茅台，乘老家伙饭后午睡的工夫，向总裁办主任于洁茹请了会儿假，借口回宾馆退房收拾东西，上街拦了一辆出租回到平鲁宾馆。两人先到七楼敲开了孙大宝和石林忠的房间。两个小伙子也在饭后午休，正养精蓄锐，准备早点用过晚餐出去蹲守跟踪豫A牌照的厢货车到河南。

虽然分手只有一天，四个人见面就如同是分别了一年，又是抱又是搂的亲热得非同常日。

穆红姐把拍摄取证的资料给了石林忠。石林忠一边检看资料一边听武英梅给孙大宝讲述打入取证经过。孙大宝听了以后一拍膝盖骂道："原来这天下有钱的臭男人都是这德行呀！"

石林忠接话说："那就活该他们自找倒霉。"

穆红姐却逗孙大宝说："孙大师兄，你可看好了，英梅姐大活人一个，毫发无损给你带回来了。你就别再晚上睡不着觉疑心生暗鬼了吧！"

"哪叫嘛事！"孙大宝调侃道，"人家不找事我就阿弥陀佛了。"

四个人热闹了一番，才返下三楼来向田队长汇报。

孙勇军和周文雄也正在田队长屋里碰情况。三人见两个姑娘出马这么一天多一点的时间，不仅抓到了三木公司非法加工生产地沟油的铁证，而且还带回来许多重要情况。特别是武英梅汇报中说到杜老大后天要到北京参加一个什么行业峰会的重要情况，大家都说这事关系重大。应该立即向北京汇报。

田队长立刻要通了北京赵中伟主任的电话，详细汇报了个仔细。赵中伟主任听完后当即大加表彰了一番，说要给两位姑娘申报特等功。随后分析了一番情况，赵主任如此这般地做了具体安排部署。原来，食安办正在配合公安部集中部署大的行动。遵照赵主任安排，两位姑娘既然已经打入了三木公司高层，就赶紧返回去再与其周旋两天。要是能随杜老大进京参加峰会最好，进京后可随时发短信打手机保持联系，赵主任负责协调公安部分派警力确保安全。小分队七人从现在起兵分三路，两姑娘一路负责盯死杜老大，孙大宝、石林忠和周文雄一路带车跟踪豫A牌照大货车去河南，剩下田处长和孙勇军留在平鲁宾馆，作为国家食安办的特派员，准备配合地方公安部门组织警力突袭三木公司的生产厂区。到时候赵主任会提前通知统一行动时间。

刚过了一会儿，北京赵主任又打来电话让田处长嘱咐给两个姑娘，如果能接触杜老大的电脑，里边按常规会有一些下边经营部门上报的购销报表之类的东西，要是能用U盘拷贝下来，对彻底摧毁和肃清这个跨省网络的物流去向至关重要。

赵中伟主任的一番安排让大家感觉到一场保卫舌尖，摧毁地沟油产业链的正义之战即将全面打响，小分队一行七人不仅是这场国家行动中的重要角色，还将在关键环节上发挥重大作用。再没有比看到自己呕心沥血所倾注的事业就要宏图大展更让人兴奋了，虽然一个多月的南北奔波已让大家非常疲惫，胜利在望的喜悦还是洋溢在每一个人的脸上。

田处长安排石林忠把穆红姐拍到的资料立即发往北京赵主任的邮箱。

大家互道珍重以后，四个年轻人分头去为自己的行动任务做准备。两个姑娘收拾好自己的东西退房以后打的返回帝豪大酒店客房。田队长的房间里只留下他与周文雄和孙勇军三人在开始回顾探讨这些天来所经历的事情。

因为要执笔写《舌尖上的战争》这本书，周文雄的思考自然就提早进入了分析人性善恶优劣的层面了。作为作家，他非常珍视这次亲历亲为深入体验"食为天行动"的复杂曲折和惊心动魄，面对这种祸国殃民的违法经营，他又特为感慨这些黑道老大们为财舍命的阴暗行径。"等到将他们绳之以法，我到监狱采访时一定会给他们出一个简单的考题，就是在名利与生命之间首选的是什么？"

"答案明摆着，一百个人也只有一个回答，当然首选的是生命。这有嘛疑问？"孙勇军说。

周文雄接着再问："可是很多人为了追逐不法之财而搭上了身家性命，这又做何解释？"

"这种事嘛，也不鲜见。"孙勇军挠挠头皮说，"往往是正道上发财不如歪道上快。就是办正经事目的和手段也很难绝对一致。就比方说这次侦查三木公司，铁门高墙双岗把守，光明正大你就别想进得去。而让两个姑娘去参加招聘，碰上了杜老大这个色狼一路全都是绿灯。其实这本没有什么稀奇，也不是咱们小分队的发明创造，我们老孙家的老祖宗在两千多年《孙子兵法》的三十六计里早有定论，叫美人计，不过因时而宜，田队长活学活用罢了。"

田处长知道孙勇军为这事心里有个结，不如挑明了给他彻底解开："孙老师您这准公公的心情我非常理解。为这事当初我也斟酌再三，还专门请示了赵主任。年轻人自告奋勇敢闯虎穴，我们就更没来由硬挡住不让人家建功立业。当然重要的是安全问题，这个赵主任也有充分安排，调集地方警力只要有公安部一道指令，平鲁地方公安随时待命。再说两个姑娘已经讲得很清楚了，那杜老大是个武大郎一样快六十岁的干巴老头，别忘了两个姑娘是警校生，都受过擒拿格斗方面的专业训练，对付他个干巴老头还是绰绰有余。再不要提什么美人计不美人计，有咱周大作家在此，完全可以措措辞，来个高雅的提法。"

经田处长这么一提示，周文雄的灵感立刻就来了："这好办，咱在书里肯定不用美人计这样的提法，可以叫作'以美降魔'，不过也总免不了要让老公公担忧的。"

"嘛事啊你周五弟！"孙勇军还是有些意气难平，"不是你家人，不担你家名。终归是肥肉掉到狼窝里去了，谁敢保证狼崽们连牙都不龇一下？"

到底也没有说服师兄孙三哥，周作家只好吟出一首不知是谁的诗来自我解嘲："酒色财气四堵墙，世人都在里面藏，有谁跳到墙外去，不是神仙也安详。"

17 难缠之夜

坐落在平鲁市花都大街与平鲁大道中心路口西北角的帝豪大酒店，呈大撇八字的拐角楼屹立在那里，面东面南都是豪华气派的双向大门。后院是停车场，停车场西边杜老大还专门建了个羽毛球馆。

杜老大喜欢打羽毛球。入乡随俗，武英梅和穆红姐也只好陪他练两场。不过总归是快六十岁的人了，虽然空调送爽，两场球下来杜老大就大汗淋漓，而两个姑娘却是面不改色，气不发喘。杜老大只好由衷喟叹道："这天下七十二行，就数年轻为王。老了就什么都不行。美丽、漂亮，都离不开一个中心词，就是叫年轻。活了快六十岁，我才悟透了一个真理，男人有钱就好看，女人年轻就漂亮。"

穆红姐听了心想，别看这老东西一只眼，还是老想多看一眼漂亮和年轻。

为了哄杜老大高兴，武英梅就说："杜总啊，你经营有成，这么大家业，现在只要有了钱，还愁办什么事不行，不是都说有钱买得鬼推磨么？"

"常理都是这么说，你们刚出校门的大学生也信这金钱万能的道理？"杜老大坐在休闲椅上，一手掂着羽毛球拍，玫瑰色镜片后那只深不可测的独目盯着武英梅，流露出无边渴望的淫邪垂涎。

武英梅自然已经感觉到了，自知前边话语说得有些孟浪，不小心勾起老色鬼贪欲，下来就把握不准说什么才好了。

眼见师姐语塞，穆红姐便就接上来补台："杜总啊，不是谁信不信的问题，严峻的社会现实就是如此，即使你不信金钱会是万能的，但没有钱却是万万不能的。"

"真比个巧嘴小八哥还会说话。"杜老大夸了穆红姐一句，扶着休闲椅站起来说，"走吧，出了一身大汗，到洗浴城泡泡玫瑰浴，享受享受金钱万能的舒服。"

武英梅赶紧说："不敢麻烦总裁破费，我们回客房冲个澡就蛮好。"

"别害怕，洗浴城就是咱自家开的，肥水不流外人田，花了赚了都成不了外人的。"杜老大说，"我让办公室于主任陪你们去开贵宾浴池，里边的女服务员都是经过专门培训上岗的。让你们住六楼客房只是权宜之计，九楼正准备给你们装修一个套间，公司总部高层都在九楼。住在一层里面工作和生活都很方便。"

杜老大还正在做着他皇帝老子一样三宫六院的美梦，一点也没有末日临近的预感。

双方各怀心事，两个姑娘却无时不在考虑如何安全稳妥与他周旋过去这一两天。身在虎穴狼窝，既不能打草惊蛇让虎狼识破，又要独善其身而不丢清白，这让武英梅和穆红姐实在是太费琢磨。

从洗浴城的贵宾池洗玫瑰浴出来，两个姑娘更显容光焕发，娇媚可人。陪着洗浴搓背的于洁茹又一再劝俩人尽早离开这是非之地，千万不要将清白之身断送在兽蹄下。武英梅和穆红姐一时半会儿闹不清于洁茹是完全出于好心还是怕争其宠，但又不能与她露底，只好是敷衍搪塞含糊其词。只求地球转得能快一点，把这几十个小时打发过去，只要进了北京城安顿下来，她们的任务就基本完成。杜老大再想干什么，就由不得他了。

因为要到北京去开会，下午五点在总裁办杜老大临时召开进京人员会议，同时有公司的一位副总参加，向其交代了在家的相关工作安排。武英梅和穆红姐也在进京名单之列。因为这次行业峰会是三木公司为召集方，杜老大同时还带上了财务、经营和公关部三位部长参加。

一向喜欢烈性酒的杜老大这天晚宴上破例没有要茅台。只要了两瓶长城干红与大家比画了两圈就叫上主食。

武英梅和穆红姐都觉得这老家伙有点不正常。晚饭后两个人一边在客房里看电视上网，一边商量着找个什么样的由头才能去动总裁办的电脑。没想到这机会又是让杜老大给送上门来了。晚上九点多钟的时候，杜老大用内线把电话打到六楼两个姑娘的客房里来了。武英梅放下电话就对正上网的穆红姐说："师妹，机会来了。他叫我上去，我们就来个将计就计，就说咱房间网线坏了，上不了网，你想上网看小说，只能用他的电脑了。其他事我来周旋。"

"对头。"穆红姐一直惦记着领导交代给的任务，立刻关掉电脑，拔下网线插头拉开窗扇扔出去说，"这还不简单，师姐说坏，立刻就让它坏掉。下边的问题是怎样去打开老家伙的电脑，就怕弄不对密码。"

武英梅说："事关紧要，应该会有。即便是有，这些土老鳖们也不会设计得多高明。可以从身份证号里边去找，电话号、房间号、888、999、111、000、666等都有可能，就看师妹的手气灵不灵了。"

穆红姐说："试试看吧，就怕老家伙不让乱动。"

俩人在电梯里还在一直商量着互相怎样掩护配合，即便逮不住耗子，也不要让耗子给咬了。

总裁办亮着灯，老板桌内外都没有人。武英梅就知道杜老大肯定是在隔壁的卧室里待着，也就更明白打电话的目的是想要干什么。这点事早就想过一百遍了，就知道早晚会遇上的，遇上就遇上了，人常说两军相逢勇者胜，现在是两军相逢智者胜。你个老杂毛想尝姑娘的鲜，岂不知太鲜的竹笋还扎嘴呢！

武英梅早有成竹在胸，就没有再犹豫便拎上穆红姐去敲杜老大卧室的门。听到一声说："进来。"武英梅就推门而进。

中央空调的卧室里冷热相宜。杜老大穿着真丝睡衣，正躺在雕花红木大床上揉那只唯一的眼睛。见进来的是两个人，脸上就显出了不悦之色。武英梅心里明白他为什么不高兴，就跨前一步坐在他床边说："杜总啊，真不好意思给您添麻烦，六楼客房网线坏了，师妹一部小说看得正上瘾，上不了网干着急呀！"

"这点事还用得着什么急。"杜老大向穆红姐挥挥手说，"去吧，去吧！到我办公室桌上电脑去看吧！"

穆红姐说声："谢谢杜总。"兴高采烈碰上门去了。

见红姐一走，杜老大立刻从大床上坐起来扑向床边要去搂武英梅。武英梅早有防备，一仄身坐起来去提壶给他杯里续茶。

"喝茶吧，看你忙得也总没个消停的时候呀！"武英梅把热茶杯端给杜老大，老家伙心下虽然不快，也就只得接住。

喝了一口茶，杜老大说："见你第一眼，就想跟你办点实事。你老躲闪个啥呢？"

武英梅笑了说："我有那么好吗？你这么大总裁，啥样女人没见过，夫人一定很漂亮吧？"

"别提她了，黄脸婆一个，那地方就像一团抹桌子布，一挨就抽筋。"

"能有那么严重？杜总您是特夸张吧？"

"人老了都这样，你还不趁年轻多挣点钱，男欢女爱是人间第一大享受，谁不去干才是最大傻瓜。"杜老大说着放下茶杯，又想去抓挠武英梅。这回武英梅没法再躲，闹腾起来又怕影响穆红姐那边工作，索性干脆迎上去把他抱住又放到床上说："对不起，这事真不能办，正赶上老朋友来了，明天上北京待几天或许就利索。"

武英梅先用缓兵之计将老家伙稳住，既不让他得逞，也不让他彻底失

85

望，多留点时间出来给穆红姐去把他电脑里的机密都给拷贝下来。于是又说："杜总，我可以陪你说会儿话，还可以给你捏腿捶背按摩都行。性急吃不得热豆腐，那点事儿不着急，慢慢办，只要你真心对我好，是女人都会知恩图报的。但是不能强按牛头来喝水。"

经让武英梅这么一抱又往床上一放，杜老大已经感觉到了这姑娘不愧是警校出来的大专生，手脚腰身都有一股拿人的力气，也就不敢再乱使强。趴在床上就任武英梅开始摆弄去了。

18 黑幕峰会

第二天一大早，武英梅就收到孙大宝已向河南方向追踪而去的短信，就知道小分队此次的"食为天行动"大功即将告成。立即回复"保重"两字后就把信息删除。

两个姑娘起床梳洗一番，收拾行装。用过早餐以后坐上杜老大的奔驰商务车一路北上直奔京华故都而去。

一路无正事，有的不过就是插科打诨讲点黄段子荤故事之类的笑话，或让坐前边的保卫处长放几个经典歌曲帮着大家消磨旅途时光。车内有点碍眼的景观就是杜老大老是黏糊着愿意让武英梅陪他挨近贴身坐着，有点像个不懂事的孩子离不开大人似的。这就让武英梅感到浑身不自在，就像身上长了痱子一样扎扭着不时蠕动。这也是没办法的事，任务在身只能坚持，她只好暗自祈祷上天保佑小分队人员一路平安，一边咒杜老大这些黑道魔障早点束手就擒，腾出时间让她们在北京好好玩上几天。

穆红姐坐在武英梅靠背的后面，一路上还在回味昨晚在总裁办电脑中窃取机密的惊险离奇。试编了十几套密码才终于打开经营科上报杜老大营销情况报表的文件夹。若非武英梅缠住了杜老大才能得以瞒天过海，要不这项任务还是真的没法完成。怕让酒店保安引起注意，昨晚后半夜也没有与田队长联系去送U盘。早晨起床后走得太急，同样是没有机会去送，U盘一直还在手包里装着。这就让穆红姐和武英梅多少有些悬心。

商务车进了北京绕东五环一直往京西北的方向奔去。北京的特点就是路宽，车多桥多。直到驰进了一个仿古牌楼风格的山庄大门，武英梅才觉得这地方或多或少是有些眼熟似的。直到下了车立定了脚跟辨清了方位，武英梅才突然明白过来，五月份第一次搭伴跟孙大宝来北京，参加赵中伟给他们几个老同学布置任务的聚会，就是在一个这样的山庄下榻和参加培训。只不过那个山庄好像是叫八义山庄，而这个山庄的名称叫九鼎山庄。管它八也好，九也好，反正小分队的"食为天行动"是八九不离十胜利在望了。

山庄主楼是个三十八层建筑，来打前站订房和安排吃住行的三木公司公关部长亲自下楼来迎接杜老大一行。

武英梅和穆红姐的房间被安排在三十六层的一个豪华套间与杜老大相邻，这显然是公关部长的刻意安排。不过两位姑娘心里对行动方案已经有个大谱，并不在乎房间的距离远近，离近了走动方便，更容易掌握第一手情况。

拿上房卡开门以后穆红姐就与田处长取得联系。田处长和孙勇军已经被专车接到平鲁市公安局指挥中心，准备参加统一行动。得到两个姑娘已经到达黑幕峰会开会地点的消息，高兴地连声道好，吩咐说立即与赵主任联系，报告所在方位的具体楼层和房间号。

武英梅立刻要通了赵主任的手机报告了情况，随后又把杜老大楼层和房间号用短信发到赵主任手机上。很快赵主任又回过电话来叮嘱说："正在调派警力在九鼎山庄附近集结待命。绝对保证安全，万无一失。关键时刻更要胆大心细，想法搞清这个所谓行业峰会的参会主要人员及议程，按一般会议常规，报到当天召集方应该有接风洗尘宴之类的聚餐活动。这是个最好的时间节点，一定想法弄清聚餐时间，事关行动全局。"

挂了电话，武英梅就让穆红姐打开电脑绊上门，抓紧时间给赵主任的邮箱里发送昨晚拷到U盘里的资料。她自己洗了一把脸就主动到杜老大的房间里去了。武英梅进门后就拿起电热壶给杜老大杯子里续水，完全是一副总裁贴身秘书的来派。来打前站筹备会议的人员都知道总裁新招了两个美女秘书，谁也没有敢拿她当外人看待。正在给杜老大汇报人员报到情况、餐饮接待标准、作息时间和参观旅游等项娱乐活动的所有相关内容，自然这些也都无须对总裁的贴身人员保密。

其实，所谓的这个行业峰会也不过就是与三木公司有供销业务的几家大客户的老总，其中还包括望海市深山粗炼场的关日升总经理。会议在二楼餐厅订了两个大雅间，在一楼总服务台登记的会议名称是全国生物能源开发研讨会。说白了，会议也并没有什么像样的议程和会议材料，主要议题就是几家暗中经营地沟油企业的老总见面碰碰上半年的产供销情况，落实下半年供需计划，预签来年的供销合同，剩下的时间就是吃喝玩乐，旅游观光。

北京周边和河南的几个老板报到后都先来杜老大房间与召集方老总见面寒暄一番。河南来的女老板至少也有五十多岁，却随身带着一个二十多岁的帅哥男秘。武英梅见了以后心下不免有些暗自惊异：许多有钱的男人喜欢找年轻漂亮的女秘，而这女人有钱了，原来也犯这同样的毛病。不知这罪孽的根源到底是人性的缺失，还是金钱的滥觞，抑或是人的潜意识里都有对异性的无边占有欲望？

正是女老板带来的帅哥男密让武英梅给分神了。突然听到杜老大给关日升打手机的叫骂声："伙计们都到齐了，就等你个抠门鬼啦！明知道火车经常晚点，你他娘偏就要赶这晚集。每天坐飞机那么多人，就你个关胖子怕摔死呀！得得得，晚上接风宴推迟到七点半，再赶不上就是你的事了。"

听到这里，武英梅立刻一阵惊喜。她知道杜老大说定了的时间，没有人会敢再去变动的。这下再给赵主任汇报情况就有了准确的时间表。说不定领导们就等着这个时间节点准备收网呢！

果然如此，接到武英梅报告以后，国家食安办赵主任就立即赶到公安部指挥中心。两个小时以后，行动命令正式下达，一场全环节摧毁地沟油黑色产业链，代号为"霹雳行动"的突袭战在南北几省市同时打响。

19 霹雳行动

霹雳行动的正点行动时间是晚八点三十分。

擒贼先擒王。三木公司在京西北九鼎山庄召集的这个什么所谓"行业峰会"恰好给公安部指挥中心南北联动的突袭行动方案，提供了一个将主要头目及骨干分子一网打尽的良机。

为防止发生意外变故让两个姑娘受到伤害，公安部门的特警突击队提前运动到九鼎山庄的主楼附近。突击时间一到，随即兵分两路突上二楼餐饮服务中心。

二楼逍遥津豪雅里面，坐在主宾位置上的杜老大和七个老总拼凑八仙交杯换盏正喝到兴头上。背后的女服务员随时把他们吃剩出来的残物收拾干净。

豪雅的门突然开了，一队持枪特警鱼贯闯入，随即变成两队对围着餐桌的八人形成包围。

"不许动!"杜老大端着酒杯的手还未来得及放下，锃亮的手铐就已经卡住了他的手腕。

"这……"杜老大一惊，眼镜随着落地。弯腰去捡眼镜时，一着急那颗假眼珠也摔到了地板上。

这八家经营地沟油的老板俱都乖乖就擒。不知怎么回事，望海市的关日升老板至今还未到。在地上捡起假眼球的杜老大心里立刻就发出一团疑问：莫非是这该死的关胖子给警方报了案？

另一个大雅间里，武英梅和穆红姐与几家老板的随行人员及河南女老板的帅哥男秘共桌就餐。被特警突击队带下楼以后，一干涉案人员都被押上了一辆大巴车。只有武英梅和穆红姐被带到一辆中巴车上。

看样子，这辆款式很考究的中巴车像是这场霹雳行动临场坐镇的指挥车。

果然就是。武英梅一上车，手就被一只温暖有力的大手握住了。"真辛苦你们两位姑娘，也祝贺你们为国家为人民立了大功!"

原来是赵中伟主任!"首长好!"武英梅和穆红姐都像是见了亲人，也控制不住激动地热泪泉涌。

"让你们受苦了，也担了很大的风险。"赵中伟主任握了穆红姐的手，说，"坐下，坐下。先等会儿，让押涉案人员的大巴车走了，再上楼去收拾你们的行装。"

等两个姑娘从三十六楼房间里收拾好行装再上中巴车时，车上又多了一位穿警服的中年人。与赵主任这样级别的领导同乘一辆车，自然也肯定是公安部门一位相当级别的领导。看样子这位领导也完全知道两位姑娘在这场霹雳行动中所发挥的作用，一边握手的同时也一边表扬："非常感谢你们提供的情报及时准确，为国家和人民立了大功，好样的，巾帼队里不乏后起之秀。只要有机会招聘，我们一定优先录用。"

也就在当晚的同一时间里，田处长和孙勇军也随平鲁市公安特警队一百多名干警突袭查封了三木公司掩映在树林里的生产厂区。查获加工生产出来库存待售的地沟油二千余吨。

开着凌志车追踪豫 A 牌照的大厢货车到河南中州的孙大宝、石林忠和周文雄，三人昼夜兼程，终于锁定了中州惠达粮油商行的批零网点。三个人也在当晚同一时间参加了中州市公安特警突击粮油商行的查封行动。

霹雳行动颇费周折的是远在江浙地区的望海市。查获油脂化工厂仓库的地沟油中转站并不困难，没想到警笛声惊动了值守人员，一个电话打给了深山炼厂的值班厂长。厂长又给关胖子打手机报告出事了。刚出北京站的关胖子一听大吃一惊，立刻给杜老大打手机已经无法接通。这家伙便知事情不妙，就坐地铁到首都机场赶夜班飞机航班逃回南方。

望海市公安特警突击队，从打开天径沟山门到山后深山炼厂还有好几公里的路程。夜间山间公路警灯闪烁特别让人惊肉跳。值守深山炼厂的几个头目闻声后乘夜潜逃。

霹雳行动大获全胜。唯一的缺憾便是关胖子和他下边的几个头目成了漏网之鱼。

第三天晚上，"食为天行动"小分队在平鲁和河南中州的两路人马都赶到北京会齐，一起入住国务院招待所，参加了赵主任代表国家食安办举行的祝捷表彰酒会。

赵主任既是总结又是祝酒词的讲话让大家热血沸腾："同志们辛苦了、吃苦了、也立功了。特别是武英梅和穆红姐两位姑娘冒着生命危险深入虎穴成功取证，为整个行动的成功发挥了重要作用，国家食安办正在履行程序为她们申报特等功。我代表国家食安办和公安部，对小分队同志们表示亲切的慰问和衷心的祝贺！据不完全统计，仅三木公司一家两年中就生产了上万吨地沟油流入数省市场。经国家食品安全监控中心对其油样检测证明，这些通过多渠道流向舌尖的用地沟油生产的食用油，含有多环芳烃等多种有毒有害物质，而且相当部分具有高致癌性。所以我们从事的工作是国家行动，正义之战，对地沟油产业链进行全环节的毁灭性打击，就是在消灭侵害人民群众生命健康的隐形杀手。通过这次我们配合公安部组织的跨省行动的成功实践证明，组织精悍的小分队巡查暗访非常有必要。因为在这样大面积范围的跨省大案中，在掏捞，粗炼、倒卖、深加工、甚至批发和零售的多个环节中，我们都没有看到相关行政执法部门的身影，涉及多个环节的地沟油产业链成了监管盲区，这就折射出了我们监管机制方面存在的一系列问题。当然也存在不同程度的地方保护主义，GDP出政绩等多种因素。所以我们'食为天行动'小分队面临的任务还很艰巨，回到北京大本营休整一下，国家食安办批了专项经费，添置一些器材衣物，还要给大家发一笔比较可观的奖金。另外也请大家充分理解，小分队虽然做出了重大贡献，从同志们的人身安全和还要执行任务来考虑，目前还是以当无名英雄为宜，不做公开宣传报道。人怕出名猪怕壮，一旦成了尽人皆知的打假英雄，有些案件和事情就不方便再去介入，反而影响再立新功。来，为了庆祝胜利，为了更大的胜利，大家干杯！"

"干杯！"八双手，八只酒杯，紧紧地碰在了一起，荡起来的酒花凝集成一朵朵上下同心克难攻坚的团结之花。

第二章　苏丹红魅影

20 女人之战

苏小秀名字占了一个"小"字，其实岁数已经不算小了，四十七八岁，正是徐娘半老美人迟暮的时光。城市女人在这个年岁还在揪着青春尾巴扮嫩装清纯，苏小秀毕竟在乡村生活，不敢太张扬，不过，她的打扮在乡下女人中就算是比较潮的，体形几十年如一日没有太大变化，所以，精心挑选的服装穿在她身上，显得很得体，这些年买卖做大了，手下有了一个不大不小的企业，不用风吹日晒亲自劳作了，脸上就有了城市女人的白皙和滋润。

苏小秀的家临近一个北方的大淀，这里没有多少土地，人们基本上过的是半耕半渔的生活，苏小秀是最早的养鸭专业户，养鸭场的规模越做越大，现在，她的荷花淀养鸭场是这一带规模最大的，因为出产红心鸭蛋而生意兴隆。除了养鸭场，她还在淀里的一个小岛上开了一个特色酒店，春季淀子冰消雪融一解冻，就开始有游客，一直到冬季封淀之后，才结束当年的买卖。

眼下苏小秀已经成了远近闻名的女能人，丈夫在几十里外的县城上班，一直没有参与到她的企业经营中，她独当一面，上下协调联络关系，在县城乃至市区，苏小秀都算是个有名气的女人。

这几天苏小秀心情有些差，她的荷花淀牌红心鸭蛋最近一段时间销路有些不太好，主要是跟周边那些小养鸭场比较，她这里的红心鸭蛋卖相没有人家相邻的养鸭场好。人家的鸭蛋打开后里面的蛋黄都是通红通红的，她的荷花淀牌红心鸭蛋明显要差一个成色，她把替她管理养鸭场的妹夫史二牛找来，问他到底怎么回事，史二牛眨巴着小眼睛说："大姐，你这么聪明的人，连这个都看不明白吗？不是咱的鸭蛋不好，是人家会绝活儿。"

"我养了半辈子鸭子了，也没听说过还有什么绝活儿，你去打听打听，人家是不是在鸭子喂养上有什么新方法。"苏小秀微蹙着眉头，看着库房里成箱的鸭蛋。

史二牛把苏小秀跟前喝剩的半杯茶端起来仰脖喝下去，神秘兮兮地说："还用打听吗，不就是那点儿事儿吗？"

"哪点儿事儿啊？有话就说有屁就放，一天到晚鬼头蛤蟆眼儿的，干不了什么正经事。别忘了你现在是荷花淀养鸭场的副总经理。"苏小秀从史二牛手里夺过茶杯，蹾在桌子上，横着脖子对他说。

"我私下听老谁家的小谁说，他们养鸭的饲料中都放一种红药面，鸭子吃了用这种红药面拌的食，下出来的鸭蛋就都是红心的。"

史二牛怯怯地说。

他并不是怕这个大姨子，长这么大他谁都没有怕过，只是现在要靠大姨子吃饭，这些年他尝试过许多种挣钱的方法，发现替大姨子管理养鸭场是最稳妥的生财之道，不但比过去挣得多，还体面，别人都史总史总地叫着，显得特提气。所以，在大姨子苏小秀面前，装也要装出听话的样子。

苏小秀听说过这种红药面，好像叫什么红，据说毒性很大，鸭子吃了这种东西，生出的鸭蛋蛋黄特别红润好看。怨不得别人家的鸭蛋好卖，原来他们在饲料中添加了这种东西。

史二牛试探着问："要不咱们也给鸭子喂点儿那玩意儿？"

苏小秀郑重告诉他："别动这些歪脑筋，还是想想怎么正儿八经地把鸭子喂好吧。"

"正儿八经地喂不但成本高，货还卖不出去，你有本事，你想办法吧。"史二牛拍拍装鸭蛋的纸箱，叹着气走出去。

苏小秀顶不喜欢的就是史二牛这犟脾气，遇上什么事都不动脑子，基本上是一根筋儿，一条道走到黑，用这种夯货做自己的副总，完全是照顾妹妹苏小丽的面子，苏小丽偷空就到她这里来哭穷，说姐的买卖做得这么大，你吃肉怎么也得给我们扔根骨头啃啃吧。

苏小秀最恼火的就是这句话，你又不是狗，啃什么骨头？让妹妹逼得实在没办法了，才让妹夫史二牛到养鸭场来盯摊。实话实说，史二牛比苏小秀自己的丈夫蔡大庆强多了，至少他还像个爷们儿，蔡大庆唯唯诺诺嘀嘀咕咕的，身上就找不到几分阳刚气。当初之所以肯嫁给他，因为他接他爹的班在县城吃上了商品粮，那个年代能在县城吃商品粮上班，是无上的荣耀和光荣，苏小秀虽然不喜欢这个比较阴柔的男人，鉴于他特殊的身份，还是答应了。乡村美女苏小秀当年谈对象的口号是，非城市户口不嫁，她提出这个口号是因为受了另一个男人的伤害，为了替自己争口气，含着眼泪给自己的婚姻定了个调调。

嫁给蔡大庆之后，她才知道，她必须像男人一样撑起一片天，这个家庭才能正常运转，靠蔡大庆上班挣来的仨瓜俩枣根本不能让她和女儿过上幸福生活，她开始养鸭子，从几十只鸭子起步，凭着自己的勤劳一步步把产业做大，用自己挣来的钱把女儿送到国外上学。蔡大庆几十年如一日，安心在县城挣他的月工资一千多块钱，他很满足，苏小秀的鸭蛋卖得出去卖不出去他从来不过问，他大约觉得这些和他没有什么关系。

苏小秀走出自己办公的地方，沿着水岸向自己经营的荷花淀特色酒店走去。沿岸有一些卖旅游小商品和当地土特产的小商小贩，都是乡里乡亲的，大家和她打招呼，她一路寒暄着走过，路过一个专门卖红心鸭蛋的摊位时，她停下来，看摊的是一个看不出真实年岁的脸色黑黢黢的女子，苏小秀走近后问她："妹子，这红心鸭蛋卖得怎么样？"

"好着哩，特好卖。"黑脸女子指着一个一切两半煮熟鸭蛋样品说，"你看这红彤彤油亮亮的蛋黄多诱人。"

"这是谁家的鸭蛋？"苏小秀的眼睛被那鲜艳的红色刺痛了一下，她养了多年的鸭子，这种成色的红心鸭蛋几乎很少见，凭着正常人工饲养，是产不出这种质量的鸭蛋的。毫无疑问，这鸭蛋是做过手脚的。

"现在谁家的鸭蛋都差不多，这是陆书记家的，这是二嘎家的，就是你们家的鸭蛋不好卖。"黑脸女子神秘兮兮地凑到苏小秀耳边嘀咕几句，一股隔年咸菜味道扑面而来，苏小秀强忍着把她的话听完，黑脸女子大体意思是说人家别的养鸭场都在喂养方面使用新的饲料配方，劝苏小秀别扛着，要与时俱进什么什么之类的。

从黑脸女子的耳语中，苏小秀意识到史二牛说的给鸭子喂饲料添加剂不是空穴来风，甚至，现在这里的大多数养鸭专业户都在这样做。

这样的鸭蛋能吃吗？不会有毒吧？苏小秀的心忽悠了一下，黑脸女子又告诉她：她这里代销的荷花淀牌红心鸭蛋也有人买，但都是本地人在买，因为他们知道苏小秀的红心鸭蛋是货真价实的绿色食品，不过本地人消费水平毕竟有限。

"这么说来我的荷花淀牌红心鸭蛋还要坚持走绿色路线，若是我的养鸭场也放饲料添加剂，乡亲们到哪里去买放心鸭蛋？"苏小秀终于承受完隔年咸菜味的侵扰，她长出一口气，调侃着说，没想这句话恰恰被刚刚走到这儿的陆书记的老婆孙勇莲听到了，她扭扭搭搭走过来，酸溜溜地说："苏老板又发表什么高谈阔论呢？没你们家的鸭蛋，大家就不吃饭啦？"

"哈，俺家的鸭蛋就是纯绿色食品，总比喂有毒的饲料添加剂喂出的假红心鸭蛋强百倍。"苏小秀伶牙俐齿地反击道。她本来就是个得理不饶人的厉害女人，特别是和陆书记的老婆孙勇莲，两个人天生犯相，却又有着撕扯不清的关系。孙勇莲和苏小秀是从小学到高中的同班同学，上学的时候就是不相上下的竞争对手。孙勇莲的哥哥叫孙勇军，是苏小秀的初恋情人，两个人曾经爱得死去活来的，后来孙勇军考上了大学，大学毕业分配到天津的一所大学工作，被他的一位女同事横刀夺爱把他的感情俘虏了去，任凭苏小秀在老家苦苦等待，孙勇军那边没了下文。

如果仅仅是这些，也不足以让两个女人把关系搞得这样僵，毕竟是孙勇军忘恩负义，而不是孙勇莲，这点道理苏小秀能掰扯清楚。关键是现在的这个陆书记，当年她们的同班同学陆春雨，最初看上的不是孙勇莲，而是苏小秀，但是苏小秀同学一心一意恋着高年级师哥孙勇军，根本顾不上小男生陆春雨的感觉，这样才把机会让给了孙勇莲。

按说孙勇莲该得到的都得到了，仅仅因为苏小秀是老公的暗恋情人，也不足以让她和苏小秀结怨，偏偏孙勇莲爱吃点儿小醋，偏偏陆春雨这辈子总也忘不掉苏小秀，这就让他们之间的关系变得很纠结，让他们的情感关系变得错综复杂扑朔迷离。

在陆春雨最不该出现的时候，恰好他出现了，两个女人正在那儿较劲呢，陆春雨从远处走过来，不分青红皂白先喝住自己的老婆孙勇莲："你这婆娘真他妈闲得没事干了，跑到这儿来丢人现眼地扯老婆舌头，还不快回养鸭场，买鸭蛋客户等了半天了，人家都等急了，我这电话都快被打爆了。"

一听说自己的养鸭场有客户，孙勇莲不再恋战，横了苏小秀一眼，匆匆离去。

21 酒店来客

孙勇莲走了，苏小秀无端招来一肚子气，心里很不舒服。陆春雨赔笑走上前，体贴地说："没气到你吧。"

苏小秀忿忿地说："以后好好管教一下你老婆，逮谁咬谁。好歹也是书记夫人，一点儿修养都没有。"

陆春雨谦逊地笑笑，他在这个村当支部书记已经快二十年了，二十年的时间里，他在把自己磨炼出一套手眼通天的本领的同时，也把家庭折腾得很像模像样，把老婆培养成盛气凌人不可一世的泼妇。但是，不论自己的境况如何，对苏小秀的感情他始终没有改变过。这些年他明里暗里没少帮助苏小秀，否则凭着苏小秀一个女人家，路子不会走得这么顺，摊子也不会搞这么大，这些苏小秀心里都清楚。单说她的荷花淀特色酒店，这些年一直是村委会接待上级客人的定点饭店，陆春雨把自己的许多关系都拉到这个饭店里，让他们把这里当作定点。现在，苏小秀挣钱的大头不在养鸭场，而在这家酒店。

陆春雨半开玩笑说："没办法，这是咱的命啊，当初你要是嫁给我，书记夫人不就有修养了吗?"

"呸，做你的美梦。"苏小秀也笑着回应。这么多年她一直把陆春雨当哥们儿，哥们儿之间只谈友情，不谈卿卿我我的男女之情。尽管陆春雨对她永远是满腔爱意，苏小秀一直装傻充愣。过去她爱过，伤过，自从当年孙勇军恩断义绝弃她而去，她就彻底把爱情搁置到一边，草草嫁了个男人，草草成了个家。她知道自己的婚姻不幸福，知道如果嫁给陆春雨，比嫁给丈夫蔡大庆强百倍，但是她不愿把好哥们儿变成另外一种关系，孙勇军的背叛，已经让她怕谈感情了，她不相信这个世界上还有什么爱情。

"去酒店吗？"陆春雨问。

"是。过去看看，现在养鸭场的生意不好做，酒店可不能再出什么岔子。"

"养鸭场怎么啦？"

"鸭蛋销路不好。我正想问你呢，你家的鸭子是不是喂了饲料添加剂？"

陆春雨没有接苏小秀的话茬，沉默了片刻，答非所问地说："你家的鸭蛋我想办法替你推销出去。"

苏小秀偏过头，目光直视陆春雨："我的问题你还没回答。"

陆春雨温柔而多情地看着苏小秀，其实在别人面前他是个很强势的人，只有面对这个女人，他才有这样的目光和柔情。他轻声说："你这个人啊，就是这一点不好，干吗这样较真儿？喂不喂添加剂又怎么样？你想喂谁也没拦着你。再说，养鸭场的事都是孙勇莲在打理，她喂什么我哪里知道。"

这话让苏小秀感觉面前这个男人有些陌生，她的语气就变得有些失落："你别忘了你和别人不一样，好歹也是村干部，怎么能带头走歪门邪道呢？我听人说这种添加剂毒性很大，会吃死人的。万一有人因为吃了这些鸭蛋出了问题。你想过后果吗？"

"有些危言耸听了，不至于吧。你呀，从上学的时候就这样，唉，几十年了还是不改。还别说，我就喜欢你这股子劲儿。"

苏小秀不理他的茬儿，还是不依不饶："话儿已经告诉你了，到时候出了问题可别赖我没告诉你。"

陆春雨给自己找台阶说："知道了，知道你是为我好。哈，还是你真心心疼我。咱们去你的酒店看看，中午有几个县里的客人。"

"哪里的客人？"

"畜牧局的，到咱们乡来检查工作，邓乡长让我安排顿饭。八成已经到了。"

"又是下来白吃白喝的？"

"这畜牧局的可不能招惹，哄好了有用。"

"放心，一定替你招待好！"

苏小秀在商场摸爬滚打这些年，这点儿悟性还是有的。她经商的原则是，规规矩矩做买卖，但该拜的山头必须拜，该联络的关系必须联络，否则会遇上很多麻烦。比如说这畜牧局的，搞养殖业必须和他们联络好关系，今天人家送上门儿来了，当然不能慢待。

苏小秀问陆春雨："加上邓乡长一共来了几个人？"

陆春雨说："四五个吧。"

苏小秀给史二牛打电话，让他准备十份八份鸭蛋带过来，午宴结束的时候，送给他们做纪念品带回家。之所以多准备出一些，因为领导们都有司机之类的随从，哪个都要打点好了。

陆春雨说："还是你想得周到。"

苏小秀说："不周到不行啊，这些神仙咱哪儿能得罪。"

这个岛子总共也没有多大，说着话就到了荷花淀酒店。酒店外观在这一带看上去就算是豪华的，不但有餐饮，还有两层是客房，可以在这里住宿。旅游旺季，不但订餐要提前预约，客房也几乎是天天爆满。

前堂大厅里，苏小丽正穿着大堂经理的套装忙碌着接待客人，她长得没有苏小秀俊气，但是外人一眼就能看出这是亲姐妹，五官和做派基本上还是差不多。她草草应付好咨询的客人，带着职业性笑容迎上来："陆书记，你的客人已经给安排好了。"

"还是老地方吗？"

"当然，那个房间就是专门给你留的。"

陆春雨对苏小秀说："小丽比你会说话，你看人家，假话说得比真的还像。"

苏小丽机敏地反驳道："我这是向书记大哥学习的，学得不到位，还得希望你以后多指教。"

苏小秀拉下脸说："别贫气。一会儿二牛拿过几箱鸭蛋，让其他房间连带的司机随从把东西提前装船上。"

陆春雨和苏小秀直奔所谓的那个老地方，那个房间是这个酒店最豪华的，专门接待上级来人和特殊客人。他们进去的时候，邓乡长和畜牧局的三个人已经坐在那里抽烟喝水呢。邓乡长只是乡镇的副乡长，当地人习惯性地都把前面的"副"字省去，称呼起来就是邓乡长，不知道的会以为他是一把手，要的就是这个效果。畜牧局的人苏小秀也认识，一个是张副局长，另外两个是动物卫生监督所的龙所长和检疫员小王。因为都是熟人，寒暄几句，就按座次落座了，苏小秀选了最下方的座位坐下，让服务生马上安排上菜。

张副局长说："不用太麻烦，简简单单的，安排几个特色的绿色食品就行。"

苏小秀说："您就放宽心，我这个酒店都是绿色食品。"

龙所长说："你先别打包票，现在这食品谁都不敢说。远的不说，就说这红心鸭蛋，我们已经检查出，有的红心鸭蛋是假的，养鸭户为了让鸭蛋蛋黄变红，在饲料中添加了苏丹红。"

陆春雨一边给邓乡长和张副局长递烟，一边解释："她们家的鸭蛋你们就放心大胆吃，绝对没有添加任何东西，那些麻鸭都是半散养的，吃的是水里营养丰富的多种水草、田螺和鱼虾，鸭蛋蛋黄偏红，腌好后蛋黄就变成橘红色了，有沙性，是最纯的红心鸭蛋。"

"纯是纯，就是蛋黄的色泽没有人家造假的鸭蛋好看，所以快卖不出去了。"苏小秀的语气很沉重，她注意到邓乡长在悄悄给她递眼色，大意是不让她说这一类的话，还故作轻松地调侃："苏丹红是什么东西，像一个女人的名字，挺好听的。哈，怎么也姓苏，小秀，和你一个姓啊。"

"名字是好听，毒性也很大。小王，你从专业角度给苏总解释一下什么是苏丹红。"张副局长做领导还行，玩专业就必须让基层专业人员去做了。

小王就给大家解释什么是苏丹红。他说，苏丹红是剧毒的化学染色剂，主要是用于石油、机油和其他的一些工业溶剂中，目的是使其增色，也用于鞋、地板等的增光，并非食品添加剂，使用后对人体产生癌症，对人体的肝肾器官具有明显的毒性作用。现在已经查出有的养鸭场在用有毒的苏丹红做饲料添加剂，鸭子吃了，能产出漂亮的红心鸭蛋，大多数养鸭专业户并不知道自己给鸭子喂得红药面是苏丹红。目前，已经有一些这样的毒鸭蛋流入到市场，他们这次来就是来调查这件事情的。

邓乡长说："这样的事情绝对不会在我们乡镇出现，是不是啊老陆？"

他一边说，一边对陆春雨眨眼睛。

陆春雨赶紧接茬："是啊是啊，更不会在俺们村出现。"

苏小秀心里说，净瞎扯，明明村里的养鸭场都在用这种红药面，心里这样想，但脸上还得赔着笑。

凉菜开始陆陆续续上了，陆春雨打开酒，用玻璃茶杯给每个人倒了一茶杯，到了苏小秀那儿，他只象征性地倒了一杯底。邓乡长说："满上，满上，显得你俩近不是？就是你们关系好也不能这样明目张胆吧？"

苏小秀讪笑说："我最近身体不太好，还真喝不了。"

张副局长说："我来了你就喝不了了？给点儿面子，就一杯，多了不让你喝。"

陆春雨只好把苏小秀的茶杯也咕嘟咕嘟倒满，一边倒酒一边说："咱中国人就是聪明，什么绝招都会使，给鸭子喂苏丹红就能让鸭蛋黄变成红色的，哈，可以申请技术专利了。"

动物卫生监督所的龙所长纠正说："这可不是我们的专利，前些年肯德基就开始在他们的产品中大量添加苏丹红了。"

"真他们的小洋鬼子，我以为就咱中国人会使这种绝招儿，原来是他们使唤剩下了的。"

陆春雨的话让大家忍不住笑起来。

22 酒桌斗智

今天酒店的客人多，上菜的速度有些慢。苏小秀喝了半杯酒之后，说到外面催催菜，就走出来。

史二牛已经把礼品盒的鸭蛋送来了，正和畜牧局的随从司机侃大山。

司机问他贵姓。

他告诉人家："你猜猜看。"

司机说："这可猜不出来，中国说是百家姓，其实姓氏成千上万的，谁知道你姓什么。"

史二牛说："给你提示一下，我的姓你不能吃。"

"姓蔡？要不就是姓梁？姓果？"

"不对，这些都能吃，不是告诉你不能吃了吗?"

"谁知道你是哪一类有害有毒食品啊，还不能吃，是瘦肉精啊，还是苏丹红啊。"

"哈，我姓史，你敢吃吗? 哎，苏丹红是什么玩意儿?"

苏小秀无奈地走到史二牛身边，这只扶不上墙的赖狗，就会耍贫嘴，正是吃饭的时候，让人家猜你姓屎姓尿的，多硌涩人。她拍拍史二牛的肩膀，问他:"货带过来了吗?"

"带过来了，都按你的指示放船上了。"史二牛挺着胸脯说。

"好啦，那你马上回养鸭场吧，这边有我和小丽照应呢。"

史二牛知道大姨子不愿他在这儿胡呲乱侃，点点头说这就回，临走还不忘问清楚，什么是苏丹红。

司机告诉他，现在有些养鸭场喂的能让鸭蛋黄变红的红药面就是苏丹红。

史二牛恍然大悟，出门前悄声对苏小秀说:"要不，咱们也给鸭子整点儿苏丹红吃吃?"

苏小秀没理他，对这种不靠谱儿的人，该臭着他就得臭着。

总经理出马，上菜的速度明显加快。

席间，张副局长又提起苏丹红的事，告诉邓乡长不要隐瞒情况，据了解，这个乡镇的养鸭场和鸭蛋加工厂确实存在使用苏丹红的问题，通过私下调查，他们已经掌握了一些证据。

邓乡长频频敬酒，替自己乡镇说好话。他知道食品安全问题现在不是小事，一旦问题出在他们乡镇，往小里说自己这个主管乡镇长要受批评，往大里说，搞不好连书记乡镇长都会因为这种事受处分，自己的小乌纱帽就得摘下去凉快凉快。他必须捂着盖着，然后再悄悄整治。

龙所长不断替张副局长挡酒，他告诉邓乡长，主要是有人举报了关于在鸭蛋中添加苏丹红的事，据了解这个举报人就是陆春雨他们村的，动物卫生监督所通过私下抽样检查，发现这个乡镇的鸭蛋产品确实存在问题，一旦出事就是大事，谁都捂不住盖不住。

邓乡长进一步发动陆春雨和苏小秀对畜牧局的人发起敬酒攻势，苏小秀的一杯酒干掉之后，又倒了一杯喝了进去。终于把那几个人喝得忘记了自己是干什么来的，一溜歪斜地从酒场直接上船回县城了。

邓乡长久经酒场，练就了好酒量，还有几分明白，待到畜牧局的人走后，他告诉陆春雨："人家说的苏丹红喂鸭子的事看样子不是空穴来风，咱们这里指定有人在用。你可替我把好你们村的关，不能出任何差池，否则我被处分之前，先把你这个支书处理掉。"

虽然喝得并不比任何人少，陆春雨看上去却是最明白的，他说："我倒不怕处理，冲着邓乡长你对我的信任，也不能在咱们这儿出问题。你放心，我立刻到各家各户查查，如果真查出有问题的鸭蛋，我们自己先处理好了，不给领导添麻烦。"

这话让人听着心里舒坦，邓乡长心满意足地走了。

陆春雨这才感觉到自己有些晕，脚步也有些踉跄，苏小秀一把扶住他，陆春雨很享受被她扶住的感觉。两个人站在岸边，目送着邓乡长乘坐的小船走远。

苏小秀在女人中算是有酒量的，只是深藏不露，女人喝酒，最多只能喝到四分醉，否则就会有麻烦，这是苏小秀摸爬滚打多年来总结的经验，所以这点酒对她来讲还远远不到醉的效果。她推推陆春雨："行了，别装了，知道你没事。"

"我真有些难受了，头晕。小秀，你说咱们村真有使苏丹红喂鸭子的吗？"

苏小秀说："别装傻啊，你们家不就在使这东西喂鸭子吗？"

"胡说，本书记怎么会做这种害人的勾当？"

"回去问问你们家孙勇莲就知道了。"

陆春雨无语了。他知道这些年孙勇莲做事很不讲究的，什么事都有可能做得出来。动物卫生监督所的龙所长说他们村有人举报这里有人在使用苏丹红喂鸭子，这个举报人会是谁呢？他把目光从湖面转向苏小秀："你帮我想一想谁会去举报咱们村使用苏丹红的事？"

"我怎么会知道？反正不是我。"苏小秀想撤去扶陆春雨的手，他表现出一种随时摔倒的状态，她不得不继续扶住他，"赶紧回家去休息吧，看你喝的这个样子，孙勇莲看见了，又会不依不饶和你没完。"

"不怕，你以为我怕她啊。"

陆春雨的话没说完，孙勇莲已经出现在近处的水岸边。她满腔醋意走过来，尖酸地说："够亲热啊，在水边看风景呢？这明目张胆的卿卿我我，不怕影响不好啊？"

这话让苏小秀有些脸红，她狠狠松开陆春雨，陆春雨居然没摇摇欲坠要倒下的样子，这更让她有些说不清了，她横了陆春雨一眼："合着你们两口子合着伙编派我啊，你不是醉了吗？你不是站不住吗？"

孙勇莲酸溜溜地说："酒不醉人人自醉，能不醉吗？"

陆春雨抬起手一把揪住孙勇莲："别满嘴扒火车胡诌白咧，看我怎么收拾你，我们刚陪上面来人喝完酒，在说工作的事。"

"搂着抱着谈工作啊？"

"放屁，谁搂着抱着啦？"苏小秀从来不是受窝囊气的人，这些年除了受过孙勇莲哥哥孙勇军的一次窝囊气，基本上是拔尖抢上的，让孙勇军的妹妹排挤自己，是她最不能容忍的。

孙勇莲还想反击，被陆春雨制止住，他义正严词地问老婆："不安生在家里待着，跑这里来做什么？"

"有事。"

"有事不会打电话吗？"

"打不通。"

陆春雨掏出手机，不知什么时候没电自动关机了。他换了块电池，开机看时，有无数个未接电话，其中还有几个是大舅子孙勇军的，他就问孙勇莲："你哥打电话干什么？"

"就是想跟你说这件事，我哥他们明天过来。"说这话的时候，孙勇莲悄悄用眼角瞥了一眼苏小秀，毕竟，当年是哥哥把人家抛弃了，自家在人家手里有短。这些年，他们彼此之间无论是正常交往，还是蜥架，从来不提及孙勇军，这是苏小秀的感情软肋，也是孙勇莲感觉他们家不敢直着腰杆说话的地方。

陆春雨问："一家子过来吗？"

"好像不是，说是同学朋友的，过来游玩。"

"游玩就游玩呗，搞得像皇帝出游挺隆重的。"

他们的话苏小秀在旁边听得真真切切。虽然过去了这么多年，一听到孙勇军这个名字，还是能引起她的满腔恨意。人说爱得越深恨得越切，真正经历过了才知道，感情这个东西就是这样，因为爱而生恨，这恨是一辈子不能化解的。

他孙勇军也好意思到这片土地上来，这人根本就算不上是男人。

苏小秀的情绪变化让孙勇莲也不敢再造次，她和陆春雨交换了一下眼色，率先悄悄溜走了。陆春雨小心翼翼地对苏小秀说："小秀，回吧，别生勇莲的气啊，她就是那种没心没肺的玩意儿。"

苏小秀扭转身默默地向酒店走去，她有些累，有些烦，想找个地方好好睡一大觉。她走进酒店的时候，苏小丽依然在大堂忙碌，看她情绪有些低落，就问："怎么啦，陆春雨又招惹你了？"

苏小秀摇摇头。

"是不是孙勇莲招惹你了，她刚才到酒店来找过陆春雨。她要是敢多翅，我非削她不可。"苏小丽关切而义愤填膺地说。

苏小秀摆摆手，"你让我省省心吧，你们两口子，真是天生的一对儿。"苏小秀想说一对儿脑残，说到一半就把后面的话咽下去了。酒店里有她的一间经理办公室，她准备到那里休息一下。卖不出去的鸭蛋不能总压着，下午她要联系这些鸭蛋的销路。

23　旧梦难却

"食为天万里行"小分队完成了地沟油侦破任务，回到北京大本营休整了一下，国家食安办批了专项经费，添置一些器材衣物，又接到新的任务，北方地区发现了有苏丹红鸭蛋，让他们火速赶过来。而重灾区恰恰就在孙勇军的家乡。

孙大宝一听，觉得很兴奋也很失望，他对孙勇军说："老爸，这回该回你老家了。不过，自己家乡出了这种事也很丢人是吧？"

孙勇军自从听到要回自己家乡的消息，就显得心事重重，甚至悄悄对周文雄说：要不我这次不回去了。

周文雄说：这又没有回避制度，不是正好回家看看嘛。

回家，一想到回家，孙勇军就有一种说不出的感觉。离开家这些年来，他很少回家，即使回去，也是基本上不带老婆孩子，一个人匆匆去匆匆回。所以在孙大宝心目中基本上没有老家的概念。孙勇军怕回家，其实是怕回去无法面对苏小秀。苏小秀就嫁给了本村的蔡大庆，住得离孙勇军家不远，回去后难免会碰上苏小秀，他不敢直视她哀怨的、仇恨的目光。听说这些年苏小秀的买卖做大了，成了女企业家，孙勇军感觉心里还宽慰了些，如果她混成了贫困落魄、缺吃少穿的邋遢农妇，他心里的滋味更难受。他真心实意爱过这个比自己小了好几岁的邻家俊秀小妹，到现在也还有丝丝缕缕的爱意，只是当时的情况下，他难以把握自己。现在的老婆，孙大宝的妈妈不知看中了自己什么，死乞白赖地追求自己，男人一般都经不住女人的诱惑，某个夜晚他们不小心出了一次轨，不小心怀上了孙大宝，孙勇军被逼无奈只能斩断对苏小秀的情丝。

逝去的岁月，说起来很轻松，但是彼情彼景，却是曾经痛苦得死去活来。温柔的苏小秀从此像是彻底变了一个人，孙勇军背着一份沉重的情债再也无法放下，爹妈活着的时候，一直不肯原谅他，一直对孙大宝的妈妈不冷不热的，觉得是她把苏小秀这么好一个未来儿媳给挤走了。如今爹妈都已经故去，孙勇军更是几年不回老家了。

田处长按照通知要求，说马上出发奔孙勇军的家乡。

周文雄让孙勇军给老家的兄弟姐妹打个电话，孙勇军犹豫了很久，才拨打妹夫陆春雨的电话，打了几次都是关机，最后只好给妹妹孙勇莲打了个电话。

武英梅悄声对孙大宝说："你老爸的情绪有些不对啊。"

孙大宝摇摇头，对武英梅耳语："一说回老家他就奇奇怪怪，神经兮兮的，天知道是因为什么。"

这次行动，李陶然打理完律师事务所的事务，随着小分队一起出发，第一次参与行动，她新奇而陌生。这些人中，唯有她对孙勇军的奇怪表现最理解，对孙勇军在老家曾经有个青梅竹马恋人的事，上学的时候她就有所耳闻，毕业后听说孙勇军没有娶他那个美丽村姑，而是和在一起任教的一个女老师匆匆结婚了。凭着女性的敏感，李陶然感觉这里面的事情绝对不会那么简单，孙勇军还不是见异思迁忘恩负义的人，这里面一定另有隐情。从这次孙勇军对回家乡的态度上，她进一步印证了自己的推测，这么多年过去了，孙勇军还是不敢面对那个女人。正好她就坐在孙勇军身边，她故作心不在焉地说："这么多年了，还跟自己较劲呢？"

孙勇军知道李陶然这句话的弦外之音，他自嘲地笑笑，无言地望着窗外。

李陶然试探着问："你们，后来见过面吗？"

"很少。"孙勇军的声音有些干涩。

"她在做什么？"

"据说现在有个很大的养鸭场，功成名就的农民企业家。"

"这次查苏丹红，也许会涉及到她。"

"不会，她绝对不会用这种方式赚钱。"孙勇军说这话的时候语气是不容置疑的肯定和坚决，好像李陶然的这句话亵渎了他心中最美好的东西。

孙勇军的态度让李陶然感觉到了一个男人对一个女人的钟情和无奈，他貌似不在乎那个女人了，其实心里一直没有忘记她。唉，世间最说不清的就是情感。

见李陶然和孙勇军嘀嘀咕咕地说着暗语似的话，周文雄在前面的座位上回过头来，"你们在说什么悄悄话，大点声好不好？"

李陶然说："我们在说苏丹红鸭蛋的事情。"

周文雄慨叹一声："又是地沟油，又是瘦肉精，又是苏丹红的，让我们还敢吃什么。"

武英梅插话说："没听人家说吗，不把元素周期表上所有元素吃一遍，都不好意思说自己是中国人。"

穆红姐说："我们到底还有几种元素没有吃到？"

石林忠说："其实我们都已经吃过来，元素这东西无处不在，保不齐我们杯子里的水中就有什么元素，只是含量小我们觉察不到。"

田处长说话就显得有些高屋建瓴了："元素周期表上的元素不但在考验着国人的体质，也考验着我们的道德底线和食品监管能力。监管一旦失灵，食品卫生安全问题就会不断出现。"

苏小秀中午睡了一觉，感觉轻松多了。她正要联系自己养鸭场鸭蛋的销售问题，陆春雨就把电话来，说已经替她联系好了，一家鸭蛋加工厂全部收购她的鸭蛋。多年来，每逢遇到困难，都是陆春雨在背后悄悄帮她一把，或许习惯了接受他的帮助，苏小秀从来没往男女情感方面想过。年轻的时候都没想过，现在已经是年岁马上奔五的人了，更不会胡思乱想了。她连句谢谢都没说，放下陆春雨的电话，就准备给史二牛打电话。

号码找出来，正要拨，想了想，决定还是自己亲自去一趟比较稳妥。史二牛这种人，坚决不能委以重任，让他出面办事，好事也会给你办砸。她溜达着来到养鸭场，这里的养鸭场基本上都是半散养的，有的是水面，利用部分天然湖面半圈养，圈起一块来就可以养鸭，鸭子吃了湖面的水草鱼虾之类的，下的蛋蛋黄就会呈现一种天然的红色，这也是苏小秀的荷花淀养鸭场生产纯天然红心鸭蛋的砝码。这两年，一个是养的鸭子规模大了，另一个是因为水里的水草鱼虾没有过去多了，他们的养鸭场也要喂一些豆饼、骨粉、玉米之类的粉碎物做饲料，所以鸭蛋的成色上比单纯散养的要差一些，蛋黄不够红润，也正是因为这个原因，才在市场上打不过造假的红心鸭蛋。

和传统的湖面放养方式比较，这种饲养方式用工不是很多，即使是比较大的养鸭场，有几个养鸭工就全部解决了。所以管理起来也不是很难，像史二牛这样做不了大事的人，管几个老实巴交的工作人员应当还是没有太大问题的。

史二牛不在养鸭场，苏小秀问工人们他到哪里去了，大家都摇头说不知道。苏小秀出门要离去的时候，傻巴儿跟出来，悄悄对她说："秀姑，史经理没在这里，出去喝酒了。"

真是越来越不像话了，不坚守岗位就罢了，还出去喝酒。苏小秀心里有气，当着傻巴儿的面儿也不好发作。

傻巴儿怯怯地看着苏小秀的脸色说："秀姑，你千万别生气。史经理心里也是着急，这么多鸭蛋卖不出去，谁心里不着急啊。"

苏小秀拍拍傻巴儿的肩膀："不急，姑已经找到销路了。"

"是吗？那太好了。"傻巴儿三十岁的人了，兴奋得像几岁的孩子。大家都叫他傻巴儿，其实并不傻，因为从小就是孤儿，没人疼没人管，很小就辍学流浪，脏兮兮的看不出模样，所以落下个傻巴儿的外号。当年，苏小秀把这个流浪孩子带进自己的养鸭场，给他几身换洗衣服，说，你就到姑的养鸭场来吧，有吃有喝有住，往后就有一个安稳的生存之地了。从此傻巴儿的命运彻底改变了，不但自己有了安身之地，去年还娶了媳妇。这是个知恩图报的孩子，一心一意在这里干，对苏小秀忠心耿耿的，没人敢在他面前说苏小秀半个不字。

门口，放着刚刚捡拾的新鸭蛋，看上去很整齐，苏小秀拿起一个看了看，傻巴儿说："都是货真价实的好鸭蛋。秀姑，咱们的鸭蛋怎么突然又有人要了，是不是那些喂红药面儿的鸭蛋让人家查抄了？"

苏小秀摇摇头。

"别急，就快查抄了。靠造假和我秀姑作对，不会有好结果。"傻巴儿说这话的时候有些胸有成竹的意思，苏小秀猛然想起畜牧局的人说起过自己村里有人举报有的养鸭场使用红药面儿的事，就低声问："你实话告诉姑，有没有把别人家使用红药面的事到县里举报？"

"我倒是想去举报，哪有空啊？"傻巴儿一口否认。

苏小秀想想也是，傻巴儿天天忙忙碌碌的，根本没空儿到县城，再说这里不像陆地上去县城那么方便，先要坐船，到了岸上还要坐车，麻烦着呢。

24　紧急会议

针对畜牧局说的造假鸭蛋问题，陆春雨先是开了个支部扩大会，这个村家家户户也都或多或少养一些鸭，一听说喂红药面的红心鸭蛋，大家都无语了。有人说，现在谁家不喂啊，不喂鸭蛋就卖不出去。也就是一个苏小秀硬撑着，明摆着大批鸭蛋滞压着卖不出去。她买卖大不怕，咱们不能和她比。

又听说村里有人为使红药面的事到县上告状的事，大家闹闹哄哄七嘴八舌把会议气氛搞得乌烟瘴气。有人说，谁这么损啊，还告状。有人就怀疑到苏小秀，这个怀疑的话刚一出口，就被陆春雨一声咆哮打压下去，会场变得鸦雀无声了。

大家知道犯了忌讳，怎么能怀疑苏小秀呢？苏小秀在陆春雨心里是什么位置啊？你怀疑苏小秀还不如直接就怀疑他陆春雨呢。

会场安静下来后，陆春雨开始说话了："大家用不着怀疑这个那个的，如果不做亏心事，还怕人家告吗？你们家家都养着鸭子，哪家敢说自家的鸭蛋百分百没问题？当然，我也不敢保证。现在当务之急不是追究谁告的状，而是赶紧地通知各个养殖场，立即停用一切饲料添加剂，不管是红药面还是白药面，不管是苏丹红还是苏丹绿，都统统处理掉。"

有人就问苏丹红是什么。

陆春雨说："苏丹红就是你们喂鸭子的红药面，听说旱鸭子喂了这个东西，生出来的鸭蛋也是红心的，咱们不能为了一斤多挣那三毛钱坏了良心。人家县里这几天就下来检查，大家分分工包包片，谁那里出了问题拿谁是问。"

于是就开始给每个人划分区域，划分到承包陆春雨家，包那片的人说："陆书记还是你自己去做你们家的工作吧，你们家孙勇莲谁敢招惹啊。"

这话让陆春雨很没面子，他挥挥手，"俺家娘儿们没你说的那么不通情理，罢了，谁都不用你们，孙勇莲我自己承包了。"

下面是哧哧的笑声，陆春雨说："先别笑，过几天人家真来查的时候你们就笑不出来了，还是想想怎样把自己手头的活儿干好吧。"

在陆春雨开支部扩大会的同时，行驶在路上的"食为天万里行"小分队"也没闲着，田处长也在对他们进行战前动员和分工。

田处长说，县里和食品安全有关部门接上头后，和咱们兵分两路，一路深入到最基层的乡村，由周文雄、孙勇军带队，孙大宝、武英梅参加，不要暴露身份，对外就说带着老同学和孩子到那里去游玩的，悄悄侦查一下下面的情况。一路由自己带队，其余的人都跟着他，在县城会同有关部门，一起商量怎样进行查处治理。

李陶然说："请示一下，我也参加周文雄他们那个组，到最基层好不好？"

周文雄说："李四姐，你以为我们真是去旅游啊？多带上你这个妖冶的女子，我们就更显眼了，你还是乖乖跟着田处长去县城吧。"

穆红姐也说："李姨，我特愿意和你一起合作，我们还是做搭档吧。"

"好吧好吧，就听你们的。"李陶然之所以想去乡下，是有私心的，或许是女人的好奇心使然，她特想去见见孙勇军的那个青梅竹马的前女友，特想把他们之间的恩恩怨怨帮他们化解。孙勇军早就看出师妹这点小把戏了，悄声对她说："四妹啊，你就别跟着添乱了，乖乖跟着田处长去县城吧。"

一路的颠簸，昼行夜伏，"食为天万里行"小分队到那座北方县城的时候，已是傍中午时分，经过和县食品安全主管部门接洽，他们进一步了解了当地人造红心蛋的基本情况，县里的技术人员还特意拿出了两种红心鸭蛋的样品让他们看，并告诉他们鉴别方法：单从鸭蛋的外表，即使是技术人员也很难辨别哪个是造假的，只能敲开蛋来查验，真的红心蛋是天然红色，红色和蛋融为一体。如果蛋黄的红色很浓重且有些扎眼，就有可能是采用违规添加色素的办法生产的人造红心蛋。

县里的人还介绍说，红心鸭蛋比非红心蛋每公斤贵六毛钱，也就是说就为了一斤一两毛钱的利益，有些圈养养鸭场就使用给鸭饲料添加苏丹红的方法，生产假的红心鸭蛋。苏丹红分为Ⅰ、Ⅱ、Ⅲ、Ⅳ四种，均是化学工业染料，常用于地板蜡、鞋油、机油等产品的染色，我国及许多国家都禁止将其用于食品生产。现在喂养蛋鸭而产出"红心"鸭蛋的是苏丹红Ⅳ号，与苏丹红Ⅰ相比，颜色更深、更鲜艳一些，在毒性上差别不大，属第三类致癌物质（即没有直接证据表明对人有致癌作用的物质），它能够使老鼠和兔子患癌症，但还没有直接证据表明对人有致癌作用。

县食品安全主管部门的负责人还说，这两天，县里已经紧急布置在全县开展鸭蛋、鸡蛋等禽蛋制品中苏丹红的专项检查，鉴于这个县的养鸭场太多，还来不及逐个进行检查，但是他们有决心打好这场红心鸭蛋保卫战。

听着这些介绍，大家对假红心鸭蛋有了初步的了解。

孙勇军从小在水边长大，亲手饲养过红心鸭蛋的麻鸭，没想到现在有些红心鸭蛋居然是这样造假，作为家乡人，他觉得羞耻和脸红。所以，自始至终没敢透露自己就是当地人。

为了接待好上面来的调查组，县里在最豪华的宾馆准备了午宴款待他们。宴席上，据说那些菜都是某绿色食品生产基地特供的，这让大家感慨颇多。但凡有些路子的，都吃特权的基地特供食品，倒霉的还是普通老百姓，食品安全不但关乎着百姓舌尖上餐桌上的切身利益，也关乎反腐倡廉。如果市面上所有的食品都是绿色的安全的，谁还费劲搞什么绿色食品生产基地。

餐桌上也有一份红心鸭蛋凉菜，武英梅率先夹起一块仔细查看，感叹道："这种蛋黄有些发黄的红心鸭蛋，才是货真价实的哦。"

县里的人解释说："这是半圈养的红心鸭蛋，完全散养的蛋黄还要红，不过现在完全散养的养鸭场基本上没有了。这鸭蛋是荷花淀养鸭场的，就在下午你们要去的那个村，老总是个女的，叫苏小秀，在那一带很有名的。"

大家只是点头，对这个苏小秀只是一个一带而过的概念，只有孙勇军听到这个名字狠狠受了一下刺激，为了掩饰自己的情绪，他把一杯酒独自喝了下去，被周文雄看到了："哈，回到老家有些兴奋吧，一个人就喝起酒来了。"

一听说孙勇军是本地人，县里的人就左一杯右一杯地开始敬酒，虽然有孙大宝为老爸挡驾，孙勇军还有有些微醺了。

饭后，车子把周文雄一行送到岸边，下一步他们要坐船到孙勇军老家的村庄。船行驶在芦苇荡之间，武英梅还是第一次到北方水乡，她坐在船上有些兴奋，水里大片的荷塘，正在绽放的美丽荷花让她目不暇接，她娇嗔地问孙大宝："你们老家这么好玩儿，为什么一次都没带我来玩儿啊？"

孙大宝叹息说："甭说你没来过，我长这么大也没来过几次，最后一次还是上小学的时候，十几年没来过了。"

"啊，不会吧，孙叔叔，您为什么不带大宝回老家啊？"

武英梅的问话孙勇军像是没听到，水面上凉风吹来，他的酒劲儿已经完全过去了。回头想想，自己很少带儿子回老家，确实有些自私，因为自己对前女友无法化解的愧疚，而影响到孩子，自己这个男人做得很不成功。这一次或许难免会正面遇上苏小秀，下一步会遇到什么事情，孙勇军觉得自己必须做好一切心理准备。

远处的水岸边，就有一家养鸭场，一半圈在地面，一半圈在湖面，鸭子成群结队在水面嬉戏，"嘎嘎"的叫声此起彼伏。

周文雄用相机拍摄着北方水乡的美景，他暂且已经把自己此行的重任忘在了脑后，现在完全恢复到文联主席的纯文人状态。直到孙大宝说了一句："这些鸭子说不定就是吃过苏丹红的。"他才记起，自己是带着任务来的。

他暗想，要是这里没有苏丹红的污染，该多好。

25 谁告的状

邓乡长这些日子的头等大事就是摆平自己乡镇养鸭场假红心鸭蛋的事，乡党委书记给他下了死命令，坚决不能在自己的辖区出任何问题。书记正在运作下一步到县人大当副主任的事，坚决不能让鸭蛋给他绊了跟头。

当一件事情变成头等大事，所有的精力就集中到了这一件事上。邓乡长利用了所有能利用的老同学、老同事、老同乡等等关系，果然奏效，第一时间就探听到上面已经有人开始下来到陆春雨他们村暗访了。周文雄他们的暗访组还没上船，邓乡长的电话已经打到陆春雨的手机上。

邓乡长告诉陆春雨，这回是动真格的了，上面下来的暗访组下午就到你们那里，马上做好准备，赶紧通知所有的养鸭户一律停用红药面。

这消息让午间懒洋洋地准备好好睡一个午觉的陆春雨立即精神起来，他挨个给支委会的人打电话，让他们以最快的速度挨家挨户通知到位，不但不能再使用红药面，用剩下的也要立即处理掉，要做到不留一个死角。

电话打了一轮，有些口干舌燥，他告诉在客厅里看电视的老婆孙勇莲，给自己倒杯水过来。

孙勇莲沏好一杯茶，送到陆春雨手边，咕哝道："大中午的不好好歇着，折腾来折腾去的。"

陆春雨心里本来就有火，孙勇莲的话让他不堪烦恼："你以为我吃饱了撑的？还不是你们这些人，不好好养鸭子喂什么红药面，给我招惹来这么大麻烦。"

"谁家不喂红药面啊。"孙勇莲感觉愤愤不平。

"关键是有人举报了，把喂红药面的事告了。"

"告就告呗。"孙勇莲的语气是不屑一顾的，有丈夫这棵大树，这些年什么样的风风雨雨都没把他们家怎么样过，所以她对一切都不在乎。

陆春雨没想到这个女人越来越没见识，他知道跟她着急无异于对牛弹琴，只好叹息一声说："这次人家上面下来了暗访组调查呢，那红药面有毒，吃了那种鸭蛋能让人得癌症，人命关天啊。"

孙勇莲撇撇嘴："说得怪邪乎的。依我看，就是那个苏小秀告的状。"

"你凭什么怀疑人家苏小秀？没有证据不能乱咬。"

"不是她还会有谁？全村的养鸭场就她不用红药面。她的鸭蛋卖不出去，狗急跳墙呗。"

"以小人之心度君子之腹，你这辈子也就这样了。"陆春雨因为着急，一口水喝呛了，不断咳嗽。

孙勇莲拿着腔调说："说到你的心尖子上了吧，你这辈子对人家一往情深的，人家眼睛里夹过你吗？她的爱和恨都是属于我哥的，你别傻了。"

"让你胡说八道，我就喜欢她，就是喜欢啦，还轮不到你个死婆娘来教训我。"陆春雨举起杯子里的水就泼向孙勇莲，吓得孙勇莲抱头跑到别的房间，心里更加恨那个让陆春雨这辈子五迷三道的狐狸精苏小秀。

有人举报的事在村子里传得沸沸扬扬，史二牛到荷花淀酒店送鸭蛋的时候，正碰上苏小丽在前厅，就问他："人们都传嚷着往县里举报红药面儿的是咱姐，净他妈的胡说八道。其实谁心里都明镜一样，姐不会玩那种阴的。我说二牛，这事儿是不是你干的？"

史二牛把箱子蹾放到地上，说："你还别抬举我。我倒是想去举报，就是不知道到哪里去告。还没等我动手呢，已经有人走到我前边了。我也正想找这个人呢，找着了一定好好表彰表彰他。"

"当心箱子，那里面是鸭蛋，不是铁头。"苏小丽心疼地看着放在地上的箱子。

"坏不了，咱家有的是鸭蛋，坏几个也没事。"史二牛大大咧咧地搬起箱子。

苏小秀其实也知道人们这两天都在猜忌举报红药面儿的人，她也有些纳闷儿，这事儿会是谁干的？村里人不敢往她身上猜，可是明摆着这种举报只有对她有利。乡下老百姓朴实，但内心深处也有一点羡慕嫉妒恨的心理，谁让她远远走了人家前边呢。苏小秀这两天也在不断地自我检讨，检查自己哪儿做得差了点火候，村里所有的养鸭场是自己带动起来的不假，荷花淀酒店解决了一批人的就业不假，可是更实际的利益大家没有得到，怨不得大家对自己有成见。

上午到县城办事，碰上一个多年的老客户，和她说起订购她鸭蛋的事。

他们之间纯粹是业务上的往来，互惠互利的关系。苏小秀很会维系关系的，主动提出到城里最好的酒店吃饭，席间说起这个行当现在使用红药面的现象，老客户悄悄建议她多少使用一些苏丹红，使得少不显眼，鸭蛋的成色还好，价钱还高。

苏小秀婉言拒绝了。她知道这样的事做起来很简单，但是她不想做。一切伤天害理的事她都不想做，特别是现在明明知道这红药面叫苏丹红，有致癌的毒性。赚不义之财不是她的个性。

多少喝了点酒，但是没什么感觉。午饭后，苏小秀回到自己在县城的家。因为丈夫蔡大庆在县城上班，她是最早在县城置办房子的农民企业家。最早买的那套房子早已经不住了，现在住的是一套别墅式的高档住房。装修水平在当地算最豪华的。反正是自己挣来的钱，不怕别人说三道四。

还没到上班的时间，蔡大庆正在午休。虽然蔡大庆属于男人中比较细致的那种，但是和女人比，男人料理家务怎么也差一些，屋子里有些乱，苏小秀亲自动手开始收拾房间，电脑还开着机，屏幕亮着。苏小秀要关机的时候，骤然看到电脑上有一封写给畜牧局的告状信，是一封匿名信，就是披露他们村有人使用苏丹红的。这让苏小秀很震惊，不会吧，举报情况的人难道是自己的丈夫蔡大庆？问题是蔡大庆从来不介入养鸭场的事，即使回村，也是直接回家，基本上不和村里人接触，有人使用苏丹红的事他根本不可能知道。

苏小秀摇醒蔡大庆，问他电脑里的举报信是怎么回事。

蔡大庆懵懵懂懂地睁开眼，说这是前些日子回村里的家的时候，傻巴儿让他帮着写的，写完就交给傻巴儿了。

"你知道吗，现在这份东西已经交给畜牧局了，他们正在查村里使用饲料添加剂的事。"苏小秀有些急。

"查就查呗，干违法的事还不许查啊。"蔡大庆不以为然。

"你怎么能干这样的事！都是乡里乡亲的，他们挣点钱也不容易。"苏小秀有些看不起蔡大庆。

蔡大庆从床上坐起来，盯着苏小秀："你怎么还不如傻巴儿，昧心的钱能挣吗？我蔡大庆虽然不够爷们儿，但是正义感还是有的。所幸的是我老婆没干这伤天害理的事。傻巴儿倒不是有多高的觉悟，他对你一贯愚忠，看着那些喂红药面的鸭蛋挤对得你卖不出货去，他替你着急，出发点比较淳朴。"

"可是傻巴儿这些日子根本就没进过县城啊！"

"亏你还是总经理，就这点脑子，他不会让别人替他做这件事吗？谁替他举报的我可真不知道啊！"

苏小秀沉默了。她对这个生活了半辈子的男人不得不刮目相看了，这些年，她从来没有正视过他。

暗访组一行四人到了目的地，来到陆春雨的家。

孙勇军已经几年没有回过家了，兄妹见面，无外乎胖了瘦了的互相关注。

孙大宝对这个姑姑比较陌生，他好多年没见过姑姑了，所以并不亲。特别是姑姑这种乡村官太太的谈吐和做派，也让他很不喜欢，但是出于礼貌，还是要表现出几分亲昵。特别是武英梅，作为孙大宝的女朋友，嘴巴必须甜甜的，姑姑长姑姑短的，把孙勇莲哄得非常高兴，一激动就塞给了武英梅一个红包，说是自己的见面礼。这一招让武英梅猝不及防，她赶紧掏出来，说不要。

孙勇军说，按照村里的礼数，收下吧。

武英梅这才不好意思地收下了。

孙勇军又介绍周文雄，说这是自己大学里的同学，现在是国内小有名气的作家，到这里不但是旅游，也是为了采采风，回去多写几篇美文。

一听大舅子带来了一个作家，一直插不上嘴的陆春雨终于得空说几句了，他们这个地方经常有真真假假的各路作家记者什么的来采风采访，但凡是这种人物，虽然手中无权，他都不得罪，并不指望他们宣传这里多好，只要不出去宣传这里多坏就是最好的结果。他向他们推荐这里比较成熟的两个旅游景点，并准备打电话安排村里的旅游公司陪他们游玩。

孙大宝说：姑父，您这是搞特权啊。

陆春雨说：你们多年不来一次，搞一次特权也应该。

周文雄说谢谢你的好意，我们想随便转转，我们这些人，都不喜欢成熟景点，喜欢看自然风光。

看这些人都是这个口径，陆春雨只好随着他们，让他们随意地玩。

26 暗访行动

孙勇军他们刚出去，邓乡长就亲自来了，到陆春雨家过问暗访组的事，问有没有发现暗访的。

陆春雨说："暗访的又不是敲锣打鼓明着来，既然人家是暗访，能让咱知道吗？"

孙勇莲趁机问邓乡长："到底是谁告的状，咱们的鸭子没法养了。依我的猜测，肯定是苏小秀的人举报的情况，比如史二牛傻巴之类的。"

邓乡长说："别胡思乱想，实话告诉你，去举报的不是男的，是个女的，苏小秀养鸭场没女的。"

孙勇莲说："苏小秀不是女的吗？她妹妹苏小丽不是女的吗？"

邓乡长说："是个三十来岁的农村妇女。我也正纳闷儿呢，会是谁呢？"

孙勇莲思来想去，也想不出村里哪个年轻女子会举报红药面的事，连陆春雨都觉得有些奇怪。

暗访组以旅游为借口到四处游览。

阳光很好，他们沿着水边随意地行走，孙勇军虽然从小在这里长大，但是常年不回来，这个地方现在变得十分陌生。乍看起来，这里和国内所有的旅游点没什么区别，卖各种旅游小商品的小商小贩时不常地会叫住他们，向他们兜售假冒伪劣的小物件。孙勇军发现，这些人没一个他认识的。这些年娶来的媳妇、出生的孩子，他一概都不认识，绝对是儿童相见不相识的感觉。因为到处是陌生的面孔，孙勇军的胆子慢慢壮起来，这人来人往的，未必就能碰上苏小秀，即使碰上了，这么多年没见了，彼此也不一定一眼能认出对方，等第二眼认出来了，也早就走远了。

抱着这种侥幸心理，他的心情放松了许多。

前面有一个看上去规模不大的养殖场，他们装作无意中路过的样子，走进去。这里的鸭子是一水儿的白鸭，不是那种土生土长的麻鸭。虽然也是半散养的模式，孙勇军凭着自己从小养鸭的经验，能感觉出来，其实这些鸭子基本上靠人工喂养，这个狭小水面没有多少可以供鸭子吃的活食儿。

这是一个家庭作坊式的小养鸭场，有一对体态有些臃肿的中老年夫妇正在喂鸭子，对这些常年在日光下暴晒的人，实在看不出他们的年岁，乍看起来这两个人应该是六十开外的年岁了，头发花白，但是行动却很敏捷。喂鸭的男人见来了几个不速之客，就抬起头用一口纯正的地方话和他们打招呼，骤然间他认出了孙勇军，欣喜地说："是勇军吗？"

孙勇军使劲辨认，才去伪存真地认出这个人曾经是他的发小儿，他们的年岁其实差不多，只是岁月让喂鸭的男人在面容上更加成熟了一些。两个人一阵寒暄，孙大宝和武英梅就又多了一个大伯。

喂鸭的男人告诉他们，儿子一家都到城里打工去了，家里就剩下他们老两口，并不是靠养鸭生存，纯属养着玩儿。

武英梅眼尖，注意到喂鸭的女人往鸭食里加了一点儿红药面搅拌着，就故意用城市女孩特有的娇嗔和天真的腔调说："鸭子吃了这种红胭脂，是不是就长得更漂亮了？"

喂鸭的男人并不隐瞒什么，他大大方方地说："这红药面是给鸭蛋黄增红的，鸭子吃了它，鸭蛋就变红心的了。记着买鸭蛋的时候千万别买红心的。"

喂鸭的女人叹息说："咱也知道这样做不地道，现在很多养鸭户都在用，不用鸭蛋就卖不出去。"

说话间，喂鸭的男人手机响了，他接了个电话。接完电话，就告诉女人，村里通知了，别用红药面了。

"为什么这事还用村里通知？"周文雄文气十足的南方口音让喂鸭的男人感觉他像是生活在外星球的天外来客。"说是这两天上面来人检查，查出来事就大了。"

哦，这里的消息这样灵通，而且还有一个自上而下的信息网。难怪上面的许多工作不好做，下面的对策五花八门啊。

从这个养鸭场出来，前面的养鸭场貌似规模很大。他们溜溜达达走进去，孙勇军并不知道这里就是苏小秀的荷花淀养鸭场。

史二牛正在指挥人运货，这些鸭蛋已经找到了销路。他也是本村人，所以认识孙勇军。孙勇军在大城市生活，虽然老了不少，但是基本模样没变，很容易认出来。史二牛认出了孙勇军，也知道他和大姨子的恩恩怨怨，不过这些和他史二牛没什么关系，一看这打扮，就知道孙勇军是带着这几个人回来旅游的，说不定是想买他们家纯正的绿色红心鸭蛋。史二牛的原则是，对一切客户，都当作上帝供着。他没空照应，让傻巴儿接待照应一下。

傻巴儿一个人给他们递了个座儿，告诉他们："咱这养鸭场的红心鸭蛋，我敢拍着胸脯说，百分之百的纯绿色食品，毫不造假。"

孙大宝说："听说许多养鸭场都使用一种红色的饲料添加剂，谁能保证你这里没用红药面啊？"

傻巴儿随手从箱子里取出一只鸭蛋，找了个茶杯，磕开倒进去，蛋黄是一种很自然的红色，但是并不是特别红。傻巴儿说："看见没？真正的红心鸭蛋。红得自然，不刺眼。要是谁家的鸭蛋蛋黄鲜红鲜红的，你千万别买，一准儿是造假的。"

大家都探着头看杯子里的鸭蛋。

史二牛忙完外面的活儿，也走过来："俺们苏总做事从来不掺假，谁家用红药面，俺们都不敢用，这鸭蛋你们放心。"

从他的话里，孙勇军听明白了这里是苏小秀的养鸭场。夕阳西下，天色已经是傍晚时分，孙勇军不敢再恋战，以天色已晚为由赶紧撤退，他怕遇上苏小秀。

傻巴儿媳妇来给他送晚饭，养鸭场有个小伙房，平时就在这里吃。只是遇上包饺子之类的饭，傻巴儿媳妇才给他送过来。看到匆匆走出去的几个城里人，傻巴儿媳妇忽然想起村里通知有人暗访的事，就警惕地对傻巴儿说："这些人不会是来探什么消息的吧，不能什么都告诉他们。有些事情如果败露了，咱们就没法在这个地方混生活了。"

史二牛并不知道他们话里还有话，大大咧咧地说："怕什么？他们若是暗访的就好了，把村里使红药面的事全抖搂出去，看谁还买那些假红心鸭蛋。"

孙勇军他们前脚刚走，苏小秀就到了养鸭场，史二牛说刚才孙勇军带着几个人过来游玩，刚走。

"他到这里来做什么？"苏小秀心里有些堵，感情上的事很奇怪，虽然已经过去了那么多年，提起那个人，心里还是疙疙瘩瘩的。

"人家愿来就来呗，都过去多少年了，还记恨着呢。按说大姐不是小心眼儿的人啊。"史二牛说话从来不体谅人，也不考虑别人的感受，不过，这话倒让苏小秀感觉自己确实心眼不大，平时在任何事情上都很大度的一个人，偏偏在这件事上一直缓不过劲儿来。毕竟是女人，女人是不是都这样啊？不但感情上伤不起，而且可以伤一辈子。

苏小秀心里别别扭扭回了家。在村里他们家的房子算不上最好的，房子还是十几年前盖的，不过，很宽敞。蔡大庆平时在县城的家里住，不是经常回乡下的家，偶尔回来住一个晚上。今天他赶最后一班船回来了，正在给自己做晚饭，见苏小秀回来，就问她吃了没，苏小秀说不想吃。

蔡大庆做好了饭，还是给苏小秀盛了一碗稀饭，看她情绪不好，便问："还为我替傻巴儿写举报信的事生气呢？"

"早忘了。"苏小秀端起稀饭喝了两口，终于憋不住对蔡大庆说："孙勇军回来了。"在别人眼里，蔡大庆是个很没男人味儿的男人，这半辈子苏小秀之所以能和他混下来，他们之间有自己的默契，这个男人心细，会疼人，没有大理想，但是能随遇而安，当风风火火的苏小秀在外面碰了壁的时候，经常能开导开导她。所以，心里憋着事的时候，苏小秀总要跟他唠叨唠叨。

蔡大庆波澜不惊地说："他回来跟咱们有什么关系，跟我说实话，你心里还在恨他是不是？"

苏小秀无语。

"人应该宽容一些，不能永远恨下去。我蔡大庆这辈子没什么出息，但是从来不恨谁。别人都说我窝囊，窝囊也是一种活法。"他这话显得语重心长，他们之间很少提及别的男人，话已经说到了这里，蔡大庆就接着说："我知道你和孙勇军好过，那都是过去的事，谁没有年轻过，他没有选择你是他没有福气，凭什么你想不开和自己较劲呢？还有那个陆春雨，我也知道陆春雨对你始终念念不忘，他对你好是他的事，我蔡大庆从来没有嫉妒过，而且从来不恨他们。"

这些话让苏小秀感觉豁然开朗，二十多年来，积淀在内心深处的对孙勇军的那点儿恨从来没有对别人提起过，也没有人敢触及，敢这样开导她。她发现，其实有些时候自己还不如蔡大庆大度宽容，既然爱已经远去，既然一切都不是自己的错，何苦这样折磨自己呢？孙勇军对自己来说，不过是个过去时，一个甚至可以忽略不计的过去时。

吃完饭她亲自收拾碗筷，然后还要到荷花淀酒店去看一下，这是她每天必须要做的程序化工作。

27 狭路相逢

孙勇军他们的晚餐是在陆春雨家吃的。

对这个大舅子兼情敌，陆春雨的感情也很复杂。当年上中学的时候，他一心一意爱着苏小秀，苏小秀一心一意爱着孙勇军，孙勇莲一心一意爱着他，这纷杂的三角关系最后因为孙勇军单方毁约娶了一个城市女人而尘埃落定，除了孙勇莲得到了自己最爱的，其他人都在情感上伤痕累累，孙勇莲也没感觉自己有多幸福，她知道陆春雨的心从来就没放到自己身上。

对孙勇军的忘恩负义，陆春雨曾经深恶痛绝，曾经想狠狠教训他一顿替苏小秀出气。那个时候，孙勇军躲在他工作生活的那个城市里，几年也不敢回一趟老家，后来苏小秀嫁人了，再后来孙勇军成了他的大舅子，作为妹夫因为另外一个女人揍大舅子，这事如果传出去，好说不好听，索性也就罢了。但是，陆春雨一直看不起孙勇军，即使他当到大学教授，有了多高的地位，还是从骨子里看不起他。

孙勇军也知道陆春雨当年对苏小秀的单相思，知道他到现在都看不起自己，但是有什么办法呢，路是自己走过来的。如果自己告诉他们当时的环境下是多么的无奈，谁能相信他？

饭菜是地道的北方家常饭，别人大约没感觉出有多好吃，孙勇军却吃得非常香甜。

饭后，陆春雨把大舅子和客人们安排在了这里最好的荷花淀酒店的客房住宿。其实他也想避开苏小秀的酒店，可是，除去这里，没有比较说得过去的旅店了。晚上的时间，孙勇军他们反正也不怎么出来，碰上苏小秀的概率应该很低。

大家都没想到这个地方还有这样高档的宾馆。他们的客房都临水，白天站在窗前，就能看到美丽的北方水乡景色，夜晚也能感觉到凉爽湿润的气息扑面而来。

孙勇军不知道这里也是苏小秀的地盘，他一直有晚间遛弯的习惯，所以安排好住处之后，他走下楼，开始在宾馆外放心地到处游荡。这里的夜晚不同于白日的喧嚣，很安静，水静静地冲击着岸边，在夜色中闪着光。

踢腿伸拳做了一番运动之后，孙勇军悠闲地又走回来，走进酒店前厅，迎面碰上一个穿着大堂经理服装的干练女子，这女人的神情酷似苏小秀，孙勇军一惊，刚才的悠闲惬意顿时到了九霄云外，难道碰上了苏小秀？

那女子其实也看清楚了孙勇军，她不屑地瘪了一下嘴："如果我没认错的话是孙大教授吧？你还敢回来啊？"

孙勇军看清楚了，这女人应当是苏小秀的妹妹苏小丽，当年他们谈恋爱的时候，这小丫头经常当灯泡，对他们的事情了如指掌，自己对她姐姐当年造成了那么大的伤害，人家说几句出出气也是理所当然的。所以，孙勇军只能干听着，不敢反击。

苏小丽咄咄逼人地说："像你这种走出小村儿就翻脸不认人的教授，也回这种穷哈哈的小地方来旅游啊？"

孙勇军被将在那里，脸上一红一白的。怨不得人家骂他，当年他和苏小秀把所有的恋人之间的事都办完了，就差进洞房这一套程序了，他却变卦了。乡村女孩子一旦到了这个地步再重新嫁人，一般都很难再嫁个好人家。好在苏小秀后来嫁得还可以，这对他多少是个安慰。

　　苏小丽对客人耍横的场面正让刚刚走进来的苏小秀撞见，她还没看清对面的男人是谁，以为苏小丽又犯了轴脾气，就不分青红皂白批评她："怎么对客人说话呢？客人就是上帝，不是早就告诉你了吗？"

　　"你过来好好看看这位上帝吧！"苏小丽甩着腔回到自己的大堂经理位置上，冷冷地看了一眼孙勇军，这一眼让他感觉到透心的凉。

　　许多年过去了，这是苏小秀第一次和这个男人认真对视。她认出来了，苏小丽冷冷呵斥的这个人原来是孙勇军，当年曾经那么熟悉的一个人，现在看上去很陌生，陌生得无法和爱与恨挂上钩。这个男人自己曾经认识吗？她恍惚间居然可以生出这样的感慨，是啊，岁月确实能抹平一切，倘若早些年和他这样近距离走近一些，可能心里的许多东西早就释然了。因为你犯不着为一个陌生人和自己较劲。

　　"来啦？"苏小秀的声音硬邦邦的很冷，但她毕竟开口了，她能开口冷静地说话，已经很令孙勇军受宠若惊了。面前站着的这个女人干练、飒爽、美丽、大方，看上去也就三十多岁的样子，比她的实际年龄显小，他没想到苏小秀出落成了这个样子，和他家里的黄脸婆比较，完全是天壤之别。孙勇军就更有了一股说不出的滋味，他内心深处狠狠骂自己：这么好的女子，你说伤就伤，说放弃就放弃，活该娶不到美女！

　　苏小秀貌似包容大度的气势，让孙勇军更加无地自容，倘若她小女子般的苛刻尖酸，他心里多少还平衡些，现在人家看上去一副不在乎的样子，孙勇军更加尴尬了。苏小秀大方地提出请他喝茶，孙勇军机械地跟着她坐到前厅侧边的一个开放茶座，她从来没有提及过以前的事，只是说现在。苏小秀发现，现在对面前这个男人，已经完全是路人的感觉了，一切的爱与恨，已经烟消云散。想想这些年就为了他把自己内心深处搞得伤痕累累，唉，怎么这么犯傻呢。

　　孙勇军出去遛弯了，迟迟不回来，周文雄冲完澡先睡了，迷迷瞪瞪的还没睡着，他们"食为天万里行"小分队的队长，在北京坐镇指挥行动的赵中伟给他打电话来了，问调查进展怎么样。

周文雄说："进展顺利，你这个国家食品安全委员会办公室副主任尽管放心。"

赵中伟又问："孙勇军在吗？"

周文雄说："孙勇军出去遛弯了。这家伙这次奇奇怪怪的，好像不愿回老家，回来后总是心事重重的。"

赵中伟就笑了："这家伙的花花事你可能不知道，当年他有一个青梅竹马的女友，后来上学分到大城市，阴差阳错把人家甩了，肯定是无颜面对那个女人。"

周文雄这才知道为什么孙勇军一提老家就打蔫儿。他以作家的人性化思维分析，这个孙勇军不但是这几天，这些年大概内心都在受着煎熬，出来混总要买单的。想想这个孙勇军也怪可怜的。

第二天一早，暗访组的几个人早早从酒店出来。

临出来前，孙勇军暗自祈祷了半天，没想到还是遇上了苏小秀。

孙勇军把身边的几个人一一向苏小秀引见。离开酒店，周文雄问孙勇军："这美女不会就是你的前女友吧？"见孙勇军不置可否，周文雄叹息一声："多好的一个女人啊，你怎么舍得抛弃？"

孙大宝嬉皮笑脸地对孙勇军说："老爸，我说怎么从来不带我回老家呢。不会是因为这桩风流韵事吧？"

这话让孙勇军很脸红。面对未来的儿媳，这个准公爹的形象因此会大打折扣，他狠狠瞪了儿子一眼，孙大宝吐吐舌头，向武英梅扮了个鬼脸。武英梅咬着耳朵对他说："你千万别遗传你爸这方面的基因。"孙大宝信誓旦旦地说："不会!"

暗访组转了几个养鸭场，情况都大同小异。孙勇军带着大家到妹妹家的养鸭场。陆春雨有几摊买卖，其实并不想办什么养鸭场，这个几乎谈不上规模的养鸭场纯粹是为孙勇莲解闷子的，孙勇莲闲来无事就自己亲自来喂鸭，因为孙勇军他们都是自家人，孙勇莲也不避讳什么，一边用红药面拌鸭食，一边和他们唠嗑。孙勇军让妹妹停下，问她："你用的红药面是不是苏丹红？"

孙勇莲一愣，这是她第二次听到苏丹红这几个字，第一次是陆春雨说的。一般人不会知道这红药面叫苏丹红，哥哥一个教书的，怎么会这么清楚？

孙勇军告诉她："这东西是有毒的，人吃了会得癌症的，这样做和杀人没什么区别。"

孙勇莲狡辩了半天，突然醒悟：你们不会就是暗访组吧？

留在县里做工作的田处长一行一直在忙碌中。他们联合有关部门召开了专项整治会议，从检查组下到各个乡镇检查的情况看，不同程度存在使用苏丹红问题。通过暗访小分队电话反馈回来的消息，下面确实有大量养鸭专业户在使用苏丹红。大家感觉到了问题的严重性，第一次参加行动的李陶然工作很投入，她没想到在食品安全工作上会有这么多值得做的事情。

国家食品安全委员会办公室来电说，目前全国的许多市场上的鸭蛋制品中出现了假红心鸭蛋，他们这里现在是重点，要求必须立即大力治理。

田处长决定带队亲自深入到各个养殖场。李陶然提议说："先去孙勇军他们村吧。"这让大家都有些不解，李大姐这是怎么了，从刚一来就盯上了孙勇军他们村，不知道她为什么对那个地方这么感兴趣。

28 嫁祸于人

孙勇莲怀疑哥哥带来的这些人是暗访组的。鉴于又是亲哥哥又是亲侄子的，不好对外人说，孙勇军他们走后，她悄悄打电话把这件事情向陆春雨作了汇报。

陆春雨也觉得有些道理。大舅哥他们这次来，确实行动诡秘，说是来游玩的，可是总在养鸭场周围转悠，养鸭场臭烘烘的有什么好游玩的？再说他们来的时间也正好是暗访组到达的时间。他拍拍脑袋，怨自己疏忽。

当他知道老婆一直没有按照要求停止喂苏丹红，狠狠把她骂了一顿。

对陆春雨在电话那头的痛骂，孙勇莲只能乖乖听着，谁让她有错在先了，谁让自己的哥哥像个汉奸特务似的到处探访他们喂红药面儿的事了，按说，孙勇军一个教书匠，跟食品安全的没什么关系啊，莫非他改行了？对了，侄子是学刑侦的，也许是陪着孩子来实习的？

凭着孙勇莲的脑子，怎么都琢磨不透这件事，或许自己猜错了，其实，她倒愿意是自己猜错了。

挨了一顿骂，孙勇莲心里很窝火，她还是怀疑苏小秀举报了这件事，觉得应当好好整治一下这个女人。

陆春雨刚才在电话那头告诉她，立即把养鸭场的红药面处理掉。她不知道该怎样处理掉，只好顺手找了份儿电视报，把封面的大美女撕扯下来，包裹好还没使用过的一袋苏丹红，大大的美女头正好被亮在纸包的正面，花花绿绿的，这女子的眉眼有些像苏小秀，"呸！"孙勇莲对着实际上跟她一点瓜葛也没有的美女的面孔很变态地呸了一口，拿起这个纸包走出养鸭场，想找个地方立即处理掉。

走出养鸭场的门，路过荷花淀养鸭场门口时，遇上了史二牛要去养鸭场，两个人不咸不淡说了两句应酬的话，按说就该各走各的了。孙勇莲忽然灵机一动，把手里的大美女纸包交给了史二牛，说这是苏小秀托她带的东西。

"这是什么？"史二牛当即就要打开验看，被孙勇莲拦住："又不是给你的，你看什么？你们苏总让我从县城捎来的，说先让我放在养鸭场里，过后她自己会来取。"

"大姐天天去县城，还用你往回给她捎东西？这事可新鲜。"

"这年头什么新鲜事没有啊。罢了，还是我自己给她放到个地方吧。"

"既然是大姐让你放在这里，就交给我吧。"史二牛把花花绿绿的大美人纸包接过来，到了养鸭场的办公室，顺手就扔在了一边。

孙勇莲看着史二牛走进去，脸上露出一丝不易察觉的笑。只要这东西进了你苏小秀的养鸭场，就好办了，我反咬一口弄死你！

陆春雨思考再三，还是把疑似暗访组的事情向邓乡长做了汇报。

邓乡长很着急："你能确定他们就是暗访组吗？"

陆春雨说："他们又没有打着队旗，我怎么敢确定，目前只是猜测。"

邓乡长嫌他废物，说你不会旁敲侧击吗？

陆春雨说："还是您亲自过来旁敲侧击吧，我做不来。"

邓乡长无奈，为了全乡的利益和乡党委书记的远大前程，风风火火立即赶了过来，把整个水心岛翻了个底朝天，总算把周文雄、孙勇军几个人找到了。

"哎呀，真不知道你们是食品安全检查组的，罪过罪过，安排不周，多多包涵。"邓乡长一见到他们就是一阵自我批评，搞得暗访组的几个人一头雾水。周文雄很快就明白过来，他们的身份都已经被识破了，行踪大概也已经被对方掌握，现在否认也已经没有什么意义，只好默认。

邓乡长要以乡镇的名义请他们喝茶，周文雄说："不给你们添麻烦了，我们的工作进行得差不多了，马上就回去了。"

邓乡长说："别价啊，喝杯当地的特色茶也算不上行贿受贿，算是我尽一份地主之谊。好歹我也代表当地一方政府，多少给个面子吧。"

这话让人没有任何拒绝余地，大家只好跟他来到一家茶社，要了些茶点，开始喝茶。

邓乡长已经考虑到了问题的严重性，临来的时候，准备了几个红包，现在正好是个机会，他给每个人递了一个，想让他们关照一下这里，被几个人同时拒绝了。

"邓乡长，你把我们看成什么人了？我们做这件事不是为了钱，是想让老百姓的舌尖上多一点安全感。"孙勇军很学究地对邓乡长说。

周文雄的话则婉转一些，他说："这可不是钱不钱的问题，老弟啊，谁家不是一日三餐，谁家不想让自己饭桌上的吃着放心，我们做这件事不是为了我们自己。比如说孙勇军，冒着被乡党误解，来这里工作，多少钱能挽回乡亲们和亲人对他的理解？"

邓乡长知道他们的苦心，也知道他们说得有道理，他只是苦于回去没法向领导交代，他苦着脸，有些尴尬，有些不好意思，不知道该如何是好。只好自嘲地殷勤给大家倒茶。

正喝着茶，周文雄的手机响了，是田处长的电话，电话中说，他们正往这里赶，很快就到了。根据掌握的情况，田处长会同市县办案组重点先查这个村，对这里的养鸭场进行全面检查。

周文雄接电话的时候，邓乡长一直支棱着耳朵在偷听，电话内容他基本上听明白了，现在他知道已经无法阻拦了，唯一的就是配合行动。周文雄把电话内容复述给大家，邓乡长马上电话通知陆春雨，让他准备欢迎市县食品安全办案组的光临指导。

陆春雨接完这个电话，心说，什么光临指导，是严格检查才准确。

市县办案组到得速度很快，邓乡长和陆春雨还没来得及安排，他们就到了。李陶然一见孙勇军，就一语双关地说："没事吧?"

孙勇军说："没事，一切正常。"

别人以为他们在说暗查苏丹红的事，没人多想这句话的另外一种含义。

办案组一到，马上就开始工作。他们问邓乡长从哪儿开始查，邓乡长看着陆春雨："你最了解情况，你说吧。"

陆春雨家明明就有一个小养鸭场，如果绕开他们家，别的村民肯定会有意见，他只好把第一站定在自己家。

检查组还没走进他家的养鸭场，就让孙勇莲挡在门口坚决不让进。

陆春雨觉得很没面子，当着这么多人又不好骂娘，呵斥她："你要干什么?"

孙勇军也劝妹妹别这样，这是影响公务。

孙勇莲挡在门口就是不让进，她说："俺家的养鸭场既不是最大的，也不是最有影响的，应当先急着最大的查才有道理。"

"谁家是最大的?"田处长明显有些急了。

"苏小秀的荷花淀养鸭场啊。你们怎么不去哪里查?"

大家面面相觑，邓乡长不想把问题搞僵，只好带着检查组来到离这里不远的苏小秀的荷花淀养鸭场。孙勇莲尾随其后也跟了去。

史二牛一见这阵势麻了爪，不知道该怎么应付了，让傻巴儿赶紧给苏小秀打电话，让她赶过来。

检查组对养鸭场进行了抽查，无论活体鸭，还是鸭蛋，都没查出有什么问题。苏小秀赶过来的时候，刚好检查完毕，她很大方地和大家握手，说尽管查。

127

李陶然敏感地觉察到，苏小秀一来，孙勇军立即变得有些拘谨，就悄声问："是她吗？"见孙勇军保持沉默，李陶然惋惜地低声说："多好一个女人啊，你没福分啊。"

既然一切都正常，还要继续工作，检查组就准备撤，在当大家要走的时候，一直紧随其后的孙勇莲提出："没有发现问题不等于没问题，应当搜查一下有没有红药面。"

没有人响应她的提议，她一看自己的计划快泡汤了，心里特别着急，恰好一眼看到自己用报纸包的苏丹红还在屋子的一角放着，就引导检查组查看。

打开纸包，里面确实是苏丹红。

陆春雨很震惊，苏小秀更是万分震惊，她怒目质问史二牛："怎么回事？"

史二牛一把揪住孙勇莲："是这个娘儿们今天才给我的，她说你让她从县城捎回来的东西，说好了放在养鸭场，你自己来取。原来是一包红药面，看我怎么教训这个一肚子坏水的死娘儿们，让你嫁祸于人！"史二牛抬手要揍她，被众人拦下。

孙勇莲哭哭啼啼，对史二牛说："说话口要对着心，你们使唤红药面，和我有什么关系？谁能证明是我今天才给你的？能找出个证明人。"

当时她把东西交给史二牛的时候，确实没有第三个人看见，史二牛哀叹一声："我算是看透了这个女人有多坏了！"

苏小秀默不作声，她没想到孙勇莲会这么下作。一直沉默不语的陆春雨终于忍不住了，一脚把孙勇莲踹到了一边："你这丢人现眼的货，还不快滚回家。"这场面让孙勇军父子也很尴尬，孙勇军为妹妹悲哀羞耻，她怎么变成了这样？

29 水落石出

尽管这两天这里的养鸭场已经停用了苏丹红，但是，鸭子食用了这种东西，在体内的作用有一个持续时间。经查，这个村的养鸭场几乎家家有问题。

因为查出了养鸭场有苏丹红，苏小秀的养鸭场也难逃干系。

苏小秀心里很郁闷，孙勇莲矢口否认，没有第三个人能举证，荷花淀养鸭场用苏丹红的事就会成为定论。无辜被人诬陷，苏小秀咽不下这口气，她绝对不能无故背着这个黑锅，依照她苏小秀的性格，想方设法也要查个水落石出。

她在荷花淀养鸭场给大家开会，让大家开动脑筋，想想还有别的什么弥补办法。一向张扬的史二牛这下不要混了，他把头埋得低低的，在不断自我反省：如果当时打开纸包看看，不就没有后来这些事了吗？

傻巴儿突然说："哪有这么复杂，咱们门口不是有监控吗，看看照下来没有？"

他的话一下子提醒了苏小秀，是啊，当初有个朋友推销监控摄像头，她不好驳人家的面子，就买了几个，装到酒店和养鸭场门口了，装上后她基本上就没有再关注过，所以早就把这件事忘到脑后了。她急切地问："监控开着呢吗？"

"开着呢，我们有时候喂完鸭子没事儿了，就看监控玩儿，一直开着呢。"傻巴儿不好意思地说。

"快找出来看看，这个场面照下来没有？"

他们急忙找出监控录像查看，谢天谢地，一切都清晰地拍下来了，虽然只有画面没有声音，但是苏小秀从孙勇莲的每一个动作，能猜测得到她说的每一句话。

这个女人好歹毒，自己什么地方得罪她了，她这样害自己。

苏小秀刻不容缓，匆匆找到检查组，提出门口有监控探头，要求举证，她养鸭场的苏丹红就是孙勇莲刚送过来的。

检查组调取了监控录像，监控清楚记录了当天孙勇莲在荷花淀养鸭场门口，把大美人画报包裹的东西交给史二牛的画面。如果是别的纸包恐怕还看不清楚，但那个花花绿绿鲜艳的纸包很醒目，检查组认定苏小秀的证据有效，那包苏丹红就是孙勇莲送到荷花淀养鸭场的，苏小秀是无辜的。

这结果让陆春雨低着头吧嗒吧嗒抽烟，此时他恨不得有个地缝钻进去。他恨得牙根疼，这女人也太不地道了，你再怎么也不能诬陷人啊。

孙勇军更是羞愧难当，不管怎么说，孙勇莲是自己的亲妹妹，自己的妹妹做出这种让人不齿的事，他这个当哥的脸上也无光。特别是武英梅在旁边对孙大宝嘀咕了一句："你怎么有这么一个姑姑，你们老孙家人怎么都这样？"孙勇军觉得自己脸皮臊得慌，有自己这辈子对不住人家苏小秀就已经够可以的了，你孙勇莲跟着添什么乱啊，我们老孙家要欠人家到什么时候。

对养鸭场的检查工作基本结束，检查组给出的措施是，除了苏小秀的养鸭场，村里其余的一律要把问题鸭蛋销毁，对问题鸭只进行捕杀。

有些养鸭户不服，可是问题明摆着，不服也不行。作为村支书，陆春雨心情郁闷，情绪低落。这个村出了这样大的问题，他当然逃不了干系，更何况他老婆还临时上阵演了那样一出丢人的好戏。

趁检查组在村委会召开碰头会的时间，他回了一趟家。孙勇莲正在家里抹泪呢，事情彻底败露了，她也觉得有些丢人，知道陆春雨会和她没完，就用她的苦肉计，提前把两只眼睛哭得像烂桃一样，这样陆春雨或许还能对她从轻处罚。没想到陆春雨进了家，看都没看她一眼，对这个女人他已经腻透了，懒得再理她。倒是孙勇莲拽住陆春雨，哭哭啼啼说自己心里有恨，恨苏小秀，陆春雨这辈子的心都在这个女人身上，所以就想找机会治治她。再说到现在自己都怀疑举报情况的是苏小秀。

陆春雨冷冷地都不想正眼看她，临走的时候他甩下一句话：就你这个德行，也配跟人家苏小秀争这争那？你等着坐监狱吧，你这是栽赃诬告罪懂不懂？

孙勇莲呆呆地坐在那里不再哭闹了，她知道自己未必坐监狱，但是陆春雨的心已经越走越远，自己这辈子肯定是斗不过这个女人了。现在她反而有些埋怨哥哥孙勇军：当初如果娶了苏小秀做嫂子，陆春雨打死都不敢再惦记她，自己这辈子哪有这么多的窝囊气。

检查组一声令下，由公安、工商、质量监督、技术监督、畜牧检疫组成的联合执法队，立即对这里的蛋鸭和鸭蛋做销毁处理。一下子来了这么多戴大檐帽的，村里的人们都有些蒙了。有的人想阻拦工作组的行动，被陆春雨劝了下来。因为离荷花淀养鸭场不远，傻巴儿和史二牛也凑过来看热闹。

大家七嘴八舌，开始咒骂举报红药面儿的举报人。

有人说："根本就不用猜，就是苏小秀干的，村里只有她的养鸭场没问题，不是她会是谁？"

有人说："不让咱们挣钱，她的养鸭场也甭想得好，明天就把她的鸭子想办法搞死。"

这话让史二牛和傻巴儿听着特别扭，特别是傻巴儿，容不得别人说一句苏小秀的坏话，他站出来说："不许你们对秀姑说三道四，这事儿不是秀姑干的。"

傻巴儿说不是苏小秀干的，村里没有一个人会信，他对苏小秀的忠心，傻子都知道。大家根本没人听他的，该怎么说，还怎么说。

"实话告诉你们，举报的人是我，是我看着秀姑的鸭蛋卖不出去心里着急，偷偷去举报的。有事冲着我傻巴儿来，谁要再说秀姑一句坏话，别怪我不客气。"傻巴儿爆了一个料，人群一阵哗然。

有人说："别听他胡说八道，去举报的人是个女的。"

有人说："这种傻东西没人指使哪知道去县里举报啊。"

史二牛也说："这些日子傻巴儿从来没离开过养鸭场。不会是他！"

傻巴儿从看热闹的人群中，把老婆拉出来："是我让老婆去举报的。秀姑这辈子待俺不薄，俺不能眼睁睁看着你们用红药面把秀姑的买卖击垮。"

人们有些信了，许多人开始无语。

"食为天万里行"小分队成员一直在远处默默看着，李陶然问孙勇军："这个傻巴儿是干什么的？"

"听说是苏小秀收养的一个流浪儿。"

"蛮有爱心的一个女人，我欣赏！"李陶然说这话的时候，很有几分中原女子的豪爽，武英梅说："我看你们倒有几分相像。"

陆春雨一直在前面和联合执法队一起忙活，现在腾出空来，走到人群中间说："这点儿损失都是咱们自己找的，放着好好的鸭子不养，非要用红药面儿，还怨人家举报。是我们有错在先，大家都拍着良心想想，这种红心鸭蛋你们自己吃过吗？现在让人家查出来了，不在自己身上找原因，还瞎嚷嚷，还是人吗？"

谁都不敢再乱嚷嚷了，有的人蔫不出溜的就想撤掉。

其实苏小秀早就过来了，早就站在人群后面。不管是傻巴儿举报的，还是傻巴儿媳妇举报的，她觉得归根到底都是因为她，所以心里还是觉得对不住乡里乡亲的，心里一直很纠结。

看大家情绪稍稍安定了，她走到人群中间，对陆春雨说："我来跟大家说几句吧。"

陆春雨点点头，只是不知道她要说什么。

苏小秀抬眼看了一下大家，看了一眼旁边即将蛋去鸭空的那个小养鸭场，声音低沉地说："不管怎么说，我还是要向大家道个歉，傻巴儿的做法虽然没有错，但是给大家造成了损失，我也很难过。现在，我想为大家做点什么，你们的损失我来补偿好吗？如果信得过我，我们成立一个养鸭集团，不要大家一分钱，用你们今天被销毁的鸭和蛋做干股，我自己投入一笔资金，扩大荷花淀养鸭场。我们齐心合力，生产让市场放心的纯正红心鸭蛋，保证大家的收入不比过去少。这只是不成熟的想法，抽空大家可以坐下好好探讨探讨。"

史二牛拽住苏小秀说："大姐，你疯了。销毁的鸭和蛋一分钱都没了，拿什么做股份？"

"我心里很明白。我苏小秀现在混得人五人六的了，这些日子，就是在想怎么为大家做点事儿。"

天上突然掉下一个大馅饼，一下子把大家砸蒙了。连"食为天万里行"小分队成员们都没见过这种阵势，田处长说："这女人真豪爽啊。"

陆春雨捅捅苏小秀的胳膊："等你想好了再说。"

苏小秀说："我已经想好了，我说出来的话绝不会反悔！"

"天啊，这是穆桂英啊，还是花木兰啊！"穆红姐佩服得不得了不得了。

"哈，反正不是穆红姐。"武英梅接茬说。

李陶然扭头看孙勇军，他正目不转睛盯着苏小秀：这是自己当年抛弃伤害的那个小女人吗，当初真是瞎了自己的狗眼，这么好的女人，轻而易举就甩掉了，都说人生应该无怨无悔，现在他是既怨又悔。孙勇军，你个混蛋！他在内心深处狠狠骂了自己一句。

第三章　"瘦肉精"谜案

30　祸起猪肉

完成了在荷花淀查处苏丹红的行动，李陶然又回到她的律师事务所，有一些业务需要她回来打理。

李陶然的律师事务所坐落在这座中原城市的中心位置一个小胡同里，她从北师大毕业后回到这座城市，被分配到省司法局工作，因为工作关系，参加了法律专业的自学考试，后来通过司法考试取得了律师职业资格证，十多年前，她辞掉了单位的铁饭碗，自己开办了这家律师事务所。

她的律师事务所生意很红火，正应了商场得意情场失意那句话，三年前，李陶然的婚姻走到尽头，在政府某机关做副厅级干部的老公悄悄发展了一个情人，整天忙着为别人打婚姻官司的李陶然没想到自家后院起火了，等她突然有一天在自己床上把那对赤身裸体的男女揪出来，才发现自己的婚姻已经千疮百孔，毫无修补的必要了，索性就斩断了情丝，率先提出离婚。儿子在外地上大学，他已经长大了，涉及不到孩子的归宿问题，财产大都是李陶然开律师事务所辛辛苦苦挣来的，她很大度地只要了其中的一小部分，把大部分留给了儿子和那个背叛她的前夫，她觉得她还可以靠自己的努力继续挣。

上大学的时候喜欢写诗的文学女青年李陶然"李四姐"曾经那样相信爱情，现在却有些不信了。

最近一段时间律师事务所很忙碌，临下班了，手机响了，她以为是客户打来的，忙着去接听，却是闺蜜张倩。张倩是省电视台的记者，她们两个从小在一起长大，是小学同学。小学的友谊能延续到这个年岁，肯定就是铁杆朋友了。

李陶然说："张倩啊，我这边都快忙死了，你别叨扰了好不好？"

张倩说："亲爱的，就是怕你忙死，才打扰你一下，让你休息休息。晚上吃个饭吧，我请客。"

李陶然一手拿着电话，一手整理办公桌，她也感觉自己确实该放松一下了，就答应下来，懒洋洋地问："去哪儿啊？"她很少有这样慵懒的状态，只有面对张倩这样的好朋友，才会偶尔放松一把。

张倩说："你定吧，想吃什么？"

"随便。"

"我就怕你说随便，这样吧，我们还去老地方，不见不散。"

张倩说的老地方是她们经常去的一家茶楼，里面的环境很优雅，除了可以喝茶，还可以点菜，有几道南方菜烧得不错，当然也有烩面，水煎包之类的当地小吃，不过，张倩从来不点这些随便在街面任何一个小吃店都能吃到的当地小吃，她骨子里有些小资，大约觉得只有吃南方菜才能体现她的小资品位。

李陶然把办公桌收拾利索，对自己的两个助理交代了几句，径直开车奔那家茶楼。从她的律师事务所到那家茶楼的整个路段经常严重堵车，有时候从下午四点钟可以一直堵到晚上八点，她怕堵车，决定早一些出发，不跟交通拥堵置气。还好，堵得不算厉害，半个小时之内赶到了，张倩已经提前候在那里，从电视台过来稍许近一些。

张倩穿着很精致很淑女，看上去要比实际年龄年轻十岁，电视台的女人们都比较注意形象，过了四十岁之后，她更是把外在形象建设当作头等大事来抓。

张倩说："又迟到，每次都是你迟到，以后注意啊。"

李陶然说："好像你早来了多少似的，如果我没猜错，你也就刚到三分钟。"

张倩说："纠正一下，是五分钟。"

两个人憋不住，开始大笑，笑完了，张倩说："我已经两天没有这样开心笑过了，笑的感觉真好。"

李陶然说："有什么烦心事跟姐说说，是不是大梁招惹你了？"

虽然口口声声自称作姐姐，其实李陶然不过比张倩大两个月，从小到大，却一直自我感觉是比她大了多少的姐姐，张倩也乐得像个小妹接受她的庇护。李陶然说的大梁是张倩的老公，在省运动队培训中心工作，年轻的时候当过运动员，还得过全国运动会的冠军，现在是培训中心领导干部。

张倩叹息一声，从服务员手中接过泡好的茶，抿了一口，没说话。

李陶然也从服务员手中接过茶，透过茶水的雾气，默默看着张倩。凭着多年的了解，她知道，张倩一定遇上烦心事了，否则，她不会这样。她不说，李陶然也不问，她知道，张倩在她面前有天大的事也隐藏不住，迟早会告诉她的。果然，张倩说："大梁他们省队培训中心碰上了件闹心的事，过些日子要参加比赛，他们自己提前进行体检，前天对运动员的尿样进行检验，你猜怎么着？百分之七十的运动员兴奋剂阳性。这可不是小事，幸亏是他们自己查出来的，要是过几天参加比赛被查出来，那还了得。"

李陶然说："怎么会这样，是不是吃了什么含兴奋剂的食品，不会是有人从中捣乱吧。"

张倩摇摇头："谁知道呢，他们的食品都是定点采购，从来不在街上随便买菜买肉什么的，都是绿色食品。"

李陶然讪笑道："绿色食品？嘁，谁说得准，说不定恰好吃的是伪绿色食品呢。你给大梁打个电话，看看有没有新进展，让他下班后也到这边来吃饭得了，我们给他压压惊。"

张倩打通了大梁的电话。

大梁接张倩的电话时，培训中心的会议刚刚结束。这两天自从查出兴奋剂的事，他们培训中心的空气一直比较紧张，大家不断在一个问题上纠结，我们的食品都是定点采购，怎么会出这样的问题？这两天他们对所有的肉食蛋奶一样样排查，终于查明，合力冷鲜肉集团的生猪肉含了瘦肉精"克伦特罗"，导致许多运动员误食兴奋剂。

幸亏发现及时，大家松了一口气，如果不是提前自查了一下，说不定

135

到正式比赛的时候，就会捅出天大的娄子，作为培训中心的领导，他大梁有一百张嘴也说不清。针对这个检测结果，队里开了一个部门领导会议，大家都很气愤，一个全国知名的企业，怎么会存在这样的食品安全问题？有人强烈建议找合力冷鲜肉集团讨个说法，还有人建议大梁让他老婆张倩带几个电视台记者去给他们曝曝光。

大梁说，讨说法是必须的，只是怎么个讨法。电视台采访不是这么简单，舆论监督性新闻台领导要层层把关，没有有力证据人家电视台也不会随便去监督。

大梁在电话里告诉张倩，问题已经查清楚了，现在马上下班回家吃饭。

张倩说，我和李陶然在外面吃饭呢，你过来吗？

大梁答应马上过去。

大梁赶到茶楼的时候，刚刚上了两个菜，他一进门就嚷饿死了，拿起筷子就要吃，被张倩一筷子敲打住："哎，等等，饿死鬼托生的呀，就知道吃，那兴奋剂到底是怎么回事啊？"

大梁说："查清楚了，是我们定点特供的猪肉里面含克伦特罗。"

"你们的猪肉不是合力冷鲜肉集团特供的吗？克伦特罗是什么东西？"张倩急急地问，一听合力冷鲜肉集团几个字，李陶然的神态也有些急切，因为她和这家公司有着千丝万缕的联系。

大梁说："是啊，就是合力冷鲜肉集团，克伦特罗是一种防治支气管哮喘的药。"

李陶然好奇地问："猪也得支气管哮喘病吗？"

张倩说："给猪吃防治支气管哮喘的药，这家企业没病吧？"

大梁吃一口菜，说："要不说你们女人之见呢，事情远不是那么简单，据说克伦特罗还有增加蛋白质的合成作用，使动物瘦肉率增加。现在怀疑他们有意在使用这种东西做饲料添加剂，不过，这只是猜测，必须要有更有力的证据，才能证明他们确实在用有毒的食品添加剂。"

张倩盯着李陶然看，李陶然说："你干吗这样看我？"

张倩说："我不看你看谁？别揣着明白装糊涂啊，合力冷鲜肉集团你和它什么关系啊，你是合力冷鲜肉集团的律师顾问，你的那位副总是负责这个集团业务工作的，姐啊，你回头问问你那位魏总，让他解释一下究竟是怎么回事，你告诉他，我们电视台已经盯上这件事了，下一步就派记者过去给他们曝光。"

李陶然说："你们电视台先别急着做什么，说不定这批肉是个例呢，给我点时间，容我到那里去查探查探，要是真是存在大问题，莫说你们不答应，我也会一查到底，给消费者一个说法，谁让我是那里的律师顾问呢。"

张倩撇撇嘴说："我看玄，就你那位魏总，看上去猴精猴精的，保不齐这食品添加剂就是他搞的鬼呢，你找他，他会告诉你实话？"

大梁也说："如果这里面确实存在有毒食品添加剂问题，就不是小事，揭开了就是惊天的食品安全大案，可不是那么简单，他们一定会捂着盖着，不会让你知道实情。"

李陶然知道大梁说得在理，但是如果合力冷鲜肉集团的肉真的有问题，凭着她一个小小的律师，很难揭开内幕，不过，关键时候，她可以求助现在正在北方活动的"食为天万里行"小分队。另外，她不相信合力冷鲜肉集团的副总魏明是那种见利忘义的人，眼下，他们已经到了谈婚论嫁的程度，她觉得自己对他还是有把控能力的。

31 无果追寻

第二天上午一上班，李陶然就给魏明打电话。

李陶然很少主动给魏明打电话，特别是在工作时间，所以，正在办公室处理业务的魏明立即放下手头的工作，接听她的电话。

他比李陶然大几岁，过去是省外贸公司的中层管理人员，二十年前率先下海，挖到第一桶金之后，曾经自己开办了几摊买卖，但是都没挣到大钱。后来自己的一个哥们儿开办了合力冷鲜肉公司，魏明入了一个股，开始把全部精力转移到这边来，后来这家公司的业务越做越大，魏明索性停掉了自己所有的小买卖，全力以赴做这家集团公司的副总。身为董事长的哥们儿对他很放心，名义上是副总，其实他干的是总经理的工作。

魏明也有过一次失败的婚姻，他第一个老婆是他当年在外贸公司当业务员的时候一位公司领导的千金，因为魏明帅气儒雅斯文，那个长相很恐龙的女孩到公司找爸爸，一眼看上了魏明，哭着喊着要嫁给他。公司领导托人说媒，魏明当然不同意，媒人说，小伙子别不识相啊，你老家在农村，凭着你自己的努力，这辈子也就是个业务员，要学会借力，借老丈人的力是最好使的。我知道你是想找个美女老婆，但是美女能当饭吃吗？娶了这个女孩子你就有了飞黄腾达的机会，这样的机会不是哪个人都能遇上。他经过慎重考虑后来就答应了，心想，权当娶的是老丈人。实践证明，这样的婚姻没有任何幸福可言，魏明从来没有爱过那个女人，磕磕绊绊过了十几年，曾经生过一个女儿，后来得病去世了，没有了女儿这条感情纽带，魏明再也不想这样混下去了，就果断地离了婚。但是那个女人对他还是一往情深的，一直没再结婚，动不动就给他打个电话发个信息什么的，搞得他别别扭扭的。

像魏明这样儒雅帅气的男人，身边没有女人是不可能的，他离婚后没有正式和女人同居过，只是分阶段的和某个女人好过，后来他们的感情都烟火般冷去。因为不如意的情感经历，因为身后连个孩子都没有，魏明有时候对自己事业上的努力常常产生质疑，想不通自己这样努力究竟为了什么，没有家庭，没有孩子，挣再多的钱做什么用？现在即使什么都不做，他的资产也够他躺着挥霍几辈子的。有的男人挣钱为了女人，他见识过丑的俊的不少女人，对女人已经没有了太大的热情。

前年集团公司聘李陶然为法律顾问，他一下子被这个女人的气质打动，她的知性、优雅和渊博，是他过去见识的其他女人所不具备的，特别是知道她是个单身女性，魏明对她的感觉就更不一样了，一来二去两个人有了不一样的感觉，他们开始恋爱了，因为过去两个人都有一段失败的婚姻，所以，他们对这次迟来的爱都表现得很珍惜。

李陶然是做律师的，魏明是搞管理的，虽然孤男寡女干柴烈火的，但是他们很讲究制度，比如每天打几次电话发几次信息，每周见几次面，都是有条不紊的。当然，男女之间最后那道防线早已经突破了，即使这样，他们也没像年轻人那样快速搬到一起同居。李陶然想正式办理结婚登记手续后，简单办几桌婚宴，再和他同居。她是搞法律的，知道这里面的利害。

给魏明打电话，李陶然是为猪肉里检测到克伦特罗的事，但是这件事不能明说，也不能开门见山地问，只能迂回探寻，所以李陶然只是说想到合力冷鲜肉集团来看看，问魏明上午在不在，有没有时间。

魏明赶紧说："在，在，你过来吧。"

李陶然说："我马上过去。"

魏明说："是不是想我啦？"

他的声音很有磁性，李陶然当初最喜欢的就是他的声音，然后才是他的人，一听到这磁性十足的声音，她就有些犯晕。她立即脸红了，声音柔情了许多："想你了又怎样？你别忘了，我还是你们那儿的律师顾问，总拿着律师顾问的工资，顾而不问，哪好意思啊。"

对方一听就笑了："你要不提醒我差点都忘了，是啊，你还是我们的律师顾问呢，哈，欢迎李大律师来公司检查指导工作。"

李陶然放下电话，就出发了。刚开始被聘为律师顾问的时候，她去得勤一些，那时候公司正和另外一家企业有一桩经济纠纷，后来纠纷解决完了，她和魏明之间也有了感情，去得就少了，每月合力冷鲜肉集团如期给她的银行卡上打上一份工资，提醒着她，她不但是公司副总魏明的情人，还是拿着人家工钱的律师顾问。

两个人其实每周都要见两次面，但是在魏明办公室见面的机会很少。李陶然走进魏明办公室，逡巡一周，欣赏一下他的一些收藏，比如瓷瓶、根雕什么的。魏明一一给她介绍，办公室的欣赏完了，魏明说："领导不到我的卧室参观一下吗？"

这话把李陶然逗乐了，"我从来没有参观别人卧室的业余爱好。"

"我的卧室对你应当是个例外，不看看我有没有金屋藏娇？"

"你若是藏，谁也拦不住，防也防不住。"李陶然是做律师的，因为职业习惯，说话很赶劲，她又试探性地说，"你能藏什么？大活人还能藏得住？若是藏点儿猪饲料添加剂克伦特罗之类的倒是有可能。"

说这话的时候，她紧紧盯着魏明的面部表情，看他有什么反应。魏明果然有些紧张，但也就是一刹那，很快就被他打着哈哈搪塞过去："克伦特罗是什么东西？没听说过。咱们公司的肉制品绝对是纯绿色的，怎么会有什么这罗那罗的添加剂，亲爱的，你可真会开玩笑。"

话说到这个份儿上，李陶然不得不单刀直入，和他实话实说，但是她没有把省运动队发现兴奋剂的事告诉他，只是轻描淡写地说："老魏，你别忘了，我是咱们公司的律师顾问，有些事情需要有所了解。据说，现在有人已经发现我们公司出售的猪肉含有克伦特罗残留，这到底是什么原因，你一定要让我了解清楚，假如有一天人家把我们告上法庭，我这个做律师的该怎么到法庭去辩护，我心里要有个底。"

　　魏明说："你就是不念好，咱们干得好好的，谁能把咱们告上法庭？别胡思乱想了。不瞒你说亲爱的，我确实听说过克伦特罗这种东西，俗称瘦肉精，有些小养猪场确实用这个做猪饲料添加剂，你放心，合力冷鲜肉集团从来没用过。我们是全国知名企业，哪能自己砸自己的饭碗啊。一会儿我带你到养猪场转转，一转你就明白我说的都是真心话。"

　　话虽然听起来很中肯，李陶然却不敢全信，毕竟，大梁他们的检测结果在哪儿摆着，否则，这检验出的克伦特罗作何解释。她随着魏明来到养猪车间，他先是在前面走，她在后面跟着。他的背影高大挺拔，李陶然从少女时代就喜欢这种高大帅气的男人，她的前夫也属于这种类型的，没想到遇上个同样喜欢这种类型的狐狸精把他勾引走了。她自从和魏明谈恋爱以来，就决定这次一定把握好守护好这份爱情，她已经无意识地把全部的爱投入到这场感情中，爱着他的优点和缺点，因为复杂的人生阅历和多年的经商经验，魏明有说谎不脸红的特性，不过，李陶然一眼就能看穿他哪一句是谎言，刚才他说他们公司从来不使用食品添加剂就是明显的谎言，李陶然从他的语气、表情一眼就看出来的，只是不愿揭穿。

　　虽然是合力冷鲜肉集团的律师顾问，每个月拿着人家的律师顾问费，但是李陶然从来不知道这里的猪是怎样饲养出来的，这是第一次参观养猪场。从高科技现代化的养猪场走过，没人会相信这样优质的饲养环境下生产出的猪肉会有问题，只是有些环节上的事情一般人不明了，比如，这些猪都吃些什么，饲料是什么配方，这是人家的商业机密，但凭着走马观花地看一遍，什么都看不出来。

　　李陶然是城市长大的，但小时候假期里一般都泡在农村奶奶家，对猪这种动物还是比较熟悉的。一圈走下来，她发现入驻这里的猪明显比小时候见过的那些脏兮兮的肥猪优雅多了，它们一个个看上去极其有型，都像是刚刚完成了减肥任务，体形的曲线非常优美，特别是猪脊背的位置，凸凹有致，肌肉突出，像健美运动员。李陶然脱口而出："你们这里的猪长得好漂亮，像练健美操长大的。"

魏明笑着打岔："不愧是写过诗，把猪描绘得诗情画意的。"

这种参观注定不会有任何结果，李陶然其实内心也很矛盾，因为魏明，也因为自己和合力冷鲜肉集团的业务关系，她当然希望这里的猪肉是安全的，但是，如果确实存在有毒添加剂问题，她的良心又不允许她坐视不管。在矛盾和纠结中重新回到魏明的办公室，她显得有些心事重重。魏明挽留她多陪他会儿，搁在以往，李陶然宁肯放着工作不做了，也要把爱情放在第一位，今天她没有心情，便推说自己的事务所还有事，匆匆离开了。

32 新恋旧情

李陶然在合力冷鲜肉集团转了半天，一点收获都没有，她无奈地离开。

车子开到街上，张倩来电话了，问她有没有发现什么情况。李陶然悻悻地说："害得我和猪相了一上午面，什么情况都没捞着。"

张倩在电话那头调侃："不仅仅是猪吧，还有你的魏总。"

"是，还有我的魏总。你们家大梁没有搞错吧，人家合力冷鲜肉集团挺正规的，如果没什么情况，再把我和老魏的关系搞出点儿小差头，当心我和你没完。"

"嗬，够在意老魏的，还没见你这辈子对哪个男人这么在意。我敢打一万个保票，大梁他们的检测没有错。老魏这人也够不厚道的，连最亲最近的人都守口如瓶，赶上战争年代，一定是最好的地下间谍。"

李陶然截住她的话头："贫不贫啊你，还说不清到底怎么回事呢，就给人家老魏扣上了不厚道的大帽子，告诉你说，不许背后说老魏的坏话。"

张倩在电话那头打住，最后说："你就护着他吧，女人啊，一恋爱就犯迷糊，智商下降到零。好啦，好好开你的车，另外，路边如果经过哪家合力冷鲜肉集团的专卖店，拜托你买一小块猪肉拿到质量监督局的检测中心，抽样看一下是不是有问题。如果有问题，我们电视台也跟进去采访。"

李陶然挂掉电话，她本来不想听张倩的，但是路过一家合力冷鲜肉集团的专卖店，她还是停了下来，好不容易找到个车位，停下车走进店里，肉类专卖店那股怪怪的气息让她很不适应。这里的猪肉确实和有些超市卖的不一样，瘦肉多肥肉少，即使有肥肉也是薄薄的一层脂肪，李陶然暗想，这会不会属于问题猪肉特有的特征。她买了一小块只连着一点肥肉的瘦肉，让营业员包好，称好分量付了钱，就奔了质量监督局的检测中心。因为是做律师工作的，她和这些部门都很熟络，熟人很多。

本来这次不想麻烦熟人，刚进门就碰上了熟人，大家寒暄几句，熟人就带着她来到负责食品检测的一个相貌平平的中年女检验员身边，告诉她这是律师事务所的李陶然所长，麻烦帮她把这份样品检测一下。

女检验员看了一眼还带着合力冷鲜肉专卖店包装袋的送检样品，似乎对她不太热情，不冷不热地说："先放这里吧，明天来拿结果。"她的目光和李陶然有过一次对视，那目光冰冷中还带着恨意，一个女人用这样的目光看同性，是极其少有的，让李陶然感觉怪怪的。

她的毫无来由的冷漠让李陶然有些不适应，搞得熟人也有几分没面子。他们只好先走出去，出门之后，熟人悄声说："别跟这大姐一般见识，她自从离了婚心理就有些变态，我们平时都绕着她走，这不绕不开了才撞枪口上了。"

经常替客户打离婚官司的李陶然对这种类型的女人见怪不怪，就笑笑说："没什么，她心里可能有一份说不出的苦衷。"

"就是，就是，她原先也不在我们单位，是后来调过来的。听说她的前夫长得要模样有模样，要才干有才干，两个人感情上合不来，就离了。男人是走进了解放区，这女的从此就像走进了旧社会。"

"理解，理解。"李陶然对这个女人就多了几分同情，她同情一切弱者，特别是女人中的弱者，对受过伤害的女人，她有一种惺惺相惜的爱怜。

李陶然他们走出去后，那个女检验员冷冷看了一眼那件送检样品。

这样品她熟悉，这来送样品的女人她也熟悉，只是李陶然不认识她。

她叫吴芳，是魏明的前妻。当年靠自己的死缠烂打和老爸的职权，嫁给了她心仪的帅哥魏明，她知道魏明从来没有爱过她，但是她不在乎，只要这个她爱的男人属于自己的名下就够了。为了让自己显得美丽一些，她把所有的美容招数都使尽了，美容绣眉，拉双眼皮，离子美白、镭达光祛斑，林林总总不一而足，却是东施效颦越整越丑，钱没少花，却基本上不见成效。后来她不在美容上糟蹋钱了，开始狠命往服装上投，因为本来就没有气质，多么漂亮的衣服穿在她身上都看不出好看来。当吴芳对自己美容和服饰扮美都失去信心的时候，魏明对这桩婚姻的忍耐度也达到了极限。恰好在这个时候，他们的女儿去世了，没有了这个血缘纽带，魏明彻底游离到了这桩若即若离的婚姻之外。

吴芳从来没想过离婚的事，尽管他们的婚姻从开始经营的那天起就风雨飘摇，但是，她宁肯抱紧这个无爱的婚姻，也不愿意离婚。他爱不爱她是他自己的事，关键是她爱他，一个女人爱一个男人时，她希望听到谎言，这么多年魏明连谎言都懒得说，她不知道这些年魏明忍受的是什么样的痛苦。爱一个女人不一定从爱她的身体开始，而厌恶一个女人却一定先厌恶她的身体，当你厌恶一个女人厌恶到她身体的每一部分，这个女人断然不能再做你的女人了，何况，魏明对她丑陋的身体从来没有过一点点的喜欢。他们的离婚是一场旷日持久的消耗战，吴芳坚守阵地独自守卫了几个年头，最后发现这种守卫已经毫无意义，根本阻挡不住魏明寻找女朋友的步伐，她才偃旗息鼓，无奈败下阵来。

离婚之后，吴芳这朵本来就不怎么芳芳美丽的花儿，衰败的速度更快了。一个人守着曾经属于他们两个人的家，她痛苦、伤心、寂寥。闲来无事就暗自打探有关魏明的最新信息，魏明和李陶然好上的消息，她第一时间就知道了，而且连李陶然过去曾在哪儿工作过，哪个大学毕业的，和魏明多长时间见一次面全都了解得清清楚楚，她干私人侦探比李陶然律师事务所的许多工作人员都认真敬业。了解得越多，受的伤害越重，对吴芳来讲，这些情报和信息是加速她衰败的催化剂，如果说当初是魏明让她的情感伤痕累累，那么现在是她自己让自己饱受新的伤害。

李陶然居然自己找上门来了，和她的美丽优雅相比，吴芳自惭形秽，有强烈的自卑感，羡慕嫉妒恨充斥了她的内心，她仇恨这个哪儿都比自己强的女人并不是因为她哪儿都比自己强，而是因为她能取得魏明的欢心，虽然她不是横刀夺爱，吴芳觉得她就是横刀夺爱。

李陶然带来的送检样品居然是合力冷鲜肉集团的，这让吴芳百思不得其解。这个名叫李陶然的女人不是在和魏明谈恋爱吗？那她拿着合力冷鲜肉集团的肉制品到这儿来检验是什么意思？按说魏明他们公司有检测仪器啊。也就是说肯定不是魏明让她拿着这东西来检验的，换句话说，这个女人其实和魏明并不是一个心。经过这样一番推理之后，吴芳像是突然看到了李陶然和魏明之间的感情缝隙，她认定自己还是有机会翻牌，有可能重新把魏明从这个女人手里夺回来的。

或许，合力冷鲜肉集团的猪肉被这个女律师发现了什么问题？吴芳取了一点样品放在仪器上反复检验，她屏住呼吸，下面的发现让她内心有一种说不出的兴奋和躁动。果然又让她猜对了，这份猪肉既然含克伦特罗这种残留物。吴芳已经做了许多年的化验员，知道猪肉竟然含克伦特罗就意味着什么，并且还知道，克伦特罗是违禁猪饲料添加"瘦肉精"的主要成分，也就是说，合力冷鲜肉集团的所谓绿色健康猪是喂食"瘦肉精"长大的，这个秘密一旦公诸于世，将使中国肉类食品市场面临一场不大不小的地震，魏明作为合力冷鲜肉集团的副总，还能安稳地坐在他的位子上吗？

看来，要拯救魏明，只有靠她吴芳了。

这时候，李陶然的熟人推门进来，问她检验结果出来没有。吴芳慌忙用一张报纸盖住她刚刚写完的检验报告，谎说没有。等李陶然的熟人出去了，她急忙拨通了魏明的手机。

魏明的手机响了，这个熟悉的号码让他很闹心。吴芳的电话号码几十年如一日从来都没有换过，并不是她恋旧，而是怕一旦换了号码，魏明突然有一天心血来潮想给她打电话了，找不到她。事实上，自从离婚后，魏明从来没有主动找过她一次。

犹豫了片刻，魏明还是很不情愿地接了电话。

电话那头，吴芳用装扮得很柔情的声音说："在忙吗？"

魏明冷冷地说："有事吗？"

吴芳卖关子："今天你的那个李陶然到这儿来了。"

"如果没有别的事我就挂电话了。"魏明很反感，感觉这个女人很无聊，他的观念中一直认为，丑女多作怪，黑馍多夹菜，这样的丑女人对一切美女都心存嫉妒，她的话最好还是少听。

吴芳唯恐魏明挂断电话，慌忙说："别挂，我有重要消息要告诉你。李陶然今天带了一块你们公司的猪肉样品来送检，检验结果里面含克伦特罗残留物。"

"什么？"魏明以为自己听错了，"你是说李陶然拿了我们的产品送检？这怎么可能？再说你又不认识她。"

"这事千真万确，这个检验报告现在任何人都没有看到，让我偷偷压下了。"

魏明暗自长舒一口气：谢天谢地，还好，没人看到这个结果。他用近乎命令的口气对吴芳说："你一定要把这份报告压下，换成一个检验合格的报告。"这种口气是他们当年婚姻生活中习惯性的，这口气在吴芳听来无比亲切，她痛痛快快地回答："好的，你放心，我给她做一份假检验报告。老婆还是原配的，半路夫妻怎么都不一个心。"

她后面的这句话又让魏明腻了，他厌恶地挂断电话。在他的情感中，宁肯喜欢背叛自己的李陶然，也不会喜欢一直标榜对自己一心一意的吴芳。

他让自己慢慢冷静下来，整理着这件事情的头绪。他想不明白的是，李陶然到底中了什么邪，今天居然和他们公司过不去，是不是自己什么地方得罪了她？就算得罪了她，凭着他们的关系，凭着他对她性格的了解，也不会背后捅刀子。唯一的解释，这个女人维护正义的那根筋又拧上来了，维护正义的那些傻女人，一旦较上真来，亲娘老子都不会留情面。

唯女子与小人难养也，孔老先生的话看来没错呀。

魏明长叹一声，不由得深深感慨。

33 中原相逢

能为魏明做点什么就是吴芳最大的快乐，她知道魏明从心底不喜欢她，但就是无法把自己的心从他身上移开，她也知道，这样执迷不悟地一路走下去，自己受到的伤害会越来越重，也许习惯了在疼痛中生存，一旦离开这种疼痛她反而不适应了。按照魏明的指示精神，吴芳立即销毁了那张化验报告单，重新填写了一张完全合格的假单据，送到李陶然的那位熟人手中。

李陶然的那位熟人接过单据，问她："你仔细化验过了，一切都没问题吗？"

"哪儿都没问题，完全是合格产品。"吴芳避开目光说道。

"那就好，谢谢你吴姐。"

"不客气，有事你说话。你忙吧，我走了。"

吴芳匆忙离去，她怕再问她什么，不小心说漏了。

李陶然的那位熟人认真看了报告单，发现确实哪儿都没事，就给李陶然打电话，告诉她化验结果。

听说一切合格，李陶然长舒一口气："那就好，只要合格就好。"

按照检测结果，送检样品没有问题，也就是说大梁他们那天吃到的猪肉不过是特殊情况，譬如这头猪正好生病打过针之类的，赶上检验检疫关把得不严，就造成了所谓的兴奋剂问题，魏明他们公司每天要杀五千多头猪，赶上一头猪有问题，不能就说所有的猪都有问题。

这是李陶然自己推测的，她觉得自己的这种推测很合理，并立即打电话把这个结果告诉了张倩。

张倩似乎对这个结果很不满意，她问："你没有搞错吧？"

"没有啊，人家质量监督局给出的结果，你不是说让我去那里检测吗？"

"不可能啊，他们既然能给培训队配送问题猪肉，给普通消费者的猪肉肯定会存在更大的问题，你信不信？"

"不是我信不信，问题是人家这份化验结果就是合格食品，你让我怎么办，总不能造假吧，姑奶奶。"

"你怎么就知道你拿到的化验结果是真的呢？"

"你说得对，可是，他们给我的就是这个结果。"

"唉，这回算是你们家魏明幸运，告诉他千万别犯在我手上，到时候我可是铁面无私不徇私情哦。"

"谁不知道你这种六亲不认的臭脾气。"

146

"好啦，你忙吧，我这边来电话了。"

张倩打死都不相信合力冷鲜肉集团的猪肉是无辜的，凭着她的职业敏感性，她隐隐感觉到，这里面不但有问题，而且有大问题。她办公桌上的电话响了，接听时，是一个急促陌生的声音。

电话是一个中年男人打来的，声音中充满焦虑和愤慨。他举报说："我父亲昨天食用了合力冷鲜肉集团的猪肉，造成恶性食物中毒事故，出现心慌、头痛、恶心、呕吐、震颤等症状，本来就有心脏病，这下子更厉害了，现在正在医院抢救呢。"

张倩问："你怎么知道是食用了合力冷鲜肉集团的猪肉中的毒啊？"

观众说："我们有证据啊，医院对我父亲的血液化验了，发现一种叫盐酸克伦特罗的东西，医生说已经发现好几例这样的中毒事件了。而且我们家吃剩下的猪肉还在冰箱里呢，上午我找人化验了，确实含这种盐酸克伦特罗，人家说这猪是吃瘦肉精长大的。"

"是在质量监督局检验的吗？"

"到哪儿检验也不能去那儿啊，那个负责食品检验的姓吴的丑女人是合力冷鲜肉集团魏总的前妻，去那儿肯定化验不出问题。"

张倩恍然大悟，她又问："你们家别人有食用的吗？有没有这么严重的症状？"

"别人也吃了，一是没有他吃得多，二是身体素质有差异，到现在还没有什么太明显的反应。你们电视台应当马上给这种有毒的猪肉曝曝光，如果他们再这样没良心地乱用瘦肉精，说不定哪天会把所有的人都吃死。"

"谢谢你提供的线索，我们会马上关注这件事情的。"

这个电话让张倩确信她的怀疑没有错，不但合力冷鲜肉集团的猪肉有问题，说不定现在街面上的不少猪肉都有问题。她把观众的电话记录整理了一下，就去找部门领导，想就猪肉的问题，做一次新闻调查。

部门领导沉吟了片刻，告诉她：这一类的舆论监督类新闻节目必须慎重，一个观众两个观众的投诉是个别现象，不要过于敏感。做这种新闻调查节目，有时候得不偿失，上级领导不高兴，台领导不高兴，有关部门也不高兴，费力不讨好自找麻烦的事情别急着做。如果问题严重到一定地步，不用电视台去找，上级有关部门也会要求我们去做节目，到那个时候，怎么报道都不为过。

张倩早就预料到会是这样的结果，她说："我私下调查，先掌握一手材料可以吗？如果有一天需要我们做深度报道的时候，这些材料都可以用。"

部门领导稍作考虑，说："要悄悄进行，千万别张扬。如果肉制品市场真的有问题，冰山的一角也不要由我们率先揭开，别人揭开了，我们可以及时跟进。掌握好分寸，记住，搞新闻报道永远要把握好度。"

张倩有了更加充分的证据，直接来到李陶然的律师事务所。

"看来猪肉的问题不小。"李陶然从文件夹中取出那份已经拿到手的合力冷鲜肉集团猪肉样品检验报告，自言自语："可是，这份样品却没有问题啊。"

"这份样品是质量监督局检验的，负责检验的那个女人是不是姓吴？"

"是啊。"

"是不是长得很难看？"

"反正不算好看，长得很奇怪的。"

"是不是对你很不友好？"

"人家就那个脾气。你还是那个臭毛病，天下就你漂亮好不好，人家长得丑些碍你什么事了？"

"是不碍我的事，可是碍你的事了。你知道吗，那个丑女人是魏明的前妻，让她来化验合力冷鲜肉集团猪肉样品，而且是你送检的，能化验出问题来吗？"

李陶然对张倩的话将信将疑，"再说，她也不认识我啊。"

张倩意味深长地说："傻姐姐，你不认识她，并不等于她不认识你。"

李陶然回忆起那天那个女人的目光和表情，觉得张倩说的有些靠谱了，那个女人的目光应当是认识自己，并且知道自己和她前夫的关系，所以对她有些恨恨的，她的化验结果确实有待重新考量。

李陶然手机响了，张倩比她还急："接呀，一定是魏总打来的，看他说什么。"

李陶然拿起电话，北京的座机号，不是魏明打来的，是国家食品安全委员会办公室副主任赵中伟的电话。

一阵寒暄之后，赵中伟在电话那头说："师妹，你这一头子扎到你的律师事务所，忘记了咱们'食为天万里行'小分队的事了吧？"

"哪能呢师兄，我归结一下事务所的事，就去咱们小分队报到。他们现在在哪个省呢？"赵中伟的话让李陶然有些不好意思了。当初她的决心表得杠杠的，到现在也只参与了一次清除苏丹红的行动，这些日子一门心思打理她的律师事务所，顾不上参与"食为天万里行"小分队的行动了。如果赵中伟不打电话，她都快把这件事忘记了。

赵中伟说："你就在那儿原地待命吧，周文雄、孙勇军和田处长他们马上要到河南了，到时候你负责接应。"

"好啊，师兄放心，我一定接应好咱们的'食为天万里行'小分队，配合好他们的行动。现在正好这边有一点新情况，发现有的猪肉含盐酸克伦特罗，我们正想进一步调查呢。"

"是合力冷鲜肉集团的猪肉吧，也在也有人举报这件事了。咱们的'食为天万里行'小分队正是为这件事去的。"

"你们消息真灵通，好的，我一定配合好这次行动。"

张倩在旁边听得一头雾水，待李陶然放下电话，她问："谁啊，什么事？怎么听着像地下党卧底似的。"

"什么卧底？我在北京国家食品安全委员会的同学搞了个'食为天万里行'小分队，成员基本上是我们一帮同学，我还是小分队成员呢，前些日子已经参与过一次行动了。"

"哇，这么刺激，算我一个行不行？"张倩有时候像个不谙世事永远长不大的小女子。

"就你这性格的，人家不定要不要呢。看你的表现吧。"

张倩调侃："本色终于暴露出来了是不是？还没权力呢就这么能拿捏，幸亏你没什么权力，哈哈。这回查瘦肉精大概有希望了。"

"但愿吧，这次的瘦肉精案件比上一次的苏丹红案子复杂得多。"李陶然忧心忡忡。

"你同学来，告诉不告诉魏明？"

"我也正发愁呢，你说告诉好呢，还是不告诉好？告诉吧，他们就是来查他的，不告诉吧，如果他知道了，也是麻烦事。"

两个人一筹莫展，最后张倩说："听天由命吧，他知道了就告诉，不知道就不告诉。但是绝对不能告诉他这些人是来干什么的。"

李陶然点点头，觉得也只有这样。

34 另类检验

李陶然悄悄拿着猪肉样品检验的事，让魏明郁闷了半天。他最初的感受是半路的爱情真是靠不住，如果她爱自己，怎么可能落井下石私下检验猪肉是不是有问题？他对这个女人心灰意冷了，决定把自己炽烈的爱情降降温，暂且冷她一段时间，让她自己觉闷。

但是，刚刚过去半天时间，魏明就板不住了，他知道自己爱这个女人，因为爱她，就显得有些贱，忍不住强烈的思念，索性连电话都没打，直接开车奔律师事务所来了。

张倩正要离开，一见魏明来了，就冲李陶然挤挤眼："我怎么说来着，魏总就是离不开你。"

魏明和张倩一个门里一个门外对峙着，魏明说："我来你怎么就走啊，显得我们多么没缘分。"

张倩侧身让魏明进去，笑说着往外走："我们有缘分不就麻烦了，你和李陶然有缘分就行了。"

目送着张倩远去，魏明回头对李陶然说："瞧瞧你这个同学，伶牙俐齿的得理不饶人，谁摊上这么个老婆够不容易的。"

李陶然给魏明倒了杯茶，接茬说："哪是得理不饶人啊，是没理搅三分。你怎么有空到这里来了？"

"想你啊！"魏明说这句的时候含情脉脉的。

"真的？"

"假的。"

这种打情骂俏的方式一点都不浪漫，甚至显得有些俗儿吧唧的，但是在这有些俗的对话中，两个人都能找到快乐。现在的爱情本来就是一件大众娱乐活动，一项全民普及的大众娱乐活动，已经越来越草根化，不必试图让它高雅到多么阳春白雪，把自己搞得很累，在这个问题上，两个人已经达成了共识。

李陶然的电话这个时候不懂事地响起来，把他们营造的暧昧氛围全驱散了。

这是个最不该来的电话，在江南某个城市结束了行动的"食为天万里行"小分队副队长周文雄的电话，告诉她他们现在就出发，明天就到李陶然这儿了。

接完电话，魏明问谁的电话。

李陶然说一个大学同学打来的。

魏明已经听出了电话里说要来这个之类的意思，就又问："你的同学要来咱们这里?"

"是啊，到这里出差。"既然已经瞒不住，李陶然故意轻描淡写地说。

魏明主动说："我来安排给他们接风吧。"

李陶然最怕的就是他掺和进来，所以委婉地回绝："不用了，我们谈朋友的事他们还不知道，等有个合适的机会再把你推出来。"

她的回绝让魏明心生疑虑，多了心："我们是正当交往，怕什么。亲爱的，这里面不会有你的老情人之类的吧?"

这话让李陶然有些羞怒，"你想到哪儿去了，把我李陶然看成什么人啦。"

魏明说："既然这样，第一顿饭由我来请，就这么定了。"

此时，田处长带领周文雄、孙勇军一干人等已经行进在来中原的路上。一段时间的艰苦奋战，让周文雄这个文人深深感触到他过去写的作品有多么肤浅，他默默沉思，孙勇军眯着眼睛打盹。

几个年轻人很兴奋，他们从来没有到过这边，从北方一路南下，景色渐变，天色渐晚。孙大宝问田处长："今晚要到达目的地吗?"田处长说："别赶得太急，大家都累了，到一个较大一些的城镇我们就停下来，休息一个晚上，要不然两个女孩子该有意见啦。"武英梅和穆红姐说："我们不累，就是怕石林忠开车太累。"石林忠眼睛紧紧盯着车窗外，说："我没问题，再开一千里也没事。"

夜幕完全降临，车子急速行驶，偶尔有小村镇的星星点点的灯光从车窗外掠过，人们渐渐都安静下来。确实有些累了，这样安静的时光对他们来说显得很珍贵。

远远地，终于出现了连成片的灯光，前面有一个较大的城镇。田处长告诉石林忠："到了前面那个城镇拐进去，我们今晚到那里去休息。"

"在路边找家特色饭店吃点什么吧。"周文雄提议。

孙勇军睁开眼睛，其实他一直都没睡，伸个懒腰说："还真有些饿了。"

在一家标着特色菜的城边小饭店门前，他们停下车，找了间所谓的雅间，开始点菜。

点到炖肉，武英梅说："要牛肉吧，猪肉不知道有没有问题。"

站在一边拿着纸笔等着记菜单的老板娘说："吃俺们家的猪肉你就放心，俺们用的猪肉绝对没有瘦肉精，都是自家村里养的猪。养猪场的猪肉不能吃，那些猪都是吃瘦肉精长大的。"

孙大宝问："吃瘦肉精长大的猪肉和其他猪肉有什么区别吗?"

老板娘说："当然有区别，肉眼一眼就能看出来。瘦肉精猪肉没有肥肉，肉皮上面直接就是瘦肉，或者有很薄的一层肥肉，碰见这样的肉，千万别买。连合力冷鲜肉集团的猪肉都有瘦肉精。"

大家点点头，穆红姐说："智慧在民间啊。"

周文雄说："没错。用瘦肉精喂猪也是一种很高的智慧，可惜用的地方不对。"

在这个中原县城休整了一夜，第二天中午，他们如期来到中原地区那座最大的城市，找到李陶然的律师事务所。一见面周文雄就说："四姐啊，你是不是把我们忘了? 说回来打理几天业务，走了这么多天音信皆无。"

孙勇军也说："我们如果不来找你，是不是你就悄悄脱离组织了。"

李陶然说："哈，我是在卧薪尝胆，我这个想当年校园里的朝华社女将怎么会背叛弟兄们。一会儿陪你们喝几杯，饭后汇报我的工作进展。"

田处长说："吃饭的时候说吧，边吃边说不耽误时间。"

李陶然面露难色："这正是我要拜托大家的，吃饭的时候千万不能提我们'食为天霹雳行动'监察小分队的事，中午请我们吃饭的是合力冷鲜肉集团的副总，我现在正在私下查他们公司的猪肉，如果暴露了我们的身份，我们的行动就彻底泡汤了。"

武英梅说："姑姑，我怎么听着像一场鸿门宴。"

大家也迎合着："这就是鸿门宴。"

李陶然对大家说："就是鸿门宴，我们凭着这么多人的智慧，还应付不下来吗？"

穆红姐低声说："不吃白不吃，反正他们挣的钱也不是好来的。"

李陶然发现大家对合力冷鲜肉集团这样义愤填膺的，就没敢把她和魏明的关系告诉师兄师弟，怕他们有别的想法。

饭局安排在了这座城市最豪华的一家酒店，饭吃得有些沉闷，尽管魏明用尽了自己的应酬智慧不断调侃，但还是没把气氛调动起来。魏明的精明让大家清楚地看到，查清瘦肉精问题不是那么简单，可能要费一番周折。

饭后，李陶然详细介绍了自己掌握的情况，然后由田处长联系当地有关部门，顺便从街面上采购几种猪肉样品，秘密检验一下这些样品，看到底是什么问题。

当地食品安检部门检测"克伦特罗"的方法很奇特，这样的检验方法李陶然第一次见到。他们先拿出一张检测卡放在一边，再把瘦肉样本剪碎，装进试管盖紧，加热后取出来晾凉，从铝箔袋中取出检测卡平放台面上，用塑料吸管吸上一滴样本渗出液，滴在检测卡上，好像反复滴了两次，后来通过查看试纸上的颜色变化，就确定了这些猪肉的检测结果。

用另类检验法检测出，这些猪肉大多数含"克伦特罗"。

"这样的测试结果准确吗？会不会有误差？"李陶然心里有疑问，嘴上就说出来。

检测人员说："一般来讲应当没问题。"

孙勇军对这个有着外国名字的"克伦特罗"感觉怪怪的，他教了一辈子书，没教过基础课化学药品之类的，就好奇地问："这个克什么罗是一种什么东西？"

检测人员耐心解释说："克伦特罗"学名盐酸克伦特罗，白色结晶性粉末化学原料，是一种治疗哮喘的处方药原料，也是瘦肉精的主要成分。上世纪八十年代初，一家美国公司发现盐酸克伦特罗喂猪能减少脂肪沉积，明显增加瘦肉率。八十年代后期，这一"发明"偷偷被引进中国，成为一种新型饲料添加剂。瘦肉精进入猪体之后存留的时间较长，主要分布在肝脏、肾、肺和肌肉，瘦肉精需要加热到172℃才能分解，一般烹饪方式不能将猪肉和脏器中残留的"瘦肉精"毒性破坏。每公斤猪肉残留几微克盐酸克伦特罗就能引发中毒症状，迅速造成心率过速，同时使细胞内血钾降低导致心律失常。对原有心律失常的病人更易发生心肌梗死。。中毒表现常为面色潮红、头痛、头晕、胸闷、心悸、心慌、四肢麻木等，倘若是孕妇中毒还可能导致癌变或胎儿致畸。

合力冷鲜肉集团的猪肉被检测出含有瘦肉精，对此，李陶然其实心里也很矛盾，一方面她很爱魏明，而且她还是这家公司的特聘律师，另一方面，她欣慰的是自己的怀疑没有错，在正义和情感面前，她绝对不能也不愿违背自己的良心，必须坚定地站在正义一方。

他们又从超市买了一些其他供应商的猪肉和香肠、成品猪肉，发现也有一些含瘦肉精。

35 顺藤摸瓜

随便从市场买的猪肉样品的检验结果令人震惊。

"食为天万里行"小分队的几个年轻人都义愤填膺地建议：让当地食品安全部门立即查封这家公司。

田处长沉思了一下，摆摆手："这样只能治标不能从源头上治理，应当顺藤摸瓜查找瘦肉精的源头。"

追本溯源寻找制售窝点，他们在南方几省市已经有了一些经验，虽然这个案例和以前的有所不同，大家却很有信心。周文雄只是不理解，这瘦肉精不就是治气管炎的药吗，街上的药店卖药的多了，我们怎么查？这样想的，他就顺口说了出来。

当地食品安检部门的检测人员说："按照我的感觉，这瘦肉精还不是纯粹的克伦特罗，好像经过了加工。"

田处长说："我们还是要从养猪环节悄悄查寻，先找到一定线索再让政府有关部门配合。暂且不能惊动太多的人，打草惊蛇之后，就更不好查了，既然这瘦肉精猪肉能这样顺利大胆地走进市场，说明我们的许多关口都没有把严，至少有一些相关关口的工作人员已经被他们拉下水了，在没有探明情况之前大张旗鼓地行动，只怕有人早把我们查瘦肉精的消息透露出去了。"

孙勇军非常佩服田处长缜密的思维，他说："分析得非常到位，言之有理，那我们下一步该怎么行动？"

田处长说：我们分成两组，一组由自己带队留在省城，李陶然、穆红姐负责调查检验检疫方面的猫腻，其他人组成另一组，深入到合力冷鲜肉集团和周边的郊县探寻瘦肉精的来源。

周文雄对李陶然、穆红姐这组有些不放心，他提出异议，怀疑两个女同胞能完成任务吗？

李陶然对他的疑虑给予了强烈反击："别瞧不起俺们女同胞啊，凭什么怀疑我们的能力。"

穆红姐说："周老师，您若是对我们不放心，咱们两个换换得了，我正想找点急难险重的任务锻炼锻炼呢。"

李陶然、武英梅一致说："我看可以。"

周文雄连忙摆手："好啦好啦，我可招惹不起你们女同胞，还是按照田处长的分工行动吧。"

合力冷鲜肉集团这几天已经明显感觉到了风声不好，上午，给电视台举报情况的那位仁兄的父亲因为食用含瘦肉精的猪肉引发心脏病，已经医治无效去世了，人家家属下午就拿着化验单跑到合力冷鲜肉集团公司来闹事，被魏明连哄带骗地劝住了。他要求人家拿出证据来，证明是吃了他们公司的猪肉出的问题。

家属说："我们冰箱里还有没吃完的猪肉就是证据。"

魏明狡辩："怎么能证明你吃剩下的猪肉就是我们公司的呢，肉上又没写名字。就是到哪里告，你的理由也不充分，所以劝你消消气，有什么事咱们坐下来好好谈，以解决问题为宗旨，千万别意气用事伤了和气。"

家属说："我老爸因为吃了你们的猪肉连命都丢了，谁还有闲心和你坐下来好好谈，你就说这个问题怎么解决吧。"

魏明让自己的情绪显得不温不火，他显得很人性化地说："老人去世了，人死不能复生，先办完丧事入土为安。至于你说吃了什么瘦肉精猪肉中毒，完了后再慢慢解决。不管是吃了谁家的猪肉中毒，还是别的什么原因，你既然找到我们，说明看得起我们，我们不会坐视不管，一定帮着你追查到底，也是为了还我们一个清白。"

魏明这种滚刀肉的处理问题方式让家属也很无奈，是啊，毕竟吃剩的猪肉也没有标志，不能说就是这家公司的，即使手头有购物小票也不能说明问题，他们只好忍着怒火先打道回府，回去再研究对策。

那帮难缠的家属走后，魏明意识到了问题的严重性。他给董事长、总经理打电话汇报了眼下的严峻情况，布置公司门卫从现在开始加强保安力量，严格门禁制度，一切外人均不得随便进入，严防有人来这里滋事闹事，严防有的部门来暗访，严防电视台偷偷进来搞新闻曝光。对于各车间的工人，突击学习培训，一概守口如瓶，不许泄露公司的任何商业秘密，发现违规者立即开除。

把一切布置完毕，他疲惫而颓丧地坐进老板椅，那天李陶然来公司探察"瘦肉精"，偷偷买了样品去化验看起来不是孤立事件，"瘦肉精"猪肉引发的问题看来越来越严重了，如果应付不好没准会掀起轩然大波。

魏明有一种风雨欲来风满楼的焦虑和不安，他坐卧不安，想不起谁能给他一点心理安慰。他最先想到的是李陶然，但是李陶然目前显然和自己不是一个战壕的战友，他不由自主又想到了吴芳，一想到那个人，忍不住一阵厌恶，那个丑女人肯定会坚定地站在自己这边，但是，即使她是再铁杆的同盟军，他也还是从内心深处讨厌她。

合力冷鲜肉集团门口突然多了一些保安，对进出的车辆，他们查得很严，对外来人员，如果不是来做生猪交易的，一概拒之门外，由魏总批准后方可进入。

孙大宝、石林忠被派过来侦查这里的情况，他们没敢开那辆日本原装凌志越野车，那公安牌照太扎眼了，为了工作方便，借了当地食品安检部门的一辆非工作车辆，那是一辆旧款的帕萨特，普通而不张扬，他们来到合力冷鲜肉集团门口，以为可以顺利地开进去，车还没开到门口，就被设在门口外的一道岗拦下了。

孙大宝一看那阵势，就知道这里加强了警戒，单凭这样硬闯大约是进不去的。石林忠停下车，摇下车窗探出头去，对拦截车辆的保安说："我们是进去谈业务的。"

保安问："有预约吗？"

孙大宝故意装作不明白："谈业务还需要什么预约呀，你们公司好牛×啊。"

保安说："这是公司的新规定，我们也不好违规，请两个哥哥配合我们工作。"

孙大宝佯装老客户，嘴里嘟嘟囔囔地发牢骚："前几天我们来的时候还不这样，今天怎么突然出了这种幺蛾子。"

保安解释道："前一个钟头还随便出入呢，这是刚刚设立的新规定，谁让你们运气不好赶上了呢。你们既然是老客户，自己给客户经理打电话，有他的话，我们就放行。"

孙大宝和石林忠交换了一下眼色，石林忠对孙大宝说："要不咱们先去办别的事，改天再来？"

孙大宝附和着回答："好啊，那就改天再来吧。"

开车驶离合力冷鲜肉集团，停在不远处的路边，两个人商量对策：看起来这家公司已经嗅出现在的形势对他们不利，他们开始采取防御措施了，硬闯是行不通的，只能采取别的方式进入。

远远看到有穿工装的人可以长驱直入，孙大宝灵机一动想出办法："我们搞套工装就可以混进去了。"

石林忠赞同道："是个好办法，让李陶然阿姨想办法去搞两套工装，我们趁着上班的时候混进去。"

"只能这样了，看门的那小子八成都认识咱们两个了。"

"上班的时候人来人往认不清。"

"我看可以。"

他们一拍即合，回到某宾馆的"食为天万里行"小分队临时办事处，向田处长他们汇报了此次的工作情况以及出师不利的原因。

李陶然想办法搞来了两套男工装，第二天一早上工的时候，孙大宝和石林忠穿上工装顺利地混进了公司。他们在各个工作环节站了半天，还是一无所获，就像李陶然所说的，单凭肉眼看，你根本看不出哪道工序有违规嫌疑，人家一切看起来都很正规，甚至，喂猪的那个地方也看不出丝毫猫腻，猪吃得很认真，人家这里的猪个个干干净净，精神苗条，精力充沛。

他们想安装一个红外监控探头，发现其实安装在这些地方都没什么实际意义，饲料都是事先配好的，要安装，也要找对地方。

他们这样没头苍蝇般瞎转，引起了公司一个中层的注意，叫住他们问是哪个车间的。

孙大宝和石林忠都学过侦探，他们沉着冷静地说是旁边那个车间的，谎说过来借一件工具，并指着旁边一件工具说："就是借这个用一下。"

公司中层依然很警惕："借一件工具还用派两个人？"

"这件工具不是有些沉吗，怕他一个人拿不动。"孙大宝解释说。

那位公司中层目送他们走出车间，看上去依然有些不放心，孙大宝和石林忠匆匆走出去，长舒一口气："好悬。"

走遍了各个环节，并没有什么重大发现，但是他们注意到，这里有些生猪不是他们自己饲养的，从他们的谈话中听出来，他们不是饲养专业户，是专门收购倒卖生猪的，从下面的养殖户手里收购生猪，再交到合力冷鲜肉集团。过去还以为这家公司的猪肉都是他们的养猪场饲养的，原来有一大部分生猪靠收购，这样收购来的生猪的质量能有保障吗？

收购车间外面，孙大宝和石林忠走近一个刚刚交易完正准备离去的生猪贩子，孙大宝递上一支烟，故作悠闲地问他："交上去啦？"

"勉勉强强交上了，这买卖越来越不容易。"猪贩子接过烟抽了两口，"你们公司对生猪的要求也忒严格了，瘦肉率不达标的一概不要，现在有的养殖户不敢使瘦肉精了，听说最近风声有点紧。"

石林忠眯着眼睛神秘地说："可是看你刚才交的那些猪，都像是吃瘦肉精长大的。"

猪贩子说："不吃不行啊，卖不出去，左右为难，咱们有啥办法，知道这样做坑人，话又说回来，不坑人就赚不来钱。你们这么一家公司都这样搞，看样子全国的养殖业大同小异都是这样。"

孙大宝狠狠吸了一口烟，无言地看着旁边又有人拉来一车生猪，那些猪个个体形健美，刚才说话的猪贩子说："看见没，又来了一车健美猪，都这样，没辙。"

他们决定先顺藤摸瓜，从猪贩子身上打开缺口。

36 追根溯源

他们跟踪刚刚进来的几个生猪贩子，发现他们卖完猪从合力冷鲜肉集团出去，直接到街边一家小饭馆去吃饭了，他们在车里换掉工装，随后跟着猪贩子走进了小饭馆。

小饭馆不大，买卖却兴隆，里面熙熙攘攘坐满人，看食客的装扮，都是一些低薪阶层，因为这里的饭菜物美价廉，可以支撑他们的消费。几个生猪贩子找了个靠窗的空座坐下，连菜谱都不用，就点了一大桌子菜，看来他们是这里的常客。孙大宝和石林忠在紧挨他们的餐桌坐下，点了两个便宜菜，边吃边支棱着耳朵听猪贩子那桌的谈话。石林忠悄悄打开了一个针孔摄像机，把旁边餐桌上的一些交谈都录了下来。

长得有些黑有些胖的一个人说："刚才合力冷鲜肉收猪的说从明天开始不收外面的生猪了，你们听见了吗?"

另外两个人说："听见了，是这么说的。"

其中一个矮瘦的说："是不是瘦肉精让人家查出来了，我就觉得老给猪吃那玩意早晚会出事。"

模样稍稍周正一些的一个不以为然："出了事也碍不着咱们，咱不是养猪的，也不是卖猪肉的，不过就是在中间倒腾倒腾，挣点小钱儿。"

黑胖的那位似乎比这两个有些眼光，他说："真出了事咱们也得跟着吃挂落，这两天到养猪场收猪的时候，多长几个心眼，明显看出是喂瘦肉精长大的健美猪暂且不收了，还有，合力冷鲜肉不收了，赶紧找合适的下家。一斤瘦肉精喂出的生猪价格比普通猪每公斤贵四毛钱，一头猪就多卖四五十快。趁着现在管得还不严，能多赚个多赚个。"

另外两个人说："中。"

孙大宝把这些话全听进耳朵，他转过身对几个猪贩子说："几个老哥，和我们一样，你们也是做生猪买卖的吧。"

黑胖的那位说："你们也和合力冷鲜肉合作吗，看着有些眼生。"

159

石林忠说："我们有好几个人，我们哥俩主要负责收猪，很少过来送货。敢问几个老哥，你们的买卖主要在哪片做？"

矮瘦的那位说："俺们主要在焦县一带，你们呢？"

孙大宝说："俺们周边各县都做一点，不固定。焦县养猪大户多，大钱都让你们赚了，俺们插不进去。"

黑胖的那位说："往后买卖恐怕也不好做了，没听见合力冷鲜肉从明天起不收生猪了吗？这两年焦县的猪大都喂瘦肉精，若是有个风吹草动的，这买卖就做不成了。"

孙大宝过来敬了一杯酒，说："合力冷鲜肉自己生产的猪肉莫非不使瘦肉精？弄得咱们买卖不好做，他们倒落个省心清爽。"

黑胖的那位说："谁说得准哩，估计上面真查下来，合力冷鲜肉也自身难保。瘦肉精那玩意用仪器一查就查出来，哥哥劝你们一句，我看你们哥俩最近也小心点吧。"

"谢谢哥哥。"孙大宝和石林忠和猪贩子们推杯换盏，套出了喂食瘦肉精最多的地方在附近的焦县，大多数喂食瘦肉精的猪肉都是从这个县的一些养猪场出栏的。

这个发现让他们找到了查寻瘦肉精的一个线索，回去之后，孙大宝和石林忠立即把这些取证音像资料整理出来，传到北京国家食安办赵中伟那边。

很快，赵中伟来了电话，要求田处长他们按照这个线索，立即赶赴焦县做进一步调查。

孙勇军说："合力冷鲜肉集团这边怎么办？"

周文雄说："合力冷鲜肉集团已经板上钉钉地有问题了，不管他们是不是喂食瘦肉精，仅凭着他们收购和制售含瘦肉精的肉制品，问题就已经很严重了。"

田处长非常同意周文雄的观点，他说："合力冷鲜肉集团跑不掉，我们已经掌握了一些证据，现在重点是查找瘦肉精的来源，我们的速度越快越好，早一天查清，老百姓的舌尖上就早一天多一份安全。"

"食为天万里行"小分队部分队员由周文雄带队，立即前往焦县。

汽车在路上行驶了一个半小时，就来到了那个县的境内，天色还早，正是半下午的时候，摘掉车上的公安牌照，车子开进一个貌似乡镇的村子，路边有一家养猪场，牌子写得很醒目，看上去，养猪场的规模还不小，至少外表上看有一定的面积。

周文雄说："进去看看。"

在养猪场门口停下来，周文雄吩咐其他人不要动，他和孙勇军从车上走下来，径直走进院子。武英梅递给周文雄一个针孔摄像仪，周文雄为难地说："我们不会使这种先进武器。"

武英梅说："都设置好了，攥在手里就行了。"

院里很整洁，午后的日头静静地照进小院，只能听见猪的哼哼声，没人。两个人正纳闷，有一个四五十岁的男人从门口一间屋子里走出来，操着浓重的乡音问："有事吗？"

孙勇军因为在天津工作了一辈子，口音中有浓重的天津腔，他有意板着，用给学生上课时的普通话对那男子说："看看你家的猪。"

中年男人看样子是这家养猪场的老板，他上下打量着进来的这两个人，问："你们是收猪的吧？刚才俺看你们这打扮有些不像，哈，所以俺没往那上面想，以为你们是县上来的干部呢。"

周文雄赶紧顺坡下驴："我们是收购生猪的，今天先过来看看，谁家有准备出栏的猪，明天过来收购。"

中年男人说："俺家有几头出栏的，你先看看。"随后在前面带路，带着周文雄他们走进猪舍，指着几头大猪让他们看："这几头可好？"

周文雄和孙勇军装作很在行的样子，审视了一下在猪舍内正在休息的几头大猪，孙勇军故意挑剔地说："哎呀，这几头猪有些肥，不太好卖，估计价格上不去。"

中年男人说："这些猪喂瘦肉精比较少，家里的瘦肉精快喂完了，最近没去买。"扭转头又问他们，"你们这次没带些来吗？如果带来了，先卖给我一些。"

周文雄推说今天出来匆忙，手头没带，下次一定带。

中年男人说："现在人们吃肉都'挑瘦减肥'的，就栏里这几头猪，只要喂上瘦肉精，半个月以后你们再来收，个个都是瘦肉型猪。"

孙勇军问："别人家有要出栏的猪吗？"

中年男人说他弟弟家也办养猪场，有几头猪准备出栏。

孙勇军又问："生猪出栏前不都要抽检吗，他家的猪检验了吗？"

"这个你放心，保证不让你出问题，畜牧兽医站里有咱家的亲戚，早把证明开好了，现在谁还到猪圈里检验，都是出栏前买张证明，《出县境动物检疫合格证明》、《动物及动物产品运载工具消毒证明》和《口蹄疫非疫区证明》都有。"

周文雄没想到这里的检验检疫这样混乱，就说："有证明就行，受累带我们去看看好吗？"

"中啊。"中年男人很纯朴，答应带他们过去。

出门经过"食为天万里行"小分队停在路边的那辆车的时候，周文雄打了一个手势，意思是让他们原地待命不要跟着，武英梅推了一下孙大宝，示意他跟着一起去看看，她担心周文雄和孙勇军两个文人不安全，孙大宝下了车，跟在他们身后，走进不远处的另一家养猪场。

这家养猪场的规模和那家差不多大，走进院子发现，正好有两个猪贩子在买生猪，价格已经谈妥，好像还缺什么检疫证明，最后猪贩子说："算啦，还是俺们自己去想办法吧。"

他们进来的时候，这家养猪场的男主人正问猪贩子："瘦肉精带来没有？"猪贩子说带来了，并从身边的一个破提包里拿出几袋东西交给了这家养猪场的男主人，告诉他：不用多喂，一头猪吃七八块钱的瘦肉精就够使了。他们互相探讨交流瘦肉精的使用剂量，从他们的谈话中可以了解到，这里的养猪专业户几乎都在使用这种添加剂。

给周文雄他们带路的中年男人问两个猪贩子："还有吗？给俺也来点儿。"

猪贩子说："今天就带了这些，等回了县城或镇上，我给你带些。"

"中。"给周文雄他们带路的中年男人答应一声，回头满脸歉意地对周文雄和孙勇军说："抱歉啦，俺兄弟家的猪已经卖出去了。"

周文雄说："没关系，我们再看看别的家。你忙着吧，给你添麻烦啦。"

他们从这个养猪场退出来，一起回到车上。

周文雄对大家说："从目前发现的情况看，这个地方的养猪场普遍在使用瘦肉精，瘦肉精的来源那些猪贩子都知道，一般都是他们从县城或镇上替养猪户捎带。"

孙大宝说："也就是说，只要我们跟定一拨猪贩子，一定能找到哪个地方卖瘦肉精。"

武英梅眼睛一直在紧盯着刚才那家养猪场的门口，已经是傍晚时分了，夕阳西下，有放了学的孩子从门口走过。一阵汽车喇叭声，她看到刚才那两个收购生猪的猪贩子装了生猪开车从院里出来了，就对周文雄说："这辆车八成就是猪贩子的车，我们跟不跟？"

周文雄说："跟着他们，反正晚上我们也要回城里住宿，正好让他们给我们带路。"

石林忠发动车辆，远远尾随着那辆拉猪的卡车，不紧不慢跟在后面。

三个年轻人都是从小在城市长大的，很少到过最基层的农村，落日中的乡村景色很美丽，他们一边盯住猪贩子的卡车，一边欣赏这乡村美景。

武英梅说："若是没有眼下的任务，我一定好好在村子里住上两天，踏踏实实欣赏一下纯自然的乡村美景。"

孙大宝调侃："等我们结婚的时候不去大城市旅游了，就到乡村找家农户住上几天，过几天纯绿色的生活。"

孙勇军叹息一声："现在的乡村也不是纯绿色了，有毒的蔬菜，含瘦肉精的猪肉，苏丹红鸡蛋鸭蛋都是从乡村走出来的，乡村并不是净土。"

周文雄感叹："利益使之然也，在利益和良心之间权衡，有些人很难摆脱利益的纠缠。这喂过瘦肉精的猪肉，恐怕养猪户自己都不吃。"

车子渐渐驶入一个小城镇，他们跟紧了那辆卡车，这会儿路上的车辆很多，不能跟丢了。虽然有 GPS 卫星定位，但是，一旦跟丢了，再找证据就不好找了。

37 黑色网络

走进一个比较有规模的小城镇，这些人的感触是不尽相同的。江南生长的周文雄看惯了南方小城镇的精致秀美，觉得这种北方小城镇很土气，从小在北方农村长大的孙勇军自从父母去世后已经许多年没有回过家乡了，他印象中的北方小城镇远远比这个要差得远，所以在他看来这个小镇还是很现代化的，三个在大城市长大的年轻人则感觉这小镇像个大村庄，只不过比一般的乡村规模稍稍大一些而已。

猪贩子的车最后停在了一家猪饲料经销店门口，因为他们已经见过周文雄、孙勇军和孙大宝，这次由武英梅和石林忠下车尾随他们。一个猪贩子下了车，走进猪饲料经销店，看上去和店主非常熟，他只和经销店结算了一笔账，并没有买东西。

店主对猪贩子说："这车猪还没到镇动物防疫检疫中心站检疫吧？"

猪贩子说："检疫个屁，出境的证明早就开好啦，明天起大早就上路。"

猪贩子办完事走后，店主问武英梅和石林忠："二位要办点儿什么业务？请抓紧时间，俺们马上要下班了。"

石林忠没看到商店的哪件商品上标着瘦肉精字样，就说："我们是贩猪的，养猪户想让我们带一些瘦肉精，你们店里有没有？"他们说话的时候，武英梅悄悄打开了手里的针眼摄像头。

店主说："当然有，俺这里的货都是从厂家直接进货，货真价实，不像有的店掺兑别的东西，以次充好。你们要多少？"

武英梅没想到事情会这样顺利，就说："先来十袋吧，用着好我们再来。"

"中。"店主正要取货的时候，他的手机响了，先接听电话，说了两句就进屋去悄悄接听了，片刻之后他从里屋出来，突然变了卦，推说手头现在没货了，等以后有货再说。

武英梅和他理论，说，刚才你还说有货，现在又说没有了，不是在骗我们吗？趁他们争执不休的时候，石林忠从刚才店主准备取货的地方悄悄拿了一袋瘦肉精装进衣袋，并对武英梅使了个眼色，武英梅停止争吵，问店主："你们什么时候来货啊？"

店主说："那可说不好啦，也许过一段时间，也许以后就没货了。"

武英梅装作很生气的样子，拽着石林忠走出来，回到车上。

一直等在车上的几个人赶紧凑上来问："怎么样？"

武英梅说："这个地方确实经销瘦肉精，店主一开始还说有货，突然

164

接了个电话，就变了卦，说没货了。"

孙勇军分析说："看来我们的行动已经被制售瘦肉精的警觉了。"

周文雄说："也不一定是我们的行动惊动了他们，说不定因为别的什么缘故，现在已经有消费者提出投诉了，瘦肉精的末日肯定到了。"

孙大宝痛惜地说："可惜没有拿到瘦肉精的样品，没有证据。"

石林忠从衣袋里取出那袋他悄悄拿来的瘦肉精说："谁说没有证据，这是什么？"

武英梅也亮出针孔摄像头："还有这个，都是证据，我们顺藤摸瓜，说不定就从这个关口把制造窝点一锅端了。"

这两件物证让周文雄有了更大信心，他接过那袋东西，但是，天色已经黑下来，上面的字已经看不清了。

孙勇军说："先别看了，老眼昏花的，就是白天你也看不清那些小字，先找个地方住下来吧。"

大家这才感觉有些疲倦和饥饿，孙大宝和石林忠都嚷嚷快饿死了，先找个地方填饱肚子，再找住的地方。

武英梅轻轻拍打一下孙大宝娇嗔地说："看你那点出息，至于吗，饿两顿还减肥呢。"

孙大宝凑近武英梅，咬着耳朵说："我减肥减得太瘦了，你就不喜欢了。"

石林忠在一边大声抗议："不带这样的，你们卿卿我我的，也考虑一下我们的感受。"

这段时间，他们第一次这样轻松地欢笑，他们隐隐感觉出，现在他们离找到底牌又近了一步。

在中原市，李陶然和穆红姐这一组也没闲着。

这一组其实不只她们两个人，还有张倩。听说她们要调查检验检疫方面的情况，张倩主动加入进来，以电视台记者的身份加入到这次调查工作中。

动物的屠宰检疫原本应当是一项很规范的程序，要查证验物，检验《出县境动物检疫合格证明》、《动物及动物产品运载工具消毒证明》和

《口蹄疫非疫区证明》等，对运输车辆消毒，车辆凭动物防疫部门出具的《动物及动物产品运载工具消毒证明》才能离开屠宰场。生猪屠宰前必须进行抽尿样检测，经过抽检的生猪方可进入待宰间待宰，经过以上五个流程，检疫(验)合格的生猪签发宰前检疫合格证准许屠宰。生猪宰后还要进行猪肉头部检疫、皮肤检疫、内脏检疫、寄生虫检疫、肉尸检疫，然后才能复检盖印和签发检疫合格证明。

为了好开展工作，张倩以电视台记者采访的名义联系了本市的动物疫病预防控制中心，说是要对他们的动物检验检疫工作进行采访，李陶然和穆红姐也冒充电视台的记者，听那位矮墩墩猪头一般的吴主任对自己的工作进行了令人肉麻的煽乎。

这样的探访没有任何价值，张倩提问："听说有的消费者发现我市出售的猪肉中有的含瘦肉精?"吴主任信誓旦旦地打保票："绝对不会，我们的检疫检验非常严格，各个屠宰厂包括各个冷鲜肉的屠宰车间都有我们特派的检疫人员，对每个程序都有严格的要求。"

李陶然问："会不会有把关不到位的地方，比如像合力冷鲜肉集团这样的大型企业，你们的检疫工作也能一一到位吗?"

"合力冷鲜肉集团有我们派驻的检疫员，如果他们玩忽职守，我们一定认真处理。我相信他们一定会尽职尽责。"说这话的时候，吴主任似乎有了些底气不足。他对那家公司隐藏的那点猫腻是心知肚明的，魏明是他的前妹夫，也就是说，他是吴芳的亲哥哥，对这个背信弃义的妹夫，他心里不仅仅是有成见，而且恨之入骨，因为他毁了妹妹的终身幸福，他恨不得合力冷鲜肉集团出点大事，但是作为市动物疫病预防控制中心的主任，又不能在他管理的地域内出任何差池，否则他的乌纱帽就戴不住了。

送走电视台记者，他立即给妹妹吴芳打电话，让她通知魏明最近要多加小心，千万不要再让瘦肉精猪肉出现在市场上。今天电视台的来采访了，说不定什么时候会到合力冷鲜肉集团。他之所以不亲自给魏明打电话，是因为为了吴芳的事，他已经和魏明闹翻了，他们之间不过话。吴芳接到电话，当下就给魏明打了过去，这个男人在她心目中位置很重，只要他平平安安的就是她的安慰。

魏明接电话的时候正在心烦，瘦肉精引发心脏病去世的那家亲属又找上门来了，被保安拦截在门口，正打着条幅闹事呢。吴芳的电话本来他不打算接，无奈她坚持不懈地打，打得他心烦，接了却是这码事，他沮丧地说："知道了。"任凭电话那头那个丑女人嘟啵些什么，都不想再听。看来问题确实有些严重了，此时，他才猛然想起该给自己那位研制瘦肉精的中学老同学刘青打个电话，告诉他赶紧躲一躲风头。大学学化学专业的刘青自己开了一家化工厂，他从小爱钻研，这次没把聪明才智用对地方，研制了这种瘦肉精，因为这个东西，这几年他发了大财。接到魏明提供的信息，他立刻给工厂的工人们放了假，和老婆交代了几句，自己卷了一些细软匆匆就开车走了。

李陶然一行在市动物疫病预防控制中心没有得到任何有价值的东西，张倩说："合力冷鲜肉集团有常驻的专业检验检疫员，这个关口如果把不严，漫说是含瘦肉精的猪肉，就是病猪瘟猪肉照样可以流入市场。"

穆红姐说："那我们就去合力冷鲜肉集团探探吧。"

张倩扭头看了一眼眉头紧锁的李陶然："问你李姨。合力冷鲜肉集团的事你李姨说了算。"

李陶然轻声说："好吧，我们就去合力冷鲜肉集团探探。"

远远就看到合力冷鲜肉集团大门口一片混乱，有人打着白色条幅正在和门口的保安争吵，穆红姐问："是上访的吗？"张倩点点头："是闹事的。看样子瘦肉精吃出人命来了。"

李陶然的车想进去，也被保安拦了下来。

李陶然说："我是咱们公司的律师顾问。"

几个保安一起拦住车："不管你是谁，没有上头的话，我们不敢放行。"

无奈，李陶然给魏明打电话，电话先是占线，之后是永远无人接听。其实魏明已经看到李陶然的电话了，通过门口的监控摄像，他甚至已经看到了李陶然的车，看到张倩从车里走下来，用微型摄像机在拍摄门口的场景，他猜测到李陶然她们是来干什么的。

自己深爱的这个女人，这个本公司的律师顾问，看起来屁股已经稳稳地坐到了和自己对立的一边，他心里隐隐作痛。

拨打了几次都是无人接听，李陶然的心情有些抑郁忧伤，甚至眼睛里有了隐隐的泪光，穆红姐偷偷地看着李陶然，感觉她和那天请大家吃饭的魏明关系确实很特殊。

38　剥离迷雾

周文雄把他们在焦县的情况向留守在市区的田处长通过电话做了详细汇报，田处长感觉，是求助于当地公安、食品安全执法部门的时候了，他向赵中伟汇报了当前的情况，赵中伟以国家食品安全委员会办公室的名义请求本地有关部门协助侦查，同时，公安部协同国家食品安全委员会办公室也将马上奔赴中原市，对这起瘦肉精案件进行全面查处。

由当地公安、食品安全和动物检疫执法部门集结在一起组成联合执法队，田处长把他们暗访的关于瘦肉精的情况对大家做了情况通报，通过分析案情，大家各抒己见，一致认为，第一步应当立即到焦县查抄猪饲料经销店的瘦肉精，拿到证据，下一步的工作才好开展。

在田处长的带领下，迅速赶往焦县，和周文雄他们会合，在周文雄他们的指引下，控制了那家猪饲料经销店，经过搜查，从店里搜出了一批袋装瘦肉精，和含瘦肉精的猪饲料。

店主百般抵赖，说又不是他们一家卖瘦肉精，这趟街上的饲料经销店家家户户都卖，这句话无形中等于给提供了线索，联合执法队立即对这趟街所有的饲料经销店进行了查抄，查出大量的小包装瘦肉精，和注明含瘦肉精的猪饲料。

通过对这些店主们进行审讯，他们都供出一个名叫王大富的人，说这些瘦肉精都是由他批发到这里来的。

执法人员问查封的第一家店主："王大富是本地人吗？"

店主说："听口音应当是，但是这个人来无影去无踪的，显得很神秘，他的家究竟在哪里俺也不知道。"

"昨天傍晚给你打电话的是王大富吗？"

"是，他告诉俺现在风声紧，先别卖瘦肉精了。"

"你们怎么联系？"

"一般就是电话联系，他偶尔来送货。"

"你再给他打个电话。"

店主用自己的电话拨过去，手机关机了。

执法队根据店主提供的电话号码打过去，电话却一直关机。大家意识到，这个名叫王大富的上线，肯定已经觉察到了什么，看样子躲起来了。

执法队通过查询机主的身份信息，查找到，机主留下的身份证明是这个县一个村的村民。一干人马立即赶赴这个村，村干部一听说找王大富，就问："是不是赌博犯了事？整天不务正业，就知道赌博，连老婆都气跑了，我早就跟他说过，再这样下去不定哪天就犯了事蹲大狱了。"说完，带着执法队找到正在牌桌上打麻将的王大富。

王大富说："俺犯了啥事？不说清楚俺不跟你们走。"

村干部说："别犯糊涂，还不是因为你赌博那点事。"

"俺又没赌大钱，比俺赌得大的人多了。"王大富在那儿死犟，田处长感觉，这个人破衣烂衫的不像是做大买卖有钱的主儿，就问："你三年前是不是用自己的身份证办过这个电话号码？"

王大富看了看那个电话号码，说："不是我的，我的身份证三年前丢了，今年刚刚补办。"

村干部也说那个手机号不是王大富的，他的身份证三年前确实丢失过。再说他也没空闲干别的，整天泡在牌桌上，除了打牌就是打牌，现在穷得叮当响，日子都快过不下去了。如果说他赌博，谁都信，如果说他干别的，全村人谁都不信。

线索又断了。

那么，是别人冒用王大富的名字在做瘦肉精生意，这个人明知这是一桩非法买卖，却铤而走险去做，应当是个很狡猾的人。

孙大宝提出：是否查一下冒用王大富那部手机的通话记录。

几个人来到移动公司，调出了最近的通话记录单子。最晚的一次通话是昨天晚上十一点，

按照机主的通话记录，找到几个相关人员，发现大都是开猪饲料门市部的店主，他是在通知他们立即停售瘦肉精，这些人均不知道他的住处和其他信息。

细心的武英梅发现，这个机主联系最多的就是一个本地号码，通过这

个号码查询机主，是一家发廊的老板，孙美丽，从名字上看，是个女人。

武英梅说："就从这个孙美丽身上打开缺口。"

他们来到县城那家很不起眼的发廊，顾客不多，两个洗头妹正坐在门口看街上的风景。听说他们要找孙美丽，她们懒洋洋地往楼上指了指，意思是孙美丽在楼上。

楼上的房间里，一个妖媚风情的女人正在细细描眉，看见上来几个人，就问："你们是干什么的，美发去楼下，上面不营业。"

同来的一个公安人员亮出证件："公安局的。"

武英梅说："我们找你，想请你协助我们找一个人。"

一听说是公安局的，孙美丽很惧怕，她有些发抖地问："找谁?"

"你认识一个名叫王大富的人吗?"武英梅问。

孙美丽摇摇头说："不认识。"

"再想想。"

"真的不认识。"

"王大富用这个手机号码经常和你联系，你怎么会不认识他?"武英梅亮出那个手机号码。孙美丽一看，就说："他不叫王大富，叫刘志刚。"

"知道他在哪儿住吗?"

"就在这个县城。"

"那就请你给我们带一下路。"

孙美丽一听说让她给这些人带路，死活不答应，后来逼急了，她才悄声告诉武英梅，刘志刚的老婆一见到她就仇人相见分外眼红，她怕刘志刚的老婆跟她没完。武英梅听明白了，这个女人是刘志刚的情人或者小三儿。看来这个小三儿确有为难之处，武英梅就说："你告诉我们他的住址，我们自己去找。"

孙美丽说出了一个地址，武英梅控制住孙美丽，告诉其他几个人，马上去这个住址找刘志刚。

当执法队人员冲进刘志刚家里的时候，他正在午休，没想到这么快瘦肉精的事就查到他头上，以为自己冒用王大富的名字，没人能查到他。

证据面前，刘志刚认栽了。他供出，他的瘦肉精都来自中原市郊的一家私营小化工厂，老板叫刘青。

刘志刚被缉拿归案，执法队初战告捷，班师回中原市。一路上，"食为天万里行"小分队的队员们有说有笑，孙勇军说："不知道李陶然她们那边工作进行得怎么样了。"周文雄说："如果有进展早就打电话告诉我们了，看来工作开展得不顺利。"

李陶然这边的工作陷入僵局，门卫严格执行门禁，一律不放行，魏明坚决不接听李陶然的电话，让她左右为难。

来合力冷鲜肉集团门口闹事的那些人有些累了，坐在路边喝水吃干粮补充给养。张倩拿着小摄像机拍了半天也累了，上车后找了瓶矿泉水咕咚咕咚灌下去，对李陶然说："我早就跟你说过，魏明那样的男人靠不住，你就是不听，和他谈恋爱上床，傻不傻呀。"看到穆红姐惊讶的表情，她意识到自己说走了嘴，赶紧呸呸轻轻打了两下自己的嘴巴，

李陶然并没恼，张倩说得在理，魏明今天的表现，确实和她想象中的那个魏明不一样，她有些失落，有些伤心，也有些愤慨，这更坚定了她对瘦肉精一查到底的信心和决心，爱情诚可贵，正义价更高，更何况这爱情已经开始让她伤心了。

这时，李陶然看到一辆车长驱直入进入公司，开车的人她看清了，是魏明的中学同学，好朋友刘青，他在市郊开了一家私营小化工厂，过去他们经常一起吃饭，所以很熟络。

刘青的车可以进去，自己的却不行，关键时候，同床共枕过的女人还不如朋友，李陶然的心哇凉哇凉的。

张倩摆弄着她的摄像机，自言自语地说："人家不让咱进，走后门也走不通。"

后门？李陶然的脑子灵机一动，对了，合力冷鲜肉集团还有一个后门，一般人都不知道，有一次，魏明带着她走过一次后门。想到这里，李陶然启动汽车，对张倩和穆红姐："走，我们从后门进去。"

后门是一个供运送垃圾的通道，没有保安把守，门很窄，很少有人从这里出入。李陶然把车停在远处，带着张倩和穆红姐从这里走进去，后门离屠宰检疫车间很近，她们直接来到这里，在窗外观察，她们没看到任何检疫程序和检疫人员，屠宰工人直接往宰杀完的猪肉上盖章，张倩把这一

切都录了下来。

张倩还想多录写资料，并打算找个地方安装一个红外探头，被李陶然强拉着离开。她们匆匆从后门退出去，刚离开回到车上，就发现后门来了几个保安把守。

穆红姐说："幸亏我们撤得快，好险。"

李陶然对张倩说："若是依着你，肯定被人家圈在里面出不来了。"

张倩吐吐舌头："出不来就出不来，谅你那个魏明也不敢把我们怎么样！"

39 博士秘方

"食为天万里行"小分队和市里临时组成的追查瘦肉精执法队从焦县回到中原市。他们直捣那家私营化工厂，发现这里大门紧闭，敲了半天门，从门房里走出来个弯腰驼背的老头，隔着铁门问外面的那些人是干什么的。

执法队的人告诉他，"给我们开门，我们是来搜查的。"

"搜查谁呀，这里都放假了，一个人都没有。"看门老头说。

一位公安干警掏出证件说："俺们是公安局的，把门打开。"

看门老头一听是公安局的，赶紧把门打开了，大约在他的心目中，只要公安局的一出面，就事大了。大家进去搜查发现，里面空无一人，看起来走得很仓促，许多产品还没来得及包装，散放在生产线上，库房里还存有没有售出的瘦肉精。

执法队有人问看门的老头："这个厂子从什么时候开始生产瘦肉精？"

老头不解地问："什么瘦肉精？没听说这里生产这种东西啊。"

周文雄说："别问了，问了也白问，他大概除了看门，别的什么也不知道，否则早就让他撤走了。"

又有人问看门老头厂长刘青的家在什么地方。

看门老头说："这个我也不知道，好像就在市边上住，离这儿不远。"

田处长说："还是借助市公安部门和工商部门帮着协查一下吧，看看这个刘青是什么来头。"

整个队伍暂且离开了市郊的化工厂，等待调查结果。

　　很快结果出来了：刘青，五十岁，某大学化学系毕业，毕业后曾在市制药厂工作，担任技术员，后来又进修过药剂科的研究生，药剂学博士，四年前办了这家小型化工厂，注册项目主要是开发二氯烟酸。他的家庭住址就在化工厂附近一个城中村。

　　刚刚回来的那支队伍又重新集结，来到城中村刘青的家搜查。

　　一溜公安牌照的车呼啸从村口进入，居民不知道发生了什么事，都好奇地出来看热闹，周文雄以作家的敏锐感觉目睹这众生相，感慨老百姓这种喜欢围观的心理其实是我们民族的劣根性，男女老少都在往外探头，唯独看到一个中年女人匆忙往一座楼里钻，他暗想，这个女人是个例外，看来无论哪儿都有个例。

　　进入刘青家的时候，发现里面已经是人去楼空，大家心里都很失落，周文雄抬头无意中看了一眼墙上的一幅补拍的结婚照，很做作但很温馨幸福的一对中年夫妇在照片中对着众人微笑，照片上这个女人似曾相识，在哪儿见过呢？他突然想起刚才看热闹的人群中往楼里钻的那个女人，就是她。周文雄脱口而出："这个女人没有走远。"

　　大家将信将疑地跟随周文雄来到女人钻进的那座楼前，经过搜查，刘青老婆确实躲在那里。孙勇军和"食为天万里行"小分队几个年轻人都没想到周文雄还有这种特异功能，孙勇军说："你可以啊，想当年上学的时候，看到漂亮女孩就过目不忘，没想到这个不良嗜好派上正经用场了。"周文雄被他说得不好意思了，悄声说："当着孩子们别没正形儿地胡说八道啊。"

　　刘青的老婆虽然抓到了，但是这个女人说她也不知道刘青去哪儿了，他开着车匆匆忙忙就走了，说是到外面避避风头。

　　从刘青老婆那里了解到，刘青早前其实不知道什么叫瘦肉精，他的同学合力冷鲜肉集团的副总魏明几年前告诉他，有一种叫作盐酸克伦特罗的药品，猪吃了之后能提高瘦肉率，刘青觉得这是个发财的好路子，就偷偷用盐酸克伦特罗试制"瘦肉精"，用样品让一家养猪户替他做实验，试用后发现效果不错，就开办了这家化工厂。他们厂子生产二氯烟酸和瘦肉精两种产品，二氯烟酸的外观也是白色粉末，用肉眼看，和盐酸克伦特罗区分不出来，而且二氯烟酸和瘦肉精盐酸克伦特罗的制作程序也基本相同，不懂得化学成分的车间工人们其实并不知道他们每天都在生产瘦肉精，当然看门的老头就更不知道了。

生产出的瘦肉精成品根据下线的需求量，可以随时随地生产。每公斤价格通常为每公斤2000元，每公斤净赚600元，现在已经盈利600多万元。据说刘志刚这些负责销售瘦肉精的下线不仅仅卖原粉，还根据客户需要将瘦肉精按照1比30兑入淀粉搅拌后出售，他们赚的钱比刘青还多。

制造瘦肉精的根源就在刘青身上，依照刘青的精明，他闻风而动，这会儿一定逃得远远的了。

公安部和国家食品安全委员会办公室的联合办案组已经到了中原市，田处长被叫去召开紧急会议。"食为天万里行"小分队回到了他们宾馆的驻地，李陶然带着张倩和穆红姐也回来了，李陶然把张倩一一介绍给大家，张倩说："我也申请加入你们这支队伍好不好？"

周文雄说："好啊，我们正缺一个新闻记者呢。"

李陶然说："这次没跟你们一起行动真遗憾，听过你们的经历挺曲折的，抽时间讲给我们听听。"

武英梅说："倒是够曲折，只是没有最后抓到研制瘦肉精的刘青。"

听到刘青两个字，李陶然立即想到魏明的那个同学，就问："哪个刘青，是在郊区开化工厂的那个刘青吗？五十岁左右，药剂学博士。"

孙大宝说："没错，没错，就他。你认识他？"

"他是魏明的同学。"

"就是就是。"大家异口同声说，期待地看着李陶然。

"我知道他在哪里。我们在合力冷鲜肉集团门口的时候，看到他开车进去了。"李陶然说。

"就是畅通无阻进去的那部车吗？"穆红姐问。

"是，我看得很清楚，刘青坐在里面。"李陶然肯定地说。

"那还等什么，抓他去啊。"

孙大宝、石林忠摩拳擦掌。周文雄说："这事要马上向公安部和国家食品安全委员会办公室的联合办案组汇报，我们哪有权力去抓人啊。"

"那赶紧汇报啊，晚了没准就逃走了。"张倩的脾气比年轻人还急。

正在召开紧急会议的联合办案组接到有关刘青行踪的信息，马上研究部署抓捕行动。他们对这次抓捕行动做了缜密部署，一路人马直取合力冷鲜肉集团公司，一路人马到火车站汽车站蹲守，另外一路去机场，防止刘青外逃。

当执法队和"食为天万里行"小分队一起赶到合力冷鲜肉集团魏明的办公室的时候，只有魏明一个人静静地坐在那里，看到来的这些人，有公安的，有带大檐帽的各种执法人员，李陶然也在其中，还有那天他宴请的那些李陶然外地来的同学也在里面，就知道这些人来者不善，一定掌握了什么有力证据。他平静地说："是为瘦肉精的事情吧。"

田处长说："是为瘦肉精的事，你脱不了干系，但是这次我们重点缉拿刘青，有人亲眼看到刘青到你这里来了。"

"刘青确实来过，不过他刚走。"魏明故作镇静地说。

"去了哪里？"

"我让他去投案自首，不过依照他的个性，我想他不会去自首。"

"这个我们早就想到了。"田处长告诉身边的公安干警，"立即通知火车站、汽车站和机场，注意查验每一个出境旅客，决不能让他逃出平原市。"

公安系统参与行动的干警打完电话，告诉田处长："机场那边也正要给我们打电话，他们已经控制住了嫌疑人。"

抓捕行动宣告结束，大家走出魏明的办公室，见李陶然犹犹豫豫的还没走的意思，周文雄和孙勇军拉拉她，"走啊，还愣着干吗。"

穆红姐悄悄捅了一下周文雄和孙勇军，在他们耳边说了句什么，两个人回头看了看李陶然，又看了看魏明，周文雄摇摇头："女人啊，爱情啊，没法说。"

魏明慢慢坐下，问依然站在那里的李陶然："都走了，你为什么还不走？"

李陶然凄然地盯视着魏明："我没想到你会这样。"

"我怎样？你是说瘦肉精的事吧，有时候人为了一己私利，必须铤而走险。我没有老婆，没有孩子，这辈子活着只有事业属于我自己。"

"你的事业就是丧尽天良坑害老百姓吗？就是为了自己的一己私利不惜牺牲大家的健康吗？你明明知道瘦肉精是一种什么东西，还鼓励刘青去研制生产，还让合力集团收购含瘦肉精的生猪，你知道因为你给国家，给百姓，给合力冷鲜肉集团造成了多大的危害吗？"

魏明颓然地把身子埋在老板椅里，满脸沮丧，眼中满是绝望，他知道自己一切都完了，事业名誉爱情从此全都灰飞烟灭了。

"希望你好自为之，好好想想吧。"李陶然说这句话的时候，泪水不由自主地滴落下来。这就是她深爱过的男人，只要爱过她从来不后悔，只是心在隐隐作痛。

她擦干泪水走出去，腿像注了铅，重如千斤，以后还会不会继续爱他，她不知道，也许从此她会慢慢从心底把这个人抹去，也许过去这个坎之后他们的感情还会死灰复燃，生活中有许多未知的也许，现在只能是也许。

第四章 烧烤：串连的罪孽

40 扦王之死

半年多披肝沥胆，捣虎穴闯龙潭，"食为天万里行"小分队连战连捷，先后揭露和督办打击了全国最大的地沟油一条龙地下产业链、耸人听闻的瘦肉精谜案，其间还配合协查了苏丹红鸭蛋等案……称得上是功勋卓著。然而，各种毒食品却似乎如雨后毒蘑，愈打愈多：吃蔬菜有残留农药；吃水果有催熟剂膨大剂；吃面粉有吊白块，大米漂白小米染黄；吃米线有垃圾塑料袋，果冻有烂皮鞋；吃粉条有明胶；吃肉有脏水；吃家禽有激素，禽蛋有苏丹红；吃活海鲜有避孕药有抗菌素，水发海鲜有工业火碱有福尔马林（大多用来保存尸体）；吃火腿有敌敌畏；喝白酒有工业酒精，葡萄酒有色素，饮料有过量添加剂……早些时还不断有人发出"我们还能吃些什么"的哀叹，后来便连哀叹的声音也渐渐消失了——哀了叹了又有何用？替代哀叹的换以诸如此类的文章：《让我们长出百毒不侵的中国胃》；《在街边饭店进食的都是勇士》……含泪调侃，无奈至极。

于是，"食为天万里行"小分队成员们，尤其是几位年轻的志愿者，渐次消弭了因几番初战告捷而获得的激越与成就感，转而生出了迷惘、忧愤乃至悲观的情绪：遍地泛毒，如何治理，从哪里下手？治一而漏百，杯水车薪，又有何用？面对这种情状，周文雄和田处长等商议，决定小分队暂停行动，稍事休整，一方面向相关部门并国家领导人汇报情况，提出重点整治食品安全的具体建议；一方面继续访察探底，确定下一步查办对象。

而就在这期间，却由于一个人的非正常死亡，促使小分队成员们悲愤之下，迅即形成共识，锁定了下一个侦办目标，快速出击，以揭开该饮食行业流毒全国的龌龊祸害。

死者是小分队志愿者武英梅的爷爷。

武英梅和爷爷感情很深。爷爷长得身高马大，幼小时，爷爷时常让小英梅骑在脖子上，乐颠儿颠儿地上街转悠，回来时，往往是小孙女一手拿了支冰糖葫芦，一手举了支雪糕，雪糕融化了白白稠稠的汁液滴落到他光亮的额头上顺着脸往下流，爷爷却是美滋滋地乐，也不擦，流到嘴边便顺势舔了咽下去。小英梅长大些了，不肯骑脖子了，爷爷就利用工作之便和精湛的技术，特别为孙女量身定做了一辆粉红色的小自行车。爷爷在天津飞鸽自行车厂当工人。那年月，"南有永久，北有飞鸽"，乃全国顶尖的两大自行车品牌，久盛不衰。爷爷很是为能在这样的单位工作而备感自豪。当时人们挂在嘴边上的话是"工人阶级领导一切"，是领导阶级，而飞鸽厂的工人则无异于工人阶级中的宠儿。脸面上有光，腰板挺得直，工资收入及福利待遇也都是说得出的。如是，在英梅的记忆里，爷爷总是一脸的阳光灿烂，连做梦都是笑哈哈的。爷爷不抽烟，不打牌，也不像许多天津男人那样喜欢在墙角或街边下棋，除了每天上班、吃饭、看电视新闻，听相声、睡觉之外就一个嗜好：吃烧烤。三天不吃烧烤，就跟犯了大烟瘾一般，难受，茶不思饭不想。多少年来，天津城的烧烤店，连同街边的烧烤摊儿，差不多他都品尝过。他吃烧烤都是晚上，经常光顾的自然还是居家附近的摊店，进了哪家店，店主都是眉开眼笑地热情接待。不须点单，店主都知道，温上三两"玉田老酒"，烤上十串肥瘦羊肉，再来十串烤毛蚶子十串烤鸡心——或者是十串烤鱿鱼头十串烤蚕蛹。滋儿呷三两老酒下肚，面前桌上早已整齐码放了三十条光溜溜的铁扦子。别人吃烧烤，大都是从上一口一口往下吃，他则不然，只需双唇嗋住扦子下部，再把扦子往外一拉，扦上的食儿就全部进了嘴了。因了这手绝活，也因了他对烧烤的偏爱，人们送了他个"扦王"的绰号。

退休之后，武爷爷身板儿结实得还像个小伙子，闲不住，发挥专长，就在社区门外开了个自行车修理铺，不为赚钱，只图个热闹乐和。吃烧烤的本事也依然如旧，冷天进屋吃，热天露天吃。只是羊肉串的味道远不如从前醇香地道了。不如也得吃，谁让一辈子就好这口呢！近些年来，关于烧烤中各种猫腻的传闻日渐的多，远比当年陈佩斯朱时茂演小品时卖变质羊肉严重十倍百倍了。晚辈们也曾多次劝说他少吃些烧烤，老人家却不以为然：少吃烧烤，还是"扦王"么？考虑到已然奔古稀的年岁了，所以也就不勉强硬挡，让老人家尽可能由着性子快乐就好。

为此，晚辈们很是懊悔，直懊悔得痛心疾首。

老人家到底还是吃倒在了烧烤上。

老人家两年前体检查出患上了肝癌，经采用肝部注射介入疗法，病情得以成功控制，据大夫说，这种情况若能坚持定期介入治疗，再活个十年乃至更长时间没问题的。

问题终究还是出在了烧烤上。四天前的晚上老人吃了烧烤回来，夜里突然发病，上吐下泻，吃药、输液全止不住，折腾了三天三夜，把身体里的汁液差不多吐泻空净了，老人与世长辞，临终前还苦笑了说：再也吃不成烧烤了……

41 投毒悬疑

悲痛之中，武英梅一边和家人一起操办爷爷的后事，一边委派男友孙大宝追查爷爷的死因。

孙大宝将存留的爷爷生前的血样及呕吐、排泄物等送到权威部门检验，结果却令大宝和武家人等大为吃惊并愤怒不已：从各送检物样中，竟然全都查出了毒鼠强的成分！

料理完爷爷的丧事，武英梅和孙大宝便带上医院的诊疗病历及权威部门的检验结果，找到爷爷最后光顾的那家牌匾上标有"秦皇岛特色"的雄关烧烤店。口气不小，店名也够大够响，店面却没多大，超不过八十平米；设施还过得去：乳白色的长方形大理石桌面，原色的实木座椅；环境看着也还算干净。正值饭口，食客不算多也不算少。除了两位服务员小姑娘和后厨两位烧烤师傅，能过话的只有站在吧台里面的一位三十来岁的漂亮女人，女人自我介绍说她姓孔，唐山丰南人，是店里的经理兼收银。不仅人长得窈窕艳丽，话也跟得上，一看就是个久经场面历练的主儿，一双略嫌细长若尖枣的眼睛似出于礼貌地在英梅和大宝的脸上巡视了两个来回，说：二位有什么事儿跟我说吧，店里的事情平日里都是我支应着，老板很少来。武英梅说：快叫你们老板过来！这件事怕你支应不了。姓孔的女人也不恼，微微笑着就用吧台的电话与老板联系。电话那头的老板说自己在外地呢。武英梅接过话筒，刚说有重要事情找他，对方便不耐烦地说他长年在东北山里开矿，店里的事他从不过问，有事找孔经理就行了。说完竟自挂了电话。

武英梅和孙大宝只得跟孔经理摊牌。

不想孔经理竟如闻听天方夜谭一般惊叫连连："天啊！天啊！这都是哪国的事儿啊！不会是大白天撞见鬼了吧？我们这店也不是开了一年两年了，顾客得有成千上万，从没听说谁吃出过啥毛病！我们的羊肉里怎么会有老鼠药？你俩年轻人说话可要负责，如果有损了本店名誉影响了生意，当心你们担承不起这个责任！我说你俩不会是要结婚缺钱结不起吧？想讹人也得挑个地方，也不打听打听，我们老板可不是好惹的！"

一通话夹枪带棒，气得英梅脸都红了嘴唇都白了。大宝压了火气说："孔经理先别激动，来之前我们也反复分析过，感觉人为故意投毒的可能性几乎为零；我们想要了解追查的是，会不会是原料里混进了问题肉，譬如被药死的老鼠肉，误食了被药死老鼠的狗肉，或者误食了老鼠药的家禽肉……"

"你放烟儿屁！"未等大宝把话说完，姓孔的女人几近是跳着脚挥舞玉掌劈开话头，厉声厉色道："你们家吃老鼠肉呀?！你们家把鸡鸭狗肉当羊肉吃呀?！当我这儿是村边野摊儿呢？村边野摊儿也没人能干出那等下三烂的事儿！亏你想得出来！全城各烧烤店早就不用自个儿买肉切肉串串儿了，都是统一供货——你连这都不知道，还在我这儿充门子大尾巴狼！溜溜地快给我滚吧！滚蛋！有多远滚多远——不然别怪我不客气了！"

话不投机，如此阵仗，显见难以再往下进行了。英梅、大宝二人只好暂且铩羽而归。

42 烧烤乱象

爷爷至死也不认可当年染病及此番发病与吃烧烤有关。也就难怪人家店方一口否决态度强横了。

眼见英梅心情郁闷，忧愤难平，大宝心里暗自着急。何不先找业内人士了解些内幕，从而有针对性地定位疑点，进而追踪蛛丝马迹？于是他想到了高中女同学范晶晶，大专学的酒店管理，毕业后一直从事酒店行业。听说她找了个男朋友，是津门许多大小酒店海鲜等产品的供货商。

武英梅是知道范晶晶的。知道她是大宝就读那所中学的校花，并且与大宝二人内心互有爱意，只是谁也没有表露，似乎都在等着对方先开口。这才给了英梅捷足先登的机会。为此范晶晶还大病了一场。因而当大宝提出约见范晶晶及男友，英梅略作迟疑，便爽快应允下来。美女多高傲，才女多自信，英梅算得美女加才女，除了办正事，她也有意见识一把这位曾为情敌的庐山真面目。是骡子是马拉出来遛遛——英梅内里有这份底气。

饭局就设在范晶晶所在的"水岸酒家"，位居水上公园旁侧。时间定在晚六点。

时值初秋，武英梅上身天蓝色T恤衫，下身白色休闲七分裤，看似随意，却是清爽淡雅又充满活力。大宝特意开上了老爸的私家车，来到酒店，范晶晶和男友早已在门外恭候。相互介绍过后，两位美女心里暗自叹赏着对方的美貌，嘴上老熟人一般亲热着，携手率先走进酒店雅间。

范晶晶招呼大宝和英梅二人落座。其男友则开始殷勤张罗沏茶倒水，开酒布菜。大宝暗笑：不用说，注定了就是个妻管严。

妻管严也值。

当年的校花，如今出落得愈加娇艳妩媚。接近一米七的身高，着一袭淡绿色旗袍，凹凸有致，窈窕而不失丰满；柳眉杏眼，肤若凝脂，唇红齿白。真应了她的名字：美艳不让范冰冰，但比那冰冰亲和柔善；大气不逊郭晶晶，但比那晶晶热情灵动。

再看她那男友，却是其貌不扬。

方才范晶晶介绍，男友姓史叫史占粮。瞧这名字起的！

姓史的个头不高，也就比范晶晶略高一点点；身材清瘦，相貌平平，绝对属于放进人群里就挑不出来的那种。展现出的长处就是嘴好使，快人快语，自然随和，还夹带了些许拙朴的风趣。酒过数巡，未待人问，已然将自家的身世连同与晶晶的情史倾吐得差不多了。

——祖籍乐亭。李大钊的故乡；也是冀商"老呔儿帮"的发源地。在冀东一代，有史以来，"昌（黎）、滦（县）、乐（亭）"之子民们的精灵鬼怪声名远扬，深为周边区域的人众所叹服并时时警觉。史占粮的父亲年轻时正赶上文化大革命，初中没念完就回乡务农，愣是凭着聪明加勤奋，依据清末民初发生在本地的一桩流传甚广的奇冤命案，写成了一部长篇小说，并得以在出版社出版发行。从而一下子成了省内小有名气的农民作家，很快被安排到县曲艺团做了专职编剧，先是临时工，不久又被转成正式国家干部。真是运气来了挡都挡不住。曲艺团有一位色艺俱佳的年轻女演员，倾慕他的才华，被他顺利俘获娶为娇妻，一年后为他生了个宝贝儿子。史作家禁不住地每天被窝里偷着乐。乐过之后，就琢磨，得给儿子起个好名字。都说姓史难起名，还就偏不信这个邪！身为乐亭最大的作家，儿子的名字一定不能起赖了，一定要起得有文化，一定要起得不同凡俗。苦思冥想了一天两夜，翻完了字典翻辞海，终于敲定：小名叫生香，大名叫占狼。生香的意思不须解释；而大名史占狼，则是取逆反"狼行千里吃肉，狗行千里吃屎"之意——即便是史，我这也是非同一般贡狼之史！且单说把这"狼"字用作姓名，本身就已非同凡俗。只是孩子们对史大作家的文化却并不买账，从上小学，同学们就很少有人叫他史占狼，而都叫他"屎壳郎"，连女同学也都这么叫。升了初中，已经开始在作家老爸主编的县办文艺刊物上发表儿歌作品的史占狼，终于忍无可忍，与老爸据理力争，从而以"粮"换"狼"。老爸也不得不承认：史占粮比史占狼更契合逻辑寓意也更积极。

史占粮命运的跌宕转折，是从上了大学那年开始的。

史占粮考取的大学是天津师大中文系。系里有一位教授原是河北某师专的校长，乃当年堪与铁凝比肩的全国著名作家，史占粮很崇拜他，准备本科毕业后继续跟着他读研。怎料天有不测风云，大一寒假回家过年，家庭突然生变，风头正劲的作家老爸要和韶华渐逝的演员母亲离婚！第三者是一个年岁和他史占粮不相上下的文学女青年！劝告、哀求、哭闹、威胁……全都没用。史大作家是王八吃秤砣铁了心要老牛吃嫩草了。一怒之下，向来有个性的史占粮做出了一个令所有人瞠目结舌的重大决定：退学!! 以此作为对花心老爸的抗议与报复。

开弓没有回头箭。好马不吃回头草。退了学的史占粮发誓要混出个人样来。要让老妈过得比从前更好。

从小做起。先是从乐亭和塘沽的海边渔船上收购海鲜，往天津一些大小饭店及烧烤摊点送货。后来就在天津北塘有了自己的水产店。完成了资本的原始积累，手里有钱了，就似乎感到光是倒腾海鲜跟自己的文化背景有点脱节，于是就又开了一家鲜花店。

史占粮就是在给一家大酒店送海鲜和花卉时，见到新来的大堂经理范晶晶的。当时的情景是，史占粮像被施了魔法一般呆立在原地足足有一分钟：民间竟有这等美艳的女人！在史占粮的意识里，这等尤物不是仙女，也应该是情倾万众的影视明星……

史占粮当时的呆相，日后时常被范晶晶及酒店的服务小姐们说来取笑。

乐得被取笑的史占粮内里却是精怪着呢。

史占粮的海鲜，已然在天津的餐饮市场打开了局面；而其做花店，也是另辟蹊径，不拘泥于单一的销售买卖，率先在津门开辟起租花模式，即一些厅堂馆所和机关单位，不须买花，只需租花，由花店按客户要求定期更换。此招一出，大受客户欢迎。

以多年商海摸爬滚打的敏锐嗅觉，史占粮很快摸清了范晶晶的身世经历，并且惊喜地获知她前不久刚刚因心中一直暗恋着的大男孩在警校被一位女同学的爱情红绳俘获，大病了一场，辞去了原来的工作，病愈后才来现在这家酒店任职。

从此，这家酒店的海鲜及花卉，只要有时间，大都是史占粮史经理亲自送货。而不管是他亲自送还是由员工送，都会有范晶晶的九十九朵红玫瑰，特制的不锈钢底座下面藏了一只精致的小保温杯，杯里盛了温热的野山蘑炖鲜海参或者是龙虾小米粥或者是鱼翅红枣莲子羹，花枝间还会挂着一首他连夜写下的爱情诗。

花儿送到第九十九天，史占粮如意牵手美人归。

那一夜，史占粮喝醉了。醉得心旌激荡，豪情满怀，喜泪滂沱。

一年之后，二人拥有了现在这家属于他们自己的酒店。……

交谈中，得知孙大宝和武英梅的来意，史占粮拍着胸脯说："嗨，这事儿你们找我就算找对人了！对烧烤行里的猫腻勾当，我是门儿清！先跟你们说点儿简单的吧：早期——也就是陈佩斯和朱时茂演小品《羊肉串》那年代吧，那时的羊肉串掺假，基本以牛肉、骡马肉、猪肉、狗肉等家畜肉为主，且每串至少有两块真羊肉，串好后再刷上羊油；而随着与时俱进，如今的羊肉串掺假，则大多是取毛皮的狐狸肉獭兔肉、催肥速成的鸡鸭肉、老母猪肉甚至死猪肉、猫肉、老鼠肉等等等等，每串里早就一星点儿真羊肉也不放了，连羊油也不刷了，进化为洒一种'羊肉精'，还有更损的——前一天夜里用羊尿泡，泡过的肉就有了羊膻味儿。黑心吧？缺德吧？你们听了瘆得慌吧？还有啊，烧烤过程中往烤串上刷的那明油，都是地沟油或炸油条、涮火锅用过的二手油；连辣椒面、孜然一应调料都是掺了色素的劣质货，其中包括肉弹素、烧烤香味素、一滴香、千里香……都是有毒有害的！"

直听得武英梅和孙大宝又震惊，又恶心，又愤恨。

"尤为与时俱进的，是如今烧烤业除了少数规矩本分的，大都已经不再自己串肉串了——"史占粮在范晶晶赞赏的眼波鼓励下，演说得越发起劲："一有人专供了：就像我给酒店供海鲜一样，一条龙操作，有人将特别渠道收购来的原材料串成各种烤串批发分送到全国各地的烧烤摊点……"

听到此处，武英梅和孙大宝不觉眼前一亮。

43 露尾藏头

尽管对下一步寻踪觅迹所将面临的困难已做了无数次的估测和设想，而当付诸行动，情况之复杂进展之艰难远比武英梅和孙大宝想象到的更加严峻。

经过初步了解，天津烧烤店的原材料进货渠道，大体可分为两类。

一类是自采原料切割串串；其中虽难免有个别店主（多为外地人）要奸犯科捕杀一些流浪猫狗冒充羊肉出售，终究就是个蝇营狗苟小打小闹，形不成太大危害。且时下这等自采原料加工的店铺已然较少，比例占不了十之二三。

另一类占大多数的店铺则放弃自采原料，坐等将串好的各种烤串送货上门。方便，省事，价格又便宜。

从烧烤店铺追溯到原材料供货商——本当不难才对，谁料却是出师不利，奔波数日竟毫无所获。正因如此，武英梅和孙大宝隐约感觉到，这里面的水或许很浑，很深！如是，二人商议：暂停自行摸查，立即向"食为天万里行"小分队领导汇报。

在京的行动主演赵中伟主任和田处长及国务院食品安全办公室的相关人等听取了情况汇报，并及时与在河南、山西、浙江等地单独活动的李四姐、钱发旺、周文雄等人进行了电话和网络沟通，最终形成一致决议：停止休整观望，锁定烧烤！迅速查实、揭露、整治烧烤乱象。

这是道义与责任。

烧烤几近风靡全国，食者众多，若任其藏污纳垢，毒害丛生，势必危及广大民众身心健康，贻害无穷。

经过商议，确定了行动方案：先从天津打开突破口。前期由武英梅、孙大宝牵头组织，追查毒源；孙勇军负责协调策应后勤支援及安全保障。

领了任务返回天津，当晚武英梅、孙大宝便邀约了同学石林忠和穆红姐，来到"水岸酒家"，范晶晶和史占粮早已在门口恭候。三对青春男女进了包房，转眼间酒菜上齐，六人边喝边议。

石林忠和穆红姐听说又要执行新任务，又能与孙大宝武英梅一起行动，很是兴奋。石林忠觉得这次行动要比查地沟油容易得多，不就是烧烤吗，大部分都是露天摊儿、大排档、街边店，从业人员不过是些散兵游勇或街头小混混，好对付。

武英梅见状不得不及时提醒："事情没有想的那么简单，我们切不可掉以轻心。去北京汇报之前，我和大宝曾走访了好多烧烤店铺，没有人能说清进货渠道——当然也可能是不肯说或不敢说。我俩也试图在烧烤店蹲坑守候送货车，然后跟踪，结果每次都被甩掉了。送货人总能及时发现我们盯梢，看我们的眼神很凶恶，竟似含了几分杀气。"

闻听此言，穆红姐神色凝重起来，说道："对手越是这般警觉，越是表明他们所要掩盖的行径很龌龊，很见不得光。也就等于说，我们的行动会很困难，甚而会很艰险。"

"没错，正是如此。"孙大宝点头说道。

石林忠的表情便也凝重起来。

范晶晶和史占粮一直没怎么插话，只是一边认真听着，一边热情地招呼大家喝酒吃菜。

难归难，险归险，几位风华正茂的年轻人自然不会退缩。且目前阶段也没有什么更好的办法，只能还是先通过跟踪往烧烤店铺的配送货车，节节跟进，刨根寻底。为了规避被对手觉察，大家商定：由在场六位各自驾车，交替盯梢——送货车辆由一家店铺到下一家店铺卸货时，便以接力形式换人换车继续咬住跟踪。如不慎被发现，就再调动亲朋好友加入，换人换车。总之，这第一步，一定要先抓住狐狸尾巴。

功夫不负有心人。一周之后，武英梅们终于追踪到了送货车辆的停泊地点。

44 诡异追踪

每日里游弋在津门大街小巷的烧烤配送厢货车，像一只只大飞蝗，到了晚上，全都飞回到一个据点——天津与河北交界处一个地名小北海的小镇。小北海当年曾被人们称之为"小香港"，属灯红酒绿的"三不管"之地。小镇边缘有一个足有三十亩地的大院，除了院门口左手一排红砖平房，是办公室兼宿舍；院里最深处有两排大型冷库；其余就全是停车场了。到了晚上，院里停泊的厢货车竟达近百辆！

清晨，厚厚的电动黑漆铁大门像黑幕布一般缓缓拉开，便如打开了笼子，一辆辆厢货车飞蝗一般鱼贯而出。不光是开往天津，而是分头奔向河北、辽宁、山东等周边地区的大小城市。

经过连续多日的隐蔽观察，武英梅和她的伙伴们确认：这是一处烧烤原材料半成品的仓储基地，覆盖着周边数万平方公里的大中小城市的供应配送。

那么，货源又在哪里呢？

连续多日的侦查中，从未发现有送货车辆进入。

或者是乘夜里送货？

武英梅、孙大宝、石林忠、穆红姐于是改为夜里蹲守。果然，每过子夜，就会有大量送货车开进冷库，卸了货就走，卸完一辆走一辆。而车的牌照，都是被有意遮盖了的。

重大进展啊！时近半月的风吹日晒，蚊虫叮咬，忍饥挨饿，寒露侵袭……辛劳坚忍总算有了收获！四位年轻的警校毕业生——两对未来的警坛伉俪，忘记了日夜蹲守的疲惫，双双击掌相庆。

孙大宝立时打电话给父亲——也是此番行动的一线指挥孙勇军，报告了这边的最新进展。并请示由他们四人继续追踪，直捣毒劣货源地。

孙勇军及时与赵中伟主任和田处长两位领导请示商议，同意由这四位年轻人继续追踪。电话里，孙勇军反复叮嘱两对情侣，一定要谋划缜密，胆大更要心细，随机应变，遇到疑难，宁可暂时放弃，也要确保安全！万万不可掉以轻心。

事实证明，孙勇军的叮嘱并非婆婆妈妈。尽管对困难已有了充分的心理准备，在行动方面也做了能想到的全部想到了的周密方案，然而对手超强的反侦查能力及应对与破坏能力还是始料不及，以致行动连连受挫。

首次跟踪，为了减低对方警觉，开了一辆国产越野，由武英梅和穆红姐轮换驾驶。从凌晨跟至近午，目标车停在了河北、辽宁、内蒙三省交界处的一家路边店。该路边店远离村庄，地处峡谷，前后是群山，旁侧是河流。为避免引起怀疑，武英梅驾车越过路边店，停在前方村庄的一家小吃部，边吃饭边守候。谁知等了一个多小时，还不见目标过来。四人感觉情况不对，驱车返回，哪里还有那厢货车的踪影！

穆红姐忽而想起，快到这家路边店之前，曾有一个岔路口……

初战无功而返，四人郁闷地来到"水岸酒家"，与范晶晶和史占粮一起分析案情：是对手发现了我们的跟踪，还是原本就只是到那家路边店吃饭，然后返回到那岔路口正常行进？

武英梅和穆红姐认为，盯梢过程中充分利用了地形路况，特别是沿途往来车辆的掩护，并且非常注意了跟进距离与车速的变化，应该不会被对方察觉。孙大宝则有疑虑，感觉被甩得不太正常。石林忠推想两种情况都有可能，说不准。史占粮一反常态没有多说话，一直表情严肃地认真听着。

"发没发现，再跟一次不就知道了？"范晶晶快言快语道，"这回开我们的'丰田霸道'，让占粮给你们开车。"

"行！"史占粮痛快答应，"如果他们还在那家路边店吃饭，咱就提前返回隐蔽在那岔路口附近。"

大家觉得可行。又商议了一些其他细节，信心又都充盈起来。酒足饭饱，各自回家休息，养精蓄锐。

……第二次的跟踪，却又失败了。

——在岔路口隐蔽守候了近一小时，不见动静，再去那家路边店，一路跟踪的厢货车又是早已无影无踪！

一行五人闷坐在车里，盯视着那家看似平常而又有些神秘的路边店，神色凝重而落寞，似在吞咽着被捉弄了的羞恼与酸涩。

如果说，第一次跟踪是否被发现尚难以确定，那么，把这两次跟踪过程连起来拆解，被发现则已然上升为不可回避的严峻挑战了。

一种情况：被跟踪的对手很警觉且训练有素；另一种情况：在跟踪的过程中被反跟踪了。而无论是哪种情况，都表明对方不仅架构庞大人员众多，且谋划深远，进退有度，绝非小打小闹乌合之众等闲之辈。

回到天津，孙大宝主张马上向父亲孙勇军和"食为天万里行"小分队领导们汇报请示，并请求支援。

武英梅却被激起了倔强脾气，不肯服输。一定要再较量上一两个回合再说，一定要有所斩获！

经过反复的争论商讨，终于确定了第三次追踪方案：咬住不放，索性竟自跟进那家路边店，直接面对，相机行事。为安全计，此番出动三辆车，一辆车行驶在目标车之前，到那家路边店等候；另两辆车交替尾随。时间选在周末双休日。武英梅还又特意邀请了在滨海新区公安局当特警的两位大师哥前往助阵。

本来想由孙大宝、石林忠、史占粮各驾一车。史占粮却令人意外地推辞了。说他此番不宜露面了。说这话时的表情略带些许意味深长，不免让人感觉在故弄玄虚。武英梅也不勉强，说："那就我开一辆吧。大宝跑在目标车前面，我和林忠跟在后面。"

范晶晶不放心，说："我有两个好姐妹是市体工大队练武术的，让她俩跟你们一块儿去吧，正好周末，就当带她俩免费旅游了。"

武英梅飞快地瞟一眼孙大宝，微笑了说："太好了。谢谢晶晶姐！"

武英梅怎么也没有想到，她这一次周密部署志在必得的强势出击，输得比前两次更加窝囊。

45 小店交锋

位于三省交界处的路边店，依山顺势而建，似隐藏在大山的脚趾缝里，不走到近前很难发现。店面不大，前后两排平顶房，前排是餐厅，后排是旅店；两侧高高的石头墙围起一个小院，能同时停放几辆卡车。店名也很怪——叫"走不了旅馆饭店"。

是日，孙大宝和两位特警大师哥提前数十公里便超越过跟踪目标厢货车，先来到这家路边店。

相比一般的路边店，这家的条件算是不错的了。前厅里错落摆放了十来张可供四人围坐的实木原色小方桌，配套低靠背原色实木座椅，显得拙朴而干净。地面是花岗岩大理石的。里面还留出了两个雅间。

前厅坐着一位中年妇人和一位少女。

中年妇人四十岁上下的样子，八成是老板娘。上身穿了一件黑绸布对襟小褂，胸前绣了一朵大红牡丹；下身是加了肥的牛仔裤，把个结实的屁股包裹得紧绷绷圆滚滚的。从上往下连起了看，恰切应了一部小说题目：《丰乳肥臀》。鸭蛋脸，挺白净，两侧耳垂前面对称的两粒朱砂痣就显得有点扎眼；杏核眼，挺灵动，灵动出久经世故的老到而少了些山里女人的淳朴；一头黑发从脑后高高盘起，前额还留了一穗刘海。看得出，当年定当是十里八乡数得着的美人坯子，虽说现如今已显发福，依然也还称得半老徐娘风韵犹存。

少女红裤绿袄，一身服务员的打扮。妇人喊她叫山杏。山杏苗条俊秀，长了一双丹凤眼，很好看，只是眼神中也少了被誉为"高山出俊鸟"的山乡少女的羞涩纯真，而掺进了些许轻佻妖冶。

孙大宝三人选了靠墙角的一张桌子坐下。山杏笑盈盈上前沏茶倒水。大宝点了两凉两热四道农家特色菜，要了一瓶草原白酒，边喝边聊，东拉西扯。间或没话找话，搭讪老板娘和山杏聊上几句——自然不会沾边敏感话题，只当初来乍到好奇的样子问些当地风情之类。

时候不大，目标厢货车司机和一名押车的壮汉也到了，老板娘刚热情地招呼二人落座。武英梅、石林忠、穆红姐和体工大队的两位女武术队员等一行五人相跟着进了店门。

货车司机二人坐在了窗口，能看到外面往来车辆与行人。不须点餐，眨眼工夫，老板娘已将一盆白米饭、一砂锅清炖带皮羊肉和两盘素菜摆上了桌。看样子这些人在这里像是每天有固定的食谱。

武英梅让山杏把两张小方桌连接一起，摆在靠门口的位置，与装作陌路的孙大宝等坐成了斜对角。

武英梅看着司机桌上的饭菜，对老板娘说："看这两位大哥的菜蛮好的，给我们也照这样上吧。"

老板娘略略迟疑了一下，说："你们人多，怕不够吃呀！"

石林忠说："够吃。就我一个男的，她们女士吃得少。你就再给加一盆羊下货汤就行了——多放些冬瓜、芹菜、胡椒粉和老陈醋。"

"没问题！一看兄弟就是个会吃的行家。"老板娘边说着话边不住打量着石林忠和几位女士，问："几位喝点什么？喝奶还是喝饮料？"

"白酒！"武英梅说，"吃上内蒙的羊肉了，还能不喝白酒？有'蒙古王'吗？"

"有！"未等老板娘回话，山杏抢着答道，"要高度的还是低度的？"

武英梅拿眼神询问两位武术队员。两位身姿矫健的美女大咧咧一笑说："高的低的都行。"

穆红姐悄然向武英梅吐了下舌头，说："还是要低度的吧。"

武英梅说："低度的没酒味儿——那就取个中间吧，有40多度的吗？"

190

"有！我去给你们拿。"山杏觉得这几位美女挺有意思，似乎和一般女人不太一样，去吧台拿了酒，打开，放到桌上："喝吧，保证是真酒。不够喝再给你们拿！"

司机二人没喝酒。大概是有纪律。司机和押车的都是三十来岁的年纪。司机身材瘦长，脸也瘦长，下巴一侧有一道像是刀伤的疤痕。押车的粗壮，皮肤糙黑，脸上长了不少比绿豆粒大小的粉刺疙瘩。哥儿俩闷声吃饭，耳朵眼睛却都没歇着，时刻留意着武英梅和孙大宝两边的一举一动。或许是看着武英梅等的表演有点小儿科，哥儿俩相视一笑，笑出一抹轻蔑。并适时与老板娘交换了似有所含意的眼神。

老板娘和司机交换眼神的一瞬间，被武英梅捕捉到了。

武英梅判定，对方已然明了她们是跟踪者，只是还不知晓她们的来路。

那么，这家路边店又是何等角色呢？

忽而，武英梅灵机一动，决定先寻机出招寻衅滋事，以查看老板娘和那司机哥儿俩的反应。

如是，酒至半酣，武英梅装作舌头有点捋不直样的对正给司机哥儿俩倒茶的老板娘说："喂，我说……老板娘！你这店开多久了？"

老板娘一愣："……我这店开了好几年了！这位妹妹你啥意思呀？"

"没啥意思，我只是觉着你家这路边店有点怪怪的！"

老板娘脸色一冷，但瞬间又变成了笑容："哈哈，这位妹妹真有意思，我这店哪点有怪的地方呢？"

"怪就怪在和别的路边店……不一样呀！"武英梅装傻充愣，"你知道一般的路边店都是啥样么？我告诉你——是这样的：'几张小桌摆路旁，倒酒端菜服务忙。煎炒用的炸鸡油，猫肉鼠肉充肥羊。洗碗的水油腻腻，饭菜质量苍蝇尝，突然一阵风沙过，锅碗瓢盆尽泛黄！'……可你家的店……却蛮干净；还有呀，你家这店远离人家，白天吃饭还勉强，夜里住宿——有人敢住吗？"

要说这老板娘也真是非同寻常，听武英梅说着这番话，笑容竟一直挂在脸上，只是在与司机二人对视时，眼里飘闪过一缕凶光。说："哎哟喂，这位妹妹可真会开玩笑——照妹妹的意思，我这里是十字坡也要卖人

191

肉包子了不成？"

"哈哈哈……老板娘别见怪，我喝了酒就好耍疯。老板娘真卖人肉包子我们也不怕呀，有这位大哥在——"武英梅手指着那押车的说，"老板娘要下手，也得先迷倒这位肉多的大哥不是？我们就趁机撒丫子快跑！不跑咋着？我们还急着去鄂尔多斯买羊绒衫、羊绒裤、羊绒大衣呢！"

押车壮汉斜瞪了武英梅一眼，并不接招，却对着老板娘叫道："嫂子，还有牛鞭羊宝吗？"

老板娘抿嘴一笑："有呀！那等好东西，咱店里啥时候缺过？咋地，兄弟要大补呀，我这里可没小姐！"

孙大宝看了看山杏，小姑娘如没听见一般，全然一副见怪不怪的无所谓的神色。

壮汉坏笑着说："嗨，你这就是有小姐，还不都是柴火妞呀！再说了，有嫂子在这儿，哪个傻×还要小姐呀！"

"你个小叫驴，找死呢吧？看我撕你嘴！把你美的，柴火妞咋了？高山出俊鸟！就你那黑驴蛋子似的，还想找城里洋妞儿找女大学生找女干部呀？知道啥叫癞蛤蟆想吃天鹅肉不？"

"那咋了，说不准哪天有那疯的傻的天鹅就往癞蛤蟆嘴里撞呢！所以得提前常补着点儿，把腰里的枪补硬硬的子弹补满满的，别等到天鹅撞进嘴时降不伏吃不香呢。"

壮汉嘴里撒着野，淫邪的眼神不时偷窥着武英梅一桌四位美女；坐对面的司机时而看看窗外，同时也是在利用窗玻璃的反射察言观色着孙大宝桌上的反应。

在孙大宝和武英梅的示意下，两桌人对壮汉的撒野充耳不闻，各自若无其事地饮酒吃菜，谈笑风生。

说话间，山杏将人参枸杞炖牛鞭羊宝端上桌。壮汉夸张叫喊："呵呵，真香啊，天下第一硬菜！"

兴许是看出了来者不善，司机脸色渐显阴沉。说道："消停会儿——牛鞭也塞不住你嘴呀。快吃吧。"

吃饱喝足，壮汉拿出香烟，给司机和自己各自点上。司机向壮汉丢了个眼色，二人站起身，叫老板娘："嫂子，签字。"

老板娘拿了一个塑料皮本子让司机签了字，说："不上房间歇会儿去了？"

司机颇有意味地和老板娘对了个眼神，摇摇头说："不了。"

壮汉兴许是没过够嘴瘾，又来了一句："不歇了，还急着去前边儿等天鹅呢！"

孙大宝早已事先买过单了。待司机和壮汉驾车离去，他和两位特警便走出店门，刚要上车，一位特警突然发现，车的左后轮胎瘪了！

孙大宝忙去看武英梅和石林忠开的车，竟然每辆车都瘪了一条轮胎！

大白天，活见鬼了。

46 集结津门

太窝囊了！窝囊中，还分明暗藏了几分危险。

孙大宝这次断然不肯再迁就武英梅了。

两人发生了相恋以来从未有过的激烈争执。武英梅依然坚持要继续追踪，并且干脆就像鳄鱼咬住角马那样，死死咬住不松口，亦即索性强行公开紧追不舍一跟到底——犯罪嫌疑人们还能怎的，莫非还真敢绑架杀人不成？而孙大宝认为千万不可鲁莽草率——你凭什么、又有什么权力认定谁谁谁是犯罪嫌疑人？这样盲干不仅很危险，而且会把事情搞砸。话不投机，各不相让。武英梅一怒之下，甚至提出了分手。

幸得穆红姐、石林忠、范晶晶、史占粮等从中调和，武英梅的父母得知原委，也语重心长地帮着孙大宝劝说女儿，武英梅的态度才有所和缓。孙大宝又抓住时机及时表现绅士风度，先主动向女友认错，说自己是因了担忧心上人的安危，话说得才冲了些……连求带哄，让女友舒舒服服下了台阶。

武英梅总算认可了：马上向孙勇军并"食为天万里行"小分队领导汇报。暂停行动，等候指示。

孙勇军听孩子们你一言我一语争着抢着述说了几次追踪的吊诡经过，判定事情比想象的还要严重许多倍。于是立即和北京的赵中伟和田处长通话，并建议尽快召开一次行动小组成员会议，重点研究烧烤案件。

孙勇军的建议，正与赵中伟、田处长的想法不谋而合。自从瘦肉精案件结案之后，小组成员一直没集结过呢，也该聚聚了。除了重点研究烧烤案，同时也要交流一下各地的动态，确定下一阶段的工作部署。

这是一次流动会议。

时近中秋，艳阳高照，绿色的原野日渐泛出金黄。"食为天万里行"小分队成员们从全国各地齐奔津门。孙勇军接待各位住在市委招待处。晚上，就安排在"水岸酒家"设宴接风洗尘。

范晶晶提前两天就预留出了本店最好的能俯瞰公园水景的十六人台豪华雅间。正是吃海鲜的好季节，史占粮专门去海边采购了每只八两以上的大海蟹，每斤四个头的大海虾，还有野生的海参、鲍鱼、海胆……精心备下了一桌丰盛的海鲜宴。

一番谦让，赵中伟理所当然坐了主座；孙勇军自然占了主座左首东道主的位置；右首是田处长；其他各位按大学时代的排序——老二钱发旺、老四李陶然、老五周文雄，依次落座；孙大宝、武英梅、石林忠、穆红姐也都同桌作陪。

酒是孙勇军从家里带的，珍藏了十多年的一整箱茅台。

孙大宝、武英梅等几次诚意邀请史占粮和范晶晶入席，两人却以要搞好服务为由，知趣地谢绝了。

久别重聚，大家很是高兴，免不了一番寒暄问候。同饮三杯，随后轮番敬酒。顾及恐引起李陶然的伤痛怅惘，谁都有意不怎么提及前一阶段查处瘦肉精等案例的成果。

而桌上的话题，还是不知不觉间就集中到了食品安全上。

周文雄说，由于饮食市场环境的日益恶化，上海、杭州、南京等一些城市有权力或有实力的机关及个体，已开始很少在城里采买，而是直接和边远山区的村镇签约，签约村镇合约期内所有的种植和养殖，不管种植与养殖，必须保证是绿色产品；收获的产品不得外卖，而是定期送货给城里的签约单位。浙江生态环境较好的丽水地区，好多村镇都被抢着签约了。

你那里签约基地在搞特权的方式中还不算很严重的呢。孙勇军接过话头说。前些时有个在某地级市委当秘书长的学生来看我，其实也是来有求于我，想在职读我的研究生。来时除了海鲜和当地土特产，还给我带来一些粮食和蔬菜。跟我说这些粮食和蔬菜绝对是纯绿色食品——是在他们市专门开辟的"农科园"里种植的，都是优良品种，全程不施化肥，施用的底肥是专程从内蒙草原买回来的牛羊粪；也不洒农药，生了虫子全靠人工处理。所有的收成，专供市级领导。这位我当年的学生如今的市领导还向我保证，上了我的研究生，每周来上一次课，以后我家的粮、油、菜就全由他负责了。我强压着内心的震惊与愤怒，对他说，千万不必，我怕把我家人吃娇贵了。我们布衣百姓，还是中国的老百姓吃啥我们就吃啥吧。弄得那位有点尴尬心里肯定老大不高兴，暗骂我不识抬举。

没错，毒食品的重灾区就是广大普通老百姓！不光是有权的——有钱的人们也有能力选择规避一些毒食品的危害。酒精的作用加上情绪的激动，使李陶然白皙的脸色泛起潮红。别人回避提瘦肉精，她自己主动提起了：自出了瘦肉精事件之后，许多河南人就如同患上了猪肉恐惧症。周边省份就有那脑子快的人们从中看到了商机。冀南一个养驴大户——原来主要是为保定、沧州一带遍布街巷的驴肉火烧店铺供应驴肉及驴杂，驴皮则卖给山东人去做阿胶；同时少量驯养一点野猪，肉品只供给一些高档酒店。瘦肉精案一曝光，这养驴大户灵机一动，突然加大了野猪的饲养规模，还弄出了野猪和家养笨猪的杂交猪，重点开发河南市场。陕北的一个矿老板，地下采矿，利用地表的山场土地，买进大量半大生猪进行所谓"生态养殖"，训练猪听着音乐跑步，还给猪喂食水果干果，然后把这过程拍成宣传片在河南的一些电视台和大型超市播放，其肉价卖到每公斤一百五十元左右，直逼冀南进来的野猪肉价。鲁西南的一个种植大户更绝，特辟出数百亩山谷薄地，种植成功了一种春夏秋三季都能生长的猪草，把生猪"绿色放养"，目光也是瞄准了河南市场。我且不想质疑——这些猪肉或许的确是目前市场上凤毛麟角的无毒害优质肉，可问题在于，能吃得起这等野猪肉、"绿色肉"、"生态肉"的，又能有几位是普通老百姓呢？

陶然说得好，我敬四妹一杯！钱发旺酒量好，一直神情投入地喝着酒，深情投入地听着各位发表言论。和李陶然碰杯干下一杯酒，习惯性地把杯倒过来让大家看看才放到桌上。接着说，可四妹你说的也不全对。有权的有钱的是能搞一些特权享受一些优越，却并不能就免受毒食品之害。他们在外吃喝总做不到像当年美国总统访华一样连水和食物全都自带吧？何况谁能保证签约基地特供权贵们的准定是纯绿色食品？不是连当官的们受贿的古玩字画还有不少都是赝品假货呢么。至于有钱人就更难说了，谁能保证你花高价买到的就准定是好东西放心食品？我们山西有钱人算是够多了吧，可是连买个正宗山西老陈醋都不容易，净是假冒的；老陈醋和汾酒称得是山西的两张名片，牧童遥指杏花村嘛——可当年最早的假酒毒死人案子，恰恰就出在山西！那时候毒食品在全国还远没有如今这般泛滥成灾呢。所以说，不论有钱的没钱的，山西人的食品安全指数是很低的。

的确如此。田处长对钱发旺的话表示认同。目前关于绿色食品标准与认证这一块，也是存在漏洞乃至混乱的。且难以排除地方保护、权钱交易甚而有利欲熏心胆大妄为之徒私贴标签的现象。泱泱大国，地广人多，情况复杂，很难及时监管到位啊。

言及至此，大家的表情都显出了凝重。

孙勇军有意缓解一下气氛，高声说道：各位别光说话，来来，喝酒喝酒！

一直没怎么插话的武英梅穆红姐等年轻人，忙起身为各位巡酒满杯。

赵中伟率先端起酒杯，站起身说：无可否认，当今中国的食品安全已然到了国民可承受和容忍的极限。面对毒害食品遍地泛起乌烟瘴气，我们这个小分队的工作显然属杯水车薪。但我们也还是要看到希望。近期党和国家领导人多次就食品安全问题发表讲话做出重要指示，相关部门也正在制定或已试行出台一些整治法典。值此之际，我们就是要尽可能多揭露出一些其中的肮脏龌龊，无道德无人性无王法，多获取一些第一手的真实黑幕，为领导和国家相关部门制定法典及整治决策提供参考。来，为我们所从事的光荣而又艰难的使命，干一杯！

大家为赵中伟这番话热烈鼓掌。然后纷纷站起身，共同干杯。

一箱四瓶茅台，不觉间全见了底儿。孙勇军还要再上酒，被赵中伟拦下了。

用过主食和餐后水果，孙勇军等陪同各位浏览了天津两条主街道的夜景，然后又去正在兴起的滨海新区转了一圈，才回到宾馆休息。

周文雄急性子，说情绪正亢奋，反正睡不着，不如现在就开始研究烧烤的案子。

孙勇军说，你可真是精力旺盛不减当年啊。各位远道而来，都够累的了，今晚先好好休息，明天上午再说吧。

孙大宝、武英梅和石林忠、穆红姐便别过各位乐得有一个充裕的时间去谈情说爱。

田处长也回房休息。赵中伟的套间客房里，就只剩下了当年的大学同窗文学社的五位师兄妹，天南海北随意调侃。钱发旺不忌口，聊着聊着，把话题引向了李陶然："岁月催人老呀，转眼我们都到了天命之年。对了，四妹花落谁家可有新进展吗？"

"没有。哪来那么方便。"李陶然的目光中闪过一丝难以察觉的失落。

心细的孙勇军瞥见了李陶然眼中闪过的一丝失落，含了安慰地说笑道："这次来看我们天津咋样？嫁过来吧！我是政协委员，结识的圈子里，不乏精英阶层成功男士钻石王老五呢。"

不待李陶然回话，老大赵中伟也跟着凑趣："不行不行，四妹要真肯嫁外地咋也得嫁到北京啊，毕竟是首府，平台大人才多。天津的钻石王老五，到了北京连王老六也挨不上，能沾边上个王老七王老八就不赖了。只要四妹点头，咱至少挑选个厅局级以上的，大哥包你满意。"

"得得得，你们少拿我打哈哈寻开心。"两位师兄的调侃招来伶牙俐齿的李陶然一通反击，"没忘了大学时大伙时常贬斥你俩的话吧：'京油子，卫嘴子，保定府的狗腿子'——京畿之地，厚道人少！别以为你们属直辖市就牛气烘烘，才不稀罕呢！我们河南六朝古都的年月，你们北京天津充其量也就是个小村庄呢。"

"就是就是，"周文雄捞着话茬口了，"四姐就是有水准！要嫁也得往南嫁不是？我们江浙宝地，山清水秀，鱼米之乡，也曾是多朝古都，经济发达，文化深厚，人杰地灵；尤其是男士多有儒雅绅士之风，特别会疼女人。"

"呀呸！"李陶然语锋愈加犀利，"你个小周老五少跟着凑热闹。也好意思说，要说你们江浙连同山海在内，盛产小男人还差不多——个头小，心眼儿也小。"

本就个头矮小的周文雄被奚落得有点脸热，带了自嘲自卫反击："嘿嘿，个头小啥关系——该用劲的地方不小就行了呗！"

说得大家哈哈大笑。

李陶然红了脸佯怒道："你找打！换个话题！"

"说归说，笑归笑，"赵中伟恢复了老大哥的庄重亲切正经说道，"陶然确实该早为自己找寻个相宜的理想归宿了，时下还为时不晚——林青霞不是过了五十岁又结婚生子嘛！"

李陶然眼窝一热，一声轻叹："唉，随缘吧。说心里话，除了早年交下的知根知底的同学和朋友，现如今可信赖可托付终身的男人，真的是可遇而不可求了……"

47 祖山议事

上午，小分队全体成员在宾馆听取了武英梅代表几位年轻人所做的关于烧烤案前期侦查线索的汇报，从而达成共识。值此之前，烧烤行业之缺乏规范与脏乱差及诸多猫腻，多年以来在各地几近尽人皆知，各类媒体也时有曝光。然而却并未阻碍烧烤始终以在全国覆盖面最广、消费人群最众多，而牢牢占据着餐饮业的一席之地。因为人们大多以为，关乎其中猫腻种种，无非是少数烧烤摊贩你偷一只鸭他逮一只猫之类鸡零狗碎的个别行为，聪明如己者未必能中招。谁又能想到，其中假冒伪劣，早已是一条龙操作规模化生产经营！

其危害程度与遗患，难以估量。

由此看来，小分队确定立案烧烤无疑是正确的。若能尽快成功查办此案，虽说不可能一下子解决遍及全国的烧烤乱象，但至少能够揭开其乱象黑幕的冰山一角，从而令众多不规矩的烧烤从业者有所畏惧；强化千百万消费者对烧烤的认知与警觉。

时近中午，赵中伟作了总结发言，对前阶段几位年轻人积极而艰苦的工作给予充分肯定；鼓励大家要坚定信心，迎难而上，与对手斗智斗勇，一定要争取大获全胜。随后，就本次会议的后续议程，作出了安排部署：吃过午饭，全体出发，沿着武英梅等追踪厢货车的路线行进。人员分为两组。一组由田处长领队，活动区域在天津至蒙冀辽三省区交界处那家路边店之间的路段；另一组由赵中伟率领，越过那家路边店继续往前巡查。三天之后返程，在临近秦皇岛的祖山森林公园会合。

中秋的祖山，美不胜收。

分兵出发后的第四天中午，"食为天万里行"小分队两路人马在祖山脚下会师。两组的座驾都是丰田越野商务车。一组由孙大宝开车，车上乘坐着田处长、孙勇军、武英梅、石林忠和穆红姐；另一辆车司机是史占粮，乘坐者有赵中伟、钱发旺、周文雄、李陶然和范晶晶。赵中伟和史占粮来过祖山，前面带路，两辆车相跟着驶向盘山而上的水泥路。

峰回路转，山重水复，柳暗花明。半小时后，两辆越野终于爬上了海拔千米之上、建在群山胸窝里的祖山旅游度假村宾馆。

观光游览尚未开始，钻出车门，一行人等已是欢呼雀跃，兴奋不已。

其实，在盘山而上的途中，两辆车里的人们已然是在一路欢呼了，只是不得雀跃而已。

祖山之美，出乎了这些走过许多名山大川的人们的意料。

上山途中，两辆车里的造访者的目光越过车窗，远望四处峰峦起伏，云雾缭绕，千姿百态；各色树木参天蔽日，山风吹拂，枝摇叶舞。近看两旁野花烂漫，姹紫嫣红；荆棘中遍布的野山枣，像一粒粒悬挂的红宝石，浓密藤蔓中藏在叶片下的难得一见的野生猕猴桃，形若美人指肚，色若柔润碧玉，还有一嘟噜一串的紫若玛瑙的山葡萄；高高的树上，则是熟透了的淡黄色的野山梨，深红色的野山楂；裹了厚厚绿皮衣的野核桃。直看得几位女士恨不得让司机随处停下车，下了车去采山花，摘野果。

赵中伟告诉说，真正的美景，还在山上呢！不光有美景，还有美食。

赵中伟没有哄人。安排了宾馆房间，简单洗漱了，大家来到餐厅，每人点了一道菜，十二道菜，道道都是本地独有的特色菜！有凉拌野山葱、刺儿菜（一种野菜）炒肉、肉蘑炒黄豆芽、杏仁酥子小豆腐……尤其是曾被评定为河北地方名小吃的青龙水豆腐，更是让各位大饱口福，竟然接连要了三份，还要再上，直到服务员笑了解释说，中午水豆腐卖光了，各位领导晚上再吃吧，这才罢了。

见一行人这般好兴致，赵中伟暗自欣慰：是该让大家回归自然，放松一下了。便乘兴在饭桌上宣布：各位吃饱喝足，稍事休息，下午先行游玩，亲近山水，放养身心。晚上再开碰头会。这样两不耽误。

大家举杯相碰，大呼小叫着"感谢领导关怀"、这"这类活动以后多多安排"之类的玩笑话，向赵中伟敬酒。

没有惊动当地政府，花钱从景区请了导游，下午游览的主要景点是祖山主峰"神女峰"，沿途观赏了"香瓜顶"、"神龟探海"、"五人岭"、"响山"、"天女木兰园"等景观。天女木兰属树本花卉，须生长在海拔千米以上的适宜环境，极其珍稀，被称作花卉中的活化石，花开如玉盘，冰清玉洁，高贵不俗。只可惜花季已过——每年唯六月份才开花。

几位女士当即相约，来年六月，一定要来看天女木兰花。

祖山真的是太美了：奇山，奇水，奇石，奇洞，奇花，奇草……样样不缺；森林覆盖率近百分之百；各类野生动物数不胜数；一路行走，步步见景。在北方的山脉中，这等雄奇而又灵秀的山水，确乎凤毛麟角，有如远离尘嚣的绝色少女，含羞吐艳，美压群芳。最最难得的，是该景区原系林场，上世纪末才开发旅游，原山原水，几无人为破坏。令光顾者身临其境，即生远离尘俗、身心澄澈之感，莫不流连忘返。

亲近山水，胃口大开，晚饭是高粱米红豆干饭、红皮大萝卜炖山羊肉，一桌人都说从没吃过这么香的饭菜。饭后全体人员又和其他游客们一起参与了篝火晚会。然后才收心静神，坐下来开会议事。

两路人马，此行各自都有斩获。

田处长、孙勇军和孙大宝、石林忠两对情侣，通过取得沿途地方公安交管部门的支持，调阅了天津途经冀东、冀北、辽西通往蒙、冀、辽交界地带那家路边店之间路段主要路口的监控视频资料，马不停蹄，夜以继日，睡觉主要是利用行车时间在车上坐着睡，孙勇军说这种睡法俗称"鸡打盹儿"。从中发现，每天往返于该路段内蒙牌照的冷藏厢大车大概有一百多辆，其中竟有三分之一以上来自与伊利、蒙牛两大乳品无关联，而往来于与辽宁、吉林、黑龙江三省相临中间地带的 W 市。重点追查该市车辆，发现除少量出入天津，其余部分则四散去往了中途不同的区域。尤为值得注意的是，从天津回返的空车，时常会在中途下高速去往某地，数小时后再由该收费站重上高速时，显然空车已经变成了满载重车。

赵中伟一行，越过那家路边店往前探查。先是格外关注了武英梅等数度跟踪过的那辆车。意外的是，那辆冷藏厢货车摆脱跟踪之后，竟在主干道的下一个监控摄像区域之前消失；然后于前行五十余公里的又一个监控中，这辆车又回到了原行的主干道，也是空车变成了满载重车。一路查下去，基本可以确定该车去往了 W 市。三天时间里，起早贪黑，除了调阅监控录像，还在方圆数百公里的交通要道逡巡，观察到颇有一些冷藏厢货车，也如被武英梅她们跟踪过的那辆一样，会在各自不同的地方脱离主干道，驶向乡间公路；之后有的可能原路返回，有的则会在前方再进入干道。相同的是，这些车在重返主干道时，都是空车变成了满载重车。而这一类车辆，几乎全都去往了 W 市方向。本来还想去巡查黑、吉、辽东北三省通往 W 市的枢纽要道，因时间关系，只好先退回赶来祖山会合。

W 市！

两路人马获取的信息相互吻合，W 市似要浮出水面，焦点所聚，初露端倪。

兴奋之余，赵中伟提醒大家还是要保持冷静。定位了矛头所向，才是第一步，斗争方才刚刚开始，后面的工作将愈加危险和艰巨。

W 虽只是个地级市，但总面积达七万平方公里，比世界上许多小的国家地盘还大，有山川、大河、草原、荒漠、丘陵……地理地形复杂；人口密度相对较小，却是蒙、汉、回、满等多民族杂居；周边与多个省份山水相连，交通四通八达。其假劣产品的老巢究竟藏在哪里？

在前期追踪中已然领教过对手的诡异套路。单兵作战，其一线兵卒抱有极高的警觉性和非同一般的反侦察能力；而通过回返空车中途神出鬼没变成满载重车的情况分析，很可能是拉回了各地代理商贩收购上来的第一手原材料，表象上看似为节省费用，实则乃为杜绝各地商贩送货到老巢，由此即可见其上层用心良苦、策划缜密之一斑。可以想象，越是接近老巢，对手的戒备与防范自会愈加强化。由此推断，以目前"食为天万里行"小分队的人力及专业技能修养，若欲继续采用追踪方式追寻到老巢，不仅危险甚而含有凶险，且难以避免事倍功半。

面对难题，赵中伟发动大家集思广益，献计献策，共同商定下一步的战略部署与行动方案。

周文雄和孙勇军提出可否请当地公安部门协助侦查？钱发旺和李陶然则持反对意见，理由是公安也大都已非铁板一块，以我们对手的规模实力与操作手段，焉能少了公安方面的朋友？何况程度不同的地方保护主义比比皆是；弄不好反而会提前暴露了我们的底牌，让我们下一步更加被动，乃至前功尽弃。

说起到公安方面的朋友，穆红姐突然眼前一亮。说道："……有个比我们高两届的师兄，叫陈鹰，是W市人，毕业后回了W市公安局工作。只是……很长时间没有联系了。"

"嗨！"武英梅一拍手，"咋就把他给忘了呢！红姐就去找他，肯定没问题……"说到这儿似猛然意识到了什么，忙用眼角瞄了一下石林忠。

石林忠的脸色果然有些不自在。

赵中伟等长辈们谁也没有留意到这细小的微妙。只顾高兴了，感到这个关系很有价值，当可一用。

但显然也不能把希望就寄予在这一条线上。

那位陈鹰或可能为寻觅对手老巢提供方便和帮助。而要进入对方内部触及犯案运转链条环节，查获确凿证据，显然还须另寻他途。

大家你一言我一语，一时没什么好办法，这时，史占粮毛遂自荐，提出了一个似乎早已胸有成竹的设想：利用他的经商阅历及在餐饮业的人脉资源，以代理区域业务的方式，打入对方内部。

武英梅恍然明白，史占粮当时为何婉拒了参与跟踪。原来他早就在做着这一步的打算了。

当然，这是要冒很大风险的。大家在认可这一方案的同时，不免为史占粮的安全担忧。史占粮却要大家放宽心，说他自会随机应变，保护好自己。范晶晶也表示说，她会全力配合好史占粮的行动。

孙大宝心头一热，这才真正明了范晶晶和史占粮为什么主动要求参加这次流动会议。

监察小分队的成员们也都被史占粮、范晶晶的选择大为感动，李陶然的眼里含了泪光。

针对穆红姐和史占粮、范晶晶的双向出击，大家又仔细研讨了诸多的细节，并对三对情侣的任务进行了分工，直至天将破晓。

次日上午，一行人在导游的引领下，游历了祖山最具特色的景点——"三千六百跳"。一条数公里长的大峡谷，谷中流水潺潺，时有深潭短瀑；两侧悬崖峭壁，多见鬼斧神工。而要走出峡谷，则须在凸出水面的大大小小奇形怪状的石头上跳行，"三千六百跳"乃由此得名。六长六少一十二人随导游兴致盎然大呼小叫，一路跳跃走出峡谷，出了祖山东门，驱车往秦皇岛上高速，回返天津。

48 红姐出关

自从两年前陈鹰毕业离开天津，穆红姐和陈鹰就没再见过面，唯有每逢节日到来，互发手机短信问候一下，仅此而已。

陈鹰是学刑侦的，看长相，陈鹰天生就是个干刑侦的料：将近一米八的个儿，身材匀称健硕，身手矫健敏捷，一张国字脸棱角分明；红脸膛，鼓鼻梁，眼眸清亮有神；歌唱得好，尤为擅唱粗犷悠扬的蒙古族歌曲；排球打得好，他一上场打球，场边总会有不少女生围观。

穆红姐和武英梅在大学一年级的第二学期，就与陈鹰相熟悉了。学校团委组织新年联欢会，选定了陈鹰和武英梅分别为男女主持人。其时北京奥运会刚开过不久，陈鹰和穆红姐合唱了本届奥运会主题歌《我和你》，配合默契，珠联璧合，博得了阵阵热烈的掌声。

从而，三个人开始有了来往。

自打一起排练合唱那首《我和你》，不知不觉间，穆红姐就喜欢上了陈鹰。喜欢陈鹰那蒙古男人特有的似浑身每一个细胞都鼓胀着力量的剽悍身材，不禁暗自想象有着这身材的男人在无垠大草原跃马扬鞭的雄姿飒爽，该怎样牵动姑娘们心仪的目光，令心仪的心伴随马蹄的节奏欢跳激荡。喜欢听陈鹰白云一般明净飘逸的歌声，觉得比腾格尔唱得好听多了。

也喜欢看陈鹰打排球，还用相机抢拍下了许多他如雄鹰展翅般腾跃扣球的精彩瞬间……

陈鹰自然感受到了红姐的脉脉含情。可相对于美丽清纯的红姐，陈鹰更倾心于同样美丽而性情果决干练的武英梅。

而此时孙大宝已经在不停地向武英梅试射着丘比特的爱之箭了。陈鹰只有跟孙大宝展开竞争。

武英梅的爱情天平最终还是倾斜向了孙大宝。英梅对红姐说，她不想选择那类外在条件招眼夺目的男人——日后会让自己有压力，缺少安全感。

在武英梅那里受了伤的陈鹰舔舐着心伤，转回身，走向穆红姐。

——却是为时已晚。在红姐黯然神伤的时光，石林忠及时给红姐送上了热诚的关爱呵护，也给红姐送上了尊重与自信。

命运就是常常这般捉弄人！心高气傲如白马王子的陈鹰遭此重挫，有苦难言，大病了一场，三天没吃没喝，人足足瘦了一圈儿。

陈鹰原本是可以留校的，也有留在天津或就近的内地城市工作的机会，陈鹰一概放弃了。主动要求分配回了家乡Ｗ市公安局。

是年春节，穆红姐收到了一条发自Ｗ市的没有署名的拜年短信，内容只有八个字："新春快乐，遥祝幸福。"红姐知道是陈鹰发来的，回发了一条信息，并存下了手机号码。后来曾几次想要给他打个电话，却终究没有打，怕一时不知说什么好，俩人没话找话说几句不咸不淡的，反倒会更显生分了。

这一次是不能回避了。

孙大宝不免有些疑虑：陈鹰会不会不肯相帮？对这一点武英梅和穆红姐倒是一点都不担心，尤其是穆红姐，心里很有底：陈鹰肯定会尽全力相助的。

而石林忠心里则是有点别扭，不舒展。按照祖山会议的分工，他和孙大宝、武英梅负责继续查阅四周通往Ｗ市交通要道的监控录像；史占粮和范晶晶铺设暗线，争取打入对方内部；穆红姐单枪匹马独自出关，去找陈鹰，主要任务是尽快找到对手的老巢黑窝。当时在祖山石林忠对这样分工是表示欣然赞同的。可当红姐出发在即，开始打点行囊，带上了全套化妆品，带上了好几套时尚的服装，还给陈鹰带了礼物……石林忠的心海禁不住有些泛酸起来，脸色渐渐多云转阴，和红姐说话也流露出了些许阴阳怪气。

红姐受了委屈，很生气，就去找英梅告状。

英梅一听就笑了。说："你的石林忠咋还不如我一个女儿家呢——你看我们孙大宝和范晶晶一连断不了接触，我啥时候介意过？都说女人醋坛子，他一个大男人，成了醋篓子了，心眼儿这么小，往后可是有你受的呢！"

红姐噘了嘴说："人家烦着呢，哪有心思跟你说笑。"

英梅大咧咧一挥手："有啥可烦的，值当的呀！吃你的醋，一方面说明石林忠很在乎你；另一方面说明他在你面前，还没有能树立起足够的自信——他的潜意识里一定觉得你比他更优秀，或者完全有条件选择到比他更优秀的。"

"少在这跟我卖弄你的心理学。关键是我该咋办呀？莫不成还要我向他立誓言表忠心？还是要我温存软语抚慰他？凭什么啊！"

"你还真就得抚慰。不光这边要抚慰——到了那边你也得抚慰呢！听说陈鹰至今还是孑然一身……"英梅继续犯坏。

"你讨厌！"红姐脸红了，气哼哼道，"要抚慰也该你去抚慰！又不是我让陈鹰受的伤。"

"我抚慰没用。陈鹰一定恨着我呢，恨我没有选择他倒是次要的，更主要的是怨恨我耽误了他令他错失了你。所以这次要是我去呀，他还真不见得肯出手，只有你去。不过呵——见了你当年心目中的白马王子形只影单，神情忧郁，可不兴真的心生恻隐，旧情复萌啊！"

"你——"红姐被说得气急败坏，抬手给了英梅一拳，"你再胡说八道，我就不去了！"

英梅赶紧赔笑："别别，逗你玩儿呢！说正经的吧，林忠那你不用担心，我去说他，三言两语保准把他说好。你就安心打点行装准备出征吧。"

穆红姐拖了拉杆行李箱，随着人流走向机场乘客出口，在接机的人群中，一眼就看到了正向她挥舞着双手的陈鹰。红姐快步走出出口，两人目光相对的一瞬间，极其自然地来了个热情拥抱——自然得就像混双运动员们赢了重要比赛之后的拥抱一样，纯净无邪。

陈鹰安排红姐住进了W市距市公安局比较近的蒙原宾馆，让红姐先洗漱休息，晚上在"草原之夜"酒家为她接风洗尘。

"草原之夜"乃W市最有特色的酒店之一。有豪华典雅的楼房雅间，更有连成片的大大小小的蒙古包。陈鹰订了一个小而精致的蒙古包，点了手抓羊肉、羊头羹等特色菜肴，要了低度的蒙古王白酒，陪红姐边喝边聊。

红姐心装着事儿，几句寒暄过后，便直奔主题，说明来意。

陈鹰听红姐简要介绍了案情，一口答应道："没问题！不就是这个事儿么？头一回来我们内蒙吧？你就尽管尽兴地吃喝玩乐观光购物。我保证帮你完成任务不就行了？"

"事情怕是没那么容易。我们的对手超级狡猾，估计其势力与能力也都绝对不可低估。"红姐见陈鹰的反应似乎有点轻描淡写，心里没底，言语间便含了激将的味道。

陈鹰不以为然道："怎么——莫不是你怀疑我的智商和能力？实话跟你说吧，虽然我在治安处，不在刑侦，可也称得上是耳目众多，信息灵通，眼观六路耳听八方，这点事儿还搞不定？不想跟你多说，是怕师妹笑话师哥王婆卖瓜，显得浅薄。红姐你就把心放在肚子里，我今晚就把任务分派下去。明天我陪你去珠日河草原；后天去爬长白山，等咱们玩儿累了回来时，你就等着好消息吧。"

听陈鹰如此说，红姐也就乐得顺从。说出话来却并不领情："好吧，恭敬不如从命，那就客随主便——不过丑话可说在头里，倘若误了事儿，可别怪我跟你翻脸！"

"岂敢岂敢！我这积极表现还唯恐不及呢，哪还敢误事儿呀！"

陈鹰嘴上开着玩笑，眼里却闪过一丝令人不易察觉的惆怅。

49 原形初显

陈鹰在大草原上纵马驰骋的矫健英姿，完美契合了红姐当年心中无数次的梦境和想象。那一刻，红姐的心弦仿若被一双无形的手轻轻拨动……

当然，最令人震撼的还是长白山。那雄奇与峭拔，深邃与诡秘，谁又能不叹为观止？披着朝阳柔和的霞光，坐在天池边的山坡上，听陈鹰讲述关于天池水怪的真实与虚幻，红姐不禁全身心沉醉于这片无比神奇的山水。

长白山不光有着诸多大的神奇，同样有着诸多小的精妙。

譬如那"松桦恋"一景，就很是让红姐啧啧称奇并心生暖意：一棵松树，一棵白桦，根脚相连，并肩生长，亲密无间，共浴阳光雨露，共御风刀霜剑。

红姐站在"松桦恋"前，默默凝望许久。忽而轻声问陈鹰："你说，他们谁为男，谁为女呢？"

陈鹰想了想，说："自然该是松为男，桦为女。"

"为什么？"

"松沧桑，桦娇艳呀。"

"错。应该是桦为男，松为女。"

"为什么？"

红姐显然方才是心有所思，此时娓娓道来："挺拔如桦，当是男人；沉稳如松，当为女人。相比于男人，女人的青春更显短暂。当风韵韶华日渐消退，女人所需面对和承受的身心考验，要比男人负责艰辛得多。因此，女人才必须练达得像松柏一样坚忍、淡定，任春去冬来花开花落，贫富不移，宠辱不惊。如若不然，身为女人，其命运结局则难免凄清悲惨。"

"我的老天啊！"陈鹰一声惊叹，定定地看着红姐，"真是士别三日当刮目相看，我们的警校'歌后'俨然成了哲学博士后了！"

"你少笑话人！"红姐不自觉间语带了娇嗔，"人家不过是触景生情心有所感罢了，哪里就扯上了什么哲学？"

陈鹰依然定定地看着红姐，似着头不着尾地幽幽言道："命运造化人，也时常捉弄人啊！"

红姐觉察到了陈鹰眼神和话语的异样，意识到继续下去行将出现的可能的失控，紧忙决然命令自己急刹车，起身说道："有点累了，我们回吧。"

……或许是因了心神有些恍惚，下山途中，红姐一不留神扭伤了左脚。起初陈鹰充当拐杖搀扶着红姐行走，可每当左脚一沾地，红姐便觉疼痛难忍。于是，陈鹰停下脚步，背对红姐半蹲下腰身，语声不高却是命令的口吻："上来吧，我背你走。"

红姐稍一愣神，不自觉地扭了扭腰身，玉白的牙齿轻咬着下唇，面含娇羞，乖乖爬上了陈鹰挺括结实的后背。

而就在此刻，红姐的手机响了起来。

红姐和陈鹰都能猜准，是石林忠的电话——半是关心，半是"查岗"。

红姐略作犹豫，还是按了拒接，并把手机调到了无声。

回到山下宾馆，陈鹰打来热水让红姐泡脚，并用白酒为她做了将近一个小时的按摩。第二天早起，红姐就能自己行走了——虽然还有点一瘸一拐。红姐内心里对陈鹰暗含了感激，却并不诉诸于言表。当陈鹰来叫她吃早点时，两人又恢复了之前的自然，仿若什么都没有发生过。

尽管长白山美不胜收，红姐惦记此行使命，坚持不再游览，言称"留下遗憾，下次再来"。陈鹰虽然意犹未尽，还是遵从红姐意志，驱车回返W市。

案情的确大有进展。陈鹰果然没有吹牛。

按照特情眼线提供的线索，陈鹰陪红姐直奔对手老巢。

陈鹰驾车东行穿过W市城乡接合部，在一条双向单行的省级公路行驶约三十公里，然后向北拐向一条连双向错车都很困难的乡村公路。行进近一小时时间，前面一条河流挡住了去路。河面宽约五米到八米，连通两岸的是一座当是修建于上世纪六十年代或七十年代的混凝结构石拱桥。目光越过石桥看向对岸，是一处凹形的山坳，凹形入口不远处，有一圈高高的红砖墙，围住一片由两幢楼房和数排平房混杂的建筑，宽大结实的门楼顶上，竖立着一排大红字的招牌：草青青肉类食品联合有限公司。稍远处的周边山脚下，有零星散落的传统起脊式的青石青瓦民宅。

石桥的这一侧，横了一根碗口粗的圆木栏杆，栏杆两头各站了一名壮小伙，身着保安制服，腰上还挂了警棍。陈鹰在距栏杆不远处鸣了两声喇叭，两位保安却似没听见一般，不予理睬。

陈鹰向红姐点头示意，俩人下车，在保安警觉的审视下走近桥头。

"二位帅哥，"红姐一脸天真地开口问话，俨然像个单纯少女，"这里不让过吗？"

两保安尽管不敢忘了职责所在，却还是禁不住把贪馋的目光在红姐身上瞄来瞄去。

"让过！你们过去干啥？"保安甲问。

红姐略一迟疑，陈鹰马上微笑着应对："不干啥呀。周末没事，带女朋友来玩儿。如果运气好，能钓上几条河鱼，再弄只野兔，让哪位老乡家给炖了，美美地吃顿农家饭，就太棒了。若是方便，能在谁家的热炕头过上一夜，就更爽了！"

两保安各据栏杆一侧，眼神依旧一下一下地瞟向红姐，耳听着陈鹰说话，心里定是在骂："美死你！"

"那不行！"保安乙硬硬地说道："对面是大型食品生产基地，全天二十四小时重点保护！若是到基地办业务，须让基地联系人出来到这儿来接；若是去村民家走亲访友，对面只有几十户人家，须说清要去谁家。"

"天啊，干吗这么戒备森严的？"红姐叫道，"就算生产核武器也不至于这样吧？"

"那我们管不着。我们这儿就这规矩！"两名保安一起说道。

陈鹰和红姐碰了个眼色，说道："算了，别为难两位兄弟了，咱去别处玩儿吧！"

"真扫兴！有啥大不了……"红姐噘了嘴嘟囔着，装作很不情愿地随陈鹰上了车，掉头回返。

陈鹰不紧不慢地开着车，笑看着红姐，调侃道："嘿嘿，早还真没发现，你还挺能装假的嘛！"

红姐回想到方才的情景，不禁"扑哧"一笑，回敬道："呸，你才能装呢！假公济私，占人家便宜！"

"我咋占你便宜了？"陈鹰装糊涂。

"那你说我是你女朋友？！还假装一本正经的……"

陈鹰哈哈一笑，忽而，那笑容竟似凝固在了脸上，目视向前方，幽幽一叹："唉……本该就是的……如今因工作需要说了一句，倒成了占人家便宜了。"

红姐对陈鹰如此的反应略显意外，眼神复杂地斜瞪了陈鹰一眼，不说话。

"你明白了吧？"陈鹰轻轻摇摇头，转换了话题，"桥对面那个所谓大型食品基地，就是你要找的地方！"

红姐自然猜到了，却是有些不解："一路上怎么没有见到几辆冷藏车呢？"

"因为他们的货车基本上都是夜出夜入。这里的经营者叫杨茂生，典型的吃羊肉喝羊奶长大的蒙族人，身体壮得像头公牛，从前就是个街头烤羊肉串的，人们都叫他'羊毛'。后来不知怎么被我们Ｗ市一个远近闻名的女老板看上了——"陈鹰说到这停顿了一下，偷看了一眼红姐，"据说就是因为看中了'羊毛'身体棒，功夫好……"

"他会什么功夫呀？"红姐未曾多想，顺口问道。

陈鹰不看红姐，忍住一丝坏笑，一脸严肃道："他还能会什么功夫？女老板喜欢的功夫呗！"

红姐脸一红，抿了嘴唇不再接话。

陈鹰接着说："真实情况就是这样的。那女老板主要生产经营羊毛羊绒产品，生意做得很大，是Ｗ市的利税大户，还是自治区人大代表。'羊毛'被她看中之后，便开始一天天地鸟枪换炮，不须再站街头烤肉串了。先是往本市各家烧烤店搞配送，后来便搞起了这个基地。这地方原来是物资局旗下轻化公司辖属的炸药库，前些年轻化公司倒闭了，那女老板就把这地方买了下来，建成了集屠宰、加工、冷藏于一体的肉类食品企业，交由'羊毛'来管理。由于地处偏僻，加之其作案手法的严密和隐蔽，如果不是你找上来，我们当地还真尚未注意到这里会是一个藏污纳垢的大黑窝点。"

"这下好了！"红姐兴奋起来，"我今天连夜回去汇报，立马铲了这个严重危害社会的大毒瘤！"

陈鹰摇摇头，说道："怕是没有那么简单。那位女老板不光在市里呼风唤雨，在呼和浩特和北京也都有方方面面相当密切的关系；听说那'羊毛'也跟自治区一位厅长攀上了亲戚。如果拿不到足够的确凿证据，势必很难动得了手。"

"那去哪儿才能拿到确凿证据呢？"红姐不由皱起了眉头。

50 占粮卧底

史占粮的聪明精警，丰富阅历，以及所涉猎的海鲜、餐饮行业资源，这一次全都派上了用场。

第一步，史占粮先设法接触上了草青青公司在天津的代理商解梦——一位曾把一家国企小厂糟蹋垮了的败家厂长，年近花甲，长相富态，头顶没头发，满脸黑胡子。此人除了极度贪财，还有三大喜好：嗜酒、好色、吹牛——都是当厂长时养成的毛病。史占粮对症下药，几个回合下来就博得了解梦的好感和信赖。

这天晚上，趁解梦和三陪小姐喝花酒吹牛正起劲，史占粮作出一副苦脸巴结着说道："大哥，你神通广大，那么能赚钱，有好事儿了也拉帮拉帮老弟我呗！"

解梦一双色眼粘在对面小姐半裸的酥胸上，一只毛茸茸的手则在身边小姐穿了短裙的大腿上摩挲着，心不在焉地应道："你老弟不是干得蛮好的吗，还用我拉帮？"

史占粮叹了气说："嗨，别提了，前两天我的一个冷库设备不知咋就突然出了毛病，一天一夜才修好，冷冻的海鲜全都化了。重新冷冻，不光卖相大打折扣，好多产品还都有点变味儿了。我的客户都是老主道，这样的货色也不敢给人家呀。唉！要是这些货烂在库里，我这小半年可就白忙乎了……"

解梦的手依然粘在小姐大腿上，眼神却是转向了史占粮："真的？"

"可不是咋地，我还能拿这等事情开玩笑呀！"史占粮喝着牙花子说。

"操，你咋不早说呢！"解梦用闲着的那只手一拍桌子，喷着唾沫星子高声大嗓道："不就这点儿小屁事儿么？大哥我帮你解决了不就完了？"

"当真？"史占粮的眼里放出亮光。

"这还值当有假？多大点儿个事儿啊，大哥我还能糊弄你呀？"

"谢谢大哥！谢谢大哥！大哥你就是我的活菩萨啊！来来来——我敬

大哥一个大的！"史占粮抄起高度的"红花郎"白酒瓶，将解梦和自己面前的分酒器先后斟满，端了分酒器站到解梦身旁："大哥，啥也不说了，我先干为敬！"一仰脖，二两白酒一口闷了。

解梦也不含糊，也是一口见了底。

不出所料，解梦把史占粮两车"变了味儿"的海货，卖给了草青青肉类食品有限公司。

这两车货是史占粮专门收购并特殊加工了的，看着卖相不忒好，实际品质却没问题。为这两车货，史占粮和范晶晶赔去了"水岸酒家"近十天的利润。

来史占粮冷库提货拉海鲜的人，正是先前武英梅等跟踪过的瘦高个瘦脸下巴上有刀疤的那个冷藏厢货车司机。史占粮、范晶晶摆平这等角色自是小菜一碟。提货当天，就在"水岸酒家"好酒好菜伺候，吃饱喝足了又赠送礼品——海参、大海虾各一箱，全是野生的。把那小子伺候美了，一张瘦黄脸泛上了些黑红，连下巴上的刀疤也显得更光亮扎眼了。

趁着他去卫生间的空儿，一直赔着笑脸的范晶晶，撇了嘴厌恶地骂了一句："什么东西！真恶心，像个大螳螂！"

史占粮笑着冲范晶晶一竖大拇指："呵呵，准确！往后就这么叫他吧，还好记。"

到冷库装完货，史占粮又热情地塞给大螳螂一个两千元的红包，拱手言道："哥哥，到了公司那边，验质、过秤，结算什么的，一应事情全都拜托给哥哥您了！"

大螳螂揣起红包，大包大揽："兄弟放心，一切包在哥哥身上，绝对不会让你吃亏。从今往后你就是我的亲兄弟！"

……如此这般，一来二去，没几天工夫，史占粮和大螳螂就成了无话不谈的"好弟兄"。每次来天津，只要时间方便，即使没有史占粮的业务，大螳螂也必定要找史占粮喝酒或喝茶闲聊。

是日，大螳螂到解梦那里卸了货，距离返程出发还有几个小时空当，就又来到了"水岸酒家"。范晶晶让后厨给安排了几道精致小菜，微笑着说道："哥哥，不好意思，我得去招呼客人，今天就失陪了，让占粮陪您。占粮，你陪哥哥喝好吃好啊！"

"没关系，弟妹您快去忙生意。"大螳螂眼神发黏地目送着范晶晶的背影，回身对史占粮钦羡道："弟妹忒俊了，简直就是仙女了！……哥哥我还耍光棍呢，能不能求弟妹在她漂亮的女伙伴里给我也介绍一个？"

史占粮哈哈一笑："没问题，哥哥这么能干，还愁没有美女青睐？明天就让你弟妹把这事儿上重点工作日程，保哥哥您满意！"

话聊得高兴，就也喝得痛快。酒至半酣，大螳螂盯视着史占粮，伸出瘦骨嶙峋的右手比画着说道："兄弟，哥哥我不傻，我看得出，你和弟妹都是又精明又厚道的人，难得！我还知道，你卖给我们公司那些海货，赚不着几个钱，弄不好兴许还得赔点儿。"

史占粮心下一惊，面上不动声色，摇头叹气道："哥哥真是说准了。如今做海产品生意的人忒多，利润本来就薄，要是再赶上产品货色出了毛病，一不留神那货就得烂手里。唉，这钱真是越来越难赚了！"

大螳螂半眯着眼有点卖弄地看着史占粮，说："哥哥这儿倒是有容易赚钱的道儿……"

老天有眼啊！史占粮强忍住狂喜，谦恭地说道："那可太好了，哥哥快给我指条发财的道道吧，谁让咱就是亲兄弟呢！"

大螳螂却卖起了关子，端起一杯酒慢慢饮了，舒坦地哈出一口酒气，才慢悠悠开了口："兄弟别着急，等哥哥下次过来，一准儿告诉你。"

大螳螂没有食言。下一次到天津，他果然把"容易赚钱的道儿"给史占粮铺好了。

原来，在河北的承德、唐山、秦皇岛三市交界的几个山区县，草青青公司一直没有收购原料的代理商。因为那几个县大多是"八山一水一分田"的地理环境，地广人稀，城镇人口少，做代理商注定要多耗精力还要多耗成本。然而随着近年来那几个县矿业的超速发展，人气旺了经济也迅速发达起来。因而，如今做那几个县的代理商，一定当是有钱可赚了。大螳螂便通过在草青青公司做库管的姐姐，介绍史占粮为那几个县收购原材料的代理商。尽管大螳螂关键处话说得闪闪烁烁，史占粮还是听出了端倪：大螳螂的姐姐跟老板的关系（后来才知道就是那个"羊毛"），非同一般。

史占粮不由得暗自庆幸：距离预定的目标越来越近了！

说干就干，从不拖泥带水，是史占粮的一贯风格。

仅用三天时间，史占粮就完成了前期的筹备。重点是两方面：

一方面解决仓储：在河北东北部取道辽宁边界通往 W 市的一个名为喇嘛洞沟的集镇——乃战争年月兵家必争的战略要塞，租下了五十平米冷库，作为临时存货及运转之地。

另一方面解决货源：史占粮充分利用朋友多、范围广的人脉资源，招兵买马，分区分片，采购收货。史占粮严格要求各路人马，不能怕跑路，要到处去收购那些或是现场宰杀取了皮的獭兔、长毛兔、小尾羊、水貂之类的肉身，或是养殖场及各家各户退役换代处理的蛋鸡、蛋鸭、母猪、奶牛及受了重伤的牛、马、驴、骡等大牲畜。必须坚持的是，绝对不许收取带病肉体与活体，收货要注意抽样送当地检疫部门检验；更不许捡拾死禽畜。

——史占粮当然清楚，他这样干，是注定要赔钱的。人家大多是拿病的死的当活物卖。他是拿没毛病的当有毛病的卖。

尽管如此，每次走货，史占粮依然会给大螳螂一个红包。

史占粮出手大方，还让大螳螂转送给他那位做库管的姐姐一颗大若龙眼、生长了十八年才收获的黑珍珠，珠宝店售价得将近两万元。范晶晶有点心疼不乐意给，史占粮笑眯眯地看着范晶晶，说："舍不得孩子套不住狼——破了案这珠子早晚还得还给咱，也就是先放她手里让她美几天的事儿。再说，这不也是为了帮大宝么？"

范晶晶被史占粮看得有点不自在，脸一红，以攻为守道："我看也未必——嘴说为帮大宝，实际上是为了在两位大美女面前孔雀开屏吧！"

史占粮紧忙鸣冤叫屈："你这么说可冤死我了，比窦娥还冤，比杨乃武还冤。你想，人家两位大美女的男友都比我帅，而我的女友却比那两位大美女都更美，里外里合着我是最占便宜的大赢家，哪还轮得着我花其心？打死我也不敢，也不肯啊！"

一番话说得范晶晶心里挺受用，抿嘴一笑，说："算你还明白！就依

214

你吧——不过你可记住，到时候得把这颗珠子给我拿回来。"

"必须的！"史占粮爽快答应。

送出了珍珠，史占粮判断，火候已到，该是采取行动的时候了。

于是，这天夜里，当大螳螂又来拉货时，史占粮突然向他提出了一个请求。

51 任重道远

史占粮一脸焦虑地对大螳螂说："哥哥，兄弟遇到难处了……"

"啥难处？"大螳螂关切地询问，眼神中却也含了一丝警惕，"兄弟尽管说，只要哥哥我能办到的，一定没二话！"

"就怕哥哥为难……"史占粮说，"倒也不是啥忒大不了的事儿，就是明天这里全线停电，维修线路，而我这冷库里至少得有两车货，哥哥拉走一车，剩下一车，明天一停电都得放臭喽。所以想求哥哥帮忙，看能不能让我这去一辆车，跟哥哥一起把货一块儿送过去？"

大螳螂虽知此事犯草青青公司大忌，非同小可，然俗话说，吃人家的嘴短，拿人家的手短，加之他对史占粮早已当作自己人，消除了任何怀疑，所以在犹豫片刻之后，躲到一旁给姐姐打了个电话，便答应了史占粮的请求。

大螳螂从驾驶室车座底下取出一副 W 市的车牌照，递给史占粮说："把这副牌照换上，一路跟在我后边儿，没人问拉倒，有人问就说是今天加的替班。"

史占粮心中窃喜，抱拳道："太好了！大恩不言谢，亲哥哥就是亲哥哥！"

范晶晶把史占粮当夜将深入龙潭虎穴的消息告知了孙大宝、武英梅、石林忠和穆红姐，并及时向孙勇军作了汇报。大家兴奋之余，也不禁都为史占粮捏了一把汗。

草青青公司强于防范，难以进入，然则史占粮发现，一旦进入了该公司的大门，内里的戒备并不森严。因为他们完全相信，外人是绝对进不了这个堡垒一般的院落的。

借卸货的空当，史占粮悄然走近各个冷库的其他卸货车辆，惊讶地发现，有的车拉的是从几百斤到几十斤大小不等的死猪；有的车拉的是死鸡死鸭；有的车拉的是死狗死猫还有狐狸等混杂畜类；……

史占粮还转悠到了加工车间，见到一个个大水泥池子里，浸泡着各类动物的肉体，散发着说不清味道的恶臭。为了去除异味，显然投放了大量化学药剂，池子里的水呈现出暗红色甚而是黑绿色。

史占粮怀中暗藏的针孔摄像头，将这种种一一记录在案。

史占粮装作懵懂地对大螳螂姐姐说："姐啊，我看他们交的大半儿都是死货呀！"

大螳螂姐姐略显不屑地笑笑说："傻兄弟，都收活的，你拿啥赚钱呢？"

大螳螂姐姐做梦也不会想到，连她这句话，也被录成了证据。

初冬时节，"食为天万里行"小分队在北京召开了紧急会议。

当史占粮、穆红姐分头行动之时，武英梅、孙大宝、石林忠等也没闲着，马不停蹄，四处出击，从源头查起，猎取了大量不法小商小贩拣拾或低价收买病死禽畜交售给草青青公司的证据。

至此，经过连续数月艰苦奋战，已形成了本案完整而充分的证据链条。

收网已是指日可待。

本案涉及七省区、三十多个地级市、一百六十多个县。会议决定，迅即将案情向国务院相关领导汇报，提请由国务院食品安全办公室、公安部、卫生部、国家工商总局、食品药品监督局等部门联合行文，给至涉案省、市、县党委和政府，由各地公安局、工商局、食品药品监督局及卫生检疫部门联合办案，从速侦破，不得迟延。由内蒙古自治区在W市成立专案组，除承担当地重点侦破任务——也是本案的重中之重，同时负责各地的协调与联络；所有涉案人员，最终全部交由W市专案组统一审理。

"食为天万里行"小分队全体人员，连同孙大宝、武英梅、石林忠、穆红姐、史占粮等志愿者，两人一组，分赴各省区督导和配合办案。

半月之后，赵中伟坐镇北京，四面八方陆续捷报频传。

涉案各地共查获各种劣质烧烤原材料六百多吨；W市抓获"羊毛"以下犯罪嫌疑人四十余人；其他各地共抓获草青青公司市、县代理商近二百人；另有那些走村串巷收买捡拾死禽畜的闲散人员三千余人，酌情分别作出了拘留审查或经济处罚。

"食为天万里行"小分队派出人员圆满完成督导协助各地侦破工作，撤回北京，总结休整。

赵中伟、田处长做东，在全聚德烤鸭店请大家吃饭，既是接风，也是庆功。

大家相见，简单地握手、拥抱、击掌相庆过后，并未表现出大战胜利后的极度喜悦与激扬。各自落座，酒过数巡，话题就又转向了凝重。

——因为每位在座者都时刻在关注着报纸、电视、网络等媒介，都能说出新近又发生在全国各地的因吃烧烤而中毒的案例。中毒者有城里人，也有乡村人；有青壮年，也有老人儿童；有的中毒致残；有的甚至中毒身亡……

"唉，民风不古，令人堪忧啊！"周文雄干下一杯白酒，慨叹道，"铲除了一个'草青青'，谁知哪个角落是否还寄生着多少'水绿绿'抑或'天蓝蓝'之类的毒瘤呢？"

"这等毒瘤注定是还有的，并且还会不断地继续滋生。"李陶然接着说，"因为我们的社会肌体还提供着这些毒瘤滋生并生长的环境和条件。单说那三千多名为草青青收买捡拾死禽畜的社会闲散人员吧，那些人无疑属于贫民阶层弱势群体，目前情形也不太可能对他们施以重典——可谁又能保证，在此番受到处罚教育之后，明天他们不会重操旧业，又沦为下一个犯罪集团的帮凶呢？"

孙勇军一声长叹，情绪有些激动地说道："陶然说到根本上了。治标不治本，凭我们以及和我们一样心怀了责任道义的人们目前的方式与作为，要改善食品安全现状，无异于杯水车薪。其实，我们的老祖宗对食品安全，早就曾颁布重典整治过的。据《唐律疏议》记载，唐代有食品变质，食品所有者必须立刻销毁，否则杖打九十；不销毁有害食品，用来送人或继续出售，致人生病者，判处徒刑一年；若致人死亡，处以绞刑。"说到此处，孙勇军站起身，端起酒杯敬向坐在上首的赵中伟和田处长，"老大，田处长，我的话可能有点偏激，却是肺腑之言，希望你们能多找机会向党和国家领导进言，进言要进到振聋发聩！我们国家的食品安全，已然到了再不彻底整治就要决堤泛滥的危急关头了！"

钱发旺一拍桌子，端起酒杯站到孙勇军旁边："勇军说得好！这杯酒我陪着！"

"我们都陪着！"李陶然、周文雄和孙大宝、武英梅、石林忠、穆红姐、史占粮等，全都端杯站了起来。几位年轻人一直静静地听着长辈们发言，尽管很少插话，目光中却透出与他们的年轻不太相称的忧患与成熟。

赵中伟、田处长起身和大家一一碰杯。赵中伟的眼窝有些湿润，动情地说道："谢谢各位的无私奉献！也谢谢各位的殷切嘱托！勇军说得对，泱泱大国，社会主义初级阶段，改革转型，难免乱象丛生。我们时下的努力，相对于整个国家的食品安全环境，确乎只能算杯水车薪。但我们的努力却是必要而不可或缺的——因为我们的努力，闪耀了正义之剑的光芒，这光芒能让人民群众感受到几许慰藉和希望，这光芒能让不法之徒们感受到几许畏惧和震慑。对我们而言，这就足够了。因此说，今天这杯庆功酒，我们喝得当之无愧！"

一番话，说得大家眼窝全都湿润了。

赵中伟带头，大家共同举杯一饮而尽。

庆功宴继续进行。年轻人们开始轮番向长辈敬酒。

武英梅伸出纤纤玉手，用食指蘸了茶水，在孙大宝面前桌面上写下四个字：任重道远。

孙大宝向武英梅报以会心而深情的一笑。

是啊，相对于全国食品安全层出不穷的严重问题，烧烤乱象，终究不过是冰山一角。

第五章　"毒馒头"疑云

52　娇女探家

"食为天万里行"小分队的行程遍及江南，孙大宝、武英梅几个年轻人虽然是公安警察学校刑侦专业的，但是从来没有真刀真枪地实习过，这次经历让他们真真正正实习了一回。南下要路过江沪市，武英梅的姨妈在江沪，姨妈家没有孩子，拿她当女儿，她从小到大经常住姨妈家，所以，快到那里的时候，她就有些想念姨妈了。孙大宝虽然平时看上去风风火火粗粗拉拉，但是在爱情上却是极其细致的，他马上觉察到女朋友的情绪变化，悄声问："是不是想你姨妈了？"

"没有。"武英梅虽然嘴硬，但是她的表情和情绪还是把她出卖了。坐在一边的孙勇军这才猛然想起，自己这个准儿媳有一个在江沪工作的姨妈，从小由姨妈带大，管着姨妈叫老妈，这里也相当于她的家。现在马上就到家门口了，人家孩子能不想家吗？于是，他就对武英梅说："孩子，路过江沪的时候你就留下来住两天吧，你姨妈肯定想你了。"

武英梅不知道是该拒绝还是该答应，她真的很想念姨妈和姨父，想吃姨父做的年糕排骨，软糯酥脆的年糕有排骨的浓香，色泽金黄的排骨肥嫩香鲜有糯米的香味，想起来就流口水，她还有些想念姨妈那带着苏北口音的唠叨声，在家的时候，听她絮絮叨叨能把人烦死，但是，离开久了，最想的却是那亲切的唠叨。

和武英梅并排坐着的穆红姐凑到她脸前盯着她看，武英梅扑哧笑了：

"看什么，不认识啦?"

"我看看你掉没掉眼泪。"

"我有那么娇气吗?"

"别死撑着啦，这和娇气不娇气是两码事，没必要学大禹治水三过家门而不入，你的那份活我一定替你干好，放心回去看看吧。"穆红姐劝她。

其他人也觉得武英梅应当留下看看姨妈。

车马上就要进江沪市了，周文雄拍板说:"你和孙大宝留下住几天吧，忠孝能两全的时候，我们没必要非要把孝道放弃掉。等过些日子我们完成任务往回返路过这里的时候，再接上你们。"

大家的盛情和好意武英梅不好拂，她答应自己留下来陪姨妈几天，让孙大宝还跟着大家一起走，现在正是他有用武之地的时候，应该让他好好锻炼锻炼。

孙大宝俏皮地说:"那你可要多在我姨丈母娘面前替我美言几句，就那刻薄的老太太，如果知道我到了这里都没去看她，下次见了我还不得和我没完没了地嘚啵这点事儿。"

武英梅说:"看你把我老妈说的，像个母老虎似的，她不过是个纸老虎，没那么厉害。"

孙勇军对武英梅说:"等下次有机会再拜望准亲家，这次就不去了。"

汽车在路边停下来，放下武英梅后，"食为天万里行"小分队没来得及在江沪市久留，就又上路了。

下午四点钟，正是不早不晚的时候，她站立的地方离家还很远，过去很少到这边来。这个时候姨父应该还在上班，姨妈在做什么呢? 自从许多年前下岗之后，她做过很多职业，比如摆水果摊、做钟点工，到饭店做勤杂工，现在已经快五十岁了，体力和精力明显大不如从前，却一直没闲着。

武英梅站在路边给家人打电话，先打给姨父，她一直是这样，姨父平时不多言不多语，他们爷俩比较谈得来。

姨父一听武英梅来了，在电话那头表现得极为兴奋，告诉她一会儿自己请个假早点回家，路上买些排骨，晚上给她做做爱吃的年糕排骨。给姨父打完电话，武英梅又给姨妈打，听上去电话那头姨妈很忙碌，匆忙对她说了句："哎哟我的心肝宝贝，你可回来啦，姆妈好忙呦，你自己先回家吧。"就挂断了电话。

武英梅无奈地笑笑，拦了一辆的士坐上去，告诉司机她要去的地址，车子启动了，她默默地看车窗外的街景。这几年城市变化真快啊，姨妈家过去住在一个破旧的深深里弄里，记忆中很小的时候家里还是用马桶的，每天早上每条弄堂口倒粪站前挤满拎着各式各样的马桶、痰盂的男男女女，随着棚户区的改造，前几年他们家搬进楼房新居，再也看不到有人拎着马桶堂而皇之地穿街走巷的壮观奇特街景了。新居虽然面积不大，但是，姨妈特意给武英梅留下了一个私密整洁空间，对此，她已经很满足了。

的士弯弯绕绕地终于把她送到家门口，下了车来到姨妈家的门前，她找出钥匙，轻轻转动门锁，她的身边永远有一把姨妈家的钥匙，他们把她当成了自家的亲女儿。很久没有回家了，这个家显得有些陌生，钥匙也好像有些认生，开了好几下才把门打开。

推门进去，家里的景色让她立即感觉到了心烦意乱，迎面的客厅里大包小包放满了物件，她一看就知道，那是姨妈苏北老家在这座城市做买卖的亲戚们存放的货品，虽然从小对这些已经见怪不怪了，但是，她还是从内心深处有抵触情绪。虽然平时她表现得泼辣开朗，一个人独处的时候，还是像所有女孩子那样喜欢安静，喜欢一个整洁优雅的环境。长这么大姨妈就没有让这个家安静整洁优雅过，她的那些做小买卖的亲戚走马灯一样你来我往，有的拿这里当临时旅馆。

她踢开一些东西，回到自己的房间。

她的房间也已经不是净土。房间里被搞得乱糟糟的，显然很长时间以来都有人住过，她这里就是客房。武英梅皱紧眉头，把其实看起来还算整洁的床单卷吧卷吧扔进洗衣机，把整个房间认认真真打扫一遍，从柜子里翻出个新床单铺上，心里才稍稍有了一种归宿感。

躺在床上，望着夕阳西下的窗外，武英梅长舒一口气：还是回家的感觉好。

门锁扭动的声音，姨父提着一块排骨回家了，把东西放进厨房，爷俩说了几句话，姨父就下厨了，武英梅没有回房间，站在旁边看着姨父做饭，她发现姨父有些苍老了，鬓角的头发有了斑驳的花白，瘦骨嶙峋的后背有些见驼，他工作了一辈子到现在也不过是个小科员，因为自己没有孩子，他把小姨家的孩子当成自家的女儿。

武英梅本来和姨父是无话不谈的，话到嘴边，终于没有把自己参与"食为天万里行"小分队的事说出来，她怕姨父为她担心，他不是心胸很宽敞的那种男人，遇到事情经常会失眠的。

姨父把水磨年糕、肋骨、辣椒酱、鸡蛋之类的主料和面粉、葱、姜、香菜之类的辅料准备好，回头一看武英梅还在旁边站着，就心疼地说："回屋歇着吧，做好后叫你。"

武英梅笑着说："我好不容易回来了，还不多陪陪你。"她动手帮着准备盐、酱油、糖、料酒、胡椒粉、八角、桂皮、菱粉、五香粉之类的调料。

一切准备完毕，姨父开始炖排骨，煎年糕，厨房里渐渐飘出浓烈的香味。武姨妈回到家的时候，年糕排骨刚好装盘，鲜香诱人，武英梅用手抓起一块，嘶嘶吹着热气，就狼吞虎咽地吃起来。这吃相一点都不像个女孩子，姨父开心地看着女儿吃，那样子很有成就感。

姨妈一进门就嚷嚷："女儿啊，你还知道回家啊？"

武英梅说："我不回家到哪儿去啊，老妈，你还知道回家啊？"

"憨大，阿拉要是不出去赚钱喝西北风啊。"姨妈把手里提着的一袋馒头放在餐桌上说。

看着足够一家人吃两天的馒头，武英梅说："买这么多馒头哦，日子不过啦？"

姨妈解释说："姆妈现在的职业是卖馒头的，这是今朝卖剩下的，拿回来自家吃吧。"

"那你天天往回剩馒头，咱们家吃得完吗？"武英梅从袋里选了一个很可爱的黑米馒头，说："种类还很齐全啊，有白的，有黑的，还有黄的。"

"白的是白面馒头，黄的是玉米馒头，黑的是黑米馒头，现在黄的、黑的比白的好卖。"

武英梅吃着黑米馒头说："可是吃着味道和白面馒头没什么区别啊。"

"现在蒸馒头的技术高了，你舅舅也想开个馒头坊呢。" 姨妈洗完手开始吃饭，不住地往武英梅碗里夹排骨，武英梅用筷子拦住："已经够多了。我们客厅里这些杂物是舅舅、表舅、表姨们寄存的吧，现在我们已经不住棚户区了，不要让他们往家放这些破烂了，还有，把我的房间搞得乱糟糟的，以为我的房间是宾馆的客房啊。"

"哎哟，你个小没良心的，脸一阔就不认人啦。" 姨妈就不爱听别人说她娘家人不好。

姨父打圆场说："孩子刚到家就惹她不高兴，算啦，不跟你姆妈一般见识，回家了就多住两天，反正正是毕业实习的时候，又不急着回学校。"

武英梅对姨妈家里这种环境其实很烦，在外面的时候想这个家，现在回来了，却恨不得快快离开。她说："我找到实习的地方了，住两天就回去。"

姨妈说："明天就陪姆妈去卖馒头吧，这也算是实习。"

武英梅无奈地看看姨父，姨父无奈地看看她，他们都招惹不起这个在家蛮不讲理的女人。

外面又有敲门声，按照以往的经验，武英梅知道，又有亲戚来了。姨父悄声怯怯地对姨妈说："孩子今朝回来了，可别留亲戚住宿啦。"

"晓得，还用你讲啊。"

53 馒头有毒

像姨父这样的小科员，工资不高也不低，和全国同等级别的省市比起来，他的工资应该还算高的，不过如果靠他一个人的工资养家糊口，就明显不够了。姨妈作为下岗职工，每天批发些馒头卖贴补家用，确实够不容易的，不论从哪方面说，武英梅都无法拒绝帮姨妈去做事。既然答应了，她决定硬着头皮先卖两天馒头，

第二天上午，姨妈就骑着脚踏车出去了，告诉武英梅在家等。

傍中午的时候，她骑着脚踏车又回来了，车上的箱子里装满了东西，有各式各样的馒头，还有包子。武英梅以为她们去沿街叫卖，就告诉姨

妈："我可不会吆喝啊。"

"用不着吆喝，自然就有人买。"姨妈显得很自信。

因为不会骑这种脚踏三轮车，车子由姨妈骑着，武英梅在后面推，姨妈说："不用推，我做得来。"

尽管姨妈这样讲，武英梅还是坚持在后面推着，她觉得这样总可以让骑车的人轻松一些。姨妈奋力骑车的背影看上去很苍老，其实她不过四十八岁，有些有钱有闲会保养的女人，在这个年岁还年轻风韵，不到五十岁的姨妈为了这个家，却已经操劳成一个半大老太太的模样。武英梅暗想，有朝一日等自己赚了钱，一定不再让姨妈过这样的日子，要让她上老年大学，培养点儿高雅兴趣，激发出她一点气质，姨妈年轻的时候还是很漂亮的，漂亮女人如果不加强养护任其衰败下去，衰败的速度比丑女人还要快，姨妈就是绝好的例子。

姨妈家住的地方是新盖的安居房，已经到了城市的边缘，走出没多远就是一片新的建筑工地，那里有许多外地来的农民工在干建筑工程，姨妈把脚踏车骑到一块空地上，已经是午饭时间了，工地下工后，许多农民工蜂拥到空地买包子馒头和盒饭。脚踏车一下子让农民工围得水泄不通，虽然姨妈家里经常有老家来的乡下人出入，但是一下子围上来这么多农民工，她还是很不习惯，想立即逃到人圈外面透透气，被姨妈喝住："收钱啊，白面馒头一块钱三个，黑米的玉米的一块钱两个。"

不知道是因为她们家的包子馒头品种很多，还是因为武英梅的美女效应，总之她们家的馒头卖得特别火，大概这些农民工第一次见到靓丽时尚的城市小妞卖馒头，他们大约此时才明白了什么叫秀色可餐，有秀色佐餐，就是不一样。

买了馒头的又从另一个小摊上买来几乎没有什么油水的炒菜，蹲在地上狼吞虎咽地吃饭，买馒头最多的一口气买十来个，用筷子串在一起，三口两口一个馒头就进去了，把武英梅看得目瞪口呆。公安警察学校的男生们因为经常练擒拿格斗，饭量就够大了，和这些人比较，还是小巫见大巫。

人渐渐散到一边，馒头也卖得差不多了，一个工头模样的年轻帅哥走过来，冲武英梅笑笑，看了看她们家的馒头。他的样子有些像她最崇拜的影视偶像黄晓明，很阳光的那种帅气，她暗想，农民工里还有这样的帅哥，若是在大学校园里一定早被女生盯上了。之所以认为他是工头，是因为他戴的安全帽的颜色和其他人不一样，蹲在地上吃饭的那些人都是黄色的，他的安全帽是白色的。

相貌很帅的白色安全帽农民工和武英梅姨妈的馒头相了相面，摇摇头，说了句："都不能吃"。径直到另一个摊位买盒饭去了。

姨妈撇撇嘴："不就是一个小工头吗，乡下人，还穷讲究。"

武英梅悄声对姨妈说："他说我们的馒头不能吃，什么意思？"

"别理他，这种猪头三的话听都不要听，阿拉耳朵打八折好啦。馒头这就卖完了，也不差他一个顾客。"姨妈把最后几个馒头递给刚过来的一个买馒头的农民工，对后面的说："对不起哦，卖完了，下次多带些。"之后又对武英梅说下回还带她来，有她做招牌生意就是好做。

摊上这样的姨妈，武英梅有苦说不出。

回家吃午饭已经很晚了，简单地煲了个汤，烧了一个菜，娘俩有一搭没一搭地边说话边吃，武英梅的手机响了，是孙大宝打来的电话，孙大宝在电话里告诉她，他们已经到目的地了，嘱咐她好好陪陪姨妈，过几天就来接她。、

武英梅委屈地告诉孙大宝，在家陪姨妈卖馒头呢。

孙大宝在那边一听，差点没笑翻，说，真的还是假的，不会吧。

武英梅恋恋不舍地挂断电话，她接电话的时候，姨妈一直支棱着耳朵在听，等她打完了，姨妈问："你们的关系敲定没敲定？"

"什么敲定不敲定的，不过就是好朋友嘛。"武英梅不想让姨妈过多参与她和孙大宝的爱情。

"他又没有别的户头(女朋友)，该敲定就敲定，我看这孩子不错。"姨妈说。

"哇，您老人家要是看着不错，我还真得重新考虑考虑了。"武英梅调侃。

这话让姨妈不高兴了，"怎么说话呢，姆妈有慧眼识英才的特异功能。当初我和你姨父谈恋爱的时候，你外公外婆都不同意，就我死死坚持，实践证明我没选错吧。"

这话让武英梅差点没笑喷，因为在她心目中，这个世界上最不般配的就是他们两个。她认为，如果姨父随便找任何一个女人，都有可能比找姨妈幸福；姨妈随便嫁任何一个男人，都有可能比现在过得好，偏偏他们两个凑到一起过一辈子，她还好意思说什么自己慧眼识英才，哈，真是笑死个人。

姨妈没觉得自己的话有什么可笑的地方，她告诉武英梅，吃晚饭好好休息一下，傍晚还陪她去卖馒头。

"还去啊？我晕！"武英梅觉得自己真是没辙。

傍晚的时候，姨妈又批发来一些馒头，喊武英梅陪她去卖。

依然是那个工地，看来姨妈在这个工地卖馒头已经有一段时间了，那些农民工工友们和她已经很熟络了。中午没有买馒头的那个白色安全帽工头模样的帅哥又来了，这次卖盒饭的没来，他站在那里大概在犹豫，要不要买这家的馒头。

或许因为他的阳光帅气，或许因为他戴着白色安全帽，行为做派也显得与众不同，武英梅对他有些另眼相看，她主动对白色安全帽帅哥说："这馒头很好吃的，我们家也吃这种馒头。"

白色安全帽帅哥居然直言不讳地说："我劝你还是少吃，这馒头有毒。"

武英梅听了很震惊："你说什么，馒头有毒，怎么可能？"

姨妈悄声说："别理他，这小赤佬不知哪根神经没搭对，脑子有些十三点。"

白色安全帽帅哥坚持他的观点："我不骗你，这馒头就是有毒。"

姨妈说："你不买就一边歇着，别在这儿搅买卖，馒头有毒毒死谁了？哪个吃馒头的吃出毛病来了，你讲给我看？这馒头究竟怎样我拎得清。"

白色安全帽帅哥说："阿姨，你别着急，我讲的是实情。俺家有亲戚就是做馒头的，这馒头怎么做出来的我都见识过。"

武英梅说："你亲戚做的馒头有问题，不代表所有的馒头都有问题，不能以偏概全对不对，我看你这个人这样说确实有些片面，你吃过我们家的馒头吗，张嘴就说。"

白色安全帽帅哥显得很无辜："我承认我从来没吃过你们家的馒

226

头，但是就这种黄色的和黑色的，基本上都是一种做法，你知道是怎么做成的吗？"

"怎么做成的？"武英梅追问。

白色安全帽帅哥欲言又止："我不说了，我说出来谁都不敢吃馒头了。"

"因为你根本说不出来，小青尼，以后心眼长得正一些，别闲来无事搅别人家的买卖好不好啦？"

白色安全帽帅哥很委屈地摊开双手："这话怎么讲，阿姨，我根本不是这个意思。"

姨妈一生气，推着车到离他远一些的地方去卖。武英梅虽然也觉得那小伙子有些神经兮兮的，但是他看上去一脸的真诚，不像是在说瞎话。这些日子跟随"食为天万里行"小分队南征北战，了解了不少关于食品造假的内幕，也许，那个白色安全帽帅哥确实了解一些馒头里面的一般老百姓不知道的内幕。

看着那些黑亮黑亮和黄澄澄的黑米、玉米馒头，武英梅陷入沉思。

54 市场暗访

第二天，姨妈如期出门，告诉武英梅，等批回馒头再叫她，让她在家多休息会儿。

武英梅懒洋洋地说："拜托，今天我不去了。"

"刚干了一天就累了？姆妈要是像你一样，全家就得喝西北风。"姨妈总是喜欢极力夸大她在这个家的贡献和地位。实话实说，她对这个家的贡献确实不小，但是，越这样夸大，越让人对她不重视，越不重视，她越要夸大。

虽然非常非常不喜欢不愿意陪着姨妈去卖馒头，但武英梅是懂事的孩子，她愿意在自己回来的时候多帮姨妈做点事情。昨天白色安全帽帅哥说馒头有毒，让她走心了，她想亲自去馒头市场暗访一下，看看这小小的馒头里面，究竟藏着怎样的玄机。她对姨妈说："要不，你也别去卖了，没听昨天有人说馒头有毒吗？"

227

武英梅越这样说，反而激起了姨妈现在就要出去卖馒头的斗志，"那个小赤佬的话你也信啊，这馒头各大超市都有卖的，从来没听说过馒头吃死人的事。他说馒头有毒就有毒啊，要是有毒人家工商局的早就查处啦。"

这话让武英梅无言以对，是啊，老百姓认可的是我们的各类质量技术监督部门的监督，如果恰好赶上监督不到位，最终的受害者还是普通百姓，从而会让他们对我们的政府产生信任危机。

姨妈还没来得及出门，武英梅的舅舅来了，他眼下就在这座城市做一个小生意。多年来，姨妈对娘家无微不至地照顾，缘于她觉得自己有些愧对兄弟姐妹们。当初还流行接班制度，就是老一代工人退休之后，他的一个子女可以接替他到这个工厂工作。武英梅的外公当初在江沪市工作，退休的时候正赶上这个制度还在实行，几个子女都随武英梅的外婆在苏北乡下生活，他们的年龄上下差不了几岁，都符合接班条件，无奈，只好让几个孩子抓阄，姨妈幸运地抓到了上班的阄，其他几个继续留在乡村。后来武英梅的妈妈参加高考考上了天津的一所大学，算是自己考了出来。

一个小小的阄改变了一个女孩子的命运。来到江沪市，她拼命学这里的方言，唯恐人家嘲笑她是乡下人，找对象的时候，坚决要找一个有学历的本地人，那时候刚刚恢复高考，姨父不过是一个中专毕业生，不过和姨妈工厂里的工友们比较，就算是有学历的了，所以，她毅然嫁给了这个其貌不扬，还有些过于阴柔的小男人。在这个家里她说了算，因为感觉自己愧对老家的兄弟姐妹，她格外照顾娘家，把自己的家拿出来，当招待所和货仓供他们用。

后来工厂倒闭了，姨妈下岗了，作为下岗工人，其实她的生活并不比乡下的兄弟姐妹强多少，但是她还是觉得自己应当多照顾自己那些乡下的亲戚。

这些年留下的惯例，舅舅一贯不拿自己当客人。他比姨妈小几岁，进门就说："姐姐，过几天你要帮我准备点钱。"

因为自家拮据的生活，姨妈最怕别人提钱的事，一听见钱这个字，她就很警惕，问："一天到晚就是钱，又要钱做什么？"

"我想开一家馒头房，现在干的买卖根本不赚钱，听说蒸馒头卖很挣钱的。"舅舅说。

"异想天开，这山望着那山高，赚钱的买卖多啦，你做不来的。" 姨妈对他的想法给予了坚决否定，但是，舅舅铁了心要开馒头坊，最后以姨妈的失败而告终。

武英梅自告奋勇说要替舅舅考察市场。

舅舅说一个馒头房考察什么市场。

武英梅说："必须考察，只有考察好市场，才能让自己立于不败，只是，要劳驾舅舅向老妈求个情，我不再帮她去卖馒头了。"

舅舅一听就对姐姐说："你让她帮你去卖馒头？真想得出来。我外甥女将来是要做警察的，怎么能去建筑工地卖馒头呢，不去，从我这里就不答应让你去卖馒头。"

姨妈败下阵来，答应不让她去卖馒头了，让她替舅舅去考察馒头市场。

"欧也！"武英梅得到应允，以胜利大逃亡的姿态出了家门。

正好孙大宝打来电话，她立即接听。

孙大宝问："在哪儿呢？"

武英梅说："刚出家门，正要出去办点事。"

"还去卖馒头啊？"

"哈，终于解放了，不去了。昨天有人说这里有人做毒馒头，我想探探虚实。"

孙大宝告诉她等他们忙完眼下的事情过去帮她，别一个人蛮干，太危险。

武英梅嘴上答应，但是，依照她的性格，她一定要到市场探一下情况。

离家近的地方有几家小超市，小超市里卖这种从小作坊进的馒头是正常的，她多走了两站地，来到附近的几个大超市，确实卖的馒头都是姨妈批发的那几个品种，已经临近中午了，买馒头的顾客很多。一个正挑选馒头的阿姨看她拿着馒头看来看去的，就告诉她："这种馒头很好吃的，我一直都买这种。"

超市的营业员也说："再不买一会儿就卖完了，这种玉米馒头卖得最快。"

武英梅问："这玉米馒头怎么吃着没有玉米味道呢？是用玉米面做成的吗？"

"这个我可说不清，究竟是什么配方可能是厂家的商业机密吧。"超市的营业员显得有些不耐烦。

这馒头到底是什么成分呢？武英梅也是越看越觉不对劲儿，什么样的玉米和黑米能做成这样细致有韧性的馒头？要化验馒头的成分必须找相关部门，但是，即使化验了又怎么样？如果馒头真的存在问题，这问题也不是一天两天了，不会凭着自己一个小女子的几句话就能把局面扭转掉。

武英梅走出超市，前面有一片市场，卖各种小吃、食品的摊位密密麻麻，有一些摊位也在卖这种类型的馒头，他们不是馒头的制作者，也是批发代卖。有人专门往这儿送馒头，武英梅看到有个十七八岁的男孩在往一个摊位送货，他和摊位老板点清货，结算清楚，就把钱装进口袋。

送货的男孩把货款装进口袋，大约已经送过几家了，他的口袋鼓鼓囊囊的，这细节武英梅注意到了，送货的男孩身边还有一个人注意到了，这个人三十多岁的样子，衣饰还算整洁，但是眼神不大对，鬼鬼祟祟的，武英梅学刑侦的出身，一眼就看出这个三十多岁的男人与众不同的地方，当他悄悄凑近送货男孩的时候，她也悄悄跟进，凑了过去。

武英梅没看走眼，这个三十多岁的男人是个小偷，当小偷悄悄把手伸进送货人的口袋的一刹那，武英梅一步上前，把他擒获了。

小偷一看抓住他的是个漂亮标致的女孩子，就变得十分嚣张，想反手逃脱，被武英梅死死摁住，他这次意识到自己碰上茬儿了，这个女孩子不是警察，就是学过防身术。还有一个五十多岁的大叔上来替武英梅帮忙，帮着她死死把小偷制伏住。

路人围上来，有的打了110，警察很快赶到，武英梅把小偷交给民警，民警以为自己遇上了同行，就谦逊地问："姐们儿，你是哪个派出所儿的？"

"哈，过路的。"武英梅此时英姿飒爽的，让看热闹的人羡慕得不得了，有人说："看见没？女警花，多厉害呀。"

帮她一起制伏小偷的那位大叔也说："像你这样敢于见义勇为的年轻人不多了，姑娘，谢谢你。"

"大叔，我还要谢谢你呢。"武英梅在众人的围观下不好意思地说。

人们散去了，送货的男孩把失而复得的钱装好，感激地对武英梅说：

"谢谢警察姐姐，要不是你，我这钱就丢了，钱丢了我不但要赔老板，最重要的是工作也就丢了。"

武英梅拍着送货男孩的肩膀说："这回可要把钱装好啦，再丢了你的饭碗说不定真就没了。"

"就是，就是。"送货男孩不断点头。看人走得差不多了，就剩下了武英梅和一起制伏小偷的那位大叔，送货男孩悄声对他们说："为了感谢二位，我告诉你们一件事，你们自己知道就是了，谁也不要告诉。以后不要吃那种玉米馒头和黑米馒头，都是色素染的色，有毒。"

对这个信息，因为有了昨天那个白色安全帽帅哥的话垫底，武英梅没感觉到有什么震惊，他的话，恰恰验证了那个白色安全帽帅哥的话不是空穴来风。那位大叔着实吃惊了一把："这话当真？那些玉米馒头和黑米馒头都是色素染的？"

"看在你们救了我一把的份儿上，我才把实情告诉你们，千万记着别买这有毒的馒头，我们自己从来不吃这样的馒头。"送货男孩又道了谢就匆匆走了。

那位大叔还没从馒头有毒的震惊中惊醒过来，武英梅这次发现，他手里就提着一袋这样的馒头，于是她对那大叔说："这馒头别吃啦。"

"我拿着去化验化验，看看到底是添加了什么东西，回头一个一个把这些丧尽良心的黑心老板抓起来。再这样子搞下去，老百姓的餐桌上还有什么可以吃。"那大叔说得义愤填膺，武英梅笑笑，觉得他不过发发牢骚罢了，遇到这样的情况，每个消费者都会牢骚满腹，到了吃饭的时间，该吃饭还得吃饭。

55 作坊卧底

为了探清虚实，武英梅决定到馒头作坊去卧底。

她以找工作为名，到馒头作坊去找工作，这才发现在城市的一些角角落落，各式各样的小作坊还真不少，这些作坊一般都条件简陋，污水遍地，用的器皿看上去都是脏兮兮的，好像从来就没有清洗干净过。按说，食品制作行业都应当有严格的准入标准，这些类似地下作坊的地方似乎对一切的标准都置若罔闻。不说馒头有毒没毒的问题，就算是馒头没有搞什么添加剂，从这样的条件和环境中生产出来，摆上你的餐桌，如果亲眼目睹了制作的全过程，你还能美滋滋顺顺当当地吃下去吗？

武英梅走进第一家馒头坊的时候，一个黑黑壮壮的女人正在搬着半袋面粉要往和面机里倒，看见武英梅在门口探头探脑，也许因为太累了没处撒气，就没好气地问："有事吗？"

武英梅问："你们这里招工吗？"

黑黑壮壮的女人上上下下打量了她一遍，很轻蔑地说："你要找工作啊？这里没你能干的活。"

在这个阶层，一个女人长成正在和面的女人的那种黑黑壮壮的样子就是优势，有了这种优势你就好生存，长成白皙美丽的骨感美女，反而会成为被人蔑视的对象。武英梅哭笑不得，只好甘拜下风地退出来，回头望去，那女人动作很张扬地搬起刚刚出笼的一屉馒头，准备放到另一个地方。武英梅吐吐舌头，别看擒拿格斗她都能干，但这活儿她确实干不来。

连续走了几家，大同小异基本上都差不多，武英梅的求职均被拒绝。

武英梅意识到自己的装扮和气质不像是农村刚来城市打工的，人家需要的是壮劳力，不是漂漂亮亮的花瓶。她首先要从形象上把自己打扮成农村女孩的样子才行，要不说现在找个工作不容易呢，农村孩子找工作不容易，城市的孩子找工作也不容易。

舅舅做买卖的地方离这里不远，有个表妹就在那里替舅舅盯摊，身材高矮胖瘦和自己差不多。武英梅直接去了那里，舅舅和表妹正好都在，武英梅的到来让舅舅有了蓬荜生辉的感觉，他又是让表妹端茶，又是看座的，让武英梅感觉自己真是长大了，过去舅舅对自己可不是这样，一直拿自己当小屁孩看待，大约现在自己马上就要大学毕业了，舅舅以为这个外甥女日后保不齐会飞黄腾达，不能再慢待这个小黄毛丫头了。

武英梅告诉舅舅："你忙自己吧，我和表妹说几句女孩子的悄悄话。"

舅舅说："有啥背人的话不好当面讲，还要悄悄背后去说。"

武英梅把表妹叫到一边，问她有没有多余的旧衣服借给她一套。

表妹问："要旧衣服干啥用，要支援贫困地区吗？"

"支援贫苦地区也不能捐旧衣服啊，我有用场。" 武英梅耐心对表妹

232

讲解，因为这个表妹从小脑子就有些笨，凡事都要掰开了揉碎了讲给她听，她才能明白。

"你是不是拍电影演戏用啊，比如扮演村姑什么的。"表妹在大城市待久了，也比过去多了许多想象力，感觉聪明多了。武英梅表扬她："靠谱儿，差不多就是这个意思。"

表妹表现得很慷慨，把她带到后面居住的地方，拿出几件衣服让她自己挑，武英梅挑了一件最土气的，说："就这件吧。"然后就把自己的衣服脱下来，换上了表妹的衣服，问表妹："怎么样？"表妹说："还行，比我穿上好看多了。"

武英梅换上表妹的衣服，把自己装扮成刚进城打工妹的样子，径直往外走。在外面招呼买卖的舅舅正忙没看清楚，恍惚看到有个人在往外走，还以为是自己的女儿出去了，就责骂："不好好守摊又到哪里去啊，这孩子越来越不听话。"

表妹在舅舅背后说："我这不好好的在这儿守着呢吗？刚才出去的是表姐。"

舅舅看着武英梅的背影消失在大街上的人群中，自言自语地说："这孩子打扮成这样，八成要去当卧底，要干大事。"

武英梅从表妹那里借了这件旧衣服，武装好后继续到那片小作坊找工作。

真是人靠衣服马靠鞍，换了这件衣服，等于一下子拉近了武英梅和小作坊的距离，他们看她的目光也没有了若有若无的敌意和排斥感，再加上她嘴很甜，把自己说得苦大仇深的，特需要找份工作养家糊口，很快就把人打动了，一家山东小馒头坊的老板娘看上去慈眉善目的，就看不得别人可怜巴巴的，她说："孩儿啊，你就在俺这里干活吧，工钱虽然不多，养活你自己绝对没问题。"

这家馒头坊的人心眼很好，武英梅要做的工作很简单，就是馒头出笼后负责给来买馒头的数馒头，装袋，有批发的，也有零售的，没有玉米馒头、黑米馒头之类的新品种，就是实打实的普通馒头，用料也很实在，用那位山东老板娘的话说："俺们干的是实在买卖，挣的是实在钱。"

在那里干了一天多，武英梅通过观察发现这家不是她要找寻的那种馒头坊，这家不过是作坊小，环境差，不讲究卫生，但总的来说比较守法，不存在食品添加剂问题。武英梅找了个借口，说接到电话家里突然有事必须赶回老家，当机立断把这家辞了，继续找她需要的证据。

在另外一家比较大的专做面食的食品加工厂，武英梅又谋到一项工作。她问到这家的时候，正好赶上管往外批发馒头的那名工人跳槽到别处去了，这里急招一个人干活，恰好赶上武英梅找上门，看她的打扮像个外来务工的打工妹，人家就把她留下了，工资很低，试用期一月一千三百元，之后一月一千五百元，包吃不包住，问她能接受不？武英梅假装思考了一下，说试试吧。

这家食品加工厂名叫北方食品加工厂，名字叫得够大，表面上看很正规的，规模也很大。有人给她拿来件白大褂让她穿上，说这里偶尔会有上面的卫生防疫部门和食品管理部门来检查，一定要穿工装上班，这让武英梅感觉还是很正规的。食品厂主要加工制作各种面点，当然也包括黑米馒头和玉米馒头，那馒头做的和妈妈批发的那些看起来一模一样，武英梅感觉这应当是问题馒头。和她一块干活的陕西女孩说："这些馒头都是批发到大超市大饭店的，和那边街上的小馒头坊不一样。"

由于武英梅的工作只是负责往外批发馒头，根本接触不上和面那道工序，面究竟怎样和出来的还是不知道。装馒头的时候，她问外送馒头的小伙子："这黑米馒头和玉米馒头做得这样好看，是怎么做出来的，自家怎么做不成这样漂亮啊。"

外送馒头的小伙子闪烁其词，说："我只管送馒头，别的工序上的事不知道。谁知道怎么蒸出来的。"他看上去好像警惕性很高。

武英梅干活表现得很卖力气，她主动、肯吃苦、任劳任怨的，半天下来，和她一起干活的几个人都对她有了好感，特别是早就在这里工作的一个陕西女孩，样子看上去很朴实，她悄声告诉武英梅："干活要悠着点劲儿，不然会累坏的。"

武英梅感激地说："可是我不会偷懒啊，再说刚来就偷懒，怕老板不用我了。"

陕西女孩向她传授偷懒秘籍："你要学会偷懒的技巧，装作工作很努力，其实只用七分的劲儿，慢慢就学会了。"

武英梅觉得这个女孩朴实、真诚，没准能从她嘴里打听出馒头的添加剂之类的，就问："这馒头怎么做的你知道吗？我妈为什么做不出这么好看的馒头。"

陕西女孩告诉她说："好像馒头要添加什么东西，究竟什么东西我也不知道，反正这家的玉米馒头和黑米馒头自己厂里的职工都不吃。"

他们正忙着，老板突然风风火火进来了，和在这里负责日常工作的一个中年男人耳语几句，并告诉他们，马上把所有蒸好的、没蒸好的黑米馒头和玉米馒头装起来，不知要运送到什么地方。武英梅感觉好奇怪，这是演的哪一出啊？好好的馒头不卖啦，这是要运到哪里去？

随后发生的一切，让武英梅明白了老板的用意。

几个穿工商制服的人进来了，直奔馒头坊，老板远接高迎地凑上去，恭恭敬敬地说："欢迎工商局消协的领导来检查指导工作。"

打头的那个五十多岁的人好眼熟，武英梅想起来了，这是帮她一起制伏小偷的那位大叔，原来他是工商局消协的。他也认出了武英梅，略微愣了一下，看武英梅对他使眼色，他好像明白了她为什么会出现在这里。

执法人员说："你们这儿就白面馒头啊，黑米的和玉米的呢？现在我们已经化验出一些黑米和玉米馒头有问题。"

老板说："我们这里最近没蒸，现在只生产这一种。我们的馒头什么问题都没有。"

消协的那位大叔用犀利的目光盯着老板，老板唯唯诺诺地说："真的，真的，我哪敢骗你们啊。"

他们把现有的馒头拿了件样品，回去化验。临走的时候，消协那位大叔趁人不注意偷偷把一张名片塞到武英梅手里，武英梅会意地点点头，赶紧把名片塞进口袋。

56 帅哥相助

北方食品加工厂买卖做得很大，本市的许多超市都有他们的货，负责送货的人每次回来，还要带回一些馒头，陕西女孩告诉武英梅：带回来的都是前天卖剩下的。

对于这些卖剩下的馒头，老板让他们换了标签，再送货的时候，接着送出去。武英梅有些不解："这样的馒头不就馊了吗?"

陕西女孩说，天气不热，一两天馊不了。若是馊了也不怕，有的馒头都过期好几天了，粉碎后和面重新蒸，还接着卖。

她们这些话都是在没人的时候悄悄说的，有人在的时候，陕西女孩显得很乖巧，一句话都不说。特别是老板在的时候，她表现得低眉顺眼的。老板看上去不像是善良之辈，北方人，长得五大三粗，满脸横肉，走路横着走。他不在的时候，陕西女孩说：这个人很会收买关系，他在工商局、卫生检疫、食品安全等许多部门都有自己的内线，那天工商和消协的突然来检查，就是有内线给他报了信儿。

老板娘也经常到食品厂来督导指挥，她原本是个漂亮人，只是浑身上下带着一股子俗气，整天打扮得花枝招展，恨不得把家里的金银珠宝全都武装到身上。一般她到了厂里，各个工序走一遍，不管懂不懂都乱指挥一气，弄得大家无所适从。

老板娘不知道得了什么病，凡是厂子里年轻漂亮的女孩，她都用怀疑嫉妒的态度对待，好像所有年轻漂亮的女孩都是她的情敌似的，特别是像武英梅这种新来的，她要问个底掉，比如从哪儿来的，过去是干什么的，江沪市有亲戚吗，在哪儿住啊，有男朋友吗，诸如此类不一而足。等她走后，陕西女孩告诉武英梅，因为老板在外面包养了一个二奶，所以，老板娘变得对年轻漂亮女人非常敏感，心理有些变态。

武英梅觉得其实这女人也挺可怜的，乍一看日子过得很光鲜，其实心里比谁都苦，所以她就有些同情这个俗女人。

"食为天万里行"小分队任务完成得差不多了，孙大宝屈指算来，离开武英梅好几天了，心里很是想念。他利用一个空当时段给武英梅打电话，武英梅在电话那头匆匆说："就我跟你说的那件事，这里的问题很严重。现在说话不方便。"

她的声音很小，孙大宝听了心里很急："你是不是自作主张到馒头厂卧底去了?"

"是。"

"瞎胡闹，你一个人出点危险怎么办? 马上结束这个行动，等我们过去后一起商量对策。"孙大宝的声音很大，惊动了旁边的几个人。孙勇军呵斥儿子："给谁打电话呢，这么没礼貌。"孙大宝把武英梅一个人到馒头坊卧底的事告诉了大家。周文雄一听也很着急："这孩子，太危险了。"田处长正在考虑下一步的行动计划，听到这个信息当机立断地说："明天我们就出发，到江沪市，正好要去那里查地沟油事件，这个毒馒头也要一起查一查。"

孙大宝的关心让武英梅心里感觉热乎乎甜蜜蜜的，陕西女孩眨着小眼睛问："谁的电话呀，你这么高兴。"武英梅说："我男朋友的啊。""难怪啊，看把你美的。"

两个人说话的时候，进来一个人，陕西女孩以为是老板来了，赶紧打住和武英梅的调侃，等看清楚不是老板，她自言自语地说：吓死我啦。

进来的是个年轻人，武英梅一看就认识，是工地上那个白色安全帽帅哥，他也认出了武英梅，就是一愣，不明白她为什么这个打扮在这里干活，劈头就问："你怎么在这里打工?"

武英梅用话搪塞过去。

白色安全帽帅哥不相信，武英梅怕他说多了暴露了自己的身份，就先发制人，问他："你到这里来干什么?"

白色安全帽帅哥说："这是我表姐夫的食品厂，我跟你说的那事就是他们干的，现在你在这儿工作，知道我说的没错吧。"

这当口，正好陕西女孩被人叫出去了，武英梅对白色安全帽帅哥说："我今年大学毕业，现在是到这里实习，搞社会实践，没告诉这里的任何人，不许给我说漏了，暴露我的身份。"

白色安全帽帅哥也听说过应届大学毕业生毕业实习的时候都需要搞社会调查什么的，就说："需要我帮忙的时候，尽管告诉我。"并留下了他的手机号。

武英梅和白色安全帽帅哥的对话陕西女孩没有听到，但是，她从帅哥的眼神中看到了他对武英梅的爱慕和喜爱，等他走后，陕西女孩笑嘻嘻地问："你的男朋友是不是刚才那个帅哥?"

这问话让武英梅猝不及防，没有一点思想准备，她睁大眼睛问陕西女孩："你看我们像在拍拖吗？"

"你们两个蛮般配的。"

"般配吗？"

"真的很般配！"

武英梅哈哈大笑，看来这个陕西妹妹铁了心要让她当这个打工仔的婆姨了。你别说，这帅哥确实够帅，若是到大学深造几年，她武英梅没准儿还排不上个呢。

陕西女孩说："他是老板娘的亲表弟，经常来这里，人家从来都不正眼看俺们。"

武英梅说："你要是看上他了我给你搭个线？"

"你的人俺可不敢横刀夺爱。"陕西女孩认真地说，看来她真把他当成武英梅的男朋友了。

因为迟迟接触不上和面那道工序，武英梅心里有些着急。既然消协的那位大叔带人来查，就说明馒头化验着确实有问题，必须抓住他们是怎样掺放添加剂的，添加剂放在什么地方，等回头再来查的时候，不管有没有人通风报信儿，都能一下子抓个正着。

谁能帮帮自己呢，陕西女孩指定是不行，看来只能救助于建筑工地上那个白色安全帽帅哥了。午休的时候，她打通了他的电话。

建筑工地上没有午休时间，她打电话的时候，白色安全帽帅哥正忙，也没看谁打来的电话，就接听了："喂，你谁啊？"

武英梅说："是我。"

武英梅的声音让帅哥很兴奋，他没想到她真的给他打电话了，这是他到这个城市打工以来第一个城里的女孩给他打电话，所以就显得非常重视，他问武英梅有什么事。

武英梅谎说老妈也想开一个小馒头坊，自己想学学做馒头的配方，能不能帮着自己到和面的工序去观摩一次。

白色安全帽帅哥应承说，这个好说，不就是到和面蒸馒头那边去看看吗？不过话说回来了，若是你们家也想做有毒的馒头，我可不能帮你。

白色安全帽帅哥的正义感很强，这让武英梅很欣慰。

白色安全帽帅哥又说，他一时走不开，一会儿他跟表姐说一声，让表姐带她去。

武英梅的心忽悠了一下，说："那行吗？"

白色安全帽帅哥说，绝对没问题。表姐就指望他在这里替她支招呢，要不表姐夫更肆无忌惮了。他说话表姐没驳回过。

白色安全帽帅哥挂断武英梅的电话，就给表姐打了电话。

老板娘一听这事，有些犯犹豫，说你表姐夫说了，谁都不许到和面那边去看，怕出问题。

白色安全帽帅哥说："姐，这次就算是个例外吧，表姐夫那样的人，他说什么你都听啊？这些年他都把你骗成什么样了，这几天他又没回家吧。"

老板娘恨恨地说："别提他，这些日子都住在那小狐狸精那里，提起他我就咬牙切齿的。对了，你跟厂里批发馒头的那个女的什么关系？别忘了你可是订了婚的人啊，可不能学你姐夫，一进了城就花心啊。"

白色安全帽帅哥说："哪能呢，我们只是普通朋友，再说人家也看不上我啊。"

"她不就是个打工的吗，有什么资本看不上你，不过就是看上了也不能乱来，记住了？"

白色安全帽帅哥说："记住了。"

老板娘放下电话，躺下继续午休，等睡醒了，认真打扮了一番，才拧着屁股来到食品厂，找到武英梅，对她说："跟我来吧。"

武英梅不知道白色安全帽帅哥用什么方式说通了老板娘，她一跃而起，跟随老板娘往前走。通往和面的车间有一道加锁的门，老板娘取出钥匙打开门，说："进去吧。"

武英梅要进去的时候，她叫住她，武英梅以为她反悔了呢，老板娘说："只许看，不许对任何人讲出去。"

武英梅点头答应。

稍后又被老板娘叫住，"你可不许和我表弟走得太近，他在老家是定了亲的，走近了最后后悔的是你。记住没？"

武英梅又答应一声，差点没笑出来，这都哪儿跟哪儿啊。

57 红色色剂

和面车间里，两个师傅在忙碌，看到武英梅走进来，其中一个年岁稍大些的很警惕，问她谁让她进来的。武英梅向身后努努嘴，他们见老板娘亲自把她送了进来，知道这是自己人，就没再问别的，自管忙他们的了。

年岁稍大的师傅正在和面，他身边有一个盆，里面装着已调好的红色色剂，他不时加一些放在正在和的面中，原本白色的面团，变成了很好看的黄色，武英梅离得近，还闻到了好闻的玉米香味。

武英梅暗想，这大概就是传说中的食品添加剂，添加了这种东西的玉米馒头黄亮亮的卖相好，闻起来也特别香。只是不知道这红色色剂到底是什么，现在只能观察，不能多言多语问询，话多了会引起他们的警惕，就前功尽弃了。

盆里的红色色剂不够了，年轻些的师傅动手调制，他从一个柜子里取出几个瓶子。武英梅装作看手机信息的样子，悄悄打开手机视频，把所有的一切都录了下来。她看仔细了，一个瓶子上写着柠檬黄，另一个瓶子是某某牌食用香精，名称为5771甜玉米香精，还有两个瓶子，好像是山梨酸钾和甜蜜素之类的，没等到她看得太清楚，年轻师傅就把瓶子都收起来，又装进柜子。

看来这玉米馒头确实有问题，不用说，黑米馒头也是用这种办法做出来的。

武英梅歪着头，装作认真观摩的样子，看着和面的师傅和面的手法。年轻师傅说："和面没什么好学的，只要掌握好水和面的比例就行了。"

武英梅很棒槌地说："那可不一样，俺家做出来的玉米馒头面就不好吃。"

年轻师傅说："那是配方不合适。"

话还没说完，就被年岁稍大些的那个把话头打住："小姑娘，你学了手艺也想开馒头坊吗？这年头像你这样用心的女孩子不多了。"

武英梅还没哑摸出这句话是在表扬自己，还是话里有话，老板娘已经探进头来急急向她招手，示意她出去。武英梅急忙走出和面车间，刚出去，老板就回来了，一进门就带着一身酒气没头没脑地问老板娘："没事吧？"

老板娘茫然地看着他："能有什么事？是不是让几杯猫尿灌糊涂了？"

"你懂他娘的屁。告诉你说啊，这几天工商局追查得紧，你哪儿也别去，给我在这儿盯住了，一有动静，就把这玉米馒头和黑米馒头藏起来，别让他们查出来。"老板的一个手指头指点着老板娘，快指点到她脸上了，被她一巴掌打到一边："别指指点点的，我在这儿盯着，你干吗去？又和那个臭婊子闷得蜜去？姑奶奶不是好欺负的，你为嘛不让那个臭婊子在这儿盯着啊。"

老板把满嘴酒气扑到老板娘脸上，压低声音一字一句地说："别他妈给你脸不要脸，你还别叫板，明天我就让她到这里来盯摊，到时候你别后悔！"

这句狠话，让老板娘的气焰一点点抽去，她明显老实了下来，不吭声了。武英梅此时有些同情甚至可怜这个被金银珠宝武装起来的蠢女人，用这种方式保卫爱情，不打败仗才怪呢。

老板娘哀怨气恼地看着男人满脸横肉走了出去，眼睛里有些泪光，从男人的背影收回目光时，正好撞上武英梅同情的目光，她自嘲地笑笑，对近处的几个一直在偷偷看热闹的员工说："有什么好看的，都好好干活吧。"

陕西女孩吐吐舌头，悄声对武英梅说："老板娘也不是好当的。"

晚上武英梅回到家，姨父已经回来了，正忙活着做饭，厨房里弥漫着煎炒烹炸的香气。姨妈依旧回来得晚，进门就嚷饿死了。

武英梅和姨妈开玩笑："老妈，你知道这个世界上最悲惨的事是什么吗？就是一个卖馒头的，守着馒头车，居然活活被饿死。"

姨妈朝厨房里探进头，撒娇地对丈夫说："老公，好好管教一下你家小囡，有这么和姆妈说话的吗？"

对姨父来说，听老婆和武英梅斗嘴，就是他最大的幸福。他话很少，现在依然一声不吭，默默把饭菜端上桌，看着她们美滋滋享用，待她们吃得差不多了，他才开始吃。她们已习惯了这种待遇，一边吃，嘴里还一边念念有词。

姨妈说：现在挣钱不容易，她批馒头的那几家不知为什么都关门了，到处都批不到玉米和黑米馒头了。

这句话让武英梅意识到，看来当地的工商部门已经发现了毒馒头问题，近期加大了治理力度，关停了一批问题馒头厂。她告诉姨妈："那些玉米馒头和黑米馒头都是用色素染出来的，以后就不要卖了。"

姨妈不以为然："你看到人家用色素染馒头啦？不卖馒头，怎么挣钱过生活？"

武英梅懒得和姨妈纠缠，匆匆吃完饭，躲到卧室给孙大宝打电话，告诉他今天她已经深入到了和面车间，发现了他们用香精和柠檬黄色剂给面粉染色的秘密。她把手机上的视频给孙大宝发了过去，让他整理出来，拿给"食为天万里行"小分队领导看一下，并留做资料。

孙大宝在电话那头说，现在已经掌握了那里的基本情况，从明天起不要再去那家食品厂了，一旦被他们发现，就太危险了。他们已经和江沪市有关部门取得了联系，明天上午到了之后，联合执法队直奔那家有问题的食品加工厂。

武英梅说自己还不能离开，那样会打草惊蛇。

两个人又卿卿我我了几句，才恋恋不舍挂断电话。武英梅翻出消协的那位大叔给她的那张名片，心想，反正明天"食为天万里行"小分队就到了，既然自己已经掌握了北方食品厂往馒头里加添加剂的问题，不妨告诉那位大叔。就发了条信息，告诉他那家食品加工厂有问题。

电话打完了，信息也发出去了，武英梅有一种如释重负的感觉。这几天好累，现在总算查出些眉目，今夜，可以安安稳稳睡一宿了。

消协的那位大叔姓黄，是消协的秘书长。他们每天都能接到无数条举报地沟油、毒奶、毒大米、毒馒头之类的电话和信息，这两天已经接到了不少举报玉米馒头、黑米馒头存在问题的电话和举报信，和工商部门联手也端掉了几个存在问题的馒头加工厂。其实早就有人举报北方食品加工厂的馒头有问题，他们和工商部门联合查过几次，每次去，都没有查出任何问题。接到武英梅的短信，黄秘书长觉得这个女孩子深入到那个地方卧底调查，应当是掌握了第一手证据。虽然到现在他还不清楚这个女孩子是什么来头，但是从那天在街上邂逅，她制伏小偷的身手来看，不是公安部门的，就是其他执法部门的，应当是某个部门派去的卧底。

第二天一上班，黄秘书长就召集消协投诉部、法律事务部等有关部门召开了紧急会。

这种会议对他们来讲，属于常规性工作会，黄秘书长把武英梅发到他手机上的信息念给大家听，投诉部主任有些见怪不怪地说："有关毒馒头的投诉确实不少，做馒头的小作坊太多，防不胜防。"

"这说明我们执法维权的力度还不够。"黄秘书长郑重地说，"其实我们自己就吃过毒馒头，有些食品加工厂为了增加销量，减少成本，用柠檬黄添加剂将白面染成黄面，冒充玉米馒头销售，同时还将山梨酸钾和甜蜜素添加到馒头中去，以延长馒头保质期时间，增加馒头的甜味，这些添加剂使用后会对人体造成伤害，是被国家明令禁止使用的违规添加剂。现在市场上不但有染色馒头，还有过期回炉加工馒头和防腐剂馒头。目前查处的都是一些小作坊，有关于北方食品加工厂的投诉吗？"

投诉部主任翻看了一下材料说："没有，一般来讲，消费者都是投诉经销商。"

法律事务部主任说："要根治不安全食品，必须查制作商。发现问题，按照法律程序坚决严办。"

大家一致认为，应当和工商有关部门协商一下，立即去检查那家食品加工厂。

投诉部主任提出来："我们前两天刚查过，没发现问题啊。这次去会不会照样扑空？"

有人悄声提醒说："不排除我们内部有他们收买的眼线，也许是我们消协的人，也许是工商部门的人。"

大家沉默了，在执法部门内部，也许确实存在问题，有些企业在某些执法部门内部通过贿赂、亲戚关系等方式安插了"眼线"，一有重大行动，"眼线"就会用移动电话通知违法分子迅速撤离。

黄秘书长总结说，大家说得有道理，这次行动必须和工商部门协商好，行动前不通报此次行动目标，防止有人提前打电话。

58 搬来救兵

因为最近工商部门加大了对毒馒头的整治力度，生产玉米馒头的厂家越来越少。销售玉米馒头一直是武英梅姨妈最赚钱的一个销售项目。为了找到进货渠道，她经过细细打听，听说北方食品加工厂还批发这种馒头，只是路途稍远一些。姨妈为了多挣钱，历来不怕辛苦。早饭之后，她就蹬着三轮到别人告诉她的那条里弄寻找北方食品加工厂，找来找去的好辛苦。虽然在这座城市生活了许多年，她很少走街串巷，等找到那个地方的时候，已经半晌午了。

食品厂没有她想象的那么大，但比她过去批馒头的那些小作坊规模大多了，而且乍一看上去也比较像正规食品企业，人家正儿八经挂着大招牌，还专门有一个批发部。

走进食品批发部，差点没把姨妈雷倒，她居然在这里看到了身穿工装的武英梅。她以为自己看花了眼，最近她的眼睛花得很快，连药瓶上的说明文字都有些看不清了，必须把距离拉大，伸长胳膊远远去看，才能隐隐约约看清楚一些。看药瓶说明书看不清，看大活人不至于也看不清楚吧。明明就是自己的女儿武英梅，在那儿站着数馒头呢，像个村里上来的打工妹。她数得很认真，根本没看到姨妈走进来，因为她根本想不到姨妈会到这个地方来。

姨妈气冲冲地加大音量："买馒头。"

突然一声大嗓门的叫嚷，把正在一心一意数馒头的武英梅吓了一跳，她抬眼一看，姨妈就站着眼前。

"你怎么到这里来了？"武英梅停下手里的活，悄声问姨妈。

"阿拉还想问呢，你怎么到这里来了？"姨妈的声音很大，把大家的注意力都吸引过来。

武英梅压低声音说："你不是让我给舅舅考察市场吗？我这不正在考察呢吗？"

"跟你讲，让你考察市场，没让你到馒头坊打工啊。你就这么不长出息啊？脑子是不是进水了，这么不灵光。"不管武英梅怎么给她使眼色，姨妈都不理她那一套，自顾叽里呱啦地说个不停。她不分青红皂白就是一通数落，把周围的人弄得一头雾水：这女孩子不是说她是乡下人吗？看这意思，来批发馒头的这个当地女人和她关系不一般，否则不会这样和她没完没了的。

陕西女孩对姨妈说："阿姨您消消火，一大早的哪来这么大的火气？"

"一大早就触了霉头，老不爽啦。哎哟，气死啦。"姨妈说什么也想不通，这个孩子从警察学校马上毕业了，即使再找不到工作，也不至于到这种地方来打工吧。虽然自己前几天不应该拉着她卖馒头，但那毕竟是临时的。将来她就是找不到正式工作，也能招聘到一些相当好的公司做白领。怎么可以自作主张到这里来数馒头呢。不单单让她丢死人了，也没法对她爸妈交代啊。

这时候，工地上那个白色安全帽来了，他来得很不是时候，姨妈正在气头上，抬眼看见他进门了，而且看武英梅的眼神情意绵绵的，就觉得这里面有文章。她抓住白色安全帽的胳膊说："小赤佬，你来这里做什么？"

白色安全帽这才看清楚武英梅的姨妈也在这里，就很有礼貌地说："阿姨，您来啦？"

见白色安全帽不回答自己的问题，姨妈觉得很没面子，又转向武英梅："他来这里做什么，你们两个什么关系？"

武英梅说："这家食品厂是他表姐家开的。"

"他介绍你来的是不是？你啊，真是越来越没出息，放着好好的大学生不嫁，居然看上了这种乡下小瘪三。"姨妈不依不饶，按照自己的思路自说自话，让武英梅哭笑不得。

老板娘刚进门就听到武英梅姨妈大嗓门的叫嚷，她还没弄清楚到底是怎么回事，只听见武英梅姨妈骂表弟乡下小瘪三，还说什么武英梅看上了表弟之类的话，她三步并两步冲过来，挡在姨妈和表弟当中："哪儿来的婆娘，敢到俺家地盘上撒野。俺家表弟是订了婚有媳妇的人了，哪个会看上你家的小狐狸精？白给俺都不要！"

白色安全帽拦住她："姐，你不知道怎么回事。"

"俺不用知道，俺就是不能让人欺负你。"

面对这种重量级北方泼妇，姨妈一时语塞，她一般来讲对付当地女人还有一套，对付五大三粗的北方女人，就有些吃力了。

里面闹闹嚷嚷的，谁都没注意到，一群穿工商服装的人不知什么时候进来了。老板娘顾不上和姨妈一比高下了，赶紧凑过去，递上笑脸："欢迎领导们来我们厂指导工作。"她已经习惯了这个套路，所以用起来轻车熟路。

带头的还是黄秘书长，他朝武英梅悄悄点头算是打了招呼，指挥随行执法人员把一些玉米馒头和黑米馒头装进标本袋子。

这次突击检查，还带来了摄像人员，摄像人员很敬业地把现场拍摄下来。老板娘大概也注意到今天的阵势不同于与以往的例行检查，开始撒泼打滚，一边阻止执法人员收集馒头标本，一边用手去遮挡录像，结果哪边都挡不住。她索性躺在地上就地打滚，搂住一个执法人员的腿，大喊："执法的打人啦！"

武英梅俯身轻轻一碰，老板娘就松开了搂抱执法人员的手。她没想到这个小女子有这种莫名其妙的功夫，就恨恨地看着她："吃里爬外的东西，你是哪头的？"白色安全帽扶起表姐，也搞不清究竟发生了什么，看来表姐家做毒馒头的事让人举报了，唉，老辈人说什么来着，多行不义必自毙，这不就应验了吗？

姨妈看呆了，她急急撤出去，知道这里不是她待的地方。

武英梅起身直奔和面车间，黄秘书长率领执法人员跟在她身后冲进去，从柜子里搜出一堆瓶瓶罐罐，都是一些违规食品添加剂。

"装起来，带回去化验。"黄秘书长让执法人员把这些食品添加剂都收好，准备带回去。

这家食品厂的老板正陪着二奶睡懒觉呢，突然有人给他打电话。他气哼哼地埋怨他花钱买下的内线不作为，并火速赶往食品厂。进门一看，自己的黄脸婆正在表弟搀扶下哭哭啼啼，工商联合执法队的抄了玉米馒头黑米馒头和食品添加剂，正准备离开。他怒气冲冲迎上去，一把抓住黄秘书长的衣领："你们不让我做买卖，我也给你们点颜色看看，看以后谁还敢和老子作对。"

还没等他动手，他的胳膊就被武英梅钳制住，没想到这个漂亮的年轻女孩有这样的功夫，食品厂老板不得不松开手，转身扑向武英梅，恶狠狠地说："我就知道有内线，要不我的买卖做得好好的，怎么会三天两头有人来查。"

他就要扑上去的时候，白色安全帽拦住了他："表姐夫，好男不和女斗，犯不着和一个女孩子动手。"

食品厂老板把白色安全帽甩到一边，"你别拉偏架，你和她什么关系?"说完，挥着拳头就要揍武英梅，被人从侧面狠狠抵住："住手!"

来人正是孙大宝，武英梅喜出望外。

"食为天万里行"小分队赶到了，不单是小分队成员，江沪市食品监察联合执法队都出动了，没想到黄秘书长他们的工商执法队赶在了他们前头。食品厂老板一看来了这么多各式各样的大檐帽，顿时老实了。

武英梅顾不得许多，扑到孙大宝怀里，眼泪就忍不住流下来。随后进门的孙勇军悄悄退出来，穆红姐和石林忠也上前和他们搂抱在一起。武英梅说："你们可来了，想死你们了!"

"哈，恐怕是想死孙大宝了吧。"穆红姐调侃道。

走出门去，黄秘书长上前握住武英梅的手："谢谢你! 我就感觉到你一定是卧底。自我介绍一下，我是消协的秘书长，姓黄。"

武英梅一一把自己的队友向黄秘书长作了介绍，转身想介绍江沪市食品监察联合执法队，但是一个都不认识。黄秘书长说："剩下的不用你介绍，我们经常打交道，都熟悉。"

这场景，把姨妈看呆了，她搞不清楚究竟是怎么回事，武英梅把呆在一边的姨妈拉过来，把孙大宝推到她面前："看谁来了!"

孙大宝则把老爸从一边拽过来："阿姨，这是我老爸。"

白色安全帽在旁边看来看去，越看越迷糊：这个女孩子是干什么的? 看样子好像是警察。

59 雨夜威胁

江沪市药品食品安全委员会办公室的一间小型会议室里，"食为天万里行"小分队的队员们和市工商局、市质量技监局、市食品药品监管局、消协等几个部门的相关人员一边座谈，一边等待查抄的玉米馒头、黑米馒头的检验结果。

最终检验结果出来了，玉米馒头是白面里加柠檬黄和香精做成的，黑米馒头则是白面里添加黑色素和香精做成的，搜出的几个小瓶子就是食品添加剂。

果然不出所料，搜查到的都是一些有毒食品。

田队长拿着那份检验报告，对在场的每一位与会人员说："看来，我们食品安全工作任务艰巨啊，谁能想到，连小小的馒头，都暗藏着这样的玄机。"

消协黄秘书长说："还要感谢武英梅同学，不顾个人危险深入到食品加工厂卧底，及时掌握了第一手材料，为我们捣毁这个最大的食品加工窝点起到了重要作用。"

武英梅从小就不习惯被人表扬，这一表扬，倒让她有些不好意思了。穆红姐拍拍她的手，悄声说："又想谦虚几句是不是？用不着谦虚，到那些地方卧底，确实挺危险的。"

孙大宝则充满爱意地对武英梅说："还表扬呢，应当批评你几句，无组织无纪律，一个人擅自去卧底，出了事怎么办？"

药品食品安全委员会的一位负责同志问黄秘书长："现在我们总结出鉴别真假玉米馒头的方法没有？"

消协黄秘书长说："有啊，有许多方法可以鉴别。一掰：玉米粉比面粉粗糙，如果掰开玉米馒头，与普通面粉馒头一样光滑的话，这种玉米馒头质量就值得怀疑。二看：玉米外观比较粗糙，用手捏，也有类似感觉，吃在嘴里，有些糙口。如果吃起来感觉不到玉米香味，玉米含量肯定很少或者几乎没有。三闻：添加香料的玉米馒头香味刺鼻，玉米味道过浓。四泡：将馒头掰碎泡入水中，如果水的颜色变得与馒头颜色一样，那就加了色素。水的颜色越鲜亮，色素含量越高。"

大家都说，应当把这些方法尽快宣传出去，让消费者都能识别真假馒头。

周文雄以作家的社会责任感，感觉到一种无言的沉重。他声调低沉地说："光宣传出鉴别方法还不能根治，关键是要把所有制作这种毒馒头的作坊都消灭掉，应当加大执法力度，动用法律手段。"

检验结果一出，市工商局立即派人查封了北方食品加工厂。

北方食品加工厂的老板因为抵制工商部门执法，被公安部门带回去批评教育了一通，等他回到食品厂，发现门口已经被贴上了封条。

员工们大多数都离开了，只有几个从老家和他们一起出来的，还陪着老板娘站在食品厂门口，老板娘在哭哭啼啼地骂街，走近了，食品厂老板才听清楚，她不是在骂贴封条的人，而是在骂自己的老公："你个挨千刀的倒霉鬼，放着好好的营生不干，非要做什么假玉米馒头，这回活该倒霉!"

食品厂老板窝着一肚子火，被这女人骂得更加恼羞成怒，他走上前，冲着女人的后屁股就是一脚："你他妈说什么呢，都什么时候了，还咒我。"

老板娘哭着说："我就是咒你，看着这买卖黄了摊儿，挣不来钱了，那个骚狐狸精还跟着你不。"

食品厂老板气急败坏地让身边的几个员工把女人拖回家，自己也跟着他们一起往回走。

天气阴沉沉的，马上要下雨了，他们不得不加快脚步。这里离老板娘居住的地方不远，走着也就几分钟的路。

刚进屋，雨就淅淅沥沥下起来。南方的雨都是这种缠缠绵绵的，不是很大，但是，只要下起来就不会马上停歇。几个员工坐在屋里，陪着老板默默抽烟，屋里很快就烟雾缭绕了。

这熟悉而陌生的烟草味道，让老板娘安静下来。她已经很久很久没闻过这种味道了。自从走进城市做买卖，老公就傍上了一个女人，之后就在外面另租了房子，和那个女人过日子去了，漫说分享男人，就连这烟草的味道，她都难以分享到了。此时，她有些幸灾乐祸，甚至有些感谢那些查抄他们家食品厂的大檐帽们，工厂贴上了封条，才让老公回了家。倒不如永远这样封下去，说不定这个男人就回到自己身边了。

老板和几个员工分析这次他们为什么会稀里糊涂走麦城。

有人说，因为内线没起作用。

还有人说，都是那个女卧底惹的祸。

老板比较认同后一种说法。一想起那个身手非凡的女卧底，他就一肚子窝囊气。这些年从乡下到城市，还没人敢这么欺负过他。今天居然栽在一个小女孩手下，那叫一个憋屈。

几个人商量着给武英梅点颜色看看，商量来商量去觉得这个想法不现实，一是他们根本不是她的对手，二是现在她和那个什么小分队在一起，不会单独行动。

一个疤瘌眼员工过去就因为在老家打架斗殴进过班房，刚到这个城市的时候在大街上卖馒头，前两个月刚到北方食品加工厂。他曾经和武英梅姨妈一起在那一片卖过馒头，上午姨妈来批馒头和武英梅大吵大闹，他就听出来这个女孩和卖馒头的那个女人关系不一般，看样子是她的女儿。他适时提醒："要不我们对她妈妈下手，出出这口恶气？"

大家说，你知道她妈妈是谁啊。

有前科的疤瘌眼说："我知道，就是上午在门市上吵架的那老娘儿们，我还知道她们家在哪个小区，每天她卖完馒头几点回家。"

老板说："别认错了人。打几下吓唬吓唬就得，千万别闹出人命官司。"

疤瘌眼很内行地拍着胸脯说："这事你交给我就等好吧。谁愿意陪我一起去？"

其他几个员工都低下头不吭气了。打人是犯法的事，为了这个馒头房打工的活计，谁都犯不着以身试法，他们的退缩让老板很失望，也让疤瘌眼显得很孤立，他提出来，让老板给他点钱，他雇个过去蹲笆篱子时候的狱友，一起做这单活儿。

这些黑话让一直坐在一边默不作声的老板娘感觉心惊胆战，她拦住疤瘌眼的话头说："算了吧，万一搞出官司可不是好玩的。"

老板颤动着满脸横肉瞪了她一眼："你懂他妈的屁，不教训教训她，还以为老子是好欺负的呢。大胆干吧，出了事我兜着。这事天知地知你知我知，谁泄露出去，我拿谁是问。"

这些话都被已经走到门口的白色安全帽偷听到了。

他恰好到表姐这里来看看是不是有事需要他帮忙，没想到，屋里表姐夫一帮人正商量怎么对武英梅姨妈下手。他首先想到的是，必须马上通知武英梅。刚要拨打武英梅的手机号，他发现自己出来得匆忙，根本没带手机，她的手机号在手机里存着。他焦急地想，怎么通知她啊？

里面的人商量完事，开门往外走，和白色安全帽撞了个满怀。老板警惕地看着淋得精湿的白色安全帽："你多会儿来的？怎么不进屋？"

"我刚到。"

"刚到就淋得浑身都湿透了？"

"不是没带雨伞吗，外面一直在下雨。"

老板迟疑了一下，还是跟着那几个人一起出去了，临走前他用锥子一样的目光直刺老板娘，一字一句地说："记住，一个字都不许对外透露。"

这目光冷冷的，让老板娘浑身直打冷战。她怯怯地点点头，把表弟让进屋。

白色安全帽进了屋，问表姐到底怎么回事。

老板娘想起老公刚才那不寒而栗的目光，慌忙摇头，说没事。他们正说话，老板又返回来了，叫着白色安全帽和他一起出去喝点闲酒。

因为心里惦记着要去给武英梅通风报信，白色安全帽推说自己工地上还有事，被他表姐夫一把薅出去："小子，想出去通风报信是不是？我告诉你，你也知道表姐夫是哪路人。如果你敢把我卖了，你老家一家人的生死都在你手上攥着，你看着办。我可不是吓唬你。"

白色安全帽知道他不是吓唬自己，他这种人什么事都做得出来，心里有些犯虚了。

这顿小酒一直喝到天黑下来，估计那边疤瘌眼已经找人开始动手了，老板才放白色安全帽离开。

雨不紧不慢地一直在下。姨妈卖完最后几个馒头，天已经完全黑下来。平时这个时间，天还没黑透，赶上下雨阴天，天黑得早。

一边往家的方向走，一边回想着上午的事，她觉得自己很丢人，差点儿没坏了武英梅的大事。孩子是学刑侦的，有些事情她应当想到的，真是越老越糊涂。后来去的那些人说是什么小分队，她没听明白，总之武英梅参与的是维护正义的一项活动，还有她的男朋友和未来的公爹也一起属于那个什么小分队。孙大宝的老爸不是在大学教书吗，莫非改行了？

姨妈在雨中走得很快。这一带是城乡接合部，雨天里行人很少，而且光线有些昏暗，她蹬着三轮车加快速度。前面就是自家的宿舍楼了，楼里已经有了温馨的万家灯火，不知道自家的男人下班回家没有，这个雨夜他又在做什么好吃的。

走到一个拐弯处，冷不防从黑影里蹿出两个人来，横在姨妈前面。两个人似乎怕被人认出来，脸上都罩着东西。姨妈第一感觉是，自己大概遇上打劫的了，如果打劫她算是失算了，无论劫财还是劫色都没有。她故作镇定，想绕开这两个人，却被其中一个从三轮车上拽下来。

"侬搞啥么事？抢劫啊！"姨妈的声音很大，把那两个人吓得一激灵。

"俺们就是想教训教训你们这种没事找事的傻×，告诉你女儿，以后少管闲事，再招惹老子，当心小命。"其中一个凶巴巴的就是疤瘌眼，他说着还用一个尖锐的东西抵住了她的腰眼儿。姨妈听出了一些名堂，一定是武英梅卧底得罪了北方食品加工厂的人。他们要干什么？抵住自己的物件是刀子吗？她不想坐以待毙，想反抗，被另一个挥起拳头打翻在地，雨水浸湿了她的衣衫，她想坐起来，身上又挨了重重的一脚。

60 公安追凶

姨妈瘫倒在湿漉漉的雨地上，一动都不能动了，她暗想，这下子自己完了，这种亡命徒什么都干得出来。她的叫嚷声很虚弱，正当她无助地期盼有人从这儿经过，帮她一把的时候，从远处跑过来一个人，直接冲了上来，一脚踢开了对姨妈动手的那个歹徒。疤瘌眼和那个正在动手的歹徒见有人来了，并不恋战，撒腿就跑。他们的目的就是威胁吓唬姨妈，现在目的已经达到了。

那个赶走歹徒的好心人带着一身酒气，从地上把姨妈扶起来，关切地问："你没事吧？"

"谢谢你。"姨妈经不住这通打，浑身伤痕累累的，哪儿都疼。

那个人慢慢把姨妈扶到有光线的地方，她这才看清，救她的是那个白色安全帽。

姨妈脸上淌着血，搞不清楚是头破了，还是脸破了。她有些头晕，差点摔倒，被白色安全帽扶紧了，慌忙说："阿姨，你没事吧，我还是送你上医院吧。"

雨夜，这偏僻的地方的士很少，好不容易等到一辆的车，白色安全帽扶着姨妈直奔附近的医院。

简单吃了点晚餐，"食为天万里行"小分队的队员们在开一个临时会议，田队长点评最近的工作情况，欣喜地说，我们最近成果显著，通过我们的努力，老百姓餐桌上又多了一点安全。

武英梅手机响了，是姨妈的来电。她悄悄按了，心想：烦不烦人啊，知道我今天有事，还打电话。

电话很执着，又想起来，她刚想按，田队长停下话头，示意她接电话。她接了，第一句话就是："老妈，你烦不烦啊。"那边却是一个男人的声音："你好，我是北方食品加工厂老板娘的表弟，我们认识。你赶紧到医院来一趟，你妈妈被人打伤了。"

"我妈妈？"

"哦，是你姨妈。"

武英梅听出，确实是那个白色安全帽的声音，他的声音有些急促，武英梅很心焦，不知道究竟出了什么事。她焦急地问："哪家医院？我马上过去！"

她的表情变化影响了大家的情绪，穆红姐悄声问："出什么事了？"

"我姨妈被人打了，住进医院了，我去看看。"

"我陪你去。"孙大宝立即站起来，穆红姐和石林忠也跟着一起站起来。

几个人急匆匆走进姨妈的病房。姨妈头上脸上打着绷带，白色安全帽陪坐在身边，见他们进来连忙站起来。

"老妈，你这是怎么啦？"武英梅走到姨妈身边，拉住她的手。

"让两个坏人打了，多亏这个小赤佬，要不我怕是连老命都搞丢了。"姨妈感激地看着白色安全帽。

孙大宝握了握白色安全帽的手："谢谢你哥们儿。"又转身问姨妈："无冤无仇的，凭什么打人啊。"

"还不是你们到馒头房做什么卧底，查封了他们的生意，得罪了人。"

"你怎么知道是他们干的？"

"那两个人自己说的，说让我告诉梅子，以后少管闲事。"

穆红姐说："这也太猖狂了，简直是无法无天了。"

孙大宝问："你确认是他们干的吗？"

姨妈说："确认。"

武英梅问："你能认清那两个人吗？"

姨妈摇摇头："他们都蒙得很严，不过听口音都和他一样。"她指着白色安全帽说，"应当是那个地方的老乡。小赤佬，你看清那两个人的模样了吗？"

白色安全帽迟疑地摇了一下头。他略带含糊的迟疑，让武英梅有一种预感：他大概看清楚了那两个人，甚至，他大概知道一些内幕，否则，他的建筑工地离自己家的小区还有很长一段距离，如果不是特意往这边走，一般不会路过这个地方。她让姨妈躺好，故意用轻松的口气说："人家救了你的命，还叫人家小赤佬哦？"

病房里的气氛有了些缓和。

石林忠问："报案了吗？"

姨妈说："没报。"

石林忠开始拨打报警电话。

一切都料理得差不多了，武英梅姨父才匆匆赶来，一看老伴躺在病床上，眼圈马上红了，一直绷着劲儿的姨妈眼泪也开始稀里哗啦往下流。

武英梅劝住他们："得得得，别这么没出息好不好。我刚还觉得老妈是我的偶像呢，像个英勇不屈的女英雄，唉，这下光辉形象全崩塌了。"

"阿拉不晓得什么女英雄，阿拉就想好好活着，多过几天幸福生活。"姨妈破涕为笑。

几个年轻人走出病房，白色安全帽一直走在最后面，似乎想对武英梅说什么，却始终一言不发。沉默了一会儿说："你们都来了我就放心了，我先回去了，明天还要起早上工地。"临走他的目光和武英梅对视了一眼，又赶紧躲闪开了。

穆红姐把嘴凑到武英梅耳边，悄声说："这人是不是暗恋你啊，你看他的眼神，多深情。"

武英梅拍拍她的脸，轻声说："这说明咱姐们儿有魅力呗，别羡慕嫉妒恨哈。"

孙大宝的语气带着酸酸的醋意："人家值当得羡慕嫉妒恨吗，如果你真相中了农民工帅哥，哥哥我发扬风格主动撤退。"

石林忠说："我怎么闻着有浓浓的酸味儿呢。都打住吧，说点正事。我记得武英梅说这个人是食品厂老板娘的表弟？"

"是啊，亲表弟。"武英梅点头。

"食品厂老板雇凶打人，老板娘的表弟见义勇为救人，有点意思，你们不觉得这里面有点儿奇怪吗？会不会他们有什么关联？"

武英梅想了想，说："这么凑巧，确实让人怀疑。刚才我已经想过这个问题了。但是，老板娘表弟绝对和他们不是一伙的，也许他事先已经知道了什么消息，故意绕道走我们那一片，怕我或者我姨妈发生意外。因为他的工地就在我们宿舍区附近，我姨妈总到工地上卖馒头，都认识了。"

孙大宝说："也许通过他能找到打人的真凶。"

公安部门对这个案子很重视。虽然没有造成什么重伤害，但是因为涉及对从事食品安全工作人员亲属的故意伤害，作案人用这种报复手段故意触犯法律，性质尤其严重。公安部门立即立案侦查，进行了例行的取证之后，直奔北方食品厂。厂门上还贴着封条，这里已经停工了，里面没人。按照掌握的情况，刑侦人员又来到老板的住处。

只有老板娘一个人在家，一看来了一群穿公安服装的，她就知道一定是疤瘌眼雨夜教训那个卧底的妈妈惹出大事来了，心里就一个劲儿地发慌。

公安人员问："你丈夫呢？"她说："不知道，他不在这儿住。"她没有撒谎，他的男人从来就不在这个地方住，而是和二奶住在一起，具体在哪儿住她也不知道。她提供了男人的手机号，按这个手机号打过去，对方的手机处于关机状态。

他的食品厂还在，老婆还在，按理说跑了和尚跑不了庙，按照正常思路老板应当还会露面。但是，谁知道他会不会按正常套路出牌？食品厂不过就是几台做馒头的设备，房子是租用的，老婆已经被他废弃不用了，没准就此他会离开这座城市，到别处混日子。

这拨公安干警无功而返。另一拨勘查现场的有一些收获，他们提取了一个住宅小区门口的摄像资料，找到几个模糊画面，虽然看不清两个犯罪分子的面部特征，但形体特征很明显。千方百计找回几个在北方食品厂打工的人辨认，陕西女孩从身影一眼就认出了疤瘌眼，随后还有人指认其中一个是这个厂的员工，外号疤瘌眼，平时很受老板器重。

案情有了重大突破，"食为天万里行"小分队的队员们很是欣慰。

周文雄对孙勇军说："你还不赶紧去医院看看亲家母，人家马上就出院了，再不好好表现，人家姑娘不嫁你们家啦。"

孙勇军说："哈，咱们的大作家也变得婆婆妈妈了。你陪我去啊？"

"我凭什么陪你去，她又不是我儿子的姨丈母娘。"周文雄叽叽歪歪的劲头，把孙勇军逗乐了："想陪都不用你，看你那小气样儿，上学的时候就这个样子，二十多年了，一点长进都没有。"

赵中伟来电话了，田处长摆摆手让大家静下来。

赵中伟在电话中问他现在是否方便看到电视？

田处长说能看到，这会儿"食为天万里行"小分队的队员们正准备开会研究下一步工作方案。

赵中伟说现在央视整点新闻节目正在播出有关打击制售毒馒头的新闻，他们"食为天万里行"小分队在这次工作中成绩可圈可点，这条新闻还提到了他们。一半天他也要和钱发旺一起过来，和他们并肩作战。

周文雄和孙勇军调侃说：欢迎老同学归队。

田处长说："我们赶紧看电视吧，一会儿新闻节目就过去了。"

打开看时，那条新闻已经播完了，女播音员正在说编后语，说得有板有眼铿锵有力：食品安全是一件全民性的大事，如果食品出现了问题，将会对老百姓的身心健康造成严重伤害，同时，这也会严重影响党委、政府的形象和威信。因此，解决食品安全问题刻不容缓。

61 新的任务

白色安全帽这两天一直心神不宁，警察找他了解情况的时候，他故意隐瞒了事先知道表姐夫的犯罪计划，以及他看清楚了犯罪嫌疑人是哪一个的事实。但是，心里却无论如何不能原谅自己，总感觉自己对不起武英梅。其实，他和这个女孩子非亲非故的，人家一个城市女孩，还是有男朋友的大学生，他基本不敢有非分之想，仅仅凭着星星点点的好感，能够出手救她姨妈已经很仗义了，他根本不用自责。

经过内心一番较量，他最终还是决定把实情告诉武英梅。

白色安全帽在医院病房找到武英梅的时候，孙大宝、穆红姐和石林忠正帮她收拾东西，准备接姨妈出院。白色安全帽又出现了，而且把武英梅拽到一边去说悄悄话，其间，武英梅偶尔还接打过一两次电话。

孙大宝的脸上就有些晴间多云了，石林忠低声嘱咐他："淡定！"

穆红姐替姨妈换上外套，偷偷看了一眼孙大宝的表情，又看看潜心说着悄悄话的白色安全帽和武英梅，吐吐舌头："又有醋味儿了。"

姨妈不愿看着孙大宝吃这份儿不搭界的叔伯醋，就走到白色安全帽和武英梅身边，插上了一句："梅子，别光顾了说话，让这小青尼到里面喝杯水。"

"哈，不叫人家小赤佬了？"武英梅中断了和白色安全帽的谈话，和大家一起收拾东西，气氛才算有所缓解。

白色安全帽把他们送上车，又回工地了。穆红姐问武英梅："和他悄没声说什么呢，没发现有人已经泛酸了吗？"

武英梅："他提供了一些犯罪嫌疑人的情况，我们的直觉是对的，他确实偷听到了他表姐夫雇凶打人的计划。"

"还算是有良心。" 孙大宝有些不屑地说。

石林忠着急地说："那还不赶紧告诉办案组？犯罪嫌疑人跑了怎么办？"

"他把他表姐夫和二奶的住处告诉我了，往哪儿跑啊，我已经给警方打过电话了。"

"这下好了，打人的凶手马上可以缉拿归案啦。"穆红姐拍拍姨妈的手背，"阿姨，你高兴吗？"

"高兴，一看见你们我就高兴。"姨妈慈爱地看着这些孩子。

"那你就好好高兴两天，我们马上要离开这座城市，又有新任务了。"穆红姐的话让姨妈有些伤感，她想让武英梅多陪她几天。特别是这次受伤之后，她才知道做这些工作还要担着这么大的风险，甚至有生命危险，所以非常不放心。

石林忠责怪地对穆红姐说："不说话没人把你当哑巴卖了。阿姨，别听她的，我们在沙家浜扎下，就不走了。"

姨妈惊奇地说："你还知道沙家浜呢？"

孙大宝也用天津话怪腔怪调地说："等我们完成这一单任务，就找工作，上班，结婚，把您老人家接到我们新家去住。"

"有你这句话就行了，阿拉晓得你们工作的重要性，放心，不会拖你们的后腿。"姨妈很喜欢这个会说天津话的准姑爷，她觉得武英梅很有眼光，在找对象有眼光这一点上，随她。

赵中伟和钱发旺一起出现在大家面前的时候，已经是傍晚时分。

虽然经过了旅途的劳顿，赵中伟依然精神矍铄，脸上没有一丝疲惫的感觉。钱发旺胖胖壮壮紧随其后，和高大挺拔的赵中伟比，显得更加矮胖臃肿，他手里还拎着一袋橙子，黄澄澄亮闪闪的，看起来让人很是有食欲。

两个人顾不上入住宾馆，第一时间来见"食为天万里行"小分队的队员们。孙勇军、周文雄一见同窗好友，就像见了亲人，他们互相握手拥抱，周文雄拍着钱发旺肥实的厚肩膀："又见发福！"

孙勇军接过钱发旺手里拎的橙子说："时刻不忘补充营养，能不发福吗？"

赵中伟也哈哈大笑调侃："在当前食品安全这么严峻的形势下，钱发旺同志还能一如既往地发福，说明无论什么样的问题食品都不能阻挠该同志横向发展。"

钱发旺的厚嘴唇说话不跟劲，他说："你们这些人，老毛病一点都不改，就会揭人家的短。"

当地食品安全委员会办公室已经为他们安排下住处，赵中伟和钱发旺暂且告别他们去下榻的宾馆。临走的时候，一位食品安全委员会办公室的办事员指着孙勇军手里拎的橙子说："不瞒你说，你手里的橙子就是问题食品。"

"不会吧，这么好看的水果怎么会有问题？"孙勇军把橙子举到眼前，仔细辨看，大家都伸长脖子，都看不出这袋橙子的问题在哪里。

钱发旺说："我在机场买的，那里的水果都这样啊。"

办事员从桌上取了几张纸巾，拿出一个橙子轻轻拭擦，纸巾上立即有了一层明显的淡红色。他说："看到没，这水果上打的是工业蜡。水果保鲜打蜡应当用食用蜡。工业蜡含有汞和铅，用工业蜡打在水果表皮上，汞和铅可通过果皮渗透进果肉，给人体带来很大危害。确切地说，这袋橙子属于毒水果。"

钱发旺和赵中伟对望一眼，讪笑着说："这袋水果还是这位老同学帮我选的，这水果商，连国家食品安全委员会办公室的领导干部都敢骗，我们还敢吃什么？"

"所以我们任重而道远啊，还有新的任务在等着我们。"赵中伟意味深长地说。

在他们说话的工夫，几个年轻人进来了。武英梅接住赵中伟的话头："赵伯伯，新任务不会就是查处毒水果吧？"

赵中伟说："暂且不告诉你们，让大家轻轻松松休息一个晚上，不谈食品安全的事，先好好休息。下一步的任务更艰巨。"

"我来帮您提行李。"孙大宝接过赵中伟手里的拉杆箱，石林忠也上前帮钱发旺提行李。

周文雄拍拍赵中伟的肩膀："你先去办入住手续吧，我们等着你的新任务。我这本'舌尖上的战争'目前稿子已经差不多了，看来还要写续集啊。"

第六章　再下江南

62　漏网之鱼

却说南北联动在全环节摧毁地沟油产业链"霹雳行动"中，侥幸漏网的关胖子由北京机场连夜逃回南方以后，几个多月的时间不曾敢踏入望海市地界，只得改名换姓在望海市周边的几个县市流窜活动。他自己的天都山开发公司账号在"霹雳行动"的次日即被冻结，大笔的款项是趴在农业银行里动不了了。在这惶惶如丧家之犬的时候，关胖子暗自庆幸他的狡兔三窟之策便成了应急的救命稻草，一是借用他人的身份证还在信用社个人名下存有一笔备用金；二是在他包养的一个小三住处还暗放着百余万现金。手头有着几百万资金可供应急，关胖子暂时还温饱无忧，赖以侥幸因火车晚点而逃过牢狱之灾，覆巢之下尚存区区完卵。

惊恐稍定之后，东山再起的欲念又开始在关胖子的心底死灰复燃。

事有凑巧的是关胖子东山再起的欲念火星遇上了四根枯木朽柴，一擦即燃而就形成了黑道地沟油生意的又一波恶浪。

这四根枯木朽柴就是为关胖子负责操持深山炼厂的四个头目，在"霹雳行动"当晚听见警笛闻声夜逃到与望海市毗邻的天安县后，在一家采石场打工暂避。这四个小头目跟着关胖子干的这些年中，都是吃香喝辣作威作福惯了的小把头之类馋虫，如何受得了采石场栉风沐雨又日晒的熬煎。这一天正聚在天星峪小镇上的酒馆里，用几瓶五六元一斤的劣质白酒来消愁。

四个人非常郁闷，正喝到欲罢不能欲住还休的劲头上，忽见店门开处，一个长头发罩顶半百模样的男子闯了进来。看那又矮又胖的身形四个人觉得十分眼熟，及至再看脸形也是多曾相见而又不敢相认，但是再看蓬松在曾经寸草不生秃顶上的茂盛黑发，让这边大堂里小长条桌上守着一盘花生米和一盘皮蛋豆腐的四个人疑心是白日撞见暗鬼了。

　　人的外在装束和脸形都是可以化妆的，然而无法化妆的是身高体形，特别是那双猫头鹰一样深不可测的瞳仁。

　　最先从这双眼仁里看出真形的便是这边在座名叫翟大星的粗黑胖子，曾经是关胖子天都山开发公司深山炼厂的保安队长。这粗黑胖子一眼就看出了假发套下和自己体形差不多，原本被他们称为关爷、关总和关大老板的关胖子其人。

　　粗黑胖子翟大星像过了电一样立刻从座上弹了起来，冲着刚进店门里来的假发套拱手相问："是关……真……是……关爷降临么？"

　　关胖子立刻在脸前竖起如刀手掌，嘘了一声，四顾一下没有可顾忌之人，才放胆说："总不总的且就罢了，如今与谁都无关，在下姓张，弓长张，与关二爷的三弟张翼德为本家。"

　　假发套下的关胖子先告诉四人他改为张姓，再细看四个人原来都是他天都山开发公司的老部下。两碟花生米和皮蛋豆腐四个人下酒委实是过于穷相毕露无遗了。

　　关胖子毕竟是手里还有几百万攥着，也抑或是倒驴不倒架，虽然落魄邂逅，也还是拿出原来大老板的口气说："纵然是刮了一场台风，也不至于弟兄们咬指头下酒哇！"随即就转向吧台说，"服务员，给我楼上开个雅间，准备三百元一桌菜，酒水在外。"说罢就向四人冲楼梯一挥手。

　　这四人闷酒正喝得好生无趣，肚里的馋虫也都压抑太久，早就巴不得有场合海喝浪嚼一回呢！这会儿见到自己原为其效力的老板，自然如同是流落街头的乞儿重遇衣食父母，那种感激涕零之情无不溢于言表。

　　二楼雅间坐定之后，乘服务员去备菜沏茶的工夫，已经改姓张的关胖子说："既然沦落到此等恓惶，这就说明四位兄弟都是我关某人，不，现在场面上打头碰脸只能称张某。不管姓张姓关，我都还是我，能在患难中相遇，就足以证明四位都还是自家的铁杆兄弟，能够大难不死，躲过一劫，就说明我们都还必有后福。"

四人便齐声迎合道："对头，大难不死，必有后福。不管张爷关爷，都是我们的主家爷。"

"这就对了，真是上天有眼，让我们在望海市一场大难中逃出，重又在天安聚首。"关胖子已经看透了四个人落魄中的企盼，巴望着能有咸鱼翻身的机会来临，所以就直抵四个老部下的梦寐以求："要是四位兄弟谁能找到东山再起的门道，我仍旧可以做东，为大家垫底开账。但是要确保同心同德，不能出内鬼胳膊肘子往外拐的家伙。去年的全军覆没，我总疑心是有人曝了内幕出去。若非是有内鬼，警方如何能直捣咱炼厂老窝？"

听关胖子老板这样一说，名叫翟大星的粗黑胖子拍了一下脑门说："老板，承蒙看重，让兄弟负责安保这一块许多年。内鬼我敢保证绝对没有，要有咱就干不了这么多年，不就早犯事了么！现在回忆起来，有点事真是可疑，那是在去年警察突袭咱炼厂前十多天一个大热天中午，倒是有几个外鬼闯进咱炼厂找水喝，说是什么望海学院生物系老师带学生实习采集啥个植物标本，对了，还有两个很标致漂亮的女大学生模样的美女。当时我也没有多想就把他们给赶跑了。事后想起来真有点后悔没有把他们给扣下审问清楚。这会儿我有点怀疑那几个人可能就是警方的便衣侦探。"

"要真是警方派出的便衣侦探，你要扣下马上事也就跟着来了。"关胖子说，"事情已经过去了，咱们也无处去买后悔药。不幸中万幸是天不灭曹，留下咱们几个患难兄弟又走到一起来了，谁能说这不是缘分呢？"

说话间酒菜都跟着一起上来了。五个人都倒满了一大杯酒，端在一起庆祝劫后相逢，异口同声说："是真缘分棒打不开，干啦！"

关胖子还要再补上一句说："今天是五龙聚首，越喝越有。来，大家边喝边寻思来钱门道，看咱们干哪路生意为好。要不也开个采石场干干？"

听胖子这样一说，翟大星和那三人一起摇头说千万不能干这种倒霉蛋生意，累个贼死也挣不上几个钱，每天光为炸药雷管的使用和管理，就得去给公安局派出所和下属的民爆公司当不够的三孙子。

说来说去，万变不离其宗，五个人的话题又回到了熬炼地沟油的黑道生意经上。关胖子长叹一声说："狼走千里终归还是为逮一嘴肉呀！这本是咱众家兄弟稳赚不赔的发家生意，鬼知道突然就来了个天打五雷轰。"

翟大星向关胖子敬了一杯酒，喝得亮了底才说："老板，能遭天磨是铁汉，再说天也无绝人之路，东方不亮西方亮。望海那边给查封了，咱就在天安县这边找个山沟野道去干还不容易？也不一定非要等有人去下水道掏捞回来才能炼；咱就去各屠宰作坊收购些变质动物肝脏，或者死猪死羊死猫烂狗，只要是四条腿长毛带皮的畜牲身上有脂肪，就都可以炼成地沟油，不是什么难弄的高科技项目，甚或许成本还会更低廉一些。就看有没有人敢牵这个头，成这个摊。"

关胖子也多少有些上酒了，便说："有啥不敢的，大不了坐几年牢，花点钱还可保外就医，死罪总归犯不上。只要弟兄们给捧场卖命，这个头我关某人就牵定了。"

四个人又一同把酒杯端起，共敬关胖子，还又是异口同声说："弟兄们跟定关总不回头，有福同享，有难共当，不求同年同月生，但求同年同月死，谁敢有二心，天地不容！"

有此四大金刚铁心卖命效力捧场，让孤魂野鬼般游荡流窜了几个月的关日升立刻就决定重操旧业，再起东山。将杯中酒与四人碰得咣咣作响之后一饮而尽，似醉非醉之中他还是留了一半清醒："咱天都山开发公司就此更名为富隆发展公司，对外就以生产动植物饲料油为掩护，对内则是外甥打灯笼——照舅（旧）。你们四位兄弟还都是公司副厂级待遇，翟大星仍旧全权负责安全保卫迎来送往。不过有一条，从现在起，不管人前人后，谁也不准再向我提一个关字。关二爷败走麦城之后是马尾提豆腐——不能再往起提了。"

虽然说到了败走麦城，酒精的作用让关胖子仍旧非常兴奋，他拢了拢浓密的假发说："从现在起我就是在百万军中可取上将首级的张翼德三将军，天安县张大山总经理是也！称张总或张大老板各位兄弟自便。要有必要我也可以弄一圈张飞一样的虬髯络腮胡子带上，咱哥们要的就是张飞一样的杀气，荡开一条血路就是财宝金银路。只要我有一口饭吃，就不能让弟兄们在采石场的石头块子堆里遭磨难！"

天安县是个自然植被水土流失保持较好的山区县，偏僻而又有水源的地方特别好找。没过多久，翟大星就在几家屠宰作坊联系上了猪、牛、羊等动物废弃的皮、肉、内脏和一些存放过期变质的动物皮刮下来的碎末，内脏膈膜等杂碎可以用来压榨熬炼加工的货源。已经化名为张大山的关胖子也在天安县与望海市搭界的深山区三不管的地带，选中了一个叫菩萨崖而又靠近山溪的地方，依崖就势搭建了工棚，垒灶安锅又开始了用动物肝脏炼制地沟油的黑道生意。

63 除恶务尽

世界上很多被称为秘密之事，其实早就让老百姓的大白话给一句了然：这就是要想人不知，除非己莫为；而还有一句就说得更为精当而又无可逃遁：那就是不怕你不犯，就怕你不干。殊不知，不管他是叫关日升还是张大山，连同其羽翼下的喽啰们，都是一伙验证这些民间真理的咎由自取者。

这些流向餐桌见尾不见首的恶龙造孽信息，通过一级报一级的信息反馈，又汇集到了国家食安办主管领导赵中伟主任的电脑文件夹中。

看到信息来源中天安县的地名，赵主任立即又调出地图来查看。一看是与望海市山连山的一个山区县，善于思考和归纳分析表象与实质辩证关系的这位食安办老资格领导，眉头和眼锋上都纠结成几种不同形式的问号：莫非是去年纵跨几省"霹雳行动"中的几条漏网之鱼又在兴风作浪？

想到这里，立刻就叫田继中处长来商讨行动对策。

田继中处长应声而至，一同和赵主任俯身在桌上的电脑液晶显示屏前仔细巡查审视望海市到天安县一带的地形图。望海市西边的天都山主峰位置和海拔标高都有相应标志。田处长很容易就找到了他在天都山主峰制高点上的遥控占位，小分队六人下到深山炼厂进行拍客行动的位置也指给赵主任看。

坐落在天都山西边的天安县，大部分面积都是峻岭沟谷，找个熬炼地沟油的偏僻场所显然是太为容易了。两个人巡查审视地图的结果是很快就达成了判断上的一致：关胖子和他深山炼厂的几个漏网之鱼，太有可能就在山区另起炉灶又开始重操旧业了。

田处长说："这个关胖子和周文雄是老熟人，二十多年前在望海油脂化工厂当厂长的时候，周文雄还为他写过报告文学之类的软广告文章。没想到三十年河东，三十年河西，这个胖家伙现在走向了负面，成了黑道经营场上的一个典型。"

"改革开放以来大浪淘沙，成就了一批又一批企业精英，当然也难免要出几条变色龙，也算正常嘛！"赵主任处事不仅考虑周全，眼界开阔，也极为豁达乐观，"天网恢恢，疏而不漏。这个地沟油魔头关胖子哟，不怕他不犯，就怕他不干，只要恶行不改，终有落入法网的一天。也正好周五弟的纪实大作《舌尖上的战争》一书即将完稿还没收笔呢，也许这下是天作之合，在等着让漏网之鱼关胖子他们几个头目归案来结尾。"

赵主任在电脑显示屏前坐久了，腰背有些不适，就挺腰伸臂舒缓了一下，顺口吟诵道："江南好，风景旧曾谙，日出江花红胜火，春来江水绿如蓝，能不忆江南？春天到了，要不是一个又一个都是要让食安办牵头的重要会议，我还真想下一趟江南。"

田处长立刻明白了赵主任的意思，随即主动请缨说："杀鸡焉能用关云长的青龙偃月刀，有我们小分队一行七众足矣！去年纵跨几省的一条龙地沟油产业链大案都圆满完成任务，更不会在乎关胖子他们这几条人头娃娃鱼。赵主任您是主持工作的常务，重任在身帅不离位，只管坐镇京城发号施令就成。工作需要再下江南，那是我田继中职责所在，义不容辞。什么时候出发，只需发话，小分队随时待命行动，'食为天万里行'一定会有一个精彩的收官之战。"

"那好，难得你们不辞辛苦，锐气正盛。"赵主任便就具体布置任务说，"再下江南，要求除恶务尽，不留死角。现在办案经费、车辆器械都不存在任何问题，个人所需器物都可以顶格配置，特别是通讯工具，手机按复杂情况需要重新配备，全都开通北斗导航和呼救功能系统，以应急需。宁可备而不用，切不可急用而不备。我要叮嘱的很多，归结起来就是八个字：完成任务，安全第一。"

从赵主任那里领受了任务回到自己办公室，田处长就开始与小分队六个人电话联系。

第一个要通手机的是远在江浙的周文雄，他正在望海市参加市文联的工作会议，一听说有任务，而且又在他所熟知的地域范围，立刻像是拿到了特感兴趣的文学选题，反倒催促田处长尽快带队伍到望海市来接他会齐，这就省去了一场需要时间的南北奔波。

四个年轻人和孙勇军一听说要再下江南追查去年"霹雳行动"的几个漏网之鱼，无不摩拳擦掌，跃跃欲试。第二天就到北京会齐乘车出发。

全国南北高速公路网的联通，给"食为天万里行"监察小分队的巡查工作带来了极大便利，再有凌志车公安特警牌照又是一路免费通行，起个大早轮番执驾，歇人不歇车，当天晚些时候就到了望海市投宿。

周文雄下午就预订了宾馆，直等到了深夜十一点半小分队原班人马一行七众才在望海宾馆迎客厅前握手寒暄。按着迎客饺子送客面的不成文友情应酬惯例，周文雄做东在宾馆附近的饺子王酒楼也预订了接风洗尘的夜宴。

曾经披荆斩棘共同英勇奋斗夺取成功的战友情谊，已经远远超过了职级和辈分所形成的差异。接风晚宴不仅酒喝得痛快，饭菜也觉倍香。

自然田处长首先要开宗明义，简明扼要将国家食安办领导赵主任布置任务时强调"除恶务尽"的行动意图贯彻给大家。而当务之急最凸显的问题是望海市以西山地面积约计三千八百平方公里，在这样大的山岭沟谷地域内去寻找一个规模可能并不会太大的地沟油炼厂，几乎等于是大海捞针。

大家七嘴八舌讨论了许多行动方案，包括动用直升机和卫星红外监测，虽然富有创意及浪漫想象，但是目前却无法付诸实践。一直老实喝酒吃菜的石林忠却出人意料讲出了切实可行的行动方案和步骤。"狼要出来觅食，就总会留下行踪痕迹的。问题是我们必须要拿准他们的行踪命脉所系。既然这次提供的情报信息是用动物内脏熬炼地沟油，我们小分队就只能从生产内脏的屠宰作坊开始摸排，发现案情线索。自然他们会选择人迹罕至的地方去垒灶架锅，但是又必须有可利用的水源。只要抓住内脏来源和水源这两个关键节点，就不愁找不到他们的加工窝点。"

"太好了，石林忠这一下就为我们找到了开锁的钥匙，克敌制胜志在必得。"田处长高兴极了，亲自给石林忠满了一杯酒说，"你这个从太行山走出来的年轻人，沾了西柏坡的宝地灵光，脑袋瓜就是灵透好用。明天我们就通过市县卫生防疫、畜牧和水管部门，弄清这些屠宰作坊和水源分布情况。只要揪住了它个狼尾巴，就不愁逮不住它个狼羔子。来，为了你的好主意，我必须要敬你一杯。"

石林忠受宠若惊，立刻站起来冲田处长端酒说："必须应该是我敬，您既是领导又是长辈。"

"不行，不行！在贡献和智慧面前人人平等。"田队长固执己见，"不分年长年少，谁开动脑筋用好智慧做出了贡献，我们就敬谁。"

见两人谦让不下，孙家父子、周文雄和两位姑娘都端杯站起来说："团结就是力量，咱们同敬同干，预祝完全彻底地胜利！"

自然穆红姐与石林忠酒杯相抵的时候，爱意溶溶的溪流早已在心间荡漾。她爱这个太行山石一样朴实无华的小伙子，最喜欢的就是他不同凡响的质地。

64 热血忠魂

根据地方卫生防疫和畜管部门提供的综合情况，小分队一行在望海市属的肉联厂、屠宰作坊认真巡查了几天，没有发现动物肝脏被用来非法经营牟利的任何蛛丝马迹。大家商量后就一致决定移师西进，重点对以天安县为中心的几个山区县进行突击寻查。

由望海市西去天安县中间隔着天都山系，走大路无论绕行北路或南面迂回，都要多走一百多公里的路程。最新出版五万分之一的望海市地图上，横跨天都山系西去标着一条细如游丝的小红线。本地通周文雄说那就是前几年在全国实施的村村通乡村公路网硬化工程。能够通行的主要车辆就是乡村间常见的小四轮拖拉机、三马子摩托车、微型客货和一些小型农用车。大体路况就是往东西两边出山的方向越走路面越宽，向着山里纵深行车，路面却是越走越窄，因为穿崖过岭的路段修路成本太高，村村通硬化工程是国家补贴地方投资为主。所以很多地方只有两米多宽，仅能容一辆小型车单向通行。小分队的凌志车是越野车型，横跨天都山系自然不会有问题。去年跟踪运货进山的地沟油车所见到的天径沟山门，就是西去跨山的必经之路东口。小分队的拍客行动是向南绕进翻山而下，深入沟谷腹地原先关胖子的深山炼厂，那里距离天安县城还有八十多公里的路程。

周文雄讲明了地域位置和交通路况，四个年轻人立刻踊跃起来，拿出了重走长征路的劲头，一致要求田处长决策跨山行动。

田处长和孙勇军也欣然同意跨山而行，顺道看看去年"霹雳行动"捣毁取缔后深山炼厂的现实状况。周文雄《舌尖上的战争》一书行将收尾，也更想再亲历一回斗智斗勇旧地重游的踏访，或许能触发一些人生履迹再回首的顿悟。

田队长婉言谢绝了望海市食安办主任和食药监局长的一再热情宴请。小分队一行兴高采烈上路。车过天径沟山口，八个多月前那扇像巨锁一般卡住进山路口的大铁门早已不见了。两边的保安岗房贴着望海市中级人民法院的封条。那根栽在地上拴狗的铁桩子已经不见了。周文雄说怕是早让哪个会过日子的山民刨去卖了废铜烂铁回炉炼钢去了。两个姑娘却至今还清楚记得两只看门狗张牙舞爪的咆哮凶态。

武英梅说："那两条狗个儿真大，特像是纯种藏獒。"

孙大宝说："甭管它嘛獒，主人犯了事，鸡犬夹尾巴。"

石林忠驾着车，在山间公路上带起一阵山风的呼啸。路边的松溪河一如故旧地静静流着。春天到了，漫山遍野的翠绿又绽放出大自然新岁月的盎然。

凌志车在河谷小盆地的山间滩道边上停了下来。大家都怀着凭吊旧战场一样的心情，下车来巡视这已被查封的地沟油深山炼厂。

场地上的炉灶和简易敞棚早已被地方执法人员拆除。固定仓库、工人住房和伙房都无一例外被贴上封条。因为主要犯罪嫌疑人关日升等几名头目在逃，公安已发通缉令，地方检、法两院的公诉程序正在进行中。

在以河谷小盆地为中心，方圆八千亩山场面积的领地上，以买断五十年经营开发权为幌子的破产企业主关日升，曾经营造了一个暗藏地沟油经营的黑道王国。而今青山依旧，物是人非，在经历了一场正义与邪恶的较量之后，滩道上仍然可见违法经营者的罪证。作为这场战争先锋触角的"食为天万里行"监察小分队，每一个人都会有一种宜将剩勇追穷寇的豪壮感怀。

武英梅将尼康相机的三脚架撑开调焦后设置到自动拍摄功能，大家拥立着以田队长为中心成一列横队，在这曾经翻山出击成功抓拍黑道罪证的刑侦现场留下立此存照的定格。

重新上路的时候，孙大宝自告奋勇要驾车。周文雄说加倍小心吧，脚下到天安县城八十公里的山路，特别是跨山这五十多公里路窄弯多，越走坡越陡。

石林忠一听就把孙大宝推开，重新迈上驾驶座说："还是我来吧，你这津门大帅哥走这盘肠小路怕是会眼晕的。我自小在太行山里赶过驴驮，这山里人习惯了羊肠小路，看多窄的路心里也是宽的。"

一开始爬山的十几公里路还不算太窄，也不是很难走，大家也就并没有拿石林忠的话太当回事，及至爬上几个大岭陡坡之后，有好几处险段都是一边是山崖峭壁，一边一眼望下去就是看不到谷底的深渊。凌志车在二米多一点的细径上穿行，真让人有些走钢丝绳一样的感觉。坐车后排座位上的孙大宝和武英梅面对看不见底的深谷，心都提到了嗓子眼上，手也时不时地紧紧抓在一块。

而驾车的石林忠却气定神闲，目不斜视，全然一副万水千山只等闲的城府神态。

还不仅是坡陡路窄，很多几近360度的推磨弯道，车身就贴着山石的断面擦过。这让在副驾驶座上引路的周文雄时时提心吊胆，暗自佩服石林忠的车技和心理素质：这年轻人真是块优质的特种钢材！

所幸的是跨山几十公里罕见行人车辆，凌志车在石林忠手里像是山海峰涛中的一叶轻舟，出了望海市地界的一个山口以后，就一路飞旋飘飞而下。方向盘在石林忠手中翻转自如，盘旋而下的左右颠簸却让坐后面的武英梅和孙大宝都很难受。

天都山系的植被很好，车窗外的景致也让武英梅眼羡心痒，于是就说："林忠，开慢一点，放下车窗让自然风对流一下，大家也好享受一下这天然氧吧！"

车速立刻就缓了下来，窗外的山风让大家立刻感受到扑面而来的清新。就这样平缓逍遥游一样又跑了十几公里，忽听对面传来"嘭、嘭、嘭、嘭"的农用车响声。石林忠立刻点了一下刹车，控制住车速，把车停在了一个新开山石路的"丫"字岔路口处。因为山路太窄，对面来车只能有一方预先选好错车点，要不走到顶了牛，就只能多跑一段冤枉路再往后倒。

山脚拐弯处跑过来一辆没挂牌照的农用车。车厢上用苫布罩着。司机并没有减速，沿着新开山石沙土混轧的岔口一直"嘭嘭"着向大山深处奔去了。车尾带起了一阵尘土和柴油机燃烧不尽的黑烟。眨眼的工夫，拐过山坳去就不见影了。

这些都并不重要，重要的是石林忠闻到了一股异味，他皱着鼻子品鉴了一番，立刻断定说："是动物肝脏的腥臭味！没错，田队长，咱先用不着到县里有关部门去了解情况，没准跟上这辆车就会让我们找到加工窝点。"

田队长立刻兴奋起来："真是这样，那就太好了。很多时候有些疑难事是'踏破铁鞋无觅处'，赶巧了又是'得来全不费工夫'。"

"掉头吧，跟上去看看。"农用车带来的这股腥臭味勾起了大家共同的期望值。

石林忠把已经碾过"丫"口岔道的车轮又倒了回来，退到"丫"口处打死了方向盘，倒了好几把才将车头掉转。

这段新修的沙石路坑坑洼洼难走极了。翻过了两道山坳，才瞅见农用车的影子。眼前的景象让大家既兴奋又紧张：农用车停在了一座大山崖前的平地上，正在打开车厢往下卸东西。

山崖根是一个小水库一样的天然山溪。旁边还有一座延伸出管道的扬水站泵房和供电线杆。靠着泵房的旧墙，又新盖了几间红砖房。在天然形成洞穴一样的大崖坎下摆开一溜大锅，正蒸腾着热气。

西照的太阳给这沟岭坡谷的青翠染出了一片片金黄。这个诡秘的加工窝点正好罩在大山的阴影里。

石林忠点住了刹车，向田队长请示说："开上车都下去?"

田队长有点犹豫，周文雄点一下手机屏，看看信号还可以，就说："田队长，您是领导，还在外围遥控指挥，一旦有事请求支援也方便。再说我们这么好的车，还得提防让他们给砸了。我们几个下去看看，既然碰上了，我们能看见他们，他们也一定能看见我们，索性就来个短兵相接，看他们能有几招。"

"也好!"田队长说，"大家都做好充分准备，既然遇上了我们就没有退路。如果有意外情况打电话不方便就发短信。我这就和北京赵主任先取得联系，请领导协调公安部通知天安县公安局准备警力，以防万一。"

石林忠把车开上了一个荆棘丛生的台地，车轮胎在杂草上拧出一个麻花形的8字。把车钥匙交给田队长的时候，石林忠还特意提示领导情况紧急时别忘了启动车载北斗导航终端的呼救功能键。

下车的时候，武英梅手提着她自己的一件红T恤向田队长说："领导，要是我们手机被抢发不了短信，我挥舞这件红T恤就是求救信号。"

大家都是一番慷慨赴敌的样子，这让田队长既高兴又担心，便就安慰说："也许不一定像想象的那样严重。去年那样大的跨省行动我们都经历了，今天他们一个山野加工窝点，看样子也没有多少人，而且终归是邪不压正，最后胜利一定会属于我们!"

田队长的话既是给大家鼓励，也是为自己壮胆。小分队一行六人信心十足往山下步行走去。快到谷底平地的时候，石林忠一摸衣兜才突想起，换衣服时把带针孔摄像头的外罩给留在了旅行包里。

孙大宝说："嘛事也没有，既然是大白天面对面，就用掌中宝拍也无碍。"

周文雄也理直气壮地说："我们既然来面对面监察，就是代表国家管理部门公开执法。该拍就拍，用不着跟他们藏藏掖掖的。"

武英梅和穆红姐也说："咱们小分队连三木公司那样戒备森严的黑据点都给它端了，还会怕这一小撮山野蟊贼!"

就这样你一句我一句互相鼓励着，六个人大大咧咧地来到熬炼现场。一阵阵呛鼻的恶臭让人直想作呕。那辆农用车卸下一筐又一筐的都是些已见腐烂变质的动物内脏，本该是鲜红的血液颜色已都变成了黑紫的汤浆。

场地上排放着二十多个脏兮兮的大油桶，周文雄、孙勇军和孙大宝挨个推了推，发现大油桶大部分还空着，看样子在等着灌装。武英梅和穆红姐数了数，包括卸车过磅、搅锅看火舀油灌装的工人在内还不到二十个人。

各自都在忙活自己活计的工人见到几个人来到炼厂，还带来了两个特为漂亮的姑娘看这看那的，都以为是收购地沟油的老板带着财务人员来看货，也没有人主动上前去盘问。石林忠就乘机用掌中宝将卸车的情景、搅锅人员工作场景和一堆大油桶的资料都抢拍了下来。

周文雄带着几个人把场地内的设施都快要看遍了，仍旧也无人问津。这才来到崖坎下的一溜大锅前，和一个叉着腰看搅锅工头模样的中年人问道："这炼油生意不错呀！老板在哪发财？"

中年人将脸向红砖房那边一撇说："老板在老板待的地方。"

周文雄还没来得及再问，就听那边正在拍动物肝脏在大锅里翻搅熬煮特写镜头的石林忠"哎呀"惊叫了一声，被一个手持镐把的粗黑胖子一镐把敲在后脑勺上击倒在地。

穆红姐见状急了眼，"哇"地大哭一声扑上去，抱住倒在地上的石林忠失声大哭。

周文雄、孙勇军和孙大宝一看石林忠被击倒，立刻跑过来一起救护。武英梅掏出手机刚要发短信，就被粗黑胖子给抢上去劈手夺去。武英梅无奈，只好挤出围过来的人群，将搭在肩上的红T恤向半山台地上的田队长拼命挥舞。

65 北斗呼救

在半山台地上的田队长一直盯着下边的动静，见人都围成了一圈就知道情况不好，看到了武英梅挥舞的红T恤就更明白出现了紧急情况。立刻启动了车载北斗导航的紧急救援功能键，向所在地警方发出请求救援信号。同时又再一次拨通了北京赵主任的手机，请求催促公安部门火速救援。

这一切都是在几分钟之内完成的信息传递。天安县公安局很快收到了省局转发公安部刑侦局特急电令。已在待命的刑警大队大小警车全部出动。县公安局指挥中心每隔五分钟一次向执行任务警督报告发出求救信号车辆所在方位。

一路上，县公安局的几位局长和刑警大队长多次通话互为警策，务必加倍认真，全力以赴保证百分之百圆满完成任务：因为这是建局以来公安部第一次给县局的特急电令责成办案，如有闪失，必当问责，大家名字后面的长字给去掉是太容易不过的事。

提着镐把气势汹汹的粗黑胖子翟大星认出了周文雄一行六人。因为他对两个美女曾经多看了不只几眼，留下的美好印象还残留在他多次的美梦中。除了被击倒在地的石林忠，小分队其他五人也认出了粗黑胖子，因为他那一脸横肉实在非常典型，而且让人生厌。只是不知道他叫翟大星。

认出了粗黑胖子就是去年那天中午在望海市那边松溪河滩道深山炼厂驱赶他们的家伙，周文雄便立即断定这又是关胖子投资新成立的加工窝点。见翟大星指挥工人们都围上来，周文雄就厉声向翟大星质问："你们想干什么？凭什么无故打人？"

翟大星恶狠狠地说："打你们还是轻的！去年就是你们砸了我们炼厂的饭碗，今天又来捣乱！"

这时候，穆红姐抱着昏迷不醒的石林忠哽咽连声："林忠……林忠……你醒醒……醒醒呀！"石林忠后脑出血，已经把穆红姐的白夹克衫染红。虽然昏迷不醒还是将掌中宝死死抓在掌中。武英梅和孙家父子围在旁边也茫然不知所措。周文雄担心镇不住这个凶神恶煞的粗黑胖子会延误了对石林忠的施救，忽就心生一计大声说："把你们老板关日升找来，我有话跟他说！"

翟大星听了一愣："你是谁？"

"我是你们老板朋友，老熟人！"周文雄着急呵斥道："还不快点，你有几条命？耽误了抢救你就死定了！"

这个朋友老熟人的称谓一下子把翟大星给弄蒙了，一边骂骂咧咧走出人围中，一边嘟囔说："还有他娘这样专砸饭碗的朋友？"

周文雄腰间的手机"嘀"地响了一声，急忙打开一看是田队长发过来的短信："坚持一下，马上就到。"这一下他心里有了着落，立刻安慰另外几个人不要着急，办法会有的，又随手给田队长回了短信："快要救护车，林忠被伤。"

正在红砖房里跟手下三个头目商量如何低成本扩张的关胖子，偶抬头隔窗看见人们都围了一圈，不知道发生了什么事就出来看个究竟。一出门就见翟大星手提镐把，杀气腾腾的样子，就问："怎么回事？"

"干倒一个探子，还有同来的一个半大老头，说是老板的朋友、老熟人。"

关胖子正正假发套责备翟大星说："别动不动就打打杀杀，弄砸了就是一地鸡毛，鸡飞蛋打有什么好？东躲西藏的罪还没有受够哇？刚有了个立脚之地，和气生财，既是朋友、老熟人，请他过来，有啥不好商量。"

翟大星一走，围着的一帮人听周文雄说是老板的朋友，也就没有人再要强行发难。见敌对的状态稍有缓和，周文雄向孙勇军递个眼色，一语双关地说："三哥，你照顾好孩子们，我去跟他们老板协商，一切问题都会解决！"

几个人都明白周文雄话的意思是要争取时间，只是石林忠的伤势过重，穆红姐已经是痛不欲生的样子。然而事已至此，最好的办法也是只有坚持。

周文雄冲着红砖房里走出来的关胖子走过去，虽然戴着假发套，还是能认出那种弥勒佛一样的脸型下隐匿着的狡诈。关胖子也一眼就认出了周文雄，而且还是特为热情地抢前一步伸出手来寒暄："噢噢，是周作家，多想你呀老朋友！不坐空调屋里去当你的文联主席，跑到这深山老林来看风景？是吧！"

"嘿！"周文雄慨叹一声说，"一言难尽吧！"

关胖子心里有鬼，自然要兜圈子转磨道寻思自圆其说之词，而周文雄正巴不得他弯子绕得越大越好，他现在需要的正是时间。救援人员来得越快越好，关胖子的圈绕得越大越好。在这快与慢的交汇间距中，周文雄已有足够的心理准备，拿捏好分寸。目的就是稳住这伙不法之徒，千万不能让他们四散而去深山溃逃，同时也不能让小分队的人员再受伤害。

看到自己老板将周文雄贵宾一样请进屋里，打人凶手翟大星反而不自在起来，将镐把往墙角一扔，耷拉着脑袋像个受了主人冷落的守门犬。

这化名张大山的关胖子老板所谓办公室，不过就是红砖房里水泥抹了一下灰，摆了三张写字桌，放两张床可以睡觉的地方。再就是摆台饮水机，放个电磁炉可以烧开水。

关胖子给周文雄沏了一杯茶，非常谦恭地说："实在不好意思，我们这里暂时还是白手起家，条件非常有限。让周主席受委屈了。"

周文雄接过茶杯，吹一口正在沉下去的茶叶说："我倒没什么委屈的。只是你的手下把我们的学生给打伤了，你说怎么办吧？"

"有你我两个老朋友在，这事都好办。该住院住院，该赔钱赔钱。刚才我已经批评他啦！"关胖子指着坐在墙角的翟大星向周文雄说，"这个愣头青呀，就是爱动手，给我惹不完的事。周主席您大人不计小人过，有啥要求就冲我来。钱上的事就都好说。当年我在望海油化当厂长，您写文章登报也为我成名帮了大忙，就算我后报有期。"

关胖子提起二十多年前的事情，周文雄想这个蘑菇还就算泡上了，就故意问他企业破产以后的经历。关胖子就过五关斩六将云山雾罩一气瞎侃不止。

田队长在路边向飞奔而来的开路警车招了一下手。车停了，副驾驶座上下来一位精干的持枪干警，自我介绍说是天安县公安局刑警大队副大队长，大队长陪同局领导在后面的中巴车上，120救护车随后就到，并请田队长上车协同参加现场行动。田队长上车后向副大队长出示了一下国家食安办的特派监察证，并说行动越快越好，须防涉案嫌疑人向山林深处窜逃，监察小分队的同志已被围施暴多时了。

警车在颠簸中疾驶在坑洼不平的山间沙石路上，后面的两辆中巴车也紧跟了上来。

还在红砖房里与周文雄神吹海聊想套底牌的关胖子，做梦也没有想到干警会来得这样快，也没有想到小分队会从天都山的盘山小径上跨山而过，因为路面过于窄狭，公务用车从来不走这条路，因此也未设防，只在通往县城方向的山口雇临时工设了一个简易哨卡，一见警车早已抱头鼠窜而去。

从三辆警车上跳下来二十多名持枪干警，一轰隆赶羊似的就把炼厂内十几名雇工圈在了一处。孙勇军一指红砖房向田队长说："头目们都在屋里蘑菇周作家。"和田队长同车来的那位副大队长带着几名干警立刻冲向红砖房去堵关胖子和几名头目。

120救护车也紧跟着赶到。武英梅、孙大宝和穆红姐帮着医护人员把石林忠抬上担架，拥上救护车，向着县城医院疾驰而去。

关胖子和手下的四个小头目隔窗看见突然来了这么多干警，一下子全吓得软了半截身子。本来凶神恶煞的翟大星，一脸的横肉立刻变成了哆嗦肉。原来作恶者也知道罪有应得的时候到了。关胖子突然悟到周文雄此行的重要身份，就立刻向周文雄求告道："周主席，您老是场面上的人，又是名作家，看在老朋友的分上，求您给说句好话，我们用这些废弃物炼油，可以用来做饲料油、生物柴油，变废为宝，并不犯法呀！"

未及周文雄开口，刑警副大队长已经带着几个干警闯进门来，银亮的手铐突然就像雄鹰抓兔子似的，把五个家伙铐了个变颜失色。

　　一位干警拿着五张通缉令一一辨认，随即一把将关胖子的假发抓了下来，然后点了一下人头说："五个全在，今天算是一锅端了，圆满完成任务！"

第七章　太行山高

66　泣血送行

"食为天万里行"监察小分队再下江南的任务圆满完成了。但是智勇双全的石林忠在天安县医院抢救无果，经北京国家食安办赵主任与北京协和医院联系，搭乘民航班机专人特别护理来京继续抢救，终因脑部受伤太重不幸壮烈牺牲。

抢救期间，国家食安办派专车到太行山石林忠老家接其父母和弟弟石林义来北京协和医院探视陪护。穆红姐则完全像个媳妇一样从医院病房到旅馆房间陪护石林忠，安慰照顾老人和弟弟。武英梅和孙大宝也一起轮班陪护。毕竟是同窗三载又共同经历了近一年的南北转战出生入死，双重厚谊的同学战友情也堪比骨肉至亲。

国家食安办常务副主任赵中伟亲自主持，起草了关于追认"食为天万里行"监察小分队志愿者石林忠为"食品安全卫士"英雄称号的报告，会同公安部协调民政部拨付抚恤金专款，并为亲属落实国家牺牲烈士的顶格待遇。

田处长、孙勇军和周文雄三人忙碌奔波于北京、河北省、市、县太平洋保险公司和石林忠太行山老家之间跑办石林忠后事。

一切办妥之后，赵主任又和田处长商议，决定于清明节前一天在石林忠老家为烈士举行一个简朴而又隆重的骨灰安放仪式。为仪式筹备工作打前站的任务自然又落在了小分队几人身上。

石林忠的老家就在太行山里历史上著名的"抗日模范根据地"晋察冀边区所在地。公路沿途的石材厂很多，专业刻碑记的工匠就在路边露天作业。电话上请示赵主任同意，田处长就让周文雄现场挥毫，付定金为石林忠定刻了一块"食品安全卫士"石林忠烈士之墓的石碑，落款是小分队志愿者立。

　　这天一大早，赵主任的专车就从北京出发，八点半赶到河北省会车站出口接上从河南赶来的李陶然，钱发旺老板则从山西直接取道赶往太行山里石林忠的老家石崖村会齐。钱老板还特意为烈士亲属准备了二十万现金的慰问金。

　　国家食安办赵中伟常务副主任毕竟是中直机关的现职领导，石林忠又是因公牺牲，省市闻讯后来了一个副省长和市委副书记专程进山陪同，省市食安办、民政、卫生、食药检部门领导、县委四大班子主要领导也都按时赶来送花圈参加仪式。筹办者的原意是动静小一点，没想到赵中伟的级别在那又是京官，他这一动，下边就来了个连锁反应，立刻有了一连串回响。石林忠的母校天津武警公安学校的副校长、系主任、班主任和学生代表也专程赶来。

　　这天正是太行山里风和日丽的阳春。赵主任的奥迪车从石太高速上下来就直奔省道平涉路一路向北进山。平涉路是连接平山和涉县两个老革命根据地的省道干线，基本上是沿着太行山南北走向在山里穿行。进入当年抗战历史上晋察冀边区的地界以后，山势凸显峥嵘。车窗外闪过的一座座高耸峻拔的悬崖绝壁，给人以一种铜墙铁壁和钢铁长城的强烈感受。司机点了几下车上的卫星导航显示屏说："这里离西柏坡很近，多不过几十公里的路程。"

　　李陶然摇下车窗浏览山景，并特有感触地指给赵中伟看说："这地方山势峻拔，峭壁擎天，太富于感染力了，立刻让我想起在哪见过的一幅大型油画，给人强烈感受，壮美至极。"

　　赵中伟顺着李陶然的所指看了又看说："没错，是在西柏坡纪念馆大厅里的一幅大型油画，就是用老一辈革命家的肖像立体构图，用不同色彩融汇成开天辟地的气势。我在油画前留过影。那位画家叫陈承齐，当代油画大作名家。"

"是，我也想起来了，是在西柏坡纪念馆。"李陶然的灵感终于在现实中找到了印证，"这太行山无愧是中华民族的脊梁之山，怀揣了西柏坡这颗让梦想成真的明珠，就会让地灵人杰，英雄辈出。石林忠就无愧是90后青年一代中的当代英雄。"

各级领导几十辆各色式样的锃亮轿车突然在一个时间段内涌进了太行山窝里的石崖村，让这春日的大山褶皱里立刻就沸腾起来了。

石林忠的家是太行山中那种传统的农家四合院。石父是1979年参加过对越自卫反击战的复员军人，与石母老夫妻俩耕种着六亩山地，二儿子石林义是县一中的高三应届生。

省、市、县及乡镇的各级领导进村后都先到家中慰问烈士亲属，送上了数量不等的慰问金。赵中伟、钱发旺、李陶然的到来更把慰问气氛推向了高潮。钱发旺老板看到石家是个典型的纯农户，除了送上二十万慰问金外，还大包大揽说要负责二儿子石林义上大学的一切费用。

大儿子牺牲的巨大伤痛和随之而来社会各界的援手纷纷，让石林忠父母震惊得有点发晕。特别是穆红姐一口一声爸妈，儿媳一样的尊称，更让老两口不知是谁该安慰谁才好。

石林忠的墓地选在了石崖村西的大青山下。这里离太行山里著名的百团大战英烈纪念碑林相距很近，都是为国为民牺牲，墓地的选址上合天意，下顺民心。

石崖村能走出门来的男女老少都来参加了骨灰安放仪式。虽然石林忠是小辈晚生，但他为石崖村和太行山带来了巨大的荣誉和感动。

山民们从来没见过这么多精美别致的花圈和挽联。特别是赵中伟代表国家食安办、小分队全体和穆红姐署名落款送的三副挽联，让来拍新闻的记者都当成精美的艺术品来拍摄留存。

国家食安办的挽联是：

食安卫士，南征北战惩腐恶；
痛失英才，父老乡亲悼英灵。

"食为天万里行"监察小分队的挽联是：

舌尖上战争，英雄奋勇指顾间；
战友间厚谊，克难豪气撼九天。

穆红姐的挽联是：

石家俊男，林中响箭，伴去侣伤放单飞；
穆氏痴女，红绳永系，姐携君第事双亲。

这是爱的表白，也是爱的承诺。穆红姐与石林忠同年同庚，她还稍长几个月。俩人同窗共读，相恋三载，虽未成婚，却是休戚与共从不隔心。仅就看到穆红姐陪石母在石林忠遗像长歌当哭痛彻肝肠的哀婉之声，就已让父老乡亲和各位来宾感佩唏嘘不已。

上午十一时三十分，国家食安办正式命名的"食品安全卫士"烈士石林忠骨灰安放仪式仪程完毕之后，石父和二儿子石林义亲手把挽着黑纱的骨灰盒放入墓碑后的石砌小窑洞内。

洞口刚刚完全封闭，一直跪地恸哭不止的穆红姐突然跪步探身在墓碑前点燃了一沓纸钱，稍后在纷飞起舞的纸灰上洒酒致祭。紧接着又是声嘶力竭地大哭三声，在长长的一声哽咽之后，"哇"地吐出了一口鲜红。武英梅和李陶然急忙一人一条胳膊将她拖起。她却顿足抢地死活不肯离开墓地，一边还在声声呼唤去往天国路上的石林忠："林忠啊！你在哪，在哪里？我看不见，看不见你了呀……"

在场干部群众无不为穆红姐为男朋友的泣血送行而潜然动容。

几天以后，经过北京医院眼科主任医师的精心治疗，穆红姐已经基本恢复。眼科诊断结论为过度悲痛长时间痛哭引发眼结膜充血；内科诊断结论是过度疲劳，饮食失调急性胃炎引发胃黏膜出血。

阳光照进病房。双双陪护在病床两侧的武英梅和孙大宝望着穆红姐熟睡中秀气而红润的脸相不经意间又掐上了。

孙大宝冲穆红姐努努嘴对武英梅说："看看人家，嘛样表现，学着点吧！我要是石林忠就壮烈一百次也万死不辞！"

武英梅抛给他一个白眼仁说："美不死你呢！人家是杜鹃啼血唤真情，我修炼下你这个大活宝，只要笼头一松，就溜到网上去撒野，别把我气得吐血就阿弥陀佛了。"

　　穆红姐一睁眼醒了，不无惊奇地问："你俩说什么陀佛呢?"

　　俩人同赔一个笑脸齐声说："你恢复得很好，真是阿弥陀佛!"

2013年3月8日改定

后 记

    作家比普通人多了一重身份，也注定多了一份责任和担当。然而同样与常人一样，无论大小作家或是得了诺奖的莫言，照常要食人间烟火，从米、面、油、蛋、肉等诸多舌尖上的美味中汲取营养。也正因为普天之下的芸芸众生都要经舌尖上进食维持生命，通向舌尖的各个渠道和领域就有了逐利的空间。于是，舌尖上危机四起，要案迭出：地沟油、苏丹红、瘦肉精、假酒、毒奶粉、镉大米……让国人防不胜防而又触目惊心，张口欲食，心生隐忧。"舌尖上的中国迎来百毒盛开的时代"虽是网民的调侃之词，严酷的食安现实却让国人的期望值和心理承受能力一再降至冰点。

    自然，一日三餐大家都不可能去喝西北风，也无法再生出一个百毒不侵的中国胃来。面对食品安全的严峻形势，作家的良知和出版社图书策划人的社会责任感都被不法现状的"食安"烈火炙烤着。由此，《舌尖上的战争》这部图书选题应运而生。作家出版社的著名图书策划人，资深编审刘英武先生曾为此选题绞尽脑汁，多次约谈作者做深度沟通，足足磨合了两年之余，才下定赴汤蹈火的决心来捧托这块烫手的山芋。

    这真是一块货真价实的烫手山芋。因为炙烤它的有红火、白火、蓝火甚而黑火，当然还有国人"民以食为天"的万丈怒火，弄不好就会捅娄子，就应了我们老辈家乡人常说的一句俗语：老公公背着儿媳妇游五台——受了苦落个烧爆头。

    在担心负面作用的同时，却又更燃旺了作者"明知山有虎，偏向虎山行"的创作激情。

    但事关重大，食品安全黑洞频现，大案、要案南冒北露按下葫芦荡起瓢，曝光率似已成诸多热点问题之首，国人的神经一再遭遇强刺激和内外伤。仅以一人之力，实难当此大任，又不是光关在书斋里闭门造车所力所能及。于是就有了新时期某著名大学首届作家班"黄埔一期"三剑客的联手协作。好在"三剑客"都有多年从事记者和在文联作协任职的经验，现代化的交通和通讯又提供了极大的便利，三人"南征北战"进行采访，掌握了大量食安现状及各种案例的真实材料，并得到国家主管部门和各级政府的高度重视和大力支持，使这部作品最终面市。

现实生活提供的写作材料既丰富生动也纷繁复杂，作者在伏笔沉思中认真选择了最为省俭而又畅达的叙述方式，通过举一反三、以一斑而窥全豹来表现内容，把食品安全诸多大案、要案置于真实的背景下，将人物事件集中熔铸提炼，形成了一个非虚构纪实体小说的杂糅文本，更便于读者阅读省时而收益倍增。

民以食为天，国人是最讲究吃的伟大族群，通常过节就是舌尖上的聚会。贫苦的日子里，为吃饱而艰苦奋斗；奋斗到有饭吃了，则开始考虑怎样吃好、吃精。曾几何时，舌尖上的安全成了全民头等大事，餐桌上最大的事变成了吃什么才安全，当以吃文化著称的国人面对舌尖上的美味开始战战兢兢的时候，美好的吃文化被蒙上一层哀伤悲怆的阴云，我们五千年文明的美食文化也因之大打折扣，大煞风景和大倒胃口。

食品安全一方面关系到大众的身体健康和生命安全，一方面又关系到经济健康发展和社会稳定，关系到政府和国家的形象。舌尖上的战争，是一场关乎全民族每个人的国家行动，是一场没有硝烟的战争。我国食品安全的严峻形势虽然已经引起全社会高度重视，但是，成为文学典型和进入文学画廊的文本尚且鲜见。作家之笔触延伸进食安领域，揭露毒食品生产经营黑幕，引发全社会进一步关注食品安全问题，提高全社会对食品安全的关注，这是我们的写作初衷。

《舌尖上的战争》中的许多故事和人物情节都来自现实生活，就发生在我们身边。大家都在说食品安全，但并没有形成人人维护食品安全的局面和氛围，对于某些人来说，一方面是问题食品的受害者，一方面又是有害食品的制造者。而最为可怕危害最大的是极个别生产制售有害食品的经营者只认利润丧失良心。"食"字上面是个"人"，下面是个"良"，从字面上看，也就是说从事食品行业的人必须要讲良心，没有良知没有底线的人，不配从事食品生产。食品不安全并非单是法制不健全和标准缺失造成的，而首先是那些经营者的道德缺失造成的。单靠法制保证不了我们的食安健康，也拯救不了违法经营者的良心。这部非虚构纪实小说的指向首先是在叩问与食品有关经营者的良心，也在叩问社会良心，叩问人类的良知。

既然题之为《舌尖上的战争》，实际上就一定存在着敌我对垒的界限。那些无视党纪国法，置天理良心于不顾，为追逐违法利益而去制售有毒食品的经营者就是我们大家共同的敌人。这场"舌尖上的战争"既是保卫战也是反击战。"今日欢呼孙大圣，只缘妖雾又重来。"为那些挺身而出勇敢捍卫食品安全的志愿者树碑立传，当是作家义不容辞的责任和使命。

据网络传媒披露，有一位给"地沟油"制售者曝光的记者已经倒在了黑打手的棍棒下。这就足以说明"舌尖上的战争"是正义与邪恶的殊死较量。要想取得这场战争的完胜，光靠志愿者们的无私奉献还远远不够，还要靠广大人民群众的团结协作，同仇敌忾，形成人民战争的汪洋大海，让违法生产经营者成为过街之鼠，人人喊打，铲毒除根。国际歌里早就唱的非常明了："要创造人类的幸福，全靠我们自己。"所以，在本书附上了有关部门提供的《食品安全101法》，有助大家防患于未然。

虽经国家有关部门的多次重拳出击，食品安全形势仍然严峻，"食为天黑洞"频现，谁能补天裂？众志成城，众手剿毒，就是炎黄始祖女娲的炼石补天之手。宋代爱国主义词人辛弃疾一千多年以前就在一首名为《贺新郎》的词牌中豪情大述爱国忧民之怀："我最怜君中宵舞，道男儿到死心如铁，看试手，补天裂。"

展望前路，确保食品安全的征途任重而道远。当这部《舌尖上的战争》与你谋面的时候，三剑客或许正在继续探查食品安全"黑洞"的艰辛之路上仗剑拨荆。如果这部作品能让你惊而奋起，共手补天，那正是我们心血奔涌汗水飞溅奉献精诚的初衷得到的最好回报。请广大读者朋友一道上路，众手共力，同撑防护食品安全的天罗地网，将"舌尖上的战争"进行到底！

在此书面世之际，特向河北省石家庄市井陉矿区检察院原检察长刘惠民先生为本书校勘和提供法检咨询深表谢意！感谢挚友乔秀亭先生和甄凤山学兄为本书勘误补正不舍昼夜。同时特别致谢著名评论家张东焱教授在百忙中拨冗精读原稿，并以名医切脉问诊食安现状的巧智慧心撰写评论。

让我们以笔为枪文字为弹，打好舌尖上的保卫战，与广大读者同盟军共享盛世华年！

作者

2013年5月于寓所

附录：食品安全防范101法

面粉的鉴别方法是什么？

答：面粉主要是标准粉、精白粉。标准粉色灰白，精白粉色洁白，呈粉末状，无杂质，用手捏无粗粒感，具有正常的香甜气味。掺假面粉主要是指往面粉中掺入大白粉、石膏、滑石粉等，一般感官方法不易鉴别，但可用简易的化学方法测定灰分含量，如果灰分超过1.6%（但一般平均为1.0%），就可算出灰分中掺入的杂质重量。

大米的鉴别方法是什么？

答：优质大米：米粒饱满，洁净，有光泽，纵沟较浅，掰开米粒其断面呈半透明白色。闻之有清新气味，蒸熟后米粒油亮，有嚼劲，气味喷香。

糯米的鉴别方法是什么？

答：中籼糯米呈长椭圆形，粳糯米呈椭圆形，均呈乳白色，不透明。蒸煮时吸水率及胀性最小，黏性强，富有光泽。一般向糯米中掺入其他大米的掺假糯米可用碘酒浸泡片刻，再用清水洗净米粒，糯米为紫红色，而籼米或粳米显蓝色。

小米的鉴别方法是什么？

答：一般小米呈鲜艳自然黄色，光泽圆润，手轻捏时，手上不会染上黄色。若用姜黄或地板黄等色素染过的小米，再用手轻捏时会在手上染上黄色，或把少量小米放入杯中加入少量水，摇晃后静置，若水变黄即可说明该小米染过色。

淀粉的鉴别方法是什么？

答：优质淀粉：粉色白净、有光泽，沸水冲调后，熟浆稠厚，浅褐色微透明。把粉放在杯内，用冷水充分搅拌静置后，水面上无浮皮，底部无泥沙，粉质纯净。用手拍打装粉布包即可见粉尘飞扬，成把紧捏时，粉尘从指缝外喷，松手时即全部散开，手感滑润，小块极易松碎。

劣质淀粉：粉色灰白，粉粒不均，沸水冲调后，熟浆色深灰带黑。冷水搅拌静置后，上见浮皮，下有泥沙。成把紧捏不外喷，放手后不易散开，手插入粉袋，中心发热。

方便面的鉴别方法是什么？

答：优质方便面：外形整齐、方正，色泽均匀一致，面色白净无杂质，没有断裂、残渣，气味正常，开水泡后不夹生、不牙碜，仍保持完整。

食用植物油的鉴别方法是什么？

答：食用油脂分为植物油脂和动物油脂。我国目前食用植物油分为4个等级，即二级油、一级油、高级烹调油、色拉油。普通芝麻油（香油）、花生油、大豆油、菜籽油、葵花籽油属二级油和一级油，大多是散装；高级烹调油和色拉油属高级食用油，都有包装，色泽透明，无腥辣气味和异味，加温时烟极少。

优质食用油：水分含量和杂志含量分别不得超过0.2%~0.3%，油质清澈透明，具有固有的气味和滋味，无异味。

劣质食用油：用一无色透明玻璃杯取少量油脂，放在散射光线下观察，色泽深暗、欠清亮，不透明，混浊甚至有悬浮物。加热后有酸、苦甚至霉味，食之有麻舌头、辣嗓子感觉。加热至150℃左右冷后倒出有坐底现象，越多说明杂质含量越高。

掺假花生油的鉴别方法是什么？

答：目前，花生油掺杂棕榈油现象非常普遍，可以说是花生油掺杂使假中最常用的手法之一，其主要原因是棕榈油无色、无味，将棕榈油掺入花生油后，基本上不会大幅度改变花生油原来的香味；此外棕榈油成本低，其价格不过是花生油的三分之一左右，因此，不法生产者通过对大批量的花生油掺杂使假，可以从中牟取暴利，那么购买花生油时如何识别其是否掺有棕榈油呢？一是棕榈油熔点比较高，一般在18℃~22℃之间，低于这个温度时，棕榈油就会从液态凝结成固态，而正常的花生油的熔点一般在3℃~5℃之间，所以在气温降至18℃左右就出现凝固现象的花生油，而且凝结成白色结块，有的成片状或悬浮在油体中或紧贴在塑料桶壁上，有的则凝结成一整块，倒也倒不出来，这表明这些结块的花生油都掺入了棕榈油。

掺假小磨香油的鉴别方法是什么？

答：掺假的小磨香油颜色变深，如掺棉籽油呈黑红色，掺菜籽油呈深黄色。另外，小磨香油本身无油花，倒油时出现的油花极易消失，如果油花泡沫消失很慢，表明掺假。还可以用筷子蘸一滴，滴到平静水面上，纯小磨香油出现无色透明的薄薄大油花，掺假者会出现较厚的小油花。

鲜肉的鉴别方法是什么？

答：新鲜肉应是肌肉有光泽、红色均匀、脂肪洁白（牛、羊、兔肉或为淡黄色），表面清洁，滋润，新切表面微呈湿润、不发黏；指压肌肉后的凹陷立即恢复；具有应有的正常香气；肉汤清澈透明，油脂团聚于汤的表面，具有香味。

一般劣质肉：肉表面过度干燥或过度湿润，发黏，在切面放一滤纸能吸附大量水分，手触切面感觉很黏、很湿。肉色发灰或灰绿色，新切面呈暗色、淡灰绿色或黑色；手按压后不能复原，甚至有显著腐败气味，脂肪呈污灰色，有酸败或显著哈喇味。

母猪肉：皮软厚，皮面上毛孔大，肩臂部皮上有如米粒般的凹空（砂眼），小腿部皮多皱褶，乳头长、细、大。脂肪呈青白色，坚硬没有弹性，手摇时有"嘎吱"声；有的母猪皮与皮下脂肪间有一薄层脂肪呈粉红色，即所谓"红线"。

公猪肉：皮粗糙厚硬，毛孔大，刀切脂肪阻力较大，切开后可见脂肪颗粒粗大，肌纤维粗糙，有时有特异刺鼻的臊臭气，久煮不烂。

注水肉：一般发肿、发胀，表面色淡，非常湿润，吊挂的肉常有水珠滴下，用手指触摸，按压弹力差，有水流出，使手指沾湿。切口有水掺出，在切口处插入0.5宽滤纸条，深度1—2，1—2min后纸条即湿润。

对于白条猪，先看皮肤和放血程度，凡是皮肤发红、出血或针点状出血、枕块形出血、丘疹、水疱的是病猪。病猪一般放血不良，肌肉颜色发暗，呈暗红色，肋骨间血管充满黑蓝色凝血。再看胸、腹膜，正常猪的胸、腹膜，色泽新鲜光滑，无粗糙感；病猪胸、腹膜上有出血点，甚至腹膜下的毛细血管呈红黑色血管网，胸膜粘连，上面有纤维状附着物。

如何识别注水猪肉？

答：注水肉表面看水淋淋的，特别亮；用手摸，没有黏性；用刀切，注水肉弹性差，刀切面合拢有明显痕迹，如肿胀一样。将卫生纸贴在刚切开的切面上，不注水的猪肉，一般纸上没有明显浸润或稍有浸润，注水的猪肉有明显浸润。将普通报纸贴在肉上，正常鲜猪肉有黏性，纸不易揭下，注水猪肉没有黏性，很容易揭下。

如何识别病害猪肉？

答：病害猪肉常见的特征：

用肉眼观察就可以看到猪肉中有小米粒至豌豆大小不等痘粒。在痘粒囊液中有一个白色的头节，就像石榴籽。

肉上可见大小不一出血点，肌肉中也有出血小点，全身淋巴结（俗称"肉枣"）都呈黑红色，肾脏贫血色淡，有出血点。

在肉的表皮，可见方形、菱形、圆形及不整形、突出皮肤表面的红色疹块，或表皮是紫红色、脂肪灰红或呈灰黄色、肌肉呈暗红色。

如何识别老母猪肉？

答：一看皮肤：正常猪肉皮肤表面洁白平滑，而老母猪肉皮厚粗糙，有很多皱纹，毛孔清晰可见。

二看肌肉：正常猪肌肉红色均匀，有光泽，指压有弹性。而老母猪肉肌肉呈深红色或紫红色，肌肉断面颗粒大，肌纤维粗长，纹路明显。

三看脂肪：正常猪肉脂肪洁白，而老母猪肌间脂肪很少或缺乏，老母猪猪肉乳头粗长，乳腺组织发达，呈海绵状，去掉乳腺组织的老母猪肉，会有明显的痕迹。

五闻气味：新鲜正常猪肉具有鲜肉的正常气味，老母猪则有一种腥味。还可取一小块肉进行炖煮，老母猪肉不易煮烂。

如何选购熟肉制品？

答：消费者在购买熟肉制品时，注意以下几点：

一看包装：产品包装要密封，无破损。不要在小贩处购买不明来历的散装肉制品，这些产品容易受到污染，质量无保证；

二看标签：规范的企业生产的产品包装上应标明品名、厂名、厂址、生产日期、保质期、执行的产品标准、配料表、净含量等；

三看生产日期：应尽量挑选近期生产的产品。生产时间长的产品，虽然是在保质期内，但香味，口感也会稍逊；

四看生产企业：大型企业或通过认证的企业管理规范，生产条件和设备好，生产的产品质量较稳定，安全有保证；

五看外观：各种口味的产品有它应有的色泽，不要挑选色泽太艳的产品，这些漂亮的颜色很可能是人为加入的人工合成色素或发色剂亚硝酸盐。即使是在保质期内的产品，也应注意是否发生了霉变；

六看是否有冷藏：一般来说，西式方腿类产品要储存在5摄氏度以下，温度高，产品就容易变质。购买时，消费者一定要看清楚储存温度要求，尤其是夏季高温季节更应注意。这类产品最好到大商场、大超市去买，因为这些场所有正规的商品进货渠道，产品周转快，冷藏的硬件设施好，产品质量有保证。

咸肉类的鉴别方法是什么？

答：优质咸肉：肉质紧密呈鲜红色或暗红色，皮干硬洁净呈苍白色，无霉变或黏液，切面呈红色、均匀，弹性好，脂肪呈白色或带微红，肉质结实，有特有咸肉香气。

劣质咸肉：肉质结构疏松呈暗色、发黏，表面有霉迹，切面色泽不均匀，呈褐色和灰色，弹性差，脂肪发黄，有明显酸臭或哈喇味。

香肠制品的鉴别方法是什么？

答：腊肠类应是纯肉制成，不准添加淀粉。

优质香肠、香肚：肠衣干燥结实，无黏液和霉变，紧贴肉馅，用刀切开后切面坚实，有光泽，呈均匀灰红或玫瑰红色，脂肪白色，具有香肠、香肚独特香气，无霉变和酸臭味。

劣质香肠、香肚：肠衣上覆有黏液或霉层，肠衣易与馅分开，切开肉馅呈灰色或淡绿色，肥馅呈污绿色，有苦涩、腐败气味。若具有干燥外膜，结实有弹性和均匀色泽，但缺乏应有香味，一般为非新鲜肉所制。

火腿制品（以中国火腿为例）的鉴别方法是什么？

答：优质火腿：外表新鲜而清洁，皮肉干燥，皮色呈棕黄或棕红色，略显光亮；肉质坚实而有弹性，形状完整均匀；切面脂肪薄而呈白色，瘦肉层厚而呈鲜红色，有浓郁火腿香味。

劣质火腿：外表湿润、松软，有霉烂和黏液，肉质松弛不实，脂肪呈黄色或褐色，无光泽，有明显哈喇味。

活禽的鉴别方法是什么？

答：购买活禽时，鸡的羽毛光滑、丰润，眼睛有神，鸡冠呈红色、胸骨不突出的质量为好；相反，鸡在打瞌睡，羽毛松弛，眼睛无神，肛门处有屎，则不宜购买。

如何识别屠宰后的家禽？

答：市场有时会出现注水家禽，识别注水家禽的方法主要是"一拍、二看、三掐、四摸"。

一拍：注水家禽的肉富有弹性，用手一拍，便会听到"啵啵"的声音。

二看：仔细观察，如果发现皮上有红色针点，周围呈乌黑色，表明注过水。

三掐：用手指在家禽的皮层下一掐，明显感到打滑的，一定是注了水。

四摸：注过水的家禽用手一摸，会感觉到高低不平，好像长有肿块，而未注水的家禽，摸起来很平滑。

鲜鸡肉的鉴别方法是什么？

答：优质：鲜鸡肉眼球饱满；皮肤有光泽，肌肉切面发光，因鸡的品种不同而呈淡黄、淡红、灰白或灰黑等色；外表微干或微湿润，不粘手；指压后凹陷立即恢复；煮肉汤透明清澈，脂肪团聚于汤的表面，有香味。

劣质：眼球干缩凹陷，角膜混浊污秽；体表无光泽，湿润发黏，肌肉呈暗红、淡红或灰色，脂肪发黏有涩败味。肉汤混浊，有白色或黄色絮状物，有哈喇味，表面油滴很少或没有。

死烧鸡的判别：如果烧鸡眼睛半睁半闭，即可判定不是病死鸡，而眼睛紧闭的多数为病死鸡，因病死鸡没放血，肉多为紫红色，口尝滋味也不鲜美，鼻子嗅闻常有较浓的腥臭味。

冷冻禽肉的鉴别方法是什么？

答：识别优质冻禽肉和变质冻禽肉方法如下：

眼睛：新鲜禽肉口腔黏膜有光泽，呈淡玫瑰红色，洁净无异常气味；变质禽肉口腔上带有黏液，呈灰色，有霉斑，或腐败气味。

皮肤：新鲜禽肉皮肤光泽自然，表面不粘手，具有正常固有气味；变质禽肉体表无光泽，头颈部常带暗褐色，皮肤表面湿润发黏，或有霉斑，有腐败气味。

肌肉：新鲜禽肉结实富有弹性，鸡肉呈淡玫瑰红色，鸭、鹅肉呈红色，胸肌为白色，微带红色，动禽肌肉稍湿润，但不发黏，具有各种禽肉所固有的气味；变质禽肉肉质松散、发黏，极湿润，呈暗红、淡绿或灰色，有腐败气味。

脂肪：新鲜禽肉脂肪呈淡黄色，有光泽、无异味；变质脂肪色泽稍淡或呈淡灰色，有时发绿、发黏，有涩味，脂化味。

肉汤：新鲜禽肉烧煮的汤汁透明，芳香，有黄色油滴浮于表面，味道纯正鲜美，具各自特有香气；变质禽肉汤质混浊，有白色或黄色絮状物，表面油滴少，香味差，有的还有酸败脂肪的气味。

牛奶的鉴别方法是什么？

答：掺水牛奶：一般采用牛乳比重计法检查，将200ml牛奶放入量筒中，比重正常值为1.028—1.032。

掺面汤或米汤牛奶：取5ml锥形瓶内，加入3ml醇醚混合液混匀，加入5ml125%NaOH摇匀，呈微黄色可判为掺有豆浆。

掺碱牛乳：5ml牛乳与0.1ml0.04%溴甲酚紫乙醇液混合，沸水加热2min，呈天蓝色表示掺碱。

牛乳与羊乳的鉴别：取50ml乳样，加热15min，加2.5ml10%NH4OH于热乳中，摇匀、静置，凡白色不变为羊乳，白色变黄色者为牛乳。

奶粉的鉴别方法是什么？

答：正常：均匀一致的淡黄色，粉状，用手捏后易散开、不结块，手触摸时有疏松感，加糖乳粉颗粒较大，手感有明显沙粒样感觉，冲调后与新鲜乳相似，为乳白色悬浮液，有很好的溶解性能。

劣质或掺杂奶粉：特殊黄色或呈明显淡白色，或米黄色、灰白色，有结块，没有浓郁乳香味，冲调后出现蛋白质凝团或沉淀。静置后出现分层或有酸臭味。再者，假乳粉进口后溶解快，不粘牙，没乳香味而有甜味，摸握袋装粉乳有沙沙声（掺白糖等）。

听装奶粉摇晃时有"沙沙声"，表明质量好。响声较重、不清晰，可能受潮结块。

酸牛奶的鉴别方法是什么？

答：优质：颜色乳白，凝结细腻有弹性，口味酸中有甜，有新鲜乳香味。

劣质：颜色已经灰白或发黄白，凝块发潮，表层有明显蜂窝，并有较多乳液清析出来，口味酸中有辣，气味发臭。

奶油的鉴别方法是什么？

答：优质奶油：均匀一致呈微黄色，有奶油纯正香味，切断面质地均匀致密，边缘和中部一致微有光泽，水分分布均匀，切面无大水珠。熔融状态下完全透明，无任何沉淀。口感有一定稠度和延展性，用舌尖和上颚辗压时无粗硬和黏软感觉。

劣质奶油：色泽不均匀，表面有霉点，黏软，切面有大水珠，呈白色浑浊，脆硬无延展性。

松花蛋的鉴别方法是什么？

答：优质：蛋壳完整，无裂纹，无破损，表面清洁，斑点少。蛋白呈棕褐色或茶色，弹性大，表面有松花，蛋白不粘壳。蛋黄外层呈墨绿色，中层土黄、灰绿，中心橙黄色，并具溏心，气味清香浓郁，辛辣味淡，咸味适中。

劣质：蛋白为瓦白色，蛋黄呈黄色，有腥味，裂纹或破损，蛋白发黄，僵硬或过软，壳不易剥离，蛋白粘附在蛋壳上。碱伤过重则蛋黄变硬，有辛辣碱味。变质蛋蛋白灰色，并黏滑，有令人恶心的异味。

咸鸭蛋的鉴别方法是什么？

答：（1）生咸鸭蛋

优质：蛋完整，无破损，蛋白清晰透明，蛋黄完好居中。

劣质：蛋壳严重破损，蛋黄有较重溶解现象，黄白相混，蛋白浑浊，发臭。

熟咸鸭蛋

优质：蛋白呈白色略带青色，柔软而有光泽；蛋黄膜完好，结实呈球状，色红或枯黄，有油，具特异香味。

劣质：蛋白呈灰色或黄色，有凝结块或小空蛋黄有严重溶解现象，色黄或黑，具有臭气或难闻的气味。

如何判断鸡蛋质量？

答：一看：新鲜鸡蛋表面似涂粉状。若表面发亮，变暗，有裂纹等则不新鲜。

二摸：新鲜鸡蛋手摸发涩，手感发沉。若手摸发滑，手感轻飘则是次品蛋。

三听：将3—4个蛋拿在手里轻碰并摇动，若有啪啪声，敲打瓦声和动荡声则是次品蛋。

四嗅：有异味的蛋品质量差。

活鱼的鉴别方法是什么？

答：优质：体色鲜亮，鳞片完整，游动活泼，用手轻拍水面，即刻受惊，离水后跳动有力，使劲挣扎。

劣质：在水上层游动，嘴贴近水面，游动缓慢，离水后挣扎无力，甚至漂在水面上。

鲜鱼的鉴别方法是什么？

答：优质：鱼体色泽鲜亮，鳞片紧附鱼体且完整，眼球饱满突出，清晰明亮，鳃体紧闭，不易翻开。手握鱼头，鱼尾朝上，整个鱼体不打弯，用手按压鱼体肌肉，下陷很快复原。

劣质：鱼体发乌，大部分鳞片脱落，眼睛灰暗混浊，眼球塌陷，鳃盖敞开，鳃丝灰黄或白，用手按压肌肉则凹坑不起，肉质松软，刺肉分离，有明显异味。

冻鱼的鉴别方法是什么？

答：优质：表面清洁，光泽明显、鱼肉、鱼骨连接牢固，不脱离，解冻后，具有鲜鱼本身的外形特点。

劣质：颜色变黄或变红都是明显变劣标志，如带鱼固有为银灰色，变劣后会出现黄斑或整条变黄，化冻后刺肉分离，有异臭气味。

甲鱼的鉴别方法是什么?

答: 真正的野生甲鱼现在很稀罕的, 市场上甲鱼绝大部分是人工饲养的。甲鱼是不是野生, 主要看它的脚爪是否尖锐, 野生甲鱼脚爪尖锐, 饲养的甲鱼爪子很钝, 因为养殖场周围都是水泥壁, 甲鱼爬的时间长, 爪子自然会磨钝。

买甲鱼时, 关键看它腹部和背部是否光洁、无斑。有疤痕的甲鱼, 说明它生过病; 有血点的, 说明它还带着病; 肚皮有血丝的, 说明它抓起来有段时间了, 或者其他问题。有的商贩为蒙骗消费者, 说甲鱼背上的斑点是铁丝扎出来的, 其实根本不是这样, 其原因是因为水质差, 使甲鱼得了穿孔病, 好比人生疮化脓一样, 甲鱼背部会出现血点。吃这种甲鱼, 对身体有害。

对虾的鉴别方法是什么?

答: 优质: 体色依雌雄而不同, 雌虾微显褐色和蓝色, 雄虾微褐而黄, 虾体完整, 体肥而长, 呈棱状。头体相连, 节间有些松弛。肌肉有弹性。除腥味外无其他异味。

劣质: 体色变红, 头体分离死, 甲壳脱离, 肌肉发臭味较浓。

海蟹的鉴别方法是什么?

答: 优质: 头胸甲背部呈茶绿色, 腹部灰白色, 用手触摸感到粗糙刺手, 用手掂量感到重实, 气味有腥无臭。

劣质: 甲壳变橙黄或红色, 摸背壳感到滑腻, 有黏膜, 用手托蟹壳朝上, 蟹脚无力下垂, 稍微触及, 脚就会掉下来, 手感重量发空。

虾米的鉴别方法是什么?

答: 优质: 体形完整, 大小均匀, 肉质丰满坚硬, 全身光洁无皮壳及腹肢, 盐轻, 干度足, 色淡黄、淡红或粉白, 鲜艳有光泽。

劣质: 虾米有残断折, 大小不均匀, 肉质枯瘦, 粘附皮壳, 腹弯中有附肢, 盐大, 干度不足, 明显发黏, 碎渣末多, 色褐红且无光泽。

如何鉴别用甲醛浸泡的海鲜?

答: 在购买海鲜时可采用眼观、手摸、闻味等办法识别, 因为浸泡过甲醛的海鲜色泽往往很鲜亮; 用手摸鱼鳞的感觉质地较硬; 用鼻子闻会闻到甲醛的刺鼻味道。当然, 最准确的方法是用化学手段检测。

如何识别已被污染的鱼?

答:识别污染鱼的主要方法有:

看体形:污染较严重的鱼,形状不整齐,头大尾小,脊椎骨弯曲甚至畸形,皮部发黄,尾部发青。带毒的鱼眼睛浑浊,无光泽,有的甚至向外鼓出。

看鱼鳃:鳃是鱼的呼吸器官,有毒的鱼鳃不光滑,较粗糙,呈暗红色。

闻气味:正常的鱼有明显的腥味,污染了的鱼有氨味、火药味、煤油味、大蒜气味等不正常的气味,含酚量高的鱼鳃还可能被点燃。

如何识别鱼是否新鲜?

答:从以下四个方面可以判断鱼是不是新鲜:

鲜鱼眼球饱满突出,角膜透明清亮,有弹性,鳃丝清晰呈鲜红色,黏液透明,具有海水鱼的鲜腥味或淡水鱼的土腥味,无异臭味。

有透明的黏液,鳞片有光泽且与鱼体粘附紧密、不易脱落(鲌、大黄鱼、小黄鱼除外)。

鲜鱼肌肉坚实有弹性,手指按压后凹陷立即消失,无异味,肌肉切面有光泽。

鲜鱼腹部正常、不膨胀、肛孔白色、凹陷。

如何识别强碱水发品?

答:强碱水发品的外观有嫩、胖、白的特点,入锅缩头大,易化成渣。所以购买时应注意:

正常的虾仁色泽浅灰,体软少弹性,有腥味。而强碱发的虾仁白胖而呈半透明状,手感润滑富有弹性。

正常水发蹄筋略呈浅黄色,触摸有黏手感。强碱发的蹄筋色白、体胖大,两端有时会有毛糙"开花状"。另外,把水发食品掰开用石蕊试纸试试,如呈碱性则为强碱水发,千万别去买。这种试纸,一般化学试剂商店均有售。

识别海带质量的技巧有哪些?

答:海带是含碘最高的食品,还含有一种特有成分—甘露醇。海带中的碘和甘露醇,多附在它的表层,尤其是甘露醇,呈白色粉状附在海带的表面。因此，首先观察白色粉末附着的多少，它是鉴定海带质量高低的首要条件。其次，海带的叶子以肥厚，够长够宽为佳。第三，海带的颜色以紫中微黄，近似透明为优。第四，海带经加工捆绑后，以无杂质、整洁干净、无霉变的为合格品。

如何识别蔬菜的新鲜度？

答：挑选蔬菜时需要注意以下几点：

不买颜色异常的蔬菜。新鲜蔬菜不是颜色越鲜艳越浓越好，如购买樱桃萝卜时要检查萝卜是否掉色；发现干豆角的颜色比其他的鲜艳时要慎选；

不买形状异常的蔬菜。不新鲜的蔬菜有萎蔫、干枯、损伤、扭曲病变等异常形态；有的蔬菜由于使用了激素物质，会长成畸形。

不买异常气味的蔬菜。不法商贩为了使有些蔬菜更好看，用化学药剂进行浸泡，如硫、硝等，这些物质有异味，而且不容易被冲洗掉。

怎样鉴别催熟的西红柿？

答：有些商贩用催熟香蕉的方法催熟西红柿，在上面涂上一种"乙烯利"的化学药物，此药虽毒性较低，但长期食用对人体有害。催熟的西红柿多为反季节上市，大小同体全红，手感很硬，外观呈多面体，掰开一看籽呈绿色或未长籽，瓤内无汁；而自然成熟的西红柿蒂周围有些绿色，捏起来很软，外观圆滑，而籽粒是土黄色，肉质红色、沙瓤、多汁。

蘑菇的鉴别方法是什么？

答：优质：伞面呈白色，洁净无泥沙粘嵌痕迹，菌褶呈淡黄色，紧密均匀，肉质厚，大小基本一致，盖面突起，菌伞完整内卷，菌柄短而粗壮，手感硬实，嗅之香味浓郁。

劣质：伞面呈灰白色，纹丝较稀，菌褶灰褐色，若伞面为灰褐色或黑褐色质地最差，肉质薄，手感软，口味差，香气不纯，有杂草气味。

香菇的鉴别方法是什么？

答：优质：黄褐色或黑褐色，伞面有微霜，个儿大均匀，菇身圆整，菇柄短粗，菇褶紧密细白，肉厚，干燥，香味浓郁，无焦味，少碎屑。

劣质：呈黑色或火黄色，菇身薄，发潮，松软，有白色霉花。香味差。

腐竹的鉴别方法是什么？

答：（1）色泽鉴别：进行腐竹色泽的感官鉴别时，取样品直接观察即可。

优质腐竹：呈淡黄色，有光泽。

次质腐竹：色泽较暗淡或泛洁白、清白色、无光泽。

劣质腐竹：呈灰黄色、深黄色或黄褐色，色彩暗而无光泽。

（2）外观鉴别：进行腐竹外观的感官鉴别时，取样品直接观察，然后折断再仔细观察。

优质腐竹：为枝条或片叶状，质脆易折，条状折断有空心，无霉斑、杂质、虫蛀。

次质腐竹：呈枝条或片叶状，并有较多折断的枝条或碎块，有较多实心条。

劣质腐竹：有霉斑、虫蛀、杂质。

（3）气味鉴别：进行腐竹气味的感官鉴别时，取样品直接嗅其气味。

优质腐竹：具有腐竹固有的香味，无其他任何异味。

次质腐竹：腐竹固有的香气平淡。

劣质腐竹：有霉味、酸臭味等不良气味及其他外来气味。

（4）滋味鉴别：进行腐竹滋味的感官鉴别时，取样品用热水浸泡至柔软，细细咀嚼品尝其滋味。

优质腐竹：具有腐竹固有的鲜香滋味。

次质腐竹：腐竹固有的滋味平淡。

劣质腐竹：有苦味、涩味或酸味等不良滋味。

黑木耳的鉴别方法是什么？

答：优质：朵面乌黑、有光泽，朵背呈灰白色或暗灰色，朵形大而均匀，耳瓣舒展，体轻，呈半透明状，有弹性，清香气，1kg可发5kg左右（5倍）。

劣质：浅黑色或灰褐色，朵形小而不均，耳瓣卷曲，体重，无弹性，手感柔软。假黑木耳为棕褐色，有白色附着物，质地发酥，易潮、带黏性，组织纹理不清，有甜、苦、咸异味。

黄花菜的鉴别方法是什么？

答：优质：菜色黄亮，身长粗壮，紧握手感柔软有弹性，松开后很快散开，有清香味，无花蒂未开花。

劣质：黄褐无光泽，短瘦弯曲，长短不匀，紧握质地坚硬易折断，松开后不能很快散开，若有粘手感表明已霉烂，有霉味或烟味。

豆腐的鉴别方法是什么？

答：（1）色泽鉴别：进行豆腐色泽的感官鉴别时，应取样品一块在散射光线下直接观察。优质豆腐呈均匀的乳白色或淡黄色，稍有光泽；劣质豆腐呈深灰色、深黄色或者红褐色。

（2）组织状态鉴别：进行豆腐组织状态的鉴别时，应先直接看其外部情况，然后用刀切成几块再仔细观察切口处，最后用手轻轻按压，以实验其弹性和硬度。优质豆腐块形完整，软硬适度，富有一定的弹性，质地细嫩，结构均匀，无杂质；劣质豆腐块形不完整，组织结构粗糙而松散，散之易碎，无弹性，有杂质；表面发黏，用水洗冲后仍然粘手。

（3）气味鉴别：取样品豆腐一块，在常温下直接嗅闻其气味。优质豆腐具有豆腐特有的香味；劣质豆腐有豆腥味、馊味等不良气味或其他外来气味。

（4）滋味鉴别：进行豆腐滋味的感官鉴别时，可在室温下取小块样品细细咀嚼以品尝其滋味。优质豆腐口感细腻鲜嫩，味道纯正清香；劣质豆腐有酸味、苦味、涩味及其他不良滋味。

如何识别有毒蘑菇？

答：如何识别蘑菇是否有毒，可在煮蘑菇时，放进几粒白米饭，如果米饭粒变黑，那就是毒蘑菇，不可食用；如果米饭里没有变黑，那就是无毒蘑菇，可以食用。

大料的鉴别方法是什么？

答：优质：色泽棕红、鲜艳有光、朵大均匀、呈八角形，骨朵饱满干裂、香气浓郁，破碎和脱壳籽不超过10%。

劣质：呈黑褐色，骨朵瘦瘪，边缝开裂不足，朵不完整，碎粒多，握在手中感觉阴凉，香气淡薄。

假大料：主要是形似大料的莽草籽冒充，其特征是红色或红棕色，果皮薄，骨朵果较多的为10—13枚聚合果，香气有松脂味，舌有麻感，尝味淡，有毒。其次野八角骨朵果为10—14枚，灰棕色或灰棕褐色，果皮薄，口尝味淡，舌有麻感。

桂皮的鉴别方法是什么？

答：优质：皮细肉厚，外皮灰褐色，断面平整，紫红色，油性大，香味浓，味甜微辛，嚼之少渣，凉味重。

劣质：呈黑褐色，质地松酥，折断无响声，香气淡，凉味薄，若断面呈锯齿状可能是树皮冒充。

花椒的鉴别方法是什么？

答：优质：色鲜红、内黄白，裂口，麻味足，香味大，无椒柄。

劣质：粒小，不裂口，色暗淡，呈黄绿色或青色，香味和麻辣味淡薄，不易破裂。

花椒粉掺假检查：主要是掺淀粉或玉米粉，可取少量粉用水调稀，煮15分钟后冷却，滴加碘液，变紫色或蓝紫色为掺入淀粉。

辣椒粉的鉴别方法是什么？

答：优质：红色带有油状感，浓郁辣气。

假粉：取少许放在精盐水中（配比为盐:水=1:3）搅匀，静置片刻，如粉末漂在上面，而下边的水呈红色，表明掺假（纯辣椒粉水的颜色不变）。

胡椒粉的鉴别方法是什么？

答：优质：胡椒粒大，均匀，饱满，其粉香辣味和刺激味强，闻后打喷嚏。

掺假：主要是掺入麸皮、米糠、米粉、胡椒叶、茎等粉。

酱油的鉴别方法是什么？

答：优质：倒入无色杯内，对光其为红褐或褐色，有光亮。倒入白瓷碗，汁黏稠度一致，搅拌后泡沫长时间不散，再倒出时碗壁附着一层酱油。有香气，口尝有鲜味、咸味和甜味。

劣质：呈黄褐色，液面暗淡无光，汁液稀薄，对光可见悬浮物和沉淀物，香气淡，口味上有酸、苦、涩、焦、霉味。

食醋的鉴别方法是什么？

答：优质：具有应有色泽（如熏醋为棕红色或深褐色，白醋为无色透明），香气（为熏醋熏香醋共有），酸味柔和，回味绵长，浓度适当，无沉淀悬浮物及霉花浮膜。

劣质：色浅淡，发乌，无香味，口味单薄，除酸味还有明显苦涩味，有沉淀或悬浮物。

假食醋：冰醋酸兑水配制。外观颜色浅淡，开瓶酸气冲眼睛；无香味，口味单薄，除酸味外，有明显苦涩味，常有沉淀物和悬浮物。

味精的鉴别方法是什么？

答：优质：取少量放舌头上，感到冰凉，味道鲜美，有鱼鲜味；从外观上看，颗粒形状一致，色洁白有光泽，颗粒松散，稀释1:100倍口尝仍有鲜味。

劣质：颗粒大小不一，色发乌发黄，甚至颗粒成团，稀释1:100倍只感到苦、咸或甜味。

掺假：品尝咸味大于鲜味，是掺食盐；如有苦味是掺氯化镁、硫酸镁；甜味是掺白砂糖。难于熔化又有冷滑黏糊之感是掺了木薯粉或石膏粉。

碘盐的鉴别方法是什么？

答：优质：颗粒均匀，用手抓捏呈松散状。入口咸味纯正。外观色泽洁白。包装字迹清晰，袋质较厚，封口整齐严密。

假冒碘盐：用手抓为团状，不易松散。有刺鼻气味，口尝时咸中带苦涩味。外观常常呈淡黄色或暗黑色，很容易受潮。外包装粗糙，包装袋上的印字模糊，手搓易掉。

酱腌菜的选购方法是什么？

答：应在正规的大型商场或超市购买酱腌菜制品。这些经销企业有正规的进货渠道，对经销的产品一般都有进货把关措施，经销的产品质量和售后服务有保证。

尽量选购大型企业生产的产品，因为这些企业生产设备和工艺技术相对比较先进，有严格的质量管理体系，其产品质量也相对更稳定和安全卫生可靠。

选购散装酱腌菜时，产品的色、香、味应正常，无杂质、无其他不良气味，没有霉斑白膜。最好不要在产品质量无保证的摊点购买散装的酱腌菜。

尽量购买带包装的酱腌菜产品，这样可以避免产品在运输和销售时受到二次污染，相比之下，购买瓶装酱腌菜的质量比塑料袋包装要好，杀菌工艺和包装密封性好、保质期长。

酱腌菜的包装不应有胀袋现象，汤汁应清晰不浑浊，固形物应无腐败现象。如发现袋装产品已胀袋或瓶装产品瓶盖已凸起，可能产品已有细菌侵入并繁殖发酵，不能选购和食用。因为细菌的繁殖发酵会造成产品产酸、产气，包装容器就会发生胀袋或胖挺现象。

查看产品的有效期，购买近期生产的产品，包装产品一旦开封食用后应尽快吃完，避免产品受到污染，发生变质。

在购买时还需注意产品的标签，查看产品名称、生产日期、厂名、厂址、执行标准等等是否标明，最后选择适合你的产品。

酒精饮料（主要是指啤酒、格瓦斯、麦精汽水等）的鉴别方法是什么？

答：优质：澄清、有光泽，无絮状物和沉淀物，CO_2气足，口味纯正，有"杀口感"。

劣质：有絮状（倒置瓶观察）沉淀物久摇不散，CO_2气不足，即无酒香也无酵母香气，可嗅到馊味，口感辣或苦味。

碳酸饮料的鉴别方法是什么？

答：果汁、果味型

优质：具有相应的色泽和香气及滋味，清汁型澄清透明，混汁型浊度均匀适宜，略有少量果肉沉淀。

劣质：$CO_2 < 2.0$倍，可溶性固形物$< 4.0\%$，大量沉淀，有发霉味或酒味，混浊（清汁有混），上浮下沉，异味，原果汁含量$< 2.5\%$。

可乐型

劣质：无可乐果汁风味及应有焦糖色，$CO_2 < 3.0$倍，可溶性固形物$< 4.5\%$，总酸< 0.80，中草药味显著，有沉淀。

果汁饮料的鉴别方法是什么？

答：优质：应有风味、色泽和规定的原果汁含量（如5%以上）。

劣质：原果汁含量不够，以加糖代替浓缩（糖浆）。不带果肉的透明型出现明显混浊，产生发酵气泡，闻有酒味或酸味异常。

假果汁：糖精、色素、香精配制的"三精水"配得好的只有化学方法才能鉴别。

固体饮料的鉴别方法是什么？

答：优质：香味和色泽与名称相符，易溶于冷水。一般2min内全溶，无结块、松散。

劣质：颗粒结团块，不易溶水，有明显沉淀物，口感酸味过重，有辣或苦味。

真假矿泉水的简易识别方法是什么？

答：看透明度：真矿泉水在日光下呈无色透明、不含杂质、不混浊。

看折光度：将矿泉水和自来水分别倒入两个相同的透明玻璃杯中，用一根竹筷子插入杯中作比较，折光率大的是真矿泉水。

试比重：真矿泉水化度比自来水大，将矿泉水、自来水分别注满玻璃杯，其中外溢较大、较快，而且浮力较大的是真矿泉水。

观察热容量：在夏季高温季节，装入真矿泉水的瓶外表面上会有冷凝小水滴出现，而盛自来水的瓶外表面上没有冷凝小水滴出现。

品尝口感：真矿泉水口感甘甜而无异味，而用自来水假冒的"矿泉水"有漂白粉或氯气味。还可以用白酒作一简单实验，真矿泉水倒入白酒中无异味，而自来水倒入白酒中会变味。

桶装饮用水的鉴别方法是什么？

答：（1）检查大桶水的桶盖是否密封：桶盖不密封，水容易受到细菌污染。特别是在夏季，桶盖容易发生松动。可用手试着旋转桶盖，看桶盖能否转动。或将桶放倒一会儿，观察桶口是否有水渗出。如有水渗出，则说明桶盖不密封。

（2）仔细观察桶内的水质是否清晰，是否有悬浮物：如发现桶内的水中有悬浮物、异物或浑浊时，则说明水质受到污染，不能饮用。

（3）尽量挑选新桶装的水：旧桶使用时间长，内壁会不光滑，特别是存放矿泉水的桶，内壁容易产生矿物质沉淀，不容易清洗干净，会滋生细菌。观察桶壁，不能有绿藻出现。发现绿藻，说明水已被微生物污染，不能再饮用。

（4）尝一口水。正常的水应有各类水各自正常的口感，有时会有轻微的臭氧味，这是正常的。如有其他异味或塑料味，则不能再饮用。

（5）注意产品的生产日期，尽可能饮用近期生产的产品。一旦桶开封饮用后，应尽快饮用完。一般在饮水机上的桶装水，饮用期不应超过一星期，否则，水质容易受到空气中细菌的污染。

（6）饮水机应放置在干净、通风的环境中。定期用消毒液清洗消毒，保证饮水机卫生。矿泉水和山泉水应保存在阴凉、避光处，避免阳光照射。因为在阳光的作用下，藻类会迅速繁殖，导致绿藻出现。

白糖的鉴别方法是什么？

答：看：白糖外观干燥松散、洁白、有光泽，平摊在白纸上不应看到明显的黑点，按颗粒分有粗粒、大粒、中粒、细粒之分，颗粒均匀，晶粒有闪光，轮廓分明；冰糖干燥松散、晶粒粗大、均匀、轮廓分明，颜色洁白、有光泽，有单晶、多晶等多种，适用于一般的直接食用。

闻：白砂糖、冰糖用鼻闻有一种清甜之香，无任何怪异气味。

尝：白砂糖、冰糖溶在水中无沉淀和絮凝物、悬浮物出现，不易变质，易于保存。

摸：用手摸是不会有糖粒粘在手上，松散，说明含水分低，不易变质，易于保存。

糖果类的鉴别方法是什么？

答：优质：色泽均匀一致，香味纯净适中，滋味正常，无肉眼可见杂质，不起泡，不潮解，不粘纸。

劣质：粘纸（渗化），香味不正，杂质多，粘牙，巧克力糖表面不光滑，有焦糊味，有霉烂或过多白点，不细腻，有羊膻味。儿童糖色素过多。

巧克力的鉴别方法是什么？

答：巧克力糖是最受消费者喜爱的糖果之一，虽然其品种繁多，但质量也参差不齐，可从以下七个方面鉴别巧克力质量：

外表：品质优良的巧克力，它的外表最鲜明的特征是光亮的棕色。灰暗无光的巧克力或是由于制作技术不高，或是品质不佳。巧克力的棕色有深有浅，如含有可可多，则色泽深，含有可可少，则色泽浅。

香气：品质优良淀粉巧克力，具有浓郁而独特的香气。为了补充和丰富这种香气，在巧克力中还常常添加产生其他香气的原料，如乳粉、乳脂、麦芽、杏仁、增香乳品等。如果巧克力芳香气味淡薄，则质量差。

口味：各种物料组成而产生了巧克力的综合滋味。这种滋味很大程度上取决于可可中的可可脂。可可脂中的可可碱和咖啡碱带来的愉快的苦味，可可脂中的丹宁脂带来略有收敛性的涩味。糖是甜味的基础，同时起着调节口味的作用，使可可带来的苦、涩和酸味变得味美。如果有酸败味和霉味，则是质量低劣的巧克力。

质地：质地细腻滑润是巧克力的重要特征之一。这种特征需要用舌头鉴别，巧克力的细腻滑润是由组成巧克力原料的细度决定的，不同细度的物质，给予舌头的压力是不同的，并因此产生粗细的感觉。另外，是否细腻滑润也是衡量加工精度的一个因素。

硬度：巧克力对热敏感。当夏季气温较高时，就容易变软，甚至失去原形，一到天气转凉，又慢慢硬起来了，这是由于巧克力中可可脂特性决定的。品质优良的巧克力，都具有这种变化。

脆性：在冬天，如果把一块薄薄的巧克力折断，可以很清楚地听到折断时脆裂的声音，在巧克力的裂断面上还可看到整齐的结晶花纹。巧克力遇冷而有脆裂声，是因巧克力中含有大量可可脂的缘故，因为脆性是可可脂特有的属性。如果巧克力缺乏脆性，说明巧克力中可可脂少，质量差。

甜度：巧克力中的可可粉，具有一定的苦味，为此，加入一定量的糖，加糖越多，巧克力越甜，加糖越少，甜度越低，质量好的加糖较少。

蜂蜜的鉴别方法是什么？

答：很多消费者看到蜂蜜当中有白色的结晶，就误认为是掺假的蜂蜜。但实际上，结晶的蜂蜜未必是假蜂蜜。结晶是某些蜂蜜产品的特性，这是蜂蜜中所含葡萄糖在一定温度下结成的晶体，属正常物理现象，蜂蜜本身并没有变质，不影响食用。同时，由于蜂蜜的品种不同，结晶的多少和快慢程度也有不同。假蜂蜜是不结晶的，但有的假蜂蜜中加入的白糖在一定条件下也会析出，在瓶底形成沉淀。其实，真蜂蜜的结晶与假蜂蜜的沉淀很容易区分，其中真蜂蜜结晶较为松软，放在手指上能很容易捻化，而假蜂蜜析出的白糖沉淀较为致密，放在手指上捻时有沙砾感。

此外，由于假蜂蜜的成本比真蜂蜜要低得多，且假蜂蜜的销售就抓住了消费者贪图便宜的心理，所以假蜂蜜的价格一般都很低廉。因此，便宜的蜂蜜是假的可能性大。而消费者购买时应仔细查看蜂蜜的标签，有的产品配料表中写着蔗糖、白糖、果葡糖浆、高果糖浆等，而纯正的蜂蜜产品是不允许加入这些物质的。

蜂王浆的鉴别方法是什么？

答：蜂王浆即蜂乳，是工蜂从上颚腺中分泌出的一种淡黄色或乳白色的浓浆，化学成分非常复杂，含有多种氨基酸、糖酶、酯、B组维生素、泛酸、叶酸、肌醇、乙酰胆碱和"10羟基—△2—碳烯酸"，以及一些可能保精生殖和延年益寿的未知物质，是一种高级滋补品。其质量鉴别方法如下：

仔细观察外观，优质品质呈淡黄色或乳白色，带有光泽和软粒子的胶状液体。

闻之有清香味，用手指搓揉有细腻感，不粗糙，不粘手者为优质蜂王浆。

色泽灰暗、深黄、粉红或棕色等，均非上品。

将容器倾斜，如蜂王浆中冒出气泡，表明其已变质，不可购买。

如蜂王浆太稀，可能掺水；太稠，则精华稀浆可能掺入杂质。

用玻璃棒插入浆液后抽出，如有挂棒现象，则表明其可能掺入杂质。

取少许口尝，如味甜酸麻涩，为正品；如过甜，可能掺入了白糖、蜂蜜，太酸则明可能已经腐败变质。

藕粉的鉴别方法是什么？

答：优质藕粉应具有粉干、色白、微红，无泥沙杂质，冲熟后呈半透明状特性，鉴别时，取两勺藕粉倒入无色透明玻璃杯内，搅拌后上面有漂浮颗粒，表明有其他淀粉掺入，因为藕粉颗粒重，都沉积杯底。此外，劣质藕粉入口后，不仅不易溶化，而且还会粘在一起或呈团块状；口感没有清香味。藕粉多需在炉火上加热调煮方可食用，假藕粉冷却后即使放置10小时以上，也仅是在碗边四周围呈稀浆状，中间部分仍凝结不变。

山楂糕的鉴别方法是什么？

答：优质：山楂风味浓郁，酸甜适口，无杂质，凝冻坚固，切成细条不易折断，有韧性。

劣质：以淀粉、酸味剂、色素做的山楂糕，滋味气味不浓，结构较松，切条易断，细看有杂质，入口后牙碜。

凉粉的鉴别方法是什么？

答：优质：微黄或淡青色，有光泽和弹性，不酸，不粘，无杂质。

劣质：掺假的多为添加蓝钢笔水或绿色颜料使其成淡绿色，扯拉不断，口感异味和黏臭。

核桃的鉴别方法是什么？

答：购买核桃仁时应观察核桃肉的颜色，通常新鲜的核桃肉颜色呈淡黄色或浅琥珀色，如果颜色越深，说明核桃越陈，消费者也可通过闻味的方法来判别产品是否新鲜可食，如产品有油蚝味，说明产品已经酸败变质，不能食用。

香蕉的鉴别方法是什么？

答：有些人购买香蕉时，往往爱拣色泽鲜黄、表皮无斑的果实。其实这样的香蕉内部还没有完全脱涩转熟，吃起来果肉硬而带涩味。香蕉应该挑选果皮黄黑泛红，稍带黑斑，最好其皮上有黑芝麻的（人们常说的广东芝麻香蕉），表皮有皱纹的香蕉风味最佳。此外，手捏香蕉有软熟感的其味必甜，果肉淡黄，纤维少，口感细嫩，带有一股桂花香。香蕉买回来后，最好用绳子串挂起来，拣带黑斑较软熟的先吃，越熟越甜，越软越好吃。

怎样鉴别栗子的质量？

答：选购时应挑选果实饱满的栗子，色泽应鲜艳、均匀洁净，无蛀口，肉细、甜味。选购时用手捏，栗果坚实不空软、皮色红、褐、紫、赭，有光泽，外壳无蛀口、瘪印、黑影等为佳品。

怎样辨别真假富士苹果？

答：红富士苹果因其脆甜可口而深受人们喜爱。但市场上的假冒红富士苹果实在太多，常使消费者上当受骗。现介绍几种简单的识别方法：

辨色。"红富士"的颜色为红色，而且红色的深浅因成熟程度的不同而异。但由于"红香蕉"、"红星"也都是红色的，所以只看颜色还不能断定是否为"红富士"。

观形。这是鉴别真假"红富士"的关键。"红富士"的果形是圆形或椭圆形，上下平面差不多大小，两边没有斜度或斜度较小，顶部肚脐眼没有突起的棱角；而"红香蕉"、"红星"的果形则是倒圆锥形的，即上大下小，两边有较大的斜度，顶部肚脐眼有突起的小棱角。

摸皮。"红富士"的果皮摸起来要比"红香蕉"、"红星"等光滑一些。

口尝。"红富士"含水分较多，品尝起来甜脆可口；而"红香蕉"、"红星"则质地松软，品尝起来有绵绵的感觉。

推算时间。"红富士"属晚熟品种，上市时间较晚，要在11月份以后才陆续成熟上市。在此之前，虽然有少量早熟的"红富士"上市，但数量极其有限。

红枣的鉴别方法是什么？

答：皮色紫红，有光泽，皱纹少而浅者为上品；皮红无光泽或暗红色，有微霜及软烂硬斑者为次品。果形大小均匀、完整，无损伤、霉烂，且枣蒂无虫眼和咖啡色粉末者为优质。湿度大的枣，用手捏后不能复原，又发黏，显得松软的，极易生虫、霉变。核小者为上品。

如何识别纯果汁？

答：一看色泽：100%纯果汁应具有近似新鲜水果的色泽。选购时可以将瓶子倒过来，对着阳光或灯光看，如果颜色特深，说明其中的色素过多，是加入了人工添加剂的伪劣品。若瓶底有杂质则说明该饮料已经变质，不能再饮用。

二嗅气味：100%纯果汁具有水果的清香；伪劣的果汁产品闻起来有酸味和涩感。

三品口感：100%纯果汁尝起来是新鲜水果的原味，入口酸甜适宜（橙汁入口偏酸）劣质品往往入口不自然。真正的100%纯果汁有着难以仿造的好品质。

如何识别鲜牛奶？

答：鲜牛奶呈乳白色或微黄色的均匀胶态流体，无沉淀，无凝块，无杂质，无淀粉感，无异味；具有新鲜牛奶固有的香味。将牛奶倒入杯中晃动，奶液易挂壁。滴一滴牛奶在玻璃上，乳滴呈圆形，不易流散。煮沸后，无凝结和絮状物。

如何选购黄酒？

答：选购黄酒应根据不同需要和个人口味爱好进行挑选。

挑选黄酒时，应注意观察酒液应呈黄褐色或红褐色，清亮透明，允许有少量沉淀。但如果酒液已浑浊，色泽变得很深，可能是贮放时间过长，氧化所致。也可能感染了杂菌已变质，不能购买。

选购黄酒时，应注意食品标签上应标明产品名称、原料、酒精度、净含量、制造者的名称和地址、生产日期、保质期、执行产品标准号、质量等级、产品类型（或糖度）。

白酒的鉴别方法是什么？

答：白酒的感官品评主要包括色、香、味和风格，是鉴别伪劣酒的主要方法之一。

色：拿起酒瓶，突然倒转，仔细观察应该无色透明（个别品种允许淡黄色），无悬浮物、混浊物和沉淀。酒盛于瓶中，瓶上无环状污物。用力摇晃，观察酒花，一般酒花细，堆花时间长者为佳。

香：品评时，端起酒杯嗅闻，注意鼻子与酒杯距离，吸气量均匀，嗅闻时只吸不呼气。清香型酒应清香纯正，曲香型酒应芳香浓郁，酱香型酒应酱香突出，米香型酒应米香清雅，否则是香气不正。

味：口味应醇香，无外来邪、杂异味，无强烈刺激性。品尝时取少量酒样于口腔内，注意每次入口酒样要保持等量，将酒样布满舌面，仔细辨别味道，将酒样下咽后立即张口吸气、闭口呼气，辨别酒的后味，品尝不超过三次。

风格：是对酒的色、香、味全面评价的综合体现。品评酒的风格主要靠经常接触和品评各种类型的标准酒样，不断增强记忆和贮存积累，达到既能意会又能言传的目的。根据色、香、味的鉴别来判定受检酒样是否具有本品相同的典型风格，以典型风格的有无或不同程度作为判断伪劣酒的主要依据之一，如有实物标样，对鉴别更有帮助。

如何进行国家名酒真伪的鉴别？

答：识别国家名酒真伪可以从以下几方面着手：

看瓶形：国家名酒除所用的瓶子用料考究、制作精致外，有许多名酒都采用独特的瓶形。例如，茅台酒多年来一直使用乳白色圆柱形玻璃瓷瓶，瓶身洁白光滑，无杂质；五粮液的瓶形有鼓形瓶和晶质瓶两种，瓶底和瓶身有五粮液酒专利字样；泸州老窖特曲使用的是异形瓶，瓶底有泸州老窖酒厂专利瓶字样。其他名酒瓶形外观也各有特点。凡不符合该名酒酒瓶特点者，肯定是假货。

查瓶盖：国家名酒的瓶盖大都使用金属防盗盖，并且瓶盖的材质优良，制作精湛，形状一致，一扭即断。盖上文字图案清晰工整，封口严密，不松不漏。而假货瓶盖一般是用手工制作，封口不严密，常有松动漏酒现象，且文字图案不清晰，易脱落，盖口不易扭断。

看包装：国家名酒包装精致，纸质优良，多数使用进口纸；包装制作和标贴印刷规范精美，凹凸版印刷，图案文字清晰鲜明，套色准确，裁边整齐。假货一般纸质较粗糙，图案文字不够清晰，色彩不够协调，套色不正，无凹凸印刷或印刷的凹凸感不明显。

看防伪标识：国家名酒有些已在包装或瓶盖上使用激光全息防伪标志、荧光防伪标志、温度防伪标志或仿形防伪技术等。例如茅台酒的防伪图案有"飞天"和"五角星"两种，均采用激光全息防伪标志，从不同角度看，会呈现不同色彩，而且只能使用一次，开启后就不能复原再用。注意用真品上的防伪标志与待鉴品对照比较，就可鉴别真伪。

品尝比较：各种国家名酒都有各自的色、香、味和风格特点。但不论哪种名酒，都具有酒液清澈，香气幽雅，入口甘冽，醇和净爽，甜而不腻，苦不持久，辣不呛喉，酸而不涩的优点。假货不具备这些优点，而且多数香味刺鼻、入口呛喉、有杂味等不正常口感。其共同手法都以一般白酒充当名酒，故品尝结果没有所冒充名酒的独特之处。有些国家名酒工艺独特，例如董字牌董酒，生产过程加入某些中药成分，品尝时有股独特的药香味，如果品尝时无这种药香味，则肯定不是董酒。

真假洋酒的鉴别方法是什么？

答：随着市场经济的发展，市场上各种进口洋酒不断增多，可谓五彩纷呈、琳琅满目。但其中也不乏伪劣产品。因而选购时需谨慎。下面介绍几种识别真假洋酒的方法。

首先看外包装：真洋酒不仅商标整齐、清晰，而且凹凸感强，印刷水平高。商标字迹、图案不会出现模糊、陈旧、凌乱现象。

二看封口：洋酒有铝封，还有铅封。名贵洋酒集装箱外都有铅封。一旦铅封打开，或者没铅封，这一集装箱酒等于报废。

三看防伪标志：一般洋酒的瓶颈上都有商标，刮开商标，内有各式各样的防伪标志。

四看数字：各洋酒厂家品牌都有各自的密码数字，暗示酒的生产日期，何时进大陆。如果假酒编号不符合洋酒编号程序，则易识破。

五看颜色：真酒颜色透明、发亮，假酒色彩暗淡。

最后鉴别真假洋酒的手段就是品尝了：洋酒也有它特有的色、香、味，不过，通过品尝识别真假，需有一定的专业水平才行。

识别啤酒优劣的小窍门有哪些？

答：香气：不同的啤酒香气也不同。

色泽：啤酒的颜色不管深浅都应该光洁醒目。

透明度：质量好的啤酒清澈透明，不应该有任何的混浊。

口味：若口感平淡或苦重，口味涩口，有其他气味为下品。

泡沫：质量好的啤酒倒进杯子马上有洁白细腻的泡沫。

掺水啤酒的鉴别方法是什么？

答：（1）啤酒掺水后酒色暗淡，不清亮透明。

将啤酒徐徐倒入杯中，至泡沫达杯口为止，观察其泡沫情况。掺水的啤酒泡沫少而粗糙，不洁白，不挂杯。

掺水啤酒其香气和滋味淡薄，缺乏酒花香气、欠纯正。

劣质一次性餐具的鉴别方法是什么？

答：劣质一次性餐具用手摸起来感觉是软绵绵的，轻撕就破裂，闻之则刺鼻呛眼，遇热变形还渗漏。此外，由于劣质餐具在制作时常加入大量滑石粉等填充剂，因此，将其剪碎扔进水里会下沉，一折会出现白印。

茶叶的鉴别方法是什么？

答：鉴别茶有感官和理化鉴定两个方法。感官鉴定又可分为四项：一是条索：条的种类不同，条索的要求与呈现各异，如松昆、曲直、粗细、扁圆满、整碎、轻重等，要与该品种正常情况相符。二是色泽：是枯燥还是光润，还应与该品种要求相符，如红茶是红褐色，绿茶是崭新绿色，花茶为褐绿色。三是净度：应洁净无梗，块、片、末不超过限度，不能含有非茶类夹杂物。四是嫩度：同一品种茶叶以芽尖白毫多者为佳，条索虽稍粗壮，但嫩润半透明也称高档优质。

鉴别茶的内质，可分香气、滋味、汤色、叶底。一是香气：鼻嗅新鲜，浓厚纯正为好，淡薄不纯为次，闷焦粗涩者更次，有异味者为劣。各种花茶均应有自己独特的正常香气，如茉莉花茶应具茉莉香气，玉兰、珠兰花茶应具玉兰、珠兰香气。二是滋味：用舌部味蕾感觉，甘醇浓郁，鲜嫩纯正为优，涩、苦、粗、酵、淡为次，霉、辣、生草味为劣。三是汤色：在茶汤热时，观察明暗深浅。一般明浅为佳，暗深者次，但红茶汤色比绿茶深，紧压茶汤色要暗。四是叶底：品尝沏过的湿茶叶，用手按，柔软有弹性属于细嫩，板硬无弹性为粗老。上述鉴别方法主要是区分优、次、劣。

怎样辨别绿色食品真伪？

答：因为绿色食品与普通食品并没有什么太大的区别，所以消费者的确很难判断，但可以注意的有两点：

第一是品种问题：对于一个生产基地在北方的地产企业，这个季节有很多明显反季节的蔬菜是根本无法生产出来的，比如冬瓜、比如豆角。而这时如果这个公司的柜台上出现了这样的蔬菜，那它就很可能是假冒的。

第二也就是查询绿色食品标志上的15位代码：消费者买到的第一件绿色食品上，都应该有绿色食品的标识，这个标识上会有一个15位的代码，就相当于这件食品的"身份证"。消费者购买后可登录中国绿色食品发展中心的网 http://www.greenfood.org.cn/index.htm，点击认证产品一栏，输入这15位代码，就会显示出相应包括食品生产厂商、产品分类、省份等详细的产品信息，如果这个信息与消费者所购买的商品不符，比如您购买的是绿色食品茄子，结果显示却是绿色食品白菜，那么这就很有可能是假冒的绿色食品。

如何识别食品标签？

答：选购食品时，消费者常常被包装食品形形色色的虚假产地、生产日期、保质期弄得头疼。那么，选购食品时怎样鉴别标签的真伪呢？一般来说，在标签上做假的食品包装有四种情况。

谜语型标签：如一种外观包装很好的速冻银鱼，厂名只有"江苏

XX"（XX为地名）；一盒包装精美的鸡精，干脆只标注"新加坡出品"。不写厂名、厂址，已成为部分食品标签的潮流模式。一些厂家之所以设置如此多的"谜语"，是有意掩盖产品缺陷，欺骗消费者。

戏法型标签：如将大包装食品化整为零，分解成小包装，小包装上干脆不标产地、生产日期、保质期。一些过期大包装食品，就是这样经"打扮"后出笼的。还有的商家发现其食品已过期时，就将其包装拆掉，当作零散食品出售，或者利用乡镇的一些个体商店销往农村。

弹性型标签的标签上将保质期标为1~3个月，使消费者难以掌握。如果过了1个月后食品变质了，只好自认倒霉，因为保质期也可算是1个月；如果过了1个月后商品还在销售，则似乎也无可指责，因为保质期可到3个月。

随意型标签有些袋装食品既没有标注生产日期，也没有标注保质期；有的则只注明保质期，没有生产日期，或写着生产日期见XX处，却不见其踪影。相当一部分食品的生产期、保质期字迹模糊，消费者难以辨认。有的商家则随卖随贴产品标签，或用不干胶纸自行标注生产日期，标签上的生产日期实际上已变成了经销日期。

面包质量优劣的鉴别方法是什么？

答：优质：外表黄色，烘烤软硬适度，有正常的香味和滋味，完整不破损，掰开面包不掉渣。

劣质：面包表皮有霉渣，过焦，掰开掉渣或发黏，或者表皮硬化，有酸味或陈味。

劣质糕点：外观不完整，脱皮、露馅、膨顶、掉底、厚薄不均、色泽过重，无光泽，口感生硬、发黏，无香气，有霉味或哈喇味。

月饼质量优劣的鉴别方法是什么？

答：浆皮月饼的感官鉴别：

（1）色泽鉴别

优质月饼：表面金黄色，底部红褐色，墙面呈白色至乳白色，火色均匀，墙沟中不泛青，表皮有蛋液光亮。

次质月饼：表面、底部、墙部的火色都略显不均匀，表皮不光亮。

劣质月饼：表面生、糊严重、有青墙、青沟、崩顶等现象。

（2）形状鉴别

优质月饼：块形周正圆整，薄厚均匀，花纹清晰，侧边不抽墙、无大裂纹，不跑糖，不露馅。

次质月饼：部分花纹模糊不清，有少量跑糖露馅现象。

劣质月饼：块形大小相差很多，跑糖露馅严重。

（3）组织结构鉴别

优质月饼：皮酥松，馅柔软，不偏皮不偏馅，无大空洞，不含机械性杂质。

次质月饼：皮馅分布不均匀，有少部分偏皮偏馅和少量空洞。

劣质月饼：皮和馅不松软，有大空洞，含有杂质或异物。

（4）气味和滋味鉴别

优质月饼：甜度适当，皮酥馅软，馅料油润细腻而不粘，具有本品种应有的正常味道，无异味。

次质月饼：甜度和松酥度掌握得稍差，本品种的味道不太突出。

劣质月饼：食之垫牙，咬之可见白色牙印，发霉变质有异味，不能食用。

（5）酥皮月饼的感官鉴别

色泽鉴别

优质月饼：表面为白或乳白色，底部为金黄色至红褐色，色泽均匀、鲜艳。

次质月饼：表面、底部、墙部的颜色偏深或略浅，色泽分布不太均匀。

劣质月饼：色泽较正品而言或太深或太浅，差距过于悬殊。

形状鉴别

优质月饼：规格和形状一致，美观大方，不跑糖露馅，不飞毛奓翅，装饰适中。

次质月饼：大小不太均匀，外形不甚美观，有少量的跑糖现象。

劣质月饼：块形大小相差悬殊，跑糖露馅严重。

组织结构鉴别

优质月饼：皮馅均匀，层次分明，皮和馅的位置适当，无大空洞，无杂质。

次质月饼：层次不太分明或稍有偏皮偏馅。

劣质月饼：层次混杂不清，偏皮偏馅严重，含杂质多。

气味和滋味鉴别

优质月饼：松酥绵软不垫牙，油润细腻，具有所填夹果料应有的味道。

次质月饼：松酥程度稍差，应有的味道不太突出，没有油润细腻的感觉，咬时可粘牙。

劣质月饼：食之垫牙，有异味、脂肪酸败的哈喇味等。

蛋糕质量优劣的鉴别方法是什么？

答：烤制蛋糕（圆蛋糕）的感官鉴别：

（1）色泽鉴别

优质蛋糕：表面油润，顶和墙部呈金黄色，底部呈棕红色。色彩鲜艳，富有光泽，无焦糊和黑色斑块。

次质蛋糕：表面不油润，呈深棕色或背灰色，火色不均匀，有焦边或黑斑。

劣质蛋糕：表面呈棕黑色，底部黑斑很多。

（2）形状鉴别

优质蛋糕：块形丰满周正，大小一致，薄厚均匀，表面有细密的小麻点，不粘边，无破碎，无崩顶。

次质蛋糕：块形不太圆整，细小麻点不明显，稍有崩顶破碎。

劣质蛋糕：大小不一致，崩顶破损过于严重。

（3）组织结构鉴别

优质蛋糕：发起均匀，柔软而具弹性，不死硬，切面呈细密的蜂窝状，无大空洞，无硬块。

次质蛋糕：起发稍差，不细密，发硬，偶尔能发现大空洞但为数不多。

劣质蛋糕：杂质太多，不起发，无弹性，有面疙瘩。

（4）气味和滋味鉴别

优质蛋糕：蛋香味纯正，口感松暄香甜，不撞嘴，不粘牙，具有蛋糕的特有风味。

次质蛋糕：蛋香味及松暄程度稍差，没有明显的特有风味。

劣质蛋糕：味道不纯正，有哈喇味、焦糊味或腥味。

蒸蛋糕（条块形蛋糕）的感官鉴别：

(5) 色泽鉴别

优质蛋糕：表面呈乳黄色，内部为月白色，表面果料撒散均匀，戳记清楚，装饰得体。

次质蛋糕：色泽稍差，果料不太均匀，戳记轻重不一。

劣质蛋糕：色泽发绿，表面有发花现象。

形状鉴别

优质蛋糕：切成条块状的长短、大小、薄厚都均匀一致，若为碗状或梅花状的是周正圆整。

次质蛋糕：切成的块形稍有差距，异形蛋糕则不太周正。

劣质蛋糕：切成的块形大小极不均匀，相差悬殊。

组织结构鉴别

优质蛋糕：有均匀的小蜂窝，无大的气孔，有弹性，内部夹的果料或果酱均匀，层次分明。

次质蛋糕：空隙不太细密，偶见大孔洞，内夹果酱或果料不均匀。

劣质蛋糕：内部孔洞大而多，杂质含量也高。有霉斑。

气味和滋味鉴别

优质蛋糕：松软爽口，有蛋香味，不粘牙，易消化，具有蒸蛋糕的特有风味。

次质蛋糕：松软程度稍差，蒸蛋糕的特殊风味不突出。

劣质蛋糕：有异味，发霉变质味。

粉丝质量优劣的鉴别方法是什么？

答：正常粉丝的色泽略微偏黄，接近淀粉原色。那种特别白、特别亮的粉丝最好不要购买。有个别企业在粉丝中使用二氧化硫，使产品看上去特别漂亮，而其二氧化硫大大超过国家标准规定值。另外，将粉丝点燃，合格的粉丝燃烧的时候应该有黑色的碳，并且有多长的粉丝就应有多长的碳；劣质粉丝燃烧就像蜡烛燃烧时一样，没有碳残留，而且还会伴随着很大的响声。消费者在购买粉丝时要从外观上加以鉴别，凡是手感柔韧、有弹性、粗细均匀、无并条、无酥碎的是真品。由于劣质粉丝一般是以绿豆粉掺以豌豆、蚕豆粉为原料，也有的干脆加玉米淀粉，这种粉丝易断、易糊，所以消费者在辨别粉丝真假时必须从色泽、质地等方面入手，购买时要仔细，避免购买假品。

罐头类食品质量优劣的鉴别方法是什么？

答：鉴别罐头质量可按下列步骤：

查看罐头食品标签：应标明品名、厂名、厂址、生产日期、保质期（或保存期）、净重、产品标准代号、配料表等必备项目。建议消费者一定不要买超过保质期和保存期的罐头。

检查罐体质量：铁听罐头，要认真检查有无碰瘪或锈蚀。瘪听容易使封口部位松弛；锈听严重部位容易产生孔眼，细菌有可能随空气进入罐内。玻璃瓶罐头，以罐盖中心部分略向内凹，罐内食品颜色正常，块形完整，汤汁清澈，罐底无沉淀物者质量好。

检查容器外观，外观表面必须清洁，有光泽，底盖稍凹、无锈斑，无损伤，无裂缝，封口严密。

检查内容物：各类罐头食品内容物质量规定如下：

肉类罐头：肉的色泽鲜明，不得发乌、灰暗、灰白，切块大小整齐，肉质不得过烂，汤肉分清、碎屑肉很少，肉汁加热后应透明。

水产品罐头：作料用量适当，不得有腥臭气味；肉段整齐，不得糜烂。油炸罐头应酥脆可口，不得有焦味、酸味。

糖水罐头：水果皮核应除尽，削皮果面光滑、无虫眼锈斑，块形大小一致，果肉不得过烂，果肉色泽为天然色，不得人工着色，汤汁应透明清澈，糖度应达到12%。

果酱罐头：用淡色果肉制的果酱，色泽允许为淡褐色，黏度应达到要求，倾倒时倒不出来，无异味或香精味。

蔬菜罐头：颗粒要大小一致或接近一致，汤汁味正，无杂质，无酸味和苦味。

优质罐头外观应无锈听、瘪听、漏听（用80℃温水浸泡1～2分钟观察无气泡）。

如何选购炒制食品?

答:合格的炒制食品应具有果蔬籽、果仁、坚果等食品固有的外形及色、香、味、口感松脆,不应有霉变、虫蛀现象以及酸败、臭味、苦味等异味。

一要选品牌:目前市场上炒货产品质量表现为大型知名企业的产品质量较为稳定。

二要看标识:购买时要注意产品的标签标识,应表明产品名称、净含量、配料表、制造者(或经销者)的名称、厂址、产品标准号、生产日期、保质期等。因炒货油脂较高,如果保存不当,受高温、高湿度的影响,易造成产品变质。所以在购买时应特别注意产品的生产日期,最好选择出厂不久的产品。同时,检查包装是否有破裂,最好是真空包装或者在包装中有脱氧剂。

三是品尝感观:打开包装闻一下产品的气味是否正常,应没有刺鼻的哈喇味;外观应没有发芽、霉变、生虫,口感应松脆。

如何选购膨化食品?

答:(1)尽可能去正规商场购买,同时,要看清产品上是否有"QS"标记。

购买时要注意产品的标识、仔细看配料表,了解产品的主要成分和添加剂的使用情况,特别要注意生产日期和保质期,尽量购买近期产品。

包装袋内容一般应充入氮气,如果发现漏气,则不宜购买。

尽量购买知名品牌,其质量安全更有保证。

如何识别面粉是否添加了增白剂?

答:识别的方法很简单,用肉眼看到白面的颜色发生显著的变化,表现出过分的"白",那就是添加了面粉增白剂。

假冒进口食品的鉴别方法有哪些?

答:假冒进口食品主要分为两种:

进口原料,国内分装,冒充进口食品。

国产原料,国内生产,冒充进口食品。

主要感官鉴别方法:

外包装材料质地粗糙,印刷质量差。

中文标识不符合国家强制标准。

无出入境检验检疫局出具的进出口食品标签审核证书和进口卫生证书。

如何鉴别塑料袋是否有毒？

答：（1）抖动检测法：抓住塑料袋用力抖一下，声音清脆的无毒，声音闷涩的有毒。

火烧检测法：无毒的易燃，火焰尖端呈黄色，局部呈青色，燃烧时像蜡烛一样滴落，有石蜡味；有毒的不易燃，离火即熄，火焰尖端呈黄色，底部呈绿色，软化能拉成丝状。

手触及颜色检测法：无毒的呈乳白色或无色透明，手摸有润滑感，表面似蜡样感；有毒的颜色混浊或呈黄、红、黑色，手感发黏，不能用来装食物，特别是黑色的塑料袋则更为危险。

如何防范苏丹红？

答：苏丹红是一种化工原料染色剂，有潜在的致癌作用，国家严禁在食品中添加使用。一些企业和个人违法用于辣椒制品加工中，为使产品不退色，保持辣椒鲜亮的色泽。添加于动物饲料喂养、禽蛋黄色泽鲜艳宜人。用肉眼识别，太过鲜艳的蛋黄和色泽光亮异常的辣椒制品，不经化验一定不要食用。

——摘自河北省食药监局编印《食品安全知识手册》。石家庄矿区食药监局提供。

图书在版编目（CIP）数据

舌尖上的战争/刘千生，李婍，许久东著. –北京：作家出版社，2013.7

ISBN 978 – 7 – 5063 – 6934 – 3

Ⅰ.①舌… Ⅱ.①刘…②李…③许 … Ⅲ.①纪实文学 – 中国 – 当代

Ⅳ.①I25

中国版本图书馆 CIP 数据核字（2013）第 118318 号

舌尖上的战争

作　　者：刘千生　李　婍　许久东

责任编辑：刘英武

装帧设计：回归线视觉传达

出版发行：作家出版社

社　　址：北京农展馆南里 10 号　邮编：100125

电话传真：86 – 10 – 65930756（出版发行部）

　　　　　86 – 10 – 65004079（总编室）

　　　　　86 – 10 – 65015116（邮购部）

E – mail：zuojia@ zuojia. net. cn

http：//www. haozuojia. com（作家在线）

印　　刷：三河市紫恒印装有限公司

成品尺寸：170 × 240

字　　数：310 千

印　　张：20.5

版　　次：2013 年 7 月第 1 版

印　　次：2013 年 7 月第 1 次印刷

ISBN 978 – 7 – 5063 – 6934 – 3

定　　价：32.00 元